南村草堂文钞

[清] 邓显鹤 撰
弘征 校点

湖湘文库编辑出版委员会
岳麓书社

出版说明

湖湘文化源远流长，博大精深，是中华文化中独具地域特色的重要一脉。特别是近代以来，一批又一批三湘英杰，以其文韬武略，叱咤风云，谱写了辉煌灿烂的历史篇章，使湖湘文化更为绚丽多彩，影响深远。为弘扬湖湘文化、砥砺湖湘后人，中共湖南省委、湖南省人民政府决定编纂出版《湖湘文库》大型丛书。

《湖湘文库》编辑出版以“整理、传承、研究、创新”为基本方针，分甲、乙两编，其内容涵盖古今，编纂工作繁难复杂，兹将有关事宜略述如次：

一、甲编为湖湘文献，系前人著述。主要为湘籍人士著作和湖南地区的出土文献，同时酌收历代寓湘人物在湘作品，以及晚清至民国时期的部分报刊。

二、乙编为湖湘研究，系今人撰编。包括研究、介绍湖湘人物、历史、风物的学术著作和资料汇编等。

三、乙编中的通史、专题史，下限断至1949年。

四、甲编文献以点校后排印或据原本影印两种方式出版。

五、除少数图书以外，一律采用简体汉字横排。

六、每种图书均由今人撰写前言一篇。甲编图书前言，主要简述原作者生平、该书主要内容、学术文化价值及版本源流、所用底本、参校本等。乙编图书前言，则重在阐释该研究课题的研究视角和主要学术观点等。

七、对文献的整理，只据底本与参校本、参校资料等进行校勘标点，对底本文字的讹、夺、衍、倒作正、补、删、乙，有需要说明的问题，则作出校记，一般不作注释。

八、甲编民国文献中的用语、数字、标点等，除特殊情况外，一般不作改动。乙编图书中的标点、数字用法、参考文献著录规则等均按现行出版有关规定使用和处理。

《湖湘文库》卷帙浩繁，难免出现缺失疏漏，热望社会各界批评指正。

《湖湘文库》编辑出版委员会

前　言

“邓湘皋为湘学复兴之导师”，这个称号见于梁启超的《说方志》（《饮冰室合集》之四十一）。在《中国近三百年学术史》中又一再提及，如“……邓湘皋之极力提倡沅湘学派，其直接影响于其乡后辈者何若？间接影响于全国者何若？斯岂非明效大验耶”！

邓湘皋（1778—1851）何许人也？先抄一段曾国藩所写的《邓湘皋先生墓表》：“先生，新化邓氏，讳显鹤，字子立，晚岁学成，远近称为湘皋先生。先生自甫掇科名，即已厌薄仕进，慎然有志于古之作者。”《清史稿》卷四八六、《清史列传》卷七三、《国朝先正事略》卷四四皆有传，分别称其“笃于内行，博涉群书，足迹半天下”，“游客四方，所至倾动”，“凡海内荐绅大夫、才俊士，多慕与为友。时因事至长沙，治旁舍舍客，造请诗文者日相踵，悉能副其所求。岿然称楚南文献者垂三十年”。

他当然不仅是一位杰出的文学家，因本书只是他的《文钞》，现仅就文略述他在这方面的成就。

有清一代之文，骈、散皆自中期方始称盛。古文在前期有方苞、刘大櫆因地望世称“桐城派”的兴起，但在当时思想文化统制极严的形势下很难有大的发展，只不过与晚明迄清初的小品调殊而已。至乾隆后期迄嘉庆之际姚鼐承前启后，从理论、创作、授徒三方面都发挥了空前的影响，并编纂了选文精粹的《古文辞类纂》，大纛高扬。因之，凡此后以古文著称的作家便几乎皆被归入了“桐城派”。

邓湘皋也不例外。在1997年由湖南文艺出版社出版、蒋凡主编的《中国流派文学精品文库·古代十大散文流派》中，便被列入从戴名世、方苞、姚鼐至姚永概的“桐城派”33家之一。湖南共有四人，馀三人为曾国藩、吴敏树、孙鼎臣。在“作者简介”中称“其文一宗桐城义法，详赡演迤，醇厚有法度”。这恐怕除了他的《南村草堂文钞》享有盛名之外，又因其于道光五年（1825）去安庆主修《安徽通志·艺文志》24卷，与其时许多“桐城派”著名文士交好，特别与“姚门四杰”之一、自幼由姚鼐亲授古文义法的其从孙姚莹交谊极深；又是在由王先谦所编选的《续古文辞类纂》中的重要作者之一有关。其实，“桐城派”固然不是从天而降，而且从命名就带有很强的地域性。邓湘皋本来就是一位诗人、学者和古文家，其文与之有些相类并非其所派生，他也从来未宣传过“桐城派”的观点。他于衡文所推重的是“其传与不传及传之久暂远近，皆视其文之精神、命脉强弱、虚实之间，以为赢缩”。（见《文钞》卷九《与柳海山书》）赞赏“性情趣尚，志节风义，无不呈露于文字之间。委挚者其意，浑灏者其气，谨严者其法，矜慎者其辞”。（见《文钞》卷四《宜斋古文序》）

“桐城派”主文宗两汉唐宋，这是所有古文家都普遍认同的，然而却各有侧重不同，如李兆洛便“病当世治古文者知宗唐宋不知宗两汉”（见《清史稿》本传），所指的便是“桐城派”。邓湘皋之文并非一味演绎桐城“义法”，艺术风格亦非以体现“阳刚”或“阴柔”为的；而是自先秦两汉魏晋以迄唐宋无所不窥。最先就是因童时读到其叔父手抄的西汉文一巨册，因而对作古文发生了浓厚的兴趣。他本来是一位“煌煌经世平生志”的思想家，又具有很强烈的诗人气质，并不为某一流派所束缚是显然的。所以刘基定在《宁乡训导邓湘皋先生墓表》中，虽说其“尤邃于古诗文，每一篇出，必以汉魏为标准，以杜韩为法律”，接下来便是“风泉满听，云霞生色。无翏翏穷苦之音，有造化微妙之旨，甚有声誉”。而汉魏之文，固然未强调唐宋古文中的“道统”，亦未开桐城派“义法”的先河。鲁迅称司马迁《史记》为“无韵之《离骚》，史家之绝唱”，说魏晋则“能使我们看出，这时代的文学确有点异彩”（见《魏晋风度及文人与药及酒的关系》）。韩愈虽然以提倡“文以载道”著称，然主旨是强调文学的社会功能。如果说邓湘皋以韩文为“法律”，乃是韩文的“如长江大河，浑浩流转”（苏洵《上欧阳内翰书》）为他所钦佩，有些论文的观点亦为他所赞同，如“气盛则言之短长与声之高下者皆宜”，邓湘皋即十分强调为文者必须具有良好的道德修养。

袁枚等人之每讥讽“桐城派”古文，实寓欲以骈文为正宗相与抗衡之意，而且认为其有些观点之固执迂腐。实则，袁枚自己的古文就是写得非常好的。邓湘皋亦兼擅辞赋骈文，而且与同时代被视为清代骈文八大家的吴锡麒、曾燠都交好，尤其是曾燠，由于对邓极为钦佩，在两淮盐运使任上主持东南风雅，专门致书币邀请邓去为之点定诗文。

以上是仅就文论文了。而对于邓湘皋来说，其为人与为文的最显著特点正如曾国藩在《墓表》中所说的：“先生则阐扬先进，奖宠后进。知之惟恐不尽，传播之惟恐不博且久。用是门庭日广，而纂述亦独多。诗歌所不能表者，益为古文辞以彰显之。其于湖南文献，搜讨尤勤，如饥渴之于食饮，有如大谴随其后驱迫而为之者。”为这本《文钞》写序者之一沈道宽是浙江鄞县人，与全祖望（1705—1755）同乡。全祖望于乾隆元年（1736）举进士后毕生肆力于著述，最著者为记述浙东西及他郡明末遗民、志士的《鲒埼亭集》。名声是大极了，在古文方面的成就则并不比邓高，入选各种选本的亦少。“顾或谓其以考据为古文，而近时又有谓其冗蔓少翦裁”；沈道宽是十分敬仰这位乡先辈的，力申“是皆不足为先生病”。又有古文家称全祖望之所以成伟业，是因为他去明亡才七十年，“尚多载记未审以待论定者，故先生文鸿博恣肆，裒然大观。今安所取如许巨题耶？则时为之也”。沈道宽于是在序言中大发感慨：“同年邓君湘皋，当二百年承平之后，宜无复有漏略待表章？乃湖内外忠节、隐遁暨官斯土而效忠殉国，足以光史册、垂模范、以风示后世者正复不乏，是造物留此以待君之撰述也。”光是“史乘未备者广为搜罗，予夺失实者力为昭雪”是尚不足以成为大文学家的，且不免让人挑刺。而邓湘皋“之文，大含细入，力破馀地”，“纷纶葳蕤，博综贯串，又读者所共睹”，所以才能成为“此则湖外不可磨之书”。

姚莹同样不是以其从祖所倡的“义法”来论邓湘皋文，而极称许“乃其用心，则尤在访罗遗佚，表章文献”。在列举了他所编纂的《沅湘耆旧集》等等的成就之后云：“使其达而在上，事功丕著，犹止于一身，曷若萃数百千人文事迹而著于不朽哉！”而且不惜与其从祖姚鼐所标榜的“所以为文者八”相异来立论云：“世之为古文者，体、格、声、色、神、理、气、味，或高古精美过于湘皋，而究其为功于世者实鲜。观湘皋之文，复读其书，可谓善用其才矣。”曾国藩在《墓表》中尤其感慨云：“盖千秋者，人与人相续而成焉者也。惟众人甘与草木者伍，腐而腐耳。自稍有智识，即不能无冀于不朽之名。智尤大者，所冀尤远焉。人能弘道，无如命何！或碌碌而有声；或瑰材而蒙垢；或佳恶同、时同、位同，而显晦迥别；或覃思孤诣而终古无人省录。彼各有幸有不幸，于来者何与？先生乃举湖南之仁人学子薄技微长，一一拾掇而光大之，将非长逝者之所托命耶？何其厚也！”

《南村草堂文钞》的题材十分广泛，除了写遗民、忠烈、耆旧等许多可歌可泣的人物传记之外，其于古今治乱、赈荒、团练、河渠、洋事、艺文、教育、史评、考证……莫不皆备。亦有不少行状、墓志、碑铭，则无一不剪裁精致，文采焕然，以简洁的文字叙事实之本末，更能见人物之秉性与精神。从卷二至卷五皆是序言，其中有相当一部分是他“岿然称楚南文献者垂三十年”的记录，如《船山遗书目录》、《沅湘耆旧集序例》等。另有一部分则如姚莹在序中所说的，“而友朋之著作，先辈之遗编，时有校刊于世，则必为之序论。论其文必详其人，无间存殁，盖不可当吾世而淹没斯人也”。这是他同时又作为一位杰出的古代编辑出版家的写照，也是我们今天所特别应该重视的。

本《文钞》初刊于邓显鹤逝世当年，由作者生前手订。因作者于同年闰八月遽然身故，开印前版样未经全部亲校，不免存在一些瑕疵，主要有：

一、《目录》与正文标题间或有异。如卷一之首篇《目录》为《宋四将论上》，正文题作《宋中兴四将论上》，第二篇《宋四将论下》则《目录》与正文同。又卷二之《船山遗书目录》及《周子全书目录》、《圭斋文集目录》与卷五之《武冈州志目录》在正文标题中皆于后多了一个“序”字，疑是上板时写工按习惯加的，本为《船山遗书》等书中见刊之原题所未有。又如卷九之《复曾宾谷中丞论江西诗派书》正文题阙“曾”字，同卷之《复督学程春海先生书》正文题阙“督学”两字，同卷之《与杨诚村通侯论年谱书》正文题阙“诚村”两字，同卷之《复程春海先生书》正文题易“先生书”为“学士”，卷十之《与姚石甫书》正文题阙

“姚”字，同卷之《再与桐生书》正文题易“与”字为“致”字，卷十三之《杨苏圃先生墓志铭》正文题阙“志”字，卷十六之《陈氏墓志铭》亦阙“志”字，卷十七之《李龙门文学墓表》正文题“文学”后多“君”字，同卷之《旌表孝行易安人墓表》正文题首多“皇清”二字等，现均按《目录》统一。而卷十七之《蓝田梁氏新阡表》于《目录》中阙“新”字，则按正文题补加。

二、初刻本中亦常见有较明显的讹字。如卷二《船山遗书目录》中“博学者虖六艺之文。六学者”句中，后一个“学”字应为“艺”字。同卷《花王阁剩稿重刊序》中之“金元之间间欧虞诸人”，承上句“比于唐之昌黎、宋之欧阳”，句中的第二个“间”字应为“之”字，等等，均加改正，而予疑讹字外加圆括号，改正字外加方括号别之。馀如“有明一代”之“明”皆为“名”、“太子”之“太”错为“大”、“秭归”之“秭”皆为“姊”之类则径改，不加括号。其次，原刻本中亦多见有别体字、古字、本字及避讳字，一般均径改。特别是书中有许多现今称“赈荒”的“赈”皆为“振”、“讣告”的“讣”皆为“赴”、“驱雀”之为“驱爵”等等，本从古义，如果为繁体字本应仍其旧，现亦均改为通用字以方便读者。

三、引文中的舛、漏。如卷九《上许莲舫先生论史评书》中引《新唐书·宋璟传》“数窥侵九姓”之“窥”下漏“边”字；又同文引同书“且诏别择一美称及佳邑封”之后漏“上”字。卷二十《炎陵本茶陵康乐乡》引《史记·五帝本纪》裴骃的《集解》：“《地理志》曰湘水在长沙益阳县”中之“水”应为“山”；引《史记·秦始皇本纪》“浮江，至湘山”之下漏“祠”字，“使刑徒三千人伐湘山”之“人”字下漏“皆”字，“山”字下漏“树”字。同卷《邳子国》引《左传·宣公四年》“邳夫人使弃诸梦中”杜预注“梦泽名江夏，安陆县东南有梦泽城”之“梦泽城”应为“云梦城”；其下引《左传·桓十一年》“郧人军蒲骚”句之“军”下脱“于”字，同卷《鸠兹》引《后汉书·郡国志》“吴郡乌程”注“或云丹阳县之衡山”中“衡”字为“横”字之讹等等，均予校正，并加圆、方括号识之。他如卷九《与杨诚村通侯论年谱书》所引《宋史·南蛮传》，与今刊校订本文字繁简略有小异，当是所据版本不同，依今校订本径改。而卷二十《开梅山考》所引实为同一文之《宋史·西南溪峒诸蛮传》，则疑为讹字者颇多，校正后如例加圆、方括号。

四、窜版交错重复与阙文。如卷十《与姚甫大令书》原刻第二面之末有一行半忽然窜入一段不相连贯之后文，第三面有八行半忽然又窜入前文，交错重复至 299 字之多。又卷十六之《刘太孺人墓志铭》自“孺人谓其言”以下皆阙，当是刊印时漏刷，上海古籍出版社影印的《续修四库全书》就是注明“原缺”而配的两版空框。

五、由于本书的初刊本用的是一种新化本地产的竹浆纸，质地较薄，面世又已一百五十馀年，存世已经不易，漫漶破损之多自难避免。上古《续修四库全书》影印所选取的是天津市图书馆藏本，于册首已注明“原书多处漫漶，无法配补”，书封上又有一方篆文印曰“书缺”，欲寻觅一全无漫漶本已不可能。在校点时，惟有于漫漶损残处细加辨正，为一字而竟日踟蹰，确审无误后方敢为之填正。所幸已有《续修四库全书》的影印本在，读者如若有疑，当可取之互鉴。

六、现在有些图书馆及私家尚藏有本书的重印本，是民国二十六年由作者的从曾孙邓南骥所刊的。其在《重印先人文集序》中已言“原板尚存十之八九”，原刻之有舛误者自仍其旧，板片历经磨损模糊之处更多，有嵌字脱落者或仅以新木楔之，补刻则不免时见鲁鱼之误。又删去原有的沈道宽序，新增《皇清国史文苑传》和《湖南先正事略》各一篇，已非初刻本的本来面目。因未取作为底本，仅在此附加提及。

弘　征

2007年12月于长沙

目　录

卷第三

卷第四

卷第五

卷第六

卷第七

卷第八

卷第九

卷第十

卷第十一

卷第十二

卷第十三

卷第十四

卷第十五

卷第十六

卷第十七

卷第十八

卷第十九

卷第二十

姚 序

才于天地，必有所用，而用之善否存乎人。苟善其用，达则功德被斯民，勋名隆百世。穷则著作立言，大者叙列史传，存往代之事实，明治乱得失之所由；小者亦备一方之文献，昭千载之幽隐，传之天下，风型后世，是生一人所以存千百人也。自司马子长作史以后，才而穷者，多好为传记之书，经千百年犹将据之以考正史纪载之阙谬，故为功不在国史之后。天下文章，孰有大于斯哉！

湘皋以诗鸣湖湘南北数十年矣。乃其用心，则尤在访罗遗佚，表章文献。以为吾楚人也，宜先其近者。世传《楚宝》一书，病其不实不备，乃穷二十年之功搜求考订，以求其实而补其遗。书既成，行又以《楚辞》为南国文章之祖，风雅流被莫如诗，更求沅湘人诗选而集之，曰《沅湘耆旧集》，所为《凡例》言之详矣。是二书者，岂非楚中文献之大观哉！乃吾读《南村草堂文钞》重有感也。

《楚宝》、《耆旧集》二书，皆断自其人已故。而友朋之著作，先辈之遗编，时有校刊于世，则必为之序论。论其文必详其人，无间存殁，盖不可当吾世而淹没斯人也。其大者，尤莫如表彰衡阳王先生久晦之书，与顾黄诸老并列；裒辑欧阳文公《圭斋全集》，与庐陵并行；编订《周子全书》，与《二程遗书》、《朱子全书》同垂天壤。其所为《宝庆府志》先民、遗民、从臣、迁客及胜朝耆旧诸传，尤多可歌可泣、为史传所遗之人。盖楚故也，而天下之大文系焉已。论者方之全谢山《鲒埼亭集》，旨哉，可谓知湘皋矣。

夫人尝著书百卷、或数百卷、或数卷，毕一生之心力为之而不必成；或成之而稿本仅存，殁后久之而后刊行于世多矣；亦有竟无刊行，并稿本亡之者，此亦著书之大痛也。湘皋不然，既手成之，必手刊之，曰：吾不可有遗憾。嗟乎！湘皋一广文耳。抱用世之才而恬于仕进，终老一毡，非有赀力能办此者。徒以四方交游之广，闻其书者争求售焉以为鸠工之具，卒之书成而刻工亦就。以是叹人患力不勇、心不诚耳，湘皋可谓勇且诚矣。使其达而在上，事功丕著，犹止于一身，曷若萃数百千人文事迹而著之不朽哉。世之为古文者，体、格、声、色、神、理、气、味，或高古精美过于湘皋，而究其为功于世者实鲜。观湘皋之文，复读其书，可谓善用其才矣。咸丰元年五月姚莹[①]序。

---

①姚莹（1785—1853），字石甫，号明叔，安徽桐城人。姚鼐从孙，自幼由鼐亲授古文义法，为“姚门四杰”之一。嘉庆十三年（1808）进士。鸦片战争中任台湾兵备道，曾奋勇抗击英军，遭诬陷革职。后复起为广西按察使。著有《东溟文集》、《后湘诗集》、《识小录》等，汇为《中复堂全集》。

沈　序

吾乡全谢山先生生康熙之世。惟时明社既墟，致命之臣，遁荒之老，史局所不载，或载而未详且尽者，先生钩稽参核野乘家牒，衷诸一是，而浙东西及他郡邑之遗闻轶事无不兼综条贯，谛审翔实。如吾郡钱忠烈、张忠节碑传，洋洋数千言，足以信今而传后。《鲒埼亭正外集》既风行海内矣。顾或谓其以考据为古文，而近时又有谓其冗蔓少翦裁，是皆不足为先生病。先生意在使后之秉笔者得据以为底本，故不厌其覼缕。其他文之存于集中者，何尝不谨严矜练耶。故友王中峰太常业古文，读谢山文集谓余曰：先生之世，去胜国仅七十年，尚多载记未审以待论定者，故先生文鸿博恣肆，裒然大观。今安所取如许巨题耶？则时为之也。

同年邓君湘皋，当二百年承平之后，宜无复有漏略待表章。乃湖内外忠节、隐遁暨官斯土而效忠殉国，足以光史册、垂模范、以风示后世者正复不乏，是造物留此以待君之撰述也。君之文，大含细入，力破馀地，而于乡里人物尤所留心。史乘未备者广为搜罗，予夺失实者力为昭雪，而楚之先贤遗民乃能征信于后世，此则湖外不可磨之书。至其纷纶葳蕤，博综贯串，又读者所共睹，不待鄙人揄扬也。湘皋示全函，爰识数行于简端。鄞县沈道宽[①]。

①沈道宽（1772—1853），字栗仲，浙江鄞县人。嘉庆九年（1804）举人，游幕四方，二十五年始成进士。历知湖南宁乡、道州、茶陵、耒阳、桃源诸县。工诗文书画篆刻，兼通琴棋象数。著有《话山草堂诗钞》、《文钞》、《词钞》。久寓长沙，曾协助邓显鹤校刊《船山遗书》及《沅湘耆旧集》。

卷第一

宋四将论上

古语有云：天下安，注意相；天下危，注意将。观于宋靖康、建炎之际，天下安危之机可胜道哉。史称张、韩、刘、岳为中兴四将，其心术事迹，盖亦有不同者。

方金人迫二帝北行，高宗以亲藩握重兵，张俊首先劝进，高宗不允。俊曰："大王，皇帝亲弟。当天下汹汹，不早正大位，无以称人望。"帝乃从。中兴之业，基于一言，其功岂出宗留守下哉！

韩世忠勇略忠义埒岳忠武。当苗、刘之变，世忠得俊书，大恸，誓不与此贼共戴天。迨明受诏至，曰："吾知有建炎，不知有明受。"斩使焚诏，进兵益急，遂擒二贼送行在。至兀术渡江，号称十万，世忠以八千人拒之。出以闲暇，兀术穷促，仅以身免。其用兵之神，有非意料所及者，殆天所以资宋之兴复也。

刘锜神机武略，出奇制胜。顺昌之捷，金人震恐丧魄，欲捐燕以南弃之。使诸将协心，分路进讨，则兀术可擒，汴京可复。韩、岳之烈，无以加已。

至于好贤礼士，流览经史，文武全器，仁知并施如岳飞者，古之名将百不见一。加以勇鸷绝伦，精忠贯日。方其进军朱仙镇也，磁、相、开、德、泽、潞、晋、绛、汾、隰之境皆克日兴兵，与官兵会。其所揭旗，以岳为号。父老百姓，争挽车牵牛，载糗粮以馈义军，顶盆焚香迎候者充斥道路。豪杰向风，士卒用命。使贼桧之计不行，班师之诏不下，痛饮黄龙府，中兴之业未可量也，何至靖康之耻，终宋之世不能刷哉！

综而论之，南渡以后，俊首建大号，握兵最早，战功亦多。然议者谓其受心膂爪牙之寄过于优厚，其平苗、刘，虽勤王之绩不能守，越又弃四明，功不掩过。至濠、寿之役，与锜有隙，以杨沂中为腹心，柘皋之赏，锜独不与，致有濠梁之劫，已失古名将之风。至于附桧主和，取媚人主，助成冤狱，甘刳刃于忠武，心术之殊如此，虽以功名，终何足道哉！此尤小人无忌惮之尤者也。而世乃以张、刘、韩、岳相提而论，过矣。嗟乎！天不祚宋高宗，唯桧之言是听，致使韩、岳经营恢复之功垂成而败，盖贼桧之志行而忠武死，忠武死而蕲王畏祸退居行都口不言兵，而宋事去矣。虽百刘锜，亦何益耶？岂非天哉！

宋四将论下

有大将，有名将，有战将。有将，有将将。夫所谓将者，谙旗鼓步伐之法，尽驰射击刺之能，熟地形险易之利，身先士卒，战必胜，攻必取，如是而已。故其次为战将，最上亦不过名将，是之谓将，不可谓将将。夫所谓将将者，大将是也。

宋靖康、建炎之际，大敌巨盗，内外交讧，天下之势，岌岌乎殆矣。而南渡君臣，犹能屹然拄东南半壁者，何哉？则以中兴诸将挺生其间，非一手一足之烈也。世称张、韩、刘、岳为中兴四将，其行事得失犹可得而言焉。

夫将以识为先，才次之，勇又次之。彼张俊者，党桧和议，卒误宗室，其识之闇鄙如此，已在不足深论之列。刘光世在诸将中最为先进，而纪律不严，驭军无法，逋寇自资，见诋公议。至其结内侍以自固党权，相以图存，与世俯仰，尤重为识者所鄙，方之韩、岳益远矣。故论四将优劣，吾必以魏公、太尉为韩、岳之匹而后与，光世不与焉。

虽然，君子之谋人国也，当相其缓急，权其轻重，计出万全，不为侥幸一旦之举。若魏公者，观其初逃张邦昌之议，平苗、刘之乱，不动声色，扶危定倾，其识伟矣。至于建议中兴当始关陕，虑金人或先入陕取蜀，则东南不可保，遂慷慨请行。其规画宏远，岂仅一将之能哉！惜乎富平之败，议者谓其以五路师四十万众轻于一掷，而宋事遂不可为，岂非识有馀而才不足？故屡奋屡踬，群言沸腾，不无遗憾与。

刘锜顺昌之役，初召诸将计事，皆曰：金兵不可敌也，请以精锐为殿，步骑遮老小顺流还江南。锜曰："吾本赴官留司，今东京虽失，全军至此，有城可守，奈何弃之？吾意已决，敢言去者斩。"迨兀术至顺昌，或谓今已屡捷，宜乘势具舟，全军而归。锜曰："吾军一动，彼蹑其后，前功俱废。使敌侵轶两淮，震惊江浙，则平生报国之志，反成误国之罪。"众皆感动奋曰："惟太尉命。"盖其识有大过人者。

若韩、岳者，其精忠贯日月，其谋略符筮龟，其猛迅若雷霆，其镇定如山岳，其变化疑鬼神，与太尉之出奇制胜，皆已极为将之能事矣。而其要尤在于识。方兀术之在淮东也，高宗诏诸将问移跸之地，或劝自鄂岳移长沙。世忠曰："国家已失河北、山东，若又弃江淮，更有何地杜充将还建康?"飞曰："中原地尺寸不可弃，今一举足，此地非我有，他日欲复取之，非数十万众不可。"其忧深虑远如此。夫是以谋定后战，知己知彼，百战百胜，弗少挫衄也。

孔子曰：“临事而惧，好谋而成。”诸葛武侯曰：“鞠躬尽瘁，死而后已。成败利钝，非所逆睹。”管子曰：“为将之道，求其无悔而已。”呜乎！若数公者，可谓好谋尽瘁而无悔者也。其不能还二圣，复汴京，一刷靖康之耻，则天也！非识不足、非才不克、非勇不胜也。统而论之，俊之才稍逊于识，锜之识略优于才。若韩、岳者，其识卓，其才裕，其勇沈，可以将，可以将将，故曰大也。彼魏公与太尉尚不能匹，俊、光世何有哉。

与人言洋事及资遣流民论

逆夷猖獗，普天同愤。不谓遂至此极！即使大张我军，而已胜不掩败，得不偿失矣。桓桓诸帅，时势至此，毕竟作何勾当？草野迂生，伏处林莽，日怀杞忧。窃以为今日之计，安内方可攘外，制胜当在出奇。朝野上下，早作夜思，撤膳减乐，大开言路，广求异才，上下勠力，中外一心，刻刻以灭贼为念。悬重赏以购死士，立重法以惩汉奸，严保甲以清户口，科丁壮以充什伍，亟捐输以储军实，勤训练以补亲军。沿海郡县，男子皆披櫜鞬、执戈挺，女子皆备扉屦、操馈饷。又得忠信果敢、素有威重如郭忠襄、戚襄武者以领之，用我之所长，攻彼之所短，岂致挫国威而伤国体，摧衄如此之甚哉！

夫竭缯币以奉强敌，此南宋偏安小弱、苟延旦夕、无可如何之覆辙，不谓煌煌天朝，据中国全胜之势，甘自蹈之。捐百万之金钱以资逆寇，俾之畅然内地，豢养匪徒。始犹曰汉奸也，继且啖我卒徒，又继而饵我将弁，使我之左右皆为其耳目腹心而不可制。逼处则暗通消息，临阵则各保首领。闻镇海、宁波之失，皆坐兵卒不用命之故。谁倡此议，其肉可胜食哉！数月以来，朝廷不见大赏罚，阃外不闻大号令，此草野褐夫所为扼腕太息，欲叩九阍而一陈者也。

又饥民转徙，盈千累万，填街塞巷，所至滋事，最为隐忧。推原其故，皆有土匪地棍为之勾引纠结。敝庐在万山中，不当孔道，亦屡被其扰。闻长沙附郭不远有朱姓某者，被此辈搔扰不堪，犒以五十斤肉犹不能饱，致彼此格斗，立毙其家老稚三命。泣诉之官，不为之理也。此语亲闻之汤浯庵。以某来省所过地方证之，多有言某处房子被拆，某家房子被抄者。道路之口，非尽无凭。若新化龚姓大哄，伤者各三十馀人，毙者二人，俱系流民。官为资遣瘗埋，始稍稍散去，此则得之目睹者。夫愚民何知，饥寒日迫，流离失业，何能禁其为非？日给口粮，款项究难筹备。当此海疆不靖，大河溃决之时，或者可选其中二十以上、四十以下年力精壮之辈，以兵法部勒，推其稍晓事果敢者为之领官，为立册发给口粮，送赴军前，以当募卒。又拣其笨钝有气力能负重者，赴送两河，以当土卒。如此则强去弱留，夺其所恃，纵人数纷纭，亦易料理，不敢恃众滋事，别生事端。

书生愚昧之见，以为目下所患，不在夷逆而在汉奸，不在汉奸而在土匪。盖土匪混入流民，所至不靖，在在皆汉奸也，岂胜诛哉！前代潢池之祸，皆起于此。鄙见尝以为天下最可虑者三匪：一贼匪、一会匪、其一则穷匪即土匪也。不会不贼，一摇足则入会，一转瞬则作贼，最可虑也。雨窗无事，拉杂书此，聊贡刍荛，或亦效愚者千虑之一得乎？

论荒政

宝庆连年歉收，比之下游诸郡，则为乐土。乃春夏以来，谷价斗长，日甚一日。说者谓人荒非岁荒，推原其故，盖有二端：一由强民抑价勒粜，以致富户闭仓；一由痞棍纠匪阻遏，以致商贩不通。初犹以为强粜也，继而沿门勒索，又继而沿路抢劫。初以为水道阻滞也，继而通衢设卡，又继而僻路设伏。初犹以为禁囤谷米也，继而豆麦皆阻，升斗皆封。被害者非一家，饮泣者不一人。始于武冈作俑，因之邵阳效尤。此风一倡，村村闭粜，处处设围，粒米颗谷不能出境。而一二市魁里侩从中播弄，既借粜谷之名遂其需索，复借阻米之目肆其劫抢。今且三五成群，鸣锣街市，揭帖通衢，敛费集钱，无所不至。父老吞声饮恨，官府膜若不闻。且有穷乡小民，走二百里持衣被向城中质钱买一二斗米，辄被此辈抢掠，且捉向公庭加以囤运之名。官亦明知其非，莫敢谁何，反加良民酷刑，以谢群不逞之徒，此近事也。于是，群小日肆，米价日昂。乡曲愚懦，宁甘饿死，不敢入城买米；富民则闭不敢粜。万口嗷嗷，无从得食，岂甘就死？此危机也！

目下邵阳犹可支持，新化则全无生理，贫富皆困，待命朝夕，不能自存。缘新化山多田少，无论丰凶，总赖上流接济。今连遭旱潦，又为安化搬去。而上游自武冈以下，层层阻遏，至邵阳作一大关键，颗粒不通，新化城中遂至断炊罢市。不得已，将义谷减价分给，而义谷无多，十日即竭。昨乡绅公措二千金以官牍向府求买，意谓借大府之力可以流通也。而新民坐守三日，不得报。府符下，乃以外邦辞吁。谁非赤子，而忍外之哉？迨新人告急文书再至，始委员监盘县仓为发棠之举，展转推卸，窃恐委员在途，而新民已成沟瘠矣！

今郡城河下，商米守候尚多，为日甚久，大半霉变。大水顺流，一日可至。何惜不以济新民？而必爱护此一二痞匪，不肯加半点声色，听其把持武断，立视新民之死而不顾，不知成何政体也！且新民不饱，亦岂邵民之利哉？

见在田秧莳插甫竟，而雨多晴少，未知天竟何如？纵使有年，亦在百日内外方见新谷，此百日中作何区处？此间阻米，曾酿巨祸，至于戕官动兵，而皆一二痞匪为之，岂不可寒心也哉！况阻米之私禁不弛，不惟他邑难望接济，且一邑之内，本村有馀之谷，即不许颗粒沾溉他村；本族有馀之谷，并不许颗粒沾溉他族。非尽由富户昧任恤之道，实缘痞匪严阻遏之禁，故武冈邵阳素称殷富之乡，亦皇皇然救荒无术与瘠壤等也。

为今之计，急宜痛惩阻米恶习，以通邵阳关键。而武冈之阻遏不许出境者，则严檄州牧力弛其私禁。俾米商迅速转运，源源接济，庶新化亿万生灵，不致遂成饿殍，而上游有馀之粟，亦不置之无用之地。贫富相通，患难与共，且使群恶少震聋敛戢，不致酿成巨祸如往日。已事是长官稍一振作，而民之受福不可胜言。子实生我，是所望于守土君子。

祀何忠诚公于湘潭流水桥议

明督师何忠诚公之殉节于湘潭也，其地为流水桥。槁葬在是，后虽启殡迁去，而精爽长留。潭人言：月夜尝见有红袍玉带徜徉桥畔者，公之灵也。

先是公部将张熹宦者，襄阳人，有胆略，以都匀右营游击从公于武昌，公任之笃。左良玉之变，闻公投江，夺舟追及，正渔舟救公于关将军庙时也。自此展转从公，累功晋都督同知。戊子代镇将胡一清驻武冈。时武冈再复，公亲书送行诗云："江南江北望如云，岭表孤峰带夕曛。报国惟凭心与力，勤劳今日属将军。"熹宦至武冈未久，闻长沙变，领所部从衡岳后山奔援，抵花石而公尽节已五日矣。熹宦闻大哭，坠鞍拔佩刀自刎，为其下抱持慰止。张氏家传云：抱持者同官胡跃龙也。少间，饮泣大呼曰：公尸未得，宦何敢死？乃驰诣湘潭，与老僧沿河行，索得之于流水桥底。其地在今湘潭十四总。亲负之出，具棺用常御袍带以殓，瘗于桥岸双柳树下。于是熹宦遂誓死守公殡不去，为潭人矣。屡致书公子文瑞，曰："主帅死忠，裨将收骨，分也。熹宦所以久于潭而不去者，以当日覆一抔土者惟熹，欲留以待公子之至，亲指其地白之有司，乞公骸骨归邱土，与殉节夫人合葬，然后公之一门节烈，砰訇照铄于天壤而无憾。"盖公配王夫人，亦闻公丧而以死殉者也。

其后湘中有水灾，熹宦卒遣人在五开迎公子凯及从子之玉来潭，张氏谱其年乙巳，盖康熙四年也。引至瘗所，痛哭展祭待启。当瘗公时，共秘其处，惟故守备曾启先、衡阳丁德所、豆腐家老暨老僧与熹宦弟某、仆老冬数人知之。至是相与启函，颜色如生，双眸炯炯，项下长新肤，棺中衣不解带，体全蜕出，咸惊讶称异。灵车既发，熹宦擗踊哭送，谓公嗣曰："熹宦十七年心事今日始尽。所望于我两家子孙者，建一祠于此地，则公精爽常在湘天矣。"今越百八十年，祠初未建，其地且为市人侵占，欲求流水桥双柳树遗迹，无有能言其处者。余重刻《楚宝》时，憾吾乡表章忠义之典未尽也，曾发其端于《增辑》中。嗣又为邦人上官数数言之，以谓公撑持残局，尽瘁湖南。其心则崖山之心，其志则文山之志，与史忠正之殉扬，瞿忠宣之殉桂同例。今扬州之于史，桂林之于瞿，春秋享祀，奔走恐后，而湖以南独无半椽一楮之奠，如之何其可也！

今闻潭人有稍稍议及此者，但公殡地久湮废，骤难规复，议别建祠于他所。余谓公神无不在，然其精光不昧，时隐见于古桥双柳间。非祠于此，无以妥公灵也。彼都人士，致多君子，终必有起而任其事者，故书公墓而详及之。谨识。

迁祀宁乡令邱公暨邑中殉难一百三十六人于北郊义士庙议

邑北郊有故邱公祠，祀前明宁乡令邱公及邑绅士殉难一百三十六人。祠建于明邑侯党哲，岁久荒废，无可稽考。乾隆二十八年，陈文恭公抚湖南，檄侯令可仪求其地不得，乃就北郊灵官庙侧义士庙故址重建，即今祠也。嘉庆十三年谢侯攀云，二十年王侯余英前后补葺，祠以是不废。

道光七年，显鹤来铎斯土。故事，岁春秋学官率弟子员修祀事于其祠。至是见其地势逼仄，庭宇卑陋，慨然思所以更之。辛壬之间，邑诸君子奉功令建节孝总祠坊于北城外，阴阳协相，基址宏敞，意欲因利乘便迁祀邱公于其左，而高大其垣墉，增广其堂庑，遍商之邑君子询谋佥同。盖公与百三十六人忠义之气在人心，而都人士秉彝好德之良尤不尽昧也。谋未定，会江华瑶丑蠢动，邑当孔道，军书旁午，当事无暇他及，议遂寝。久之，遂无有过而问者。

窃尝论之明季流寇之祸，凶焰炽天，所在皆望风靡。而公以无城可守之宁乡独当其冲，慷慨誓师，捐躯遂志。而其时荷戈赴难、万死不顾甘以身殉者，又皆莘莘俎豆之士，至一百三十六人之多。后之过此都者，式其城可也，而况亲为其编氓同里，子姓姻娅，有不欷歔凭吊、求所以妥忠灵而永肸蚃者乎？抑余重有感焉。

昔李忠节、蔡忠烈之殉潭州也，宾客仆隶皆乐为之死。二公后先相望，彪炳史册，锡予美谥，载之祀典，潭之人无不知有二公者。然二公之名在天下，亦犹其在潭也。公于二公之死同，又益以百三十六人同殉之烈，而前史不书其名，方志并逸其事，易名之典阙如，表忠之祀行废，伊可伤也！

又况先邱公而殉者，有摄县事之府经历莫君可及与其子若鼎、若珏，而义士庙复专为捐躯捍贼之砦官余君升设，其事均见堵文忠公所为《忆江楼》诗。今邱公之祀幸存，而义士之名反佚，经历之祀无闻，鬼而有知，能无怨恫？且此百三十六人之膏血北郊者，半已姓名没灭。蕞尔一祠，不及今维护而更新之，再阅数十年恐遂夷为平地，而百三十六人之英魂毅魄，与邱、余、莫三公之精爽英灵，同湮没于荒烟蔓草中而莫之知也。岂不哀哉！所望邦人君子、故家大族各解私囊，同襄义举。显鹤拟通详大宪，上其事于史馆，请谥锡祀，以阐幽魂，以光盛典。谨议。

议修宁乡县城及团练事例

宁乡地当冲衢，为湖南行省西南要地，而县治无城。国家承平日久，亦无有议及此者。顷江华瑶匪赵金陇蠢动，官兵失利，窜入常宁。大府以长属毗连，恐内地匪徒，乘间窃发，谕令各县文武员弁率所属乡绅，设法防御。而宁乡实当西面之冲，人心皇皇，惧旦夕贼至，讹言且四起，筹备尤不宜不预。于是，知县兴国方炳文会同儒学、营汛及乡之缙绅耆老、学官弟子，谋所以守御之策曰：小丑跳梁，至不足数，大兵压境，指日荡平。然慎固封圻，守土者之责也。今日之事，在先定民志，舍团练无他法，佥曰惟命。而训导邓显鹤遂条陈其事例于左，时道光十有二年，岁次壬辰春二月也。

一曰修城壕以固根本。县治依山面水，本有自然形势。令署背南面北，居民阛阓不下千户，环列错处，向无城垣，四正各以一哄门标识。仓卒有警，四面如履坦途，何以防御？今勘自西而南绕县署之后，山势蜿蜒回抱，其斗峻处俨然金汤之固，因高增崇其势甚易。惟东南稍辽阔，自玉潭桥而东，滨江低陷，颇难施工。县境多石山，采取尚易。今议先以大树数十根，横竖贯之，埋土一丈，而仿治河筑堤法，以舟载乱石横其下为基，上敷以土筑之之法，以石灰沙石和土坚筑广一丈、高二丈四围称是城；上仍按四正四隅立炮台，五尺一垛，城下凿壕，深广视城，即以浚壕之土筑城，犹为事半功倍。若云土城仓卒难成，则四围俱先用大木厚板坚栅，然后依栅筑土，城竣后，木板料仍变价待用。如此，则用不虚糜工归，实济民不劳而事举，费不大而功就。城垣既固，附郭居民自争先趋附，则守御有资，而根本固矣。夫县治者，一邑之根本也。根本固乃县官民为一体，通城乡为一气。故曰今日之计在先定民志，民志定而根本固不能摇定矣。

二曰筑堡砦以资保障。根本既立，乃可议守。虽然孤城无援不可恃也，而合邑之大，势又不能聚处一城，则四乡堡砦之设，尤急务也。按县分十都，都分十区，今议每都公举绅耆一人为都长，区各一人为区长。取其殷实公正为一乡所信服者，无论绅士耆民，官给执照，待以殊礼。使之稽查户口，相度形势，择其险要处立堡砦，使一都十区之人，自相保聚，并小户入大户，移平处就险处。深沟高垒，凡一都十区所有之积聚，移实其中。平日耕作生理，各从其便。有警则闭栅登陴，并力守御，其筑堡立砦之费，或按地亩均摊，或劝富户捐办。其都区之穷者则请于官，量为给发。至若都区有畸零散户及与他乡犬牙相错者，听其分合归并，互相联络。如此则与县城相犄角，官长相声援，而保障有资，藩篱益固矣。

三曰籍丁壮以勤训练。城壕固，堡砦完，资人以守。老弱疲癃，不可遣也。刚狠无礼，犯上无等，不可任也。则训练丁壮诚亟亟矣。按县册宁乡共若干户，以丁口计之当得若干丁。今议县治所每户出壮丁二人，各都每户出壮丁一人，亲身、雇募听便。每十人置一队长，五队为一团，以一团长领之。五团为一大团，以一团总领之。其姓名详注二册，俱盖县印，一存各团，一存县署，官长仍不时察核，黜陟赏罚。每团各置一副长以分其劳，使之教导，勤加训练，三日则会操。有警则登陴守御，平日耕作贸易仍听其便，但不可远离。其养之法，除三日操期及有事守御按名给饮食外，余日仍归本户给养，贫者不在此例。

四曰广储蓄以备缓急。人多需食，则积贮粮谷为第一要务。按县常平仓贮谷若干石，止有此数，不能擅动。县称饶富产米之乡，然城中盖藏甚少。既乏富家，又缺囤户，贫民肩贩，大抵取给乡米。今既有城可依，即当谕令附郭居民，将存谷寄贮城中。有事即挈家轻身入城就食，其有不顾移徙或谷多难以尽移者，宜照采买例，领价缴谷。或官自收买，别建仓收贮，以为训练丁壮及有警守御、按名发给之用。其支放出入，官仍照册严加稽察，毋使胥役土豪一毫侵蚀，以备非常，以归实济。抑又闻长老言，明末某巨家有深虑，尝煮薯蓣烂捣为砖，阶城铺地筑墙，皆是物也。乱后围城中无所得食，而取砖屑之为粮，全家赖以存活。有心者尚其识之。

五曰精器械以利搏击。城堡完缮，士马腾饱，然徒手而搏，孟门失其险，乌贲失其勇，则器械要矣。县营汛一弁领十余卒，略取备数而已，无所谓器械也。既造城壕、练丁壮，则利器不可不备。今议城完之后，相要处设立炮台，照式置大炮八尊或六尊，以备轰击。其过山乌、九子连环炮亦宜多造。鸟枪以八百杆为度，刀矛戈戟倍是。火药窃计城中老屋墙垣甚多，在在可取土供用，只须募人熬煮磺取之官，旬日即可得数千斤。绳索、铅弹取足用。又沩溪旁碎石甚多，募能致千斤者，与钱若干，堆积城隅。又猫竹杆锐其尾煨以柴火、淬以桐油，犀利胜铁簇，二者费省而易致，尤为甚便。药弩宜多造。其各团堡砦，凡有防夜火枪素习施放者，即多购。绳药砂子备用不足，则别造。营枪仍镌官编字号，事后缴官。所用钢矛，头长一尺，杆长八尺，有能用丈八矛者更妙。仍需召募技艺精绝武士，按团教习，其有奋勇出群者，团长闻之都长，都长闻之官，特加奖异。

六曰扼险塞以重堵御。有城壕以卫县，有堡砦以卫乡，义勇精壮，蓄积饶富，器械鲜明，至是可以无虞矣。虽然，吾犹惧其逼也。天子守在四夷，诸侯守在四境，寇已临城而始言守御，非策也。县境东连善化，南毗湘潭，西通辰沅，北属资邵。西北一路有宝庆为之蔽，司徒岭、沩山之险几同天堑，唯东南接壤潭、善之地，最宜扼险而卡，以重堵御。今议东路石龙关接连善化界，险阻可恃，宜立塞屯守。南路卢家河、道林，东南路枫木岭、堆子坪等处，为群盗出没之所，尤宜设立卡砦，扼险而守。水路择靖港而上、双江口而下范家坝地方设卡砦，察每船户及客商姓名、籍贯、生理，详注一册，验明放行。每卡以殷实公正乡绅坐守，即用都长、区长承充尤便，毋许保甲纤毫需索。

七曰树瞭墩以联声势。虽然吾犹惧其涣也，当有以联之。县分十都，都分十区，广袤不一，八、九、十都有距城二百馀里者。今议都设一团则太疏，区设一团则太密，疏则地远而难亲，密则费多而难给。大约每团相距不过二十里，于两团适中之地，择一高处置墩台一，以资远眺，下建屋一，以便栖止。每墩须择有胆力、熟道路之健足四人居其中，轮流走探，遇有警，即鸣锣放爆为号。一团有警，各团奔救。平日或约一定期齐集会哨，或比武艺，施放枪炮，既可以壮声势，亦可以彼此认识，互相联络。不特外境贼匪闻风远飏，不敢窥伺，即本境匪徒，亦有所忌惮，而不敢窃发矣。

八曰申保甲以厘户口。虽然吾犹惧其淆也，当有以厘之。惟有申明保甲，严立程限，彻底清察之一法。自嘉庆中川楚教匪底定以后，继以滑乱，中外警动，群谓严行保甲可以制乱未形，于是颁为令甲，直省遵行。如果州县得人，实心实力奉行，匪徒自不能潜匿，何致盗弄潢池，漫无觉察。县境延袤三百馀里，户口繁多，奸良莫辨。加以外来流民，成群结党，本境匪类，借事生波。去岁安、益抢劫之案至三百馀起之多，此近事也。我境幸获平安，如天之福，岂可狃于目前不及，闲暇时为未雨绸缪之计。今议团练之中，严行保甲，每十家联保，互出甘结，方准入团。其游手无职业者，并归团内，交团长会同都长约束训练，果属匪徒，即送官究治。外来踪迹可疑之辈，无许溷入。其馀良民，虽穷苦不能自存者，亦悉使团聚。团共几家，家共几口，所操何业，田土若干，一一详注册内，以便稽察。如此则匪徒不敢藏匿，团外之间谍无可乘，团内之游情有所警，所谓多一民即少一贼，化匪类为良民，策之善者也。

九曰劝捐输以筹经费。虽然岂易言哉！非常之举，事在人为。一钱之来，不自天降。今当度支拮据之时，而欲与大役，动大工，经费巨万，出自何款？既未敢请领帑银，而各官廉俸有限，即全行捐用，亦无补涓埃。则惟好义乐输之殷（宝）〔实〕绅者是赖。县向称饶富，素封之家，不一而足。今议定有力而仗义者二十人，每人先借银一二千或四五千，少则四五百止。官长亲书券约，如果本人乐输，官为详请议叙，否则事成之后，如数归款。至筹款之法，事关军国大计，不能不借资民力。仍著交每都都长、每区区长按粮均输，官为通详请示，其银仍交总局经管，不假手书胥。诸绅耆或名登天府，或櫜为里雄。联腴阡陌，岂无足谷之翁；倡建桥梁，不乏挥金之举。矧此何事，敢曰无徒？不惟阖邑之谋，即是私家之计。呜呼！人各有身，身各有家，谁无父母妻子，谁无祖宗庐墓，谁无亲戚姻娅？谋之既成，则共享其福；谋之不成，则事未可知。明季之祸，富民先受，兹土尤甚。其中金穴，何止一家，如果先事防维，何至同罹奇惨！史忠正有云：止坐一悭，遂成胥溺，岂不冤哉！所望故家巨族，义士仁人，凡在同盟，无狃故习，欲图胜算，须问前车。各破已悭，并劝同志，多或效卜式之输，少则等弦高之犒，毋推诿于不能，毋观望而不进。共襄义举，伫望解囊。

十曰息浮议以定民志。今议者动曰贼来，吾可他徙远避。毋论老弱细小，辎重累累，万无可避之理；即使安乐有窝，洞天可辟，而舍祖宗庐墓之乡，受转徙流离之苦，孰与团集乡里，一劳永逸，得失较然，不待明者而决矣。又曰四乡各就险处，立砦各保各境，谁能出力为附郭居民守城？此尤计之大谬不然者也。夫国家之所以久安长治者，恃有官也。天下之大，势以京畿控直省，以直省控府道，以府道控州县，以州县控乡里，如身之使臂，臂之使指，星棋布置，血脉贯通，声气联络，上下一心，官民一体。国家万年之基，所恃在此。今舍根本之地不顾，而曰吾据险自守，吾见号令不一，赏罚不行，贫富相竞，强弱相凌，非聚而攻，即溃而散耳，能安坐以保此富乎？舍此二说，则又有贪厝薪之安，耽处堂之乐，希冀于瑶匪之不肯离巢穴，贼匪之不遽弄干戈，而以此为不急之务，畏难苟安。我国家承平日久，圣圣相承，深恩厚泽，沦肌浃髓。普天率土，悉主悉臣。此等幺麽小丑，自取灭亡，大兵压境，立成齑粉，本无足深虑，但有备无患。乘此人心警惕之时，一鼓作气，为子孙立不拔之基，于国家万年有道之祚，亦不无裨益。吾故曰今日之事，在先定民志，欲定民志，当息浮言。同舟即一家，成城资众志，是所望于烛计利害，权衡缓急，长虑远顾、熟思审处之邦人君子。

议捐积谷规约十二条

积贮为民命所关，恤贫即保富之道。我邑山多田少，虽曰产米之乡，连岁丰收，仅堪自给，一逢歉薄，立见饥荒。今夏青黄不接之期，谷价腾贵，斗米七八百钱至千钱不等。城市村墟，至于无米可买。稍有馀裕之家，栗栗危惧，虽欲减粜赈贷而不能。幸慈惠长官，详请开仓平粜，与各乡好义绅耆，设法筹维，办理妥善，幸臻安谧。今岁比较去岁，不大相远。而下流昏垫，到处水灾，较之往年，尤为特甚。我邑虽稍丰稔，而医疮剜肉，十室九空。食麸忍饥，朝不谋夕。荒村小户，不待度岁，而倾筐倒囷，还债赎质，已罄书无馀矣。

今岁之收，未丰于昔，今兹之耗，更甚于前。而欲冀幸于明岁之不荒，比户之安帖，得乎？人情燃眉则急，痛定则忘。与其临渴为掘井之谋，何若未雨作绸缪之计。现奉各大宪示谕，劝令民间积谷，谆谆晓譬，至再至三，其所以为我民虑旦夕计长久者，至详且尽矣。

年岁之丰歉靡常，积贮之筹备宜早。窃以为官为民虑，不如民自为虑之熟也；官为民计，不如民自为计之切也。今拟趁此年谷顺成，秋收甫毕，敬劝阖邑，共襄义举，逐村逐甲，按亩分捐，图匮于丰，积微成巨，以为备荒之用。似此思患预防，自可有备无患，将来偶值偏灾，办理亦免竭蹷。现在湘潭、湘阴等县，均已次第举行，其言曰今日捐谷之人，即他日藉谷备赈、藉谷救饥之人。虽曰济贫，实以安富。且在境内存诸公仓，与存诸私仓无异，不比各色捐项，有去无归者比。此诚保富恤贫、久安长治之良法美意也。谨拟规约十二条，期与长顾却虑、熟思审处之邦人君子共勉图之。

一曰按亩分捐。自《周礼》遗人之掌，门关、乡闾皆有委积以待难阨。隋长孙平因创为义仓，每岁丰，劝令百姓军人出谷麦一石贮之社司，而不领于郡县。唐太宗踵而行之，令每亩税二升以广储积而备凶荒，皆所以济常平之穷也。至朱子社仓法立，规画周详，至今遵守勿失。但社仓请米于官，隋仓资粟于民，微有不同，其为良法美意则一也。我朝康熙、雍正间，允计臣请，听民间照亩出粟，迨后竞相仿劝，有每亩出二升，有佃田每亩出三升，自耕每亩出八升，有有馀之家，不为限制，自十数石、数十石以至百石、千石不等者。故其时乡多殷实，野有盖藏，比户可封，虽灾不害。今水旱频仍，公私交困。官储多雀鼠之耗，社仓无颗粒之存，请赈势既难行，劝捐情尤莫属。

今夏斗米千钱，饿殍盈道。新、邵村落间，持白棓与饥民争食者，动以千百计。贫民既立视其死而莫救，富民亦坐拥厚实而不安。今岁已然，明年尤甚。悠悠我里，其何以堪！为今之计，惟有确遵大府劝谕，及时积谷，每村每甲按亩均出之一法。其法云何？中人之产分龠合而已。多足谷之翁，倾廪囷而不惜，是宜以田之多寡为谷之赢缩，则情理势均顺而事易集。今议八亩至二十亩之家，每亩出谷二升。三十亩至百亩之家以递而增，大约三十亩每亩三升，四十亩每亩四升，五十亩每亩五升，至百亩每亩一斗而止。以新化一县而论，千亩之家固少。以下渡一村而论，百亩之家亦希。大凡新化一百二十八村，地之广狭肥瘠不同，户之多寡奇零不一，今截长补短，合筹熟计。但使村得五十亩之家百，可获谷二百五十石；村得百亩之家百，可获谷一千石；村得千亩之家一二，可获谷一二百石。合以零星小户，每村计谷千石，村一百二十有八，都计可获谷一十二万八千石。敛不为苛，出不为费。官府无抑勒之势，闾阎无追呼之扰，有菽粟如水火，合通县为一家，尚何有凶荒之可虞，抢劫之足虑哉！

汤念平先生《劝积义谷序》云："省目前宴饮之费，即可苏异日数人之命；减一月鸡鹅之粟，即可救他年同类之生，独何惮而不为哉？"陶文毅公《义仓章程疏》云："取锱铢于狼戾之时，求水火于至足之地。捐谷者不以为难，司事者不以为累，行所无事。不求其利而弊自除，预防其弊而利乃久。"名臣硕儒之言，真可奉为龟鉴也。又《募义谷疏》云："里中亲友，寿诞称觞，当共计其费出义谷。欲为人称觞者，亦计其费出之。或宴会有不可已者，则薄其费，而以义谷补之。夫省酒食之浮费，以利济饥贫，此祝寿之上术也。又有疾病及一切祈求，亦于神庙发愿出义谷若干。夫省斋醮之虚文，以利济饥贫，此祈神之上术也。盖天地鬼神，原以爱人为心，能爱人者，则彼亦爱之。以此祝寿，寿必永；以此祷病，病必愈；以此祈名利子息，名利子息必得矣。"又《义仓章程》云："一劝捐之外，尚有因事乐施一节，如民间演戏酬神，及嫁娶喜期、庆祝生日，尽可将糜费折谷捐人义仓，扩而充之，不特安贫，即以保富，将型仁讲让之风，亦由此而兴起矣。"

二曰经理择人。天下事未有不需人而理者也。从来有治人，无治法，人之难得而亟需也，岂细故哉。万乘之国，得一人则安，失一人则危。千金之家，一人理之而日赢，一人理之而日耗。朱子始行社仓，请于建安府借谷六百石为本，得其乡朝奉郎刘如愚经理敛放，行之十四年，还官米外，买得现储米三千馀石。以后永不起息，每石止收耗米三升以防耗折，而崇安一乡四十五里之地，遂无饥馑之患，得人故也。

今社仓之法，通都僻邑无不遵行，而卒不得实效者，岂法之不善哉？无人故也。故积谷以得人为亟。积谷非难，得人最难，故择之不可不慎也。《论语》云："十室之邑，必有忠信。"昔儒云："一命之士，苟存心利物于人，必有所济。"三代之直，尚在斯民，人之欲善，谁不如我？今议每村择公正明练、家道殷实、素为乡里钦服之人分司其事。村二十人，各领谷五十石，以时收放，三年之后，择地建仓。领以仓长，纠以仓正，助以仓副，互相纠察。其人不论绅耆士庶，但须诚谨殷实，即共为举荐。每届年终，详审更替，毋许恋充推卸。如能矢公矢慎，经理得法，所管之谷，有赢无绌，众请于官，加以优礼，给以冠带如乡饮宾之例。详后奖劝一条。稍不如法，立予更换。所管谷少有耗折，如数罚偿。以本乡之人，治本乡之事，以各村之人，筹各村之家。地习其人，人习其事。事习则才能易见，人习则廉耻易生。于乡里旌别淑慝之中，寓朝廷黜陟幽明之法，人材以鼓舞而出，世事以奖励而成，虽有鄙悍之夫，亦知自爱，五尺之童，亦思感奋矣。此而犹曰国无人焉？吾不信也。

三曰囤贮得地。方恪勤公观承《进呈义仓图说》云："有谷而不筹其地，则浥变可虞；有地而不察其形，则经界莫定。"故劝捐必先建仓，建仓必先绘图，盖言仓储之宜得地也。今创议之始，村择二十人各领五十石，听其寄贮私仓，年终会核，未遑择地也。然积谷既多，建仓难缓。俟三年之后，稍有馀息，择地兴建，其费易筹，其功亦易就。是宜相村落之广狭，度道里之远近，于每村各设仓廒若干。其地则贵人烟稠密、形势高阜之处，勿近水，惧霉变，且防冲刷；勿近市，惧偷漏，且防嘻咄。务使远近适均，四面村庄，相为联络。期于往返各便，赒救易通。至于依山阻险，立砦设墩如古坚壁清野法，以备不虞，则又在邦人君子熟思审处。

俾如京如坻，如比如墉之观，井井焉，廪廪焉，遍于四境，利及百世。虽有水旱不齐之岁，而无流离失所之民，则贫者有所恃而不恐，富者亦取诸怀而如寄矣。

四曰收放有法。自来议积贮者，管、商而外，莫善于李悝之平粜。大饥则发大熟之所敛，中饥则发中熟之所敛。汉耿寿昌师其意为常平仓，谷贱则增价而籴，谷贵则减价而粜，今常平仓遍于直省州县矣。定例春减价粜出，秋增价籴还归仓。又有存三粜七、存七粜三、存六粜四、存半粜半之异。然行之既久，以朝廷惠恤穷民之具，视为奸贪谿壑之填。又常平置仓城郭，出纳皆归吏胥，旱潦偶罹饥馑，望赈文报往返动稽时日。深山穷谷，孤苦小民，既不能为涓滴匍匐官仓；方州大县，慈惠长官，亦不能为乡村散给升斗。有名无实，滋弊甚多。说者谓常平在官，不如社仓在乡为便，是固然已。然又有谓常平可收而不可放，社仓可放而不可收者，其故云何？盖言收放之难，不可无法也。

尝试论之常平之敛也，谷贱而籴，市人借以增价，富民既受抑勒，贫民又苦市昂。谷贵而粜，市人因而居奇，乡民徒受奔波，穷民并无沾溉。即曰移粟于乡，计里而授，领资脚费，层层盘剥，而无钱之民，仍不得米。而常平之法，穷社仓之敛也。或借于官，或捐于民，夏贷冬还，归本得息。领之乡社，官司不得预；掌之乡绅，吏胥不得问。朱子行之，成效彰彰，法诚善矣。然行之既久而滋弊者：一则虞积聚之多，急于分贷。其弊也为中饱、为干没，富民受牵涉之累，贫民无龠合之偿。一则惮敛散之难，虚存数目。其弊也为浮开、为冒领，奸民因而索诈，平民视为畏途。即或乡僻老成经理偶善，而父子异趣，兄弟相持，实惠遂成空文，虚名且受实祸，而社仓之法亦穷，凡此皆收放之无法也。今议各村择二十人分领分管，众请于官，各给印簿，载明所领谷石，凭众车飏净尽，官斗乘量实在，多少于是。一定移交之期。每年择冬月某日起至某日止，凭众分作四柱，算明旧管若干，新收若干，开除若干，实存若干，亦用官斗移交某某，一交一领，书明某笔、某证，登入印簿，一年一换，不得推卸，亦不得恋充。一定开仓之期。每年夏至前后，分作三期散谷，秋分前后分作三期收谷。入仓不得借有私帐，拖欠混赖，违者著落经手人备即赔偿，不则鸣官追比。一定质剂之例。散谷必访明其人有田亩几何，平日作何生业，家有几口，需谷多少，务必有的确殷户保人，亲书借券，仿照朱子春贷秋还，二分归息，方许借给，届收期不得稍有拖延亏欠，违者惟保人是问。若村内游惰闲民及外间来历不明之人，虽有的保不借。一广质押之例。每年青黄不接之期，如有求借无门之人，准邀同的保，仿照近日典谷之法，许以物质押，酌量家口多寡，物值贵贱，量物作价，抵谷若干，秋收后每石取息二分，质物止作半价，逾期不还，变价买补，是谓收放有法。

五曰赈贷随宜。《周礼》以荒政"聚万民，一曰散利，二曰薄征"。言赈济也。《泉府》云："凡民之贷者，与其有司辨而授之，以国服为之息。"言借贷也。李悝云："粜甚贵伤人，甚贱伤农。伤人则离散，伤农则国贫，故甚贵甚贱，其伤一也。善为国者，使人无伤而农益劝。"言籴粜也。是故大荒赈济，次荒赈粜，小荒赈贷，以年之上下为率也。稍贫赈贷，次贫赈粜，极贫赈济，以户之上下为准也。所谓赈济者，或散米，或煮粥是已。然非大荒之年、极贫之户垂死旦夕者，不在赈例。宜察核的确，按名分散，无许非饥冒领而真饥反漏。又有同为饥民，有上月饥而下月可存活，上月可存活而下月饥者，当斟酌上下，务使同村之人无少混淆，共免沟瘠，是谓赈济。所谓次贫赈粜，即今常平仓法，减价平粜是也。然须察明实系次贫之户，照赈济法每口几家，每月需米几斗，每月粜减价米若干。若一概施行，人人得粜，奸商贱贾因而居奇贱买贵卖，而贫人受惠者反少。故富民与稍贫之民不许概粜，即次贫之民不许多粜，则沾惠得均，而假冒胥杜矣，是谓赈粜。所谓稍贫赈贷者，即今各州县之借用仓谷是也。而借尤当酌质剂、质押，已详收放之条。将贫未贫，尤多奸猾之辈或豪强有力逞刁讵借；或柔懦多奸，夤缘取巧，止图一己之肥，视为公家之物。多一转贩之辈，少一实惠之周，此稍贫之民，尤不可不力为察核也。唯有计口授粮，每户若干口，每月需谷几斗，取具连环保结，仍照朱子社仓二分之息，春贷秋还，夏贷冬还，年清年款，毋许一毫拖欠，以期颗粒不虚，是谓赈贷，是谓赈贷随宜。

六曰清厘户口。《周礼》大司徒周知天下人民之数，乡大夫而下至于五家之比长，遂大夫而下至于五家之邻长，不特知之，而且辨之、数之。不待凶荒，而施舍之政、补助之法、敛散之节了如也。至勘灾审户，始于宋苏次参于澧州，令各户自书某家几口、大口若干、小口若干、合请米若干帖于门首。自是以后有分为三等、分为四等、分为五等、分为六等者，皆所以清户口也。三等之法，余童用之于蕲州，尽括户口之数为三等。孤独不能自存者专赈济，下户乏食者赈粜，有田无力耕者赈贷。四等之法，李珏用之于毗陵，分灾都为仁、义、礼、知凡四等。仁字系有产税物业之家；义字中下户虽有产税，灾伤实无所收之家；礼字系五等户，佃人之田，薄有艺业，而饥荒难于度日之家；知字系孤寡贫弱，废疾乞丐之人。除仁字不系赈救，义字赈粜，礼字半济半粜，知字全济，并给粟如常法。五等之法，弥巩用之于江东，厘户为甲、乙、丙、丁、戊凡五等。甲赈乙粜，丙自为给，丁粜戊济。六等之法见于明林希元奏疏。疏云："臣欲分民为六等。富民之等三：极富、次富、稍富；贫民之等三：极贫、次贫、稍贫。稍富不劝分，稍贫不赈济。极富、次富使自检其乡之次贫、稍贫而贷之种，非特欲借其银。种也欲于劝分之中，而〔详〕审户之法，何者，盖欲极富、次富之民出银以贷诸贫，彼必度其能偿者而始借，而不借者即极贫。不用耳目而民为吾耳目，法之简要无有过于此者。若流移之民与鳏寡孤独等，皆谓之极贫可也。凡此皆所以清户口也。户口清则或济、或粜、或贷皆可不淆，而丁口之滋耗，衿耆之贤否，闾阎之欢娱疾苦，皆洞悉而无遗矣。以宝庆现在户口见于布政司册者核之，邵阳户十一万八千一十四，口七十万六千五十四；新化户五万一千一百一十二，口四十五万三千一百八十八；武冈户八万八千三十，口三十九万一千三百十九；新宁户二万一千四百一十三，庙一百一十五，口十万一千一百四十九；城步户一万六千二百五十九，口八万九千二百三十一。宝庆共户二十九万四千八百二十八，口一百七十四万九百四十一。

七曰计核田亩。天下之本在农，农之本在田。王制方一里者为田九百亩；方十里者为方一里者百，为田九万亩；方百里者为方十里者百，为田九（十亿）〔百万〕亩；方千里者为方百里者百，为田九（万）亿亩。《周礼》大司徒周知土地之数。与夫上地、中地、下地一易再易，不易之辨，言田亩之宜核也。是故谷出于农，农出于田，田计以亩，谷计以仓。欲觇农功必讲仓法，欲讲仓法必知民数，欲知民数先清田亩。古者田以井授，管于比长、邻长之官，今以买受，则业主即比长、邻长之官。明初诏天下编赋役黄册，近城曰厢，在乡曰都，各编十甲，皆谓之里。一甲统十户，一保统十甲，甲推田粮多者为首，则甲首又业主之比长、邻长也。然里甲无一定之域，随甲中人所并之地而为转移，有此甲在县东，彼甲在县西者。又有同为一甲，张家在县南，李家在县北者。于是，诡寄飞洒隐匿之弊起而田数紊矣。然田数本有册籍，有一田必有一田之主，他人不知，业主未有不知者。有一田必有一田之粮，业主即隐，甲首未有肯隐者。今以一县论，村之大者或七八千亩，小或三四千亩，上农佃二十亩，中下以次降，由田主而核佃户之真数，由佃户而核田主之真名。某佃某田、某买某业、某收某粮，甲清一甲，里清一里。民田不无变易里甲，岁有收除，里甲即无定域，粮册必无混淆，按籍而稽，一目了然，不待村至乡问，履亩清丈而诡寄隐匿之弊自绝矣。宝庆见在田额：邵阳原额田七千七百五十顷四十四亩，原额地一百四十六顷五十亩，原额塘五百九十二顷九亩，共八千四百八十九顷四亩，连垦荒升科额外计核，共九千三十四顷九十三亩。新化原额田四千一百三十一顷九十六亩，原额地五百四十五顷七十八亩，原额塘一百六顷五十七亩，共四千七百八十四顷三十二亩，连垦荒升科额外除水灾失额，共五千五百九十二顷七十七亩。武冈原额田七千八百三十一顷四亩，原额地四十五顷二十亩，原额塘三百六十五顷五十二亩，共八千二百四十一顷七十六亩，连垦荒升科并拨归寄庄田地除水灾失额，共八千七百六十七顷六十五亩。新宁原额田一千五百五十五顷一十七亩，原额地一十一顷二十七亩，原额塘六十一顷二十六亩，共一千六百二十七顷七十亩，连垦荒升科除水灾失额，共一千六百八十三顷五十六亩。城步原额田八百七十二顷九十五亩，原额地二顷二十二亩，原额塘一十顷二十四亩，共八百八十五顷三十二亩，连垦荒及划出武冈、绥宁，实存八百六十八顷二十四亩。

八曰兼行保甲。《周礼》大司徒施教令于邦国都鄙，使之各教其所治。民令五家为比，使之相保；五比为闾，使之相受；四闾为族，使之相葬；五族为党，使之相救；五党为州，使之相赒；五州为乡，使之相宾。宋熙宁保甲之法实出于此。而要皆以井田为之经，故遂人之五家为邻，五邻为里，匠人之九夫为井，井十为通。孟子之八家同井，一通之地，无不五家为比，十家相联者，故能出入相友，守望相助于相比相联之中。行相保相受之政，即以相保相受之政行相生相养之实。三代盛时所以久安长治，非周末轨里连乡之法可比。秦汉而后非束缚而驰骤，则庞杂而无纪耳。宋熙宁间编闾里之户以为保甲，事尚近古。朱子既建社仓，乃立保甲法，以十家为甲，甲推一首，五十甲推一人通晓者为社首，其法甚备。盖保甲不为社仓而设。而既建社仓，此法断不可少。何也？保甲不立，烟户不清，衿耆之贤否无由辨，闾阎之贫富无由知，有乃萃乃乱耳。自来弭盗安良，敦伦善俗莫先于此，而用之于救荒，则尤甚便。昔人云：保甲为弭盗而设，是以治之之道编之也，人情莫不偷安，故共成之也难。为赈济而设，是以养之之道编之也，人情莫不好利，故其成之也易。是故保甲行而弭盗贼、缉逃人、禁赌博、诘奸宄，均力役、息武断、睦乡里、课耕桑、寓旌别、便赈贷，无一善不备焉。由宋及明行保甲者，朱子而外，莫如王文成公巡抚江西十家牌法为最善。今虽迭奉遵行，而说者谓徒以滋扰，则以行之不善，徒视为具文，无实心任事之人耳。近日新宁之变，匪徒延蔓，遍于郡境，岂可再加饥荒，为丛驱雀？时势至此，各有室家，各有乡里，谁无未雨绸缪之思？邦人诸友，莫肯念乱，念之念之。非积贮不为力，非团练不为功，积贮团练，舍保甲无他法也。同舟即一家，成城资众志，凡我同仇，幸毋玩视。

九曰奖劝乡耆。乡邻有同井之谊，国家有旌善之条。为其事必求其功，食其力必思所报。为善不近名，岂可语之于近人哉！故奖劝之条不可不亟讲也。盖地方虽有富户，未必人人好善乐施，必为上者多方奖励，乃有所慕而为善益力。功令有捐粟纳监、输粟给官之例。今议富户量力捐助，有能于本分之外如每亩二升之例。加捐极多者，众请于官，照例督抚司道府厅州县按所捐多少，给予扁额花红；若有破格多捐为人所不能为者，公请申详，具题旌表，给予官阶，照例议叙，以示鼓励。定例民间输粟赈济者，定为等第，授以官职，有司加礼，与现任同。盖言此项议叙，较之寻常援例捐纳，尤为优异也。又《社谷条规》内有社长虽系平民，免其杂差，见官不跪。此次义仓事务，应即仿照遵办。凡经理公事之人，任劳任怨，有功一乡，非寻常乡约保甲可比。毋论绅耆士庶，宜加倍礼貌。但系义谷事务，众请于官，免其跪见，以示优奖。现今新化捐谷所得，议叙均已奉部给照，但捐户星散，未能联络，以致收散无法，人多视为畏途。此次义仓既成，即可按村归并，永免牵累，尤为至便，有心计者宜亟助成之。

十曰奠安富户。《周礼》保息六条，终于安富。富民者，国家元气所关，富民伤，元气耗矣。昔周武王之民，有粟至百鼓而避远戍，齐桓公之民，有成囷者二而获隆礼。盖藏富于国，不若藏富于家；藏富于官，不若藏富于民。万室之邑，必有万钟之藏；千室之邑，必有千钟之藏。春以奉耕，夏以奉耘，耒耜器械，种穰粮食，皆取赡焉。管子之言，乃人主贵农，重粟之微，权莫之能易者也。顾三代以上，画井授田，富之权操自上，其时无甚贫之民，亦无甚富之民。井田既废，民间生计，一听民之自为，于是富者日以富，贫者日以贫，贫者日觊富者之有，富者日厌贫者之求，于是贫富日相糶相糴也，已而相忮相忮也，因而相仇至于贫富相仇，富者不能一日安矣。而鸷吏猾胥，又从而要求掊克，不则纵贫民以侵侮之，又或任贫民之抢掠而不为之制。日削月朘，忍气吞声，而富者日即于凋敝，而贫者日离于法网，贫与富交病，而闾阎乃嚣然。其不靖驯，至潢池遍野，四郊多垒，始岌岌焉求卜式于田间，丐弦高之不腆，亦已晚矣。故曰富民者，国家之元气，富民伤，元气耗矣。元气既耗，百病丛生。毋论意外之虞，非常之变，即此饥馑荐臻，库帑不敢擅动，仓廪不能遍给，此环而待哺之赤子何所恃以免沟瘠乎？故善为国者，必培养富户于平日，而后可得力于临时。故救荒无善策，安富所以恤民，即救荒之至策也。

十一曰流通商贩。王政无遏粜之文，救荒有移粟之例。积贮者，生人之大命；米粟者，周身之血脉；而商贩者，咽喉之总汇也。商贩通则咽喉不塞，血脉周流，四通八达，五官百骸皆为之用。有如一人之身耳，自手足十二经络节节不得灵通，有立视其死耳，而曰我能大命是延，有是理哉！今为禁粜之说者，曰本境丰收，他方来粜，则本境之粮大匮，而粮价大昂，是大不利于贫民，是禁粜者本求有利于民非虐政比，而不知大谬不然也。今夫五行之产各异，其宜百物之精贵相为用。北方之毡绒，南方之绨葛以相易，而寒暑适宜。杭越之丝帛，淮海之鱼盐以相济，而菁华乃出。况稻粱菽麦之产，何处不宜，水旱螯贼之灾，何地蔑有？此有馀，彼不足，以所有易所无。水陆冲衢，商贾辐凑，泛舟之役，不绝邻境，指囷之风，遍于路人，是以金粟交通，各得所欲，虽灾不害也。今也不然，衣带之水，限若天堑，咫尺之地，邈若胡越。一则粟死，一则金死，粟死病农，金死病国，如之何其可也。即以一邑论，新化田少山多，毗连安化，丰熟之年，尚宜仰给上游产米之乡接济，一遇偏灾，立见困乏。近自都梁夫夷，下至新邵，三百里滩步步为关，层层设卡，颗粒不通。穷乡村落，人人自危，画界分疆，各图自便。因而群不逞之徒，以察阻为名，千百成群，沿门搜索，沿河阻遏，甚至鸣锣城市，揭帖通衢，良懦穷民，背负升斗，辄被抢掠，加以囤运之名，捉送公庭。官府亦心知其非，莫敢谁何，或且鞭挞良民，以谢群不逞。于是匪徒日肆，米价日昂，此近日事也。嗟嗟！穷民典质衣物，走一二百里求颗粒以活妻子，致裹足而不敢动，独使衙蠹地棍，白昼公然抢夺衣物，则委之于质库而不能赎粮石，则付之于何人而不敢问，仁人君子，何惮不以三尺法临之，而忍于坐视如此？此无他，衙蠹地棍之邪说充仞，播散于城市中，虽有慈惠长官，骤闻其语，适中于隐，未及深思耳。此邦阻米曾酿巨祸，至于曾如炷之乱而已极。今日新宁匪逆，亦以劫富为名，彼中殷户，何止一家，毒焰所流，动成灰烬，岂不可寒心也哉！故今日之势，以流通商贩为亟务也。

十二曰严治土棍。《周礼》荒政十二末曰“除盗贼”。盗贼者，土棍之所驯而致也。今天下亦多故矣！承平日久，匪徒芽蘖，滋生蔓延遍于郡县。青莲白莲之教不一，其师斋匪会匪之徒不一，其目红响黑响之众不一，其号捆柴添地之类不一。其名而一，以土棍蔽之。故土棍者，衙蠹地保所恃以为声援，滥衿劣监所倚以为门户，而一切奸党匪徒所据以为巢穴者也。其平居游手好闲，呼朋引类，蟠踞纠结于城市乡镇间，遇事生波，逢人搆衅，乡良里老忞其攫啖，莫敢正视。今沿河阻米，沿门强粜，所称当油炒饭、吃拼门饭者，皆此类也。武冈新宁十年来四动大兵，至于戕官据城不可收拾，亦此辈阶之厉也。前王睢园太守之治武冈也，一日杖杀为民厉者数人，火其庐，投其尸于河，土豪剧贼为之少敛。高沙市之乱或临刑呼曰："使王使君在，吾辈何至于此?"治乱国用重典。呜乎！若王君者，可谓能事矣。宋辛幼安帅潭州，值荒岁，榜于通衢曰闭粜者配，强籴者斩！此可为万世定乱之法矣。故今日之势，非积谷不能已乱，非通商贩不能积谷，非治痞棍不能通商贩，非用重典不能治痞棍，故以严治土棍终焉。

右十二条完密周匝，明白晓畅。简而赅，详而要，无难行之事，无不顺之情，无莫殚之效。惟期各村各甲共相鼓励，贫者勉企，富者破悭，乘人心警动之时，为一劳永逸之计。时无可待，事在必成。通达时务君子，如以鄙言为不谬，即望择期订会，公请于官出示晓谕，并请颁给印簿，按村分领。凡经理姓名、出入数目，详悉书册，缴官存案，以备稽察。而官不与其事，惩胥吏之扰，重绅耆之责也。湘潭刘宾门先生书义仓联语云："本皇恩推广之仁，司筹者当为国计；是百姓自谋之食，染指者必有天殃。"立议之初，某亦以"官要管，官莫管"六字陈之，大府深见采纳。盖官不管则散而无纪，官一管则碍而难行也。故尝以为此事，官为主，听民自行。行之既久，无中馁、无外挠、无牵于利害、无动于浮言，行所无事，乐此不疲。家喻户晓，安土重迁，比间保甲相为表里，出入守望相为友助，驯至比户可封，家敦孝悌，俗尚诗礼。村不藏奸，夜不宿匪，睦姻任恤之谊遍于闾阎，型仁讲让之风复见今日。由是以其红朽之馀，遍为经费之计。以之置庄，则农功益兴；以之设典，则商肆益赢；以之建学，则膏火益增；以之缉捕，则萑苻益清；以之团练，则丁壮易集，操演益精；以之养老慈幼恤嫠育婴，凡有裨于风化，有益于民生者，皆可次第举行。而邑中公事，谋之十年而未成者，尤莫如宾兴大典，通国同情。此举行宾兴，无烦集费乡会，不必筹资郡县。小试生童卷价，学师执贽，皆可酌量佽助，宽为之程。其有益于学校，有利于科名，为邦家光，为邑里荣者，盖不胜纪也，而奚止于百室盈而妇子宁，所谓行一善而百善备者，此之谓也。而皆自积谷始。故曰穀者善也。《诗》曰："穀我士女。"又曰"君子有谷，贻孙子谷"之时义大矣哉！积之积之，凡百君子，敬而听之。已酉九秋南村老农谨识。

资水辨

《禹贡》九江，其大者资、湘、沅、澧四水而已。然澧水入沅，湘水受潇，皆汇众流以入洞庭，惟资能直达。而所出之源，诸说不一。《水经》资水出零陵郡都梁县路山，郦注出武陵郡无阳县界唐纠山，盖路山之别名也。以《水经》之古，道元之精，宜不误矣。而注与经文互异，后之说者莫能审唐纠、路山之所在，而说淆矣。有谓资水有二源，一出溆浦者，《长沙府志》是也。有谓资水有二源，以都梁水为径流者，潜壑《水道考》是也。有谓资水源于绥宁即今之高沙市水者，《宝庆府志》是也。其称出溆浦之谬，人尽知之，不待辨而明者也。潜壑以都梁水为径流，似得之矣而未尽也。盖尝论之武冈之水，见于记载者四：资水、都梁水、巫水、夫夷水是也。其以土名者亦四：济水、渠水、洞口水、高沙市水是也。方志讹渠水为都梁，又讹资水为济水，求资水而不得，遂以高沙市水当之，府志乃从而畅其说。

今以《图经》、《水道考》之都梁水，即资水之径流，济水乃都梁水之别名，而资水之转音耳。盖其可疑者有五焉，其可信者亦有五焉。师古注《汉书》，都梁山资水所出，东北至益阳过郡二、行千八百里，言水势之雄且远也。考高沙市水溪流一线，又上为铜鼓岩、蓼溪、花园岭，浅狭不通舟楫，曾不得比于都梁水之旁支，而曰资水尽是，焉舍径流而求支派？其可疑一也。郦注资水东北径邵陵郡武冈县南，今高沙市水绕州之西北向东南流，出州之东，距今州治七十里，与道元所经县南者相去悬殊，其可疑二也。旧志云晋析都梁，分置武冈、建兴二县，其县治之所与今不同，道元盖指当时而言，尤为臆说。郦注云县左右二冈对峙，重阻齐秀，后汉伐五溪蛮，蛮保此冈，故曰武冈，县即其称。今在州西五里，又名同保山，后魏时武冈县治实未易地，其可疑三也。资水之名最古，所受之夫水、邵陵水、高平水、云泉水，郦注考核精详，锥画掌指，若济水入资，道元岂得不载？而高沙市水又岂宜历千百年莫或知其水名？其可疑四也。高沙市水出绥宁县青坡，府志云唐纠山在绥宁县，遂以此为资水之证，不知郦注云资水出无阳县界，无阳即今之黔阳，道元谓为无水所经之地，故以无名。今之洞口水即出黔阳县天坪山，以高沙市水出绥宁为资水，则亦将以洞口水出黔阳为资水乎？其可疑五也。《方舆胜览》都梁水出都梁县西南百里，《武冈图经》唐纠山、都梁山俱在城西南百里州之西南城步境也，旧志所称济水发源城步正西南诸山，其可信一也；地志诸书武冈西南有都梁水，无济水之名，惟《通志》云济水出城步县角山，东流合威溪。角音之转为洛，《史记》洛陵侯，《索隐》注曰：《汉书》作路。后人引都梁有路山为证，则路转音为洛，洛又转音为角，其可信二也。郦注东北径零陵郡武冈县南，又径建兴县、都梁县南，是资水由武冈县之南历建兴、都梁而后东北迁邵陵县之北彰彰矣。《明史·地理志》武冈州东有都梁废县，邵阳县西有建兴废县，二县今不能指其何处，然皆在州东之境无疑也。今土人所指之济水，回绕城南，折而东下径邵阳县北，历历如绘；若如旧志，则不必径武冈县南，但云东北径邵陵县之北足矣，其可信三也。旧志云，今高沙市水入济水处名资巫溪，资巫一曰资无，以谓资水无阳之名犹未尽泯，不知言资巫溪可以证明济水之为资，言入资巫溪尤可以证高沙水之入资水，而高沙水之非即资水明甚，其可信四也。《一统志》宝方山一名资胜山，明会稽张元忭云：《禹贡》九江，资居其一，发源于此州，而寺适当其胜处，故名资胜。今按宝方山在今武冈城东五里，滨资水，若旧志所云远在七十里之外，资胜之名何以称焉？其可信五也。

然则，高沙市水非资水乎？曰，是也。是则乌乎辨也？曰诸书固言之矣。资水有二源：其南源为都梁径流，其北源则高沙市水也。故谓高沙市水为资水之北源则可，谓高沙市水独专资水之名则不可。然则济水之名非乎？曰：非也。诸书固无称济水者，潜瓕所谓土名也。资之讹济亦有说乎？曰：有。郦注资水谓之大豁水，资与豁谐，豁又与齐谐，因资而呼为豁，又因可而转为济，故谓济水为资之南源，则豁谓济水而非资则断不可。或曰《明史·地理志》武冈西南有都梁水，东北流入资水，其说非乎？曰：非也。彼亦仍方志之误耳，且其书称都梁水亦不言济水也，尤可以证资之即济也。

卷第二

船山遗书目录

《周易内传》十二卷《发例》一卷。《周易大象解》一卷。《周易稗疏》二卷。旧本三卷，《四库》本四卷。《周易考异》一卷。附《稗疏》后。《周易外传》七卷。《书经稗疏》四卷。《尚书考异》。有书目未见书。《尚书引义》六卷。《诗经稗疏》五卷。旧本二卷，《四库》本四卷。《诗经考异》一卷。附《协韵辨》。《诗广传》五卷。《礼记章句》四十九卷。《春秋稗疏》二卷。《春秋家说》七卷。《春秋世论》五卷。旧本二卷。《续春秋左氏传博议》二卷。《四书训议》三十八卷。又名《授诸生讲义》。《四书稗疏》二卷。旧本一卷。《四书考异》一卷。《读四书大全说》十卷。《四书详解》。未见。《说文广议》三卷。

凡经类二十二部。已见二十部，都一百六十四卷；未见二部，无卷数。

《读通鉴论》三十卷。《宋论》十五卷。《大行录》。未见。

凡史类三部。已见二部，都四十五卷；未见一部，无卷数。

《张子正蒙注》九卷。《近思录释》。未见。《思问录》《内篇》一卷《外篇》一卷。《俟解》一卷。《噩梦》一卷。《吕览释》。未见。《淮南子注》。未见。《黄书》一卷。《识小录》一卷。《搔首问》。未见。《龙源夜话》。《老子衍》一卷。《庄子解》三十三卷。《庄子通》。未见。《愚鼓歌》一卷。《相宗络索》一卷。《三藏法师八十规矩谕赞》。

凡子类十七部。已见十二部，都五十一卷；未见五部，无卷数。

《楚辞通释》十四卷。《姜斋文集》十卷。卷一：论三首，启符命一首，连珠二十五首。卷二：传二首，行状二首，墓志铭四首，记一首。卷三：序五首，书后二首，跋一首。卷四：启一首，尺牍十首。卷五：九昭。卷六：九砺。卷七：赋五首。卷八：赋三首。卷九：像赞一首，杂物赞十六首，铭十一首。卷十：家世节录八则。《姜斋诗集》十卷。卷一：五十自定稿。卷二：六十自定稿。卷三：七十自定稿。卷四：柳岸吟。卷六：遣兴诗。卷七：和梅花百咏。卷八：洞庭秋。卷九：雁字诗。卷十：（傚）〔仿〕体。《姜斋诗馀》三卷。卷一：船山鼓棹初集。卷二：船山鼓棹二集。卷三：潇湘八景词。《姜斋诗话》三卷。卷一：诗译，原附诗经稗疏后。卷二：夕堂永日〔绪论〕内编。卷三：南窗漫记。《忆得》。未见。《姜斋外集》四卷。卷一：船山制义。卷二：船山经义。卷三：夕堂永日绪论外编。卷四：龙舟会杂剧。旧（日）〔目〕又有买薇稿、漧涛园初集二书，未见，殆亦诗文集也。附识其名于此。《夕堂永日八代文选》十九卷。《八代诗选》。未见。《四唐诗选》。未见。

凡集类十部。已见六部，都六十三卷；未见四部，无卷数。

右衡阳王先生著书五十二种，已见三十八种，都三百二十三卷。著录于《四库》者，曰《周易稗疏》四卷、《考异》一卷，曰《尚书稗疏》四卷，曰《诗稗疏》四卷、《考异》一卷，曰《春秋稗疏》二卷，凡六种。存目于《四库》者，曰《尚书引义》六卷，曰《春秋家说》三卷，凡二种。旧已刊者，曰《周易大象解》一卷，曰《春秋世论》二卷，曰《四书稗疏》一卷、《考异》一卷，曰《老子衍》一卷，曰《庄子解》三十三卷，曰《楚辞通释》十四卷，曰《正蒙注》四卷，曰《思问录》二卷，曰《俟解》一卷，凡十种。外文集、诗集、诗馀、诗话复有数卷，皆奇零不成部帙。馀俱钞本，其未见者存佚不可知。旧刊之本类坊刻，且日久漫漶，显鹤病之，尝慨然发愤思购求先生全书，精审锓木，嘉惠来学。以是强聒于人，无应者。道光己亥寓长沙，时方辑《沅湘耆旧集》，征求先生遗诗。一日，先生族裔有居湘潭名世全者，介其友欧阳君兆熊访余于城南旅寓，以先生诗集来，且具道先生六世孙承佺具藏先生各种遗书于家，世全将谋寿诸梨枣。余大喜过望。次年春，遂开雕于长沙，以校雠之役属吾邑人邹汉勋。其后二年，次第刊成《周易内传》十二卷，《周易大象解》一卷，《周易稗疏》二卷、《考异》一卷，《周易外传》七卷。《书经稗疏》四卷，《尚书引义》六卷，《诗经稗疏》五卷、《考异》一卷，《诗广传》五卷，《礼记章句》四十九卷，《春秋稗疏》二卷，《春秋家说》七卷，《春秋世论》五卷，《续春秋左氏传博议》二卷，《四书授义》三十八卷，《四书稗疏》二卷、《考异》一卷。大凡十八种，都百五十卷。书成，以全书目录寄示显鹤。乃僭书其后曰：

班史有言：古之儒者，博学虖六艺之文。六（学）〔艺〕者，王教之典籍，先圣所以明天道、正人伦、致至治之成法。自孔子殁而大道微，七十子之徒遗言坠绪，不绝如缕，遭秦燔灭，荡然无存。汉兴，收拾馀烬，始立专门，各抱一经，私相授受，亦互相嫉妒。孔郑诸儒，始贯穿群籍，钻研训诂。迄其蔽也，杂于谶纬，坠于支离破碎。魏晋以后，崇尚虚无，流为佛老，学术纷歧，世运榛塞，圣人之道唏矣。唐代义疏之作，具有端绪，而是非得失，未有折衷。宋世真儒出，群经乃有定论。至于近代，学者疾陋儒空谈心性，逸于考古，遂至厌薄程朱，专考求古人制度名物以为博，甚则剌取先儒删落踳驳谬悠之论以为异。而一二天资高旷之士，又往往误于良知之说，敢为高论狂瞽一世，著书愈多，圣道愈蔀，先生忧之。生平论学，以汉儒为门户，以宋五子为堂奥。而原本源渊，尤在《正蒙》一书。以为张子之学，上承孔孟之志，下救来兹之失，如皎日丽天，无幽不烛，圣人复起，未之能易，惟其门人未有逮庶者。而当时钜公如富、文、司马诸公，张子皆以素位隐居，未由相为羽翼。其道之行，曾不得比于邵康节之数学，而世之信从者寡，道之诚然者不著。是以不百年而异说兴，又不二百年而邪说炽。其推本阴阳法象之状，往来原反之故，反复辨论，累千百言所以归咎上蔡、象山、姚江者甚峻。或疑其言太过；要其议论精卓，践履笃实，粹然一轨于正，固无以易也。

先生生当鼎革，自以先世为明世臣，存亡与共。甲申后，崎岖岭表，备尝险阻，既知事之不可为，乃退而著书。窜伏祁、永、涟、邵山中，流离困苦，一岁数徙其处，最后乃定居湘西蒸左之石船山，筑观生居以终。故国之戚，生死不忘。其志洁而芳，其言哀以思，百世下犹将闻风兴起，况生同里闬，亲读其书者乎！

当是时，海内儒硕，北有容城，西有盩厔，东南则昆山、馀姚，而亭林先生为之魁。先生刻苦似二曲，贞晦过夏峰，多闻博学，志节皎然，不愧顾黄两先生。顾诸君子肥遁自甘，声名益炳，羔币充庭，干旌在野。虽隐逸之荐，鸿博之征，皆以死拒，而公卿交口，天子动容，其志易白，其书易行。先生窜身瑶峒，绝迹人间，席棘饴荼，声影不出林莽，门人故旧又无一有气力者为之推挽。没后四十年，遗书散佚，其子敔始为之收辑推阐，上之督学宜兴潘先生，因缘得上史馆，立传《儒林》。而其书仍湮灭不传，后生小子致不能举其名姓，可哀也已。当代经师，后先生而起者，无虑百十家。所言皆有根柢，不为空谈，盖经学至本朝为极盛矣。然诸家所著，有据为新义，辄为先生所已言者，《四库总目》于《春秋稗疏》曾及之。以余所见，尤非一事，盖未见其书也。近时仪征相国裒辑《国朝经解》，刻于广南，所收甚广，独不及先生，其他更何论已。

先生出处本末，略见潘宜兴、储六雅、全谢山、余存吾诸文集中。显鹤增辑《楚宝·文苑》亦有传，不具述。独详述先生学业之大者著于篇，使世之读先生书者有所考焉。

周子全书目录

右濂溪先生全书九卷。首录二卷，末一卷，不入卷数。第一卷曰《遗书一》，为《太极图》、《太极图说》。第二卷曰《遗书二》，为《通书》。二书皆朱子注，别有集义发明。谨遵《钦定性理精义》原本，兼采用道州家刻详审校订。第三卷曰《杂著》，为古今体诗三十一首，为杂文六首，为书帖六首，为题名十则。以上皆先生自著。第四卷曰《附录》，为赠答四十三首，为题咏三十首，为祭文六首，为题名五则。第五卷曰《纪述一》，其目为文征一，凡宋文十七篇。第六卷曰《纪述二》，其目曰文征二，凡宋文五篇、元文五篇，皆略案年代叙次。第七卷曰《纪述三》，其目为典章一。第八卷曰《纪述四》，其目为典章二。第九卷曰《纪述五》，其目为典章三卷。末曰《摭录》，则凡宋以来及近日之诗文皆在焉。

先是，显鹤以近人所刻《圭斋文集》芜杂，厘而订之为十八卷、《补遗》一卷刊行，见者以为善本。因思周子大儒诞生吾楚，而其遗书文集苦乏精刻，明代自嘉靖、万历以来，州守鲁承恩、王会、李嵊慈诸人刻行之本久不见，惟道州旧刊《濂溪志》麻沙板本，几不成书。近先生二十四代孙诰家刻较胜原本，而编次亦未尽善。显鹤生长邵州，为先生权守过化之地。自来濂溪僭充院长，既求先生诗编入《沅湘耆旧集前编》，因取先生“闲坐小窗读周易”句，名其斋为“读易窗”。意又以先生兴起邵学，吾郡人尤不可无书。而事体重大，未敢轻举。去岁以《圭斋集》寄赠吾友黔阳学黄虎痴本骥，今春复书，盛称是集重刻之功，而以《周子全书》关系尤重，从臾卒业。因取濂溪家刻详审编次，厘为九卷，而别录史传、事状、墓志、谥议、崇祀、追封、年谱、遗事之类为首二卷，冠以《四库总目提要》与先生遗像，敬谨锓木，名曰《周子全书》。以先生平生精蕴，全在图书二种，当与六经、四子并垂天壤。今既校刊全集，不能不以二书编入，故易集为书，体例略仿吕泾野《周子钞释》而变通之；诗文则称《杂著》，以原非先生所留意，且其中又有手谒、题名之类，不得以诗文概也。

《四库总目》以谓宋五子中，先生书最少，而后人辨论亦惟先生书最多朱陆两家无极、大极之辨，至于今断断未已。度周卿所云：百世之下，或有沮毁之者，其何伤于日月乎！其何伤于日月乎！刻成，敬书其校刊缘起、年月如此。自知僭妄，无所逃罪，然于后生小子求读先生书者，亦未必无小补也。道光二十七年，岁次丁未五月己卯朔辛丑日，新化邓显鹤谨识于古希濂堂之读易窗。

圭斋文集目录

右楚国文公《圭斋集》十六卷，古今体诗、各体文，大凡三百三十九首。以道光二十六年秋刊于邵州东山讲院。

先是，显鹤辑《沅湘耆旧集》，征公诗入前编，求所谓《圭斋文集》。揭序四十四卷、宋序二十四卷之本久佚，惟明成化间公防里族裔所编之十六卷本尚在人间，国朝《四库全书》目录所云江浙采进本者是也。尝展转购索之江浙书肆无所得，其篇第先后不可得而知矣。今湖以南所行之浏阳绍文堂本亦十六卷，顾其书编划失次，讹谬滋仍，类坊间书贾所为。且其中多浅人赝作羼乱，蒙有惑焉。

案古人别集类称诗赋，而《魏志》曹植本传称，景初中撰录植所著赋颂诗铭杂论凡百馀篇，此本卷一冠以赋四首、次以颂一首，原未为失，顾颂亦诗也。近人以经进篇章弁集名之曰颂，以示尊崇。若单章寥寥，偶名为颂而别编之，未之见也。五言古诗、七言歌行皆古体诗也，后人通称五古、七古，惟《元遗山集》七古之外别出长短句。而铁崖、西崖皆以乐府擅名，遂别著录。稽之唐以前，若工部、太白、长吉、昌黎诸集，乐府、琴操，皆杂于五七古长短绝句中，无别出者。至《鲍参军集》乐府别为一卷，则后人所编，非原本也。若排律之名，古未尝有，尤不宜编次在前，此本卷二曰五言古诗，实则五古止二首，而以五字小诗四首足之，总曰五古。又次则七言律，又次则五言排律，通为一卷，非法也。卷三曰七言绝。卷四曰歌。夫古人以歌行名篇，如太白、昌谷集亦称歌诗，无单以歌名者。今核卷中所录，皆七言古诗也，而专名之曰歌，后又次以杂体名号及求所谓杂体者，则《古乐府》一首、《渔家傲》词十首也，于后忽又赘以七古一首，其惑滋甚。

古人文集，原统诗文而言。专以文论，有诏诰、书疏、表状、论辨、说、赞、序、碑铭、哀诔各体之异。求之于唐宋古文家如昌黎集，首表状，次序记，次碑铭，次哀诔；庐陵集首书疏、表启，次论序，次碑铭，次祭文，大抵以是为叙。此本以经义、策对、诏诰、万方册上尊号，及表进三史大典之文次于墓志、哀词之后，而以本传、世系附录卷末，先后错乱，尤不胜纠。点画讹俗，字句脱漏，又无论已。

显鹤不揣瞢昧，思欲搜讨全集，重为排次订定，授梓以传，谋之十年，卒卒未暇。今年重领东山讲席，纂修郡志之暇，稍取其篇次第之，又删其赝作若干首，与邵阳学彭君彦深言，彦深好古有识，深以余言为然。因出其所藏碑版，有为此本未见者，亟录以示。复命兄子瑶、璪，儿子琮，发箧得公遗文若干首，依类编入，详审是正付梓，凡三阅月刊成。又敬录《四库全书总目》、《四库简明目录》、《元史》本传、行状、家传、像赞、先世神道碑铭，与夫方志选本各传，及宋、彭序跋于前为首卷，其续刻诸序跋则附录于后为末卷，题曰浏阳绍文堂原本，示不昧所自也。刊成，敬书所编目录后，以告当世之能读公集者。

至公之文，如江河万古，与庐陵并行不废。《文献》序所云，上则为德星庆云，下则为朱草醴泉，亘万古犹一日者。乌乎尽矣，岂末学小子所能赘一词哉！惟是公文散见《元文类》、元各家诗文别集，及著录国朝《四库全书》者，为目甚多。坐少藏书，无由遍辑。昔夏醴谷提学序公集有云："公之文天下之文，而非一家之文也。凡生公后者，皆与有责焉。尚当问之内府，求之海内士大夫藏书家，俾后生小子读公集者无缺略不全之憾。"至哉言乎！此今日皇然编订之苦心不能自已也。好古君子，尚思有以惠我。是岁秋七月甲申朔己酉日，新化后学邓显鹤谨识于邵州之东山讲舍。

附录邹叔绩书

承获《开成石经》全部，并欲与《相台五经》参校同异，缮成善本刊行。使湘中人士，共识古经真面目，嘉惠（未）〔末〕学，良匪浅鲜。惟祝吾先生九十朝朝读《五经》也。

凡事为之则成。《楚宝》增订、《耆旧》全集、《宝庆府志》，以及《圭斋文集》、《周子全书》，其明证矣。此事吾预知必成，至为庆幸。《圭斋集》得先生为之举正删削，其功不细，但尤有愿质者：赋之后即继以词，考之古人，词赋本为一体，观《文选》所收汉武《横汾》之作、渊明《归去来词》皆近于赋是也。后世以诗馀为词，所云词曲是也。今集中赋后所录之词乃词曲之词，颇为不伦，似当附之诗后，不则退居卷末，其当卷尾诸作不以词名者，反近于古人之词，迻以当其缺可也。又《经疑》、《书义》二篇，即当时场屋应试之文，似不可居于诏册之先。明初八股犹是经疑体，久之为成、弘诸公之作尚有大结，以至于雍、康间。今则为庸烂墨卷，故今之庸烂墨卷即元、明之经疑也，不存亦可。存之以识当时之体，附之卷尾，其庶乎策问亦当居表奏之次？太庙祝文与祭初祖先祖之祝文，一为家，一为国，大小虽殊，其为祝文之体一也，似不可离而为二。后生小子，非敢故为读读，实欲居质疑辨难之列，因忘其固陋，妄抒管见，冀加教正焉。平生拙戆，屡蒙宥奖，谅不以此为嫌也。汉勋谨白。

圭斋文集补遗序

是集刊成，从友人处复得江西新刻本，有增入各体诗文二十一篇，中多碑版大文，皆拙刻所未有，亟为补录，以类附各卷之末，通为《补遗目录》如右。而拙刻所增之《鉴湖歌》、《道州路重修濂溪书院记》、《金华宋氏石刻世系记》、《周此山集序》、《浦阳人物记序》、《河平碑记补》、《许先生神道碑铭》、《方安人墓道碑铭》凡八篇，亦江西本所无。以是叹先生文集散佚虽多，其精气长存天壤。今宋序本久佚而成化本尚在人间，所散见各书如《元文类》、各省郡县志及《日下旧闻》、《铁网珊瑚》等籍都非秘册；此外故书雅记、琳宫梵宇所存必多，惜无有人遍为搜辑、裒成完帙为可惜耳。

李君祖陶，余曾一识其人，其时不知有序刻是集事，未及共为商榷。今阅其校刊跋语所称，增入之文，往往胜于原编诸序记，是亦多所遗漏之一证，其言甚确。但其所云诗中编次未当，各为改正者，则仍寡所是正。又其中浅人赝作，一律登载，殊未若拙刻之稍有抉择，犹不失为矜慎之意尔。博雅君子合二集而互勘之，匡其不逮，补其缺略，是所厚望云。是岁冬十有一月小寒日，显鹤重识于东山精舍之读易窗。

是集《补遗》刊成后，又从《龙虎山志》采出《太清玉虚檽星门铭》文一篇、《江夏陈氏楚帖》采出《与伯温书》一首，依类增入。而《补遗目录》所列之《王氏先德碑》拓本尚未获见，尔后续有所得，仍次第编入云。戊申立秋前三日又识。

蔡忠烈公遗集序

忆弱冠应省试至长沙，偕仲兄云渠显鹄谒蔡忠烈公祠墓，恭读高宗纯皇帝御制诗并序，及武进赵恭毅公申乔所撰墓表、祠堂记，肃然起敬，凄然欲涕。

道光己丑，余重修《楚宝》，于宦迹门增辑忠烈公传，又念周氏《楚宝》为忠烈公督刊，读其序益令人神往。因思搜辑其诗文并各家传志吊挽之作，合刻为《忠烈遗集》。上元陈子言元富告余曰："公《不有悔后集》在乎？余尝读之，如冰花铁锈逼人，公天人也，不图其诗之妙乃如此冷艳。"亟遍索藏书家不得。今年春，晤赵荫甫明府亨钤于长沙，语及，明府跃然曰："余蓄此志久矣。"取箧衍所藏一册郑重出示，则《悔后集》也。顶礼捧归置案头，焚香雒诵一过。如闻玉笥山吟《九歌》成，四山忽啾啾若

[illegible]声，不仅忠烈心肝如揭，须眉如生已也。

公集自序始于崇祯壬午正月五日，次年八月二十六日公殉城死，盖距编诗之时未二载。云是编重刻于康熙壬午，后公死时六十年，排次凌乱，殆非其旧矣。余乃以意重加差排，又遍搜志乘及各家私集，凡有关于忠烈事迹者，都为一集。方谋授梓，忽于友人左仲基宗植家废簏中，得其先世手钞《忠烈公行状》残本，蛛丝霉迹，间黝黰点黵，竭目力才能辨识。而忠烈当日殉难情事及居官本末，守御方略，委曲详尽，纤细不遗，多世所不传，乃叹向之知忠烈者犹未尽也。

行状为公子知远作。公无子，此其所后之兄子也。文凡七千馀言，前缺二叶，与诸家记载略同。其叙次南北两抚军畏葸退缩，弃城逃遁不遗馀力。所称北抚即承天巡抚王扬基，南抚即湖广巡抚王聚奎，俱见本传，与史合。独于尹先民无贬词，盖先民与公誓死守，公倚之如左右手，武夫不知大义，城破力屈而降耳。即《明史》亦止言先民出战败还，贼夺门入，先民降，无他词。自丁中丞思孔墓表有先民翻城应贼之语，而恭毅公则谓其与吉庵阴输款于贼，及出战诈溃，引贼逼城下，末又云读郡志山阴宋俊为公传，其言公被执，乃先民诱而缚之，审如是，则先民真狗彘之不若矣。行状乃言先民降后哭曰："吾岂负蔡公者，吾终必死，死当断误国者之头。"所谓误国，盖指王聚奎也。其异词如此。

窃疑行状出公子手。今按篇中所载年经月纬，历历如绘，证以公集中诗词无不吻合。末云今春从父至星沙，旧役张启元引从父拜坟上，其得详当日事，乃启元及百姓为从父述如此。又云有陈嘉祥、王正期者，自裹粮护公骨偕从父求共见大母及母，述公死时状，犹哭不可止云云，是当日见闻亲确宜可信。若丁赵二公墓表采自各家记载，而宋传尤为恭毅所本。因复取宋传读之，其中颇多不实。宋传云时太守堵胤锡先事入觐，公时以推官权知府事，而行状则云九月郡守堵公以觐行，公虽不视篆而郡事频仍交并。今案公集有《送堵牧游北上》诗及序并无权郡事语，知行状之言信矣。又宋传云公之自大理赴长沙也，考崇祯十年忠烈成进士，选大理未赴任，旋丁外艰，服阕选长沙，故公集中寿周石拙诗有“滇池不可到，使我来长沙”语，非至自大理也。又云与其弟奉太夫人行至郡，闻流贼及江黄，因遣弟送太夫人归，尤为失实。考公为司理时，将有督运通州之役，因遣妇奉母归，集中有通州之行不果，而老母已归言愁四首。又有堵牧“游以湘水清，阻我去通州”诗，其明证也。至公兄弟三人，序居季，亦屡见公诗，而宋传则谓公有弟，其言之凿空难信如此，而恭毅即据其语以表墓，固宜其与行状不合也。先民武夫，亡国之虏，何足深辨。特以见戎马抢攘，山谷腾沸，时传闻异词，记载多失实为可叹也。

行状又言，从父欲开圹取骸骨归，百姓依依不能舍。旧守堵公、通判周公重违百姓意，乃具衣冠藏于故处，改醴陵为理灵为铭志之，是公骨已归闽。今案刘友光祭公文有云：“六月十一日，公兄元昆驰义兴堵公所撰墓铭来，始知以是日虚葬公于郡城之醴陵坡。”友光字杜三，攸县人，亦名下士，与公为诗友，今集中有《鄂城寓中刘杜三函寄酒卮》诗，言虚葬，则其归骨可知，又与行状合。今国人皆信公墓在此，绝无有知当日归葬于晋江事，丁赵二公去公死时差近，亦未深考，何也？元昆公母兄，集中《书扇头送元昆兄归舍》诗，即行状所指之从父其人也。又行状载公《题李忠节公祠壁》诗，有“许多上座薪谁徙，正在中流楫自呼”之句，诗不见《悔后集》，今从宁乡王氏得一残缺钞本中有此诗，题作《渌江道中》，“楫自呼”呼作悲，亦载《长沙府志》，今集中补遗一首是也。又考当日从死九卒，仅凌国俊一人见《明史》

本传及他记载，馀无考。行状于国俊之外，有李师孔、陈贤二人姓名，皆方志所未及，此文出，可补史传之缺，可订记载之讹，得非忠烈公灵爽式凭，故因余遗集之刻，不先不后而出耶！噫，异已！刻成敬识其缘起于后。

集不分卷帙，凡为诗一百三十七首，词三首，补遗诗一首，文四首。卷首恭录纯庙宸章，次忠烈小像，次《明史》本传，次行状，次墓表二，祠田记，次别传二，次祭文，次书后，则显鹤增订《楚宝·宦迹》书忠烈传后之文也。次序文四，集后附录逸事二则，考异十三则，残诗跋，《凌国俊传》、《殉忠录序》及堵义兴以下吊挽诸作。此外尚有堵公墓志、郭幼隗撰传、桑日升《江门纪遗》、毛西河撰传今俱未见，俟续求得增入。开雕于道光十一年辛卯秋七月，其年冬十有二月竣工。首其事者易州赵亨钤荫甫，助之者兴国方炳文梅丞、镇海胡钧竹安、义乌陈坡东屏，四君皆官湖南县令有声。绘像则桐城阙岚雯山，校字则宁乡黄本骥虎痴、刘基定子复，题签则道州何绍基子贞，皆有功于是书者。而编辑则新化邓显鹤湘皋官宁乡训导时也。是岁腊日，显鹤谨识。

蔡忠烈公遗集续编序

道光辛卯秋，显鹤有《蔡忠烈公遗集》之刻。其时行状前幅尚缺，墓志、家传未备，又闻闽人言公诗文尚多有《悔后集》外未尽佚者，山城僻处，无从搜集，时怅怅于怀。甲午冬，龚春溪学使来视学吾楚，学使晋江人，与忠烈同县。余私幸得就讯公本末，网罗散佚，闻所未闻也。已而学使同里巴陵大令曾云崧维桢去官将归晋江，复与余遇于长沙，力以搜集自任。逾年，从学使处寄到闽本两巨册，则行状暨堵文忠所纂墓志、周通守请旌申文灿然具备，诗词尤多楚本所未有，系康熙时黄君志璋所刊行者。黄君亦闽晋陵人，其原序多残缺，中言当日于敝簏中搜得行状草稿，几不可辨识，及散佚诗词先后付梓，与显鹤近日搜罗重刻情事适合，既奇矣。又言公诗词及书启甚多，今但刻其诗稿，书启则俟之异日。用是知公文遗佚者尚多，可慨也。

曾君既以闽刊本寄余，又录示公丙子寄兄书一篇，即黄序所云书启尚多之一也。书凡数千言，益见公平日持守道力，毅然以圣贤自待，非取必于一时者比。余既喜公集稍稍完备，因益考公出处本末，凡纪传、方志、稗乘有与公事牵连关会者，详悉采入，纂为年谱。草创未竟，适以事来长沙，遇南安李君峥嵘于善化县署，谈次出示公癸未七月二十三日与人书墨迹，益得证本传、行状所未及。凡年谱中罅漏舛讹，此书出，遂得弥补是正。李君之官滇南，迂道长沙，又适为风阻不即行，因展转得与余遇，若预知余有续编遗集、纂辑年谱之举郑重相贶者然，不更奇哉！

既摹勒此书上石，又续得乾隆间长沙太守吕君肃高重刻《忠烈公吊挽集》中所载倪康年《忠烈小传》，合之闽本及他记载，为前集所未收者共若干篇，重为编次，名曰《忠烈公遗集续编》。首年谱、次墓志、次申文、次《福建通志》人物传、次《长沙府志》名宦传、次小传、次传略、次募复祠田序、次诗、次词赋、次丙子家书、次与人书、次原刻诗序二、次重刻吊挽诗序、次题跋家书后二、次逸事、次吊挽诗、次后序，续有所得，仍以次编入年谱，凡三易稿而后成。与共商榷者，为宁乡黄虎痴本骥，善化劳辛陔崇光暨家仲云渠。搜辑之勤且慎，同县邹叔绩汉勋之力居多。刊行则汉阳司马义乌陈东屏坡、郴州牧镇海胡竹安钧、桃源令鄞县沈栗仲道宽、善化令兴国方梅丞炳文，皆有功于是书者也。丙申秋八月，显鹤谨识于长沙寓舍。

花王阁剩稿重刊序

余往岁客都门过夏时，每喜从书肆中借阅古今说部诸书，因得纵观纪文达公阅微草堂各种，中时及其高祖厚斋先生轶事，间载其诗，世所称花王阁者也。其诗沉郁孤峭，感怆无端，读而喜之。尔后往来燕赵间，尝以语人欲求其所谓《花王阁剩稿》者不可得，稍从其乡人得其《登岱》及《闻孙阁部罢归》诸作，益悢悢于怀不能去。嗣余为沩宁校官，适淞生少尉来官斯邑，余知其为文达诸孙也。就问之，则其家有刊行二本未携来，因促其以书归取，又三年矣。

昨秋，余以试事赴郡，淞生亦于役省门，偶于书肆中觅得一册，系乾隆甲子初刊本，亟属淞生往购，而其家重雕本亦至，淞生因以两本归余，属为校定续刻。于是数十年想望之殷，一旦卒业，喜可知也。诗不多，古今体仅百馀首。而先生平生志事与其时朝政、水火、军务、仓皇家国之故、身世之感无不曲尽。其言肆而隐，其声大而远，其意婉而深，明季之言诗者无以尚焉。《明史·文苑传》不列其名，《艺文志》亦失载，朱锡鬯氏《明诗综》、钱受之《列朝诗选》均未之及，世遂鲜知者。窃疑先生一老诸生，生当板荡，于时政得失治忽洞若观火，而当日士大夫侈然坐庙堂、把节钺效命疆场者或不之逮，宜其言之哀以思也。太史氏有言：《小雅》怨悱而不乱，若先生者，可以当之矣。

河间纪氏，代有闻人。文达公赫然以文章名本朝，比于唐之昌黎、宋之欧阳、金元之间（间）〔之〕欧虞诸老，谓非先生有以启之哉！淞生名树城，能诗善书，性闲冷有远致，独喜近余。庶几贤而隐于下位者，斯不愧先生之裔也已。

岳归堂全集序

有明之诗凡三变，而风会所趋，每转移于吾楚。文正主持文柄，为一代大宗，虽以北地信阳之气焰震耀中原，不能上掩茶陵之光。弇州、历下，僭执牛耳。而当时海内求名之士，即有东走太仓，西走兴国之语。至公安、天门出而王李之势遂衰。《诗归》一选，天下翕然宗之。友夏先生，名辈均后于伯敬，而天下称曰钟谭，至于今不替，岂偶然哉。

先生言诗，有曰渊洞寂历，有曰空旷孤迥，有曰荒寒独处，稀见渺闻，如有所失。而其要曰善变，曰日新，微矣哉，先生之为诗也。当七子坛坫方盛，屈一世聪明才力，奇人魁士，震于其名，转相摹仿。其弊也，为虚矫，为肤阔，积习波靡，无能讼其失，公安起而矫之，或不免空疏浅俚之诮。先生当风雅淩替之日，慨然以复古为己任，而又生丁衰季不为世用，遗弃时务，冥心旷怀，缒幽凿险，入神出天，用能救公安之弊，推弇州、历下之锋，一时风气为之一变。论者谓有明一代之诗，以茶陵倡于前，以竟陵殿其后，吾楚诗人至与国运盛衰相终始，岂区区求声调字句之间者可同日语哉。

先生性孝友，兄弟五人皆贤。先生任家督，居恒偕弟妹侍母同食，人直供一日。或时置酒相对，论学业世事，太夫人喜策杖出听，自置饼饵佐啖，曰："见汝曹辨论，可不须富贵也。"以故先生卒无心用世，年逾四十，始举乡试第一，旋丁母艰，服阕一上春官不第，遂不复出。日孜孜栗栗、落落瑟瑟于寒河荒渚，间与渔人芦子相赠答，卒年未六十。先生卒后五年而明亡，其时伯敬之殁已久，则谓先生之诗，不殿一代之终不得也。

先生《岳归堂集》向有刻本，多散佚。其裔孙惺渔县丞泽恺搜辑诗古文，已刻未刻共为若干卷，盖经唐陶山方伯、谭子受太守所编定者。惺渔复以校字之役见属，置案头三载矣。冷官无事，时一披读，如冰花铁锈，古光冷艳，动魄怵心。惺渔能诗，称其门风。今方以与平瑶功升秩，会有永阳之行，以书来索，云将付剞劂以谂海内。时陶山方伯归道山久，子受太守亦卒官二年矣，既序而归之，又不能不相与婵媛太息云。

胠馀存稿序

自余归就冷官，凡四方官楚君子，多乐亲余，其以诗文学行相砥砺，交尤笃者亦不数人，易州赵荫甫刺史其一也。荫甫直、谅、多闻，以古人自期许。居官廉惠，于上官同僚介介然不阿随，不苟合，冷面隔，俗人惮之。顾独喜昵就余，久之踪迹益密，因得具详其家世，与闻其祖德，而知荫甫之贤有自来也。去年秋，与荫甫重会长沙，临别出其高祖潜谷先生《胠馀存稿》一册属为编校，盖其太公所手辑识跋珍藏以垂后者，余敬授而读之。而荫甫先世累叶之清芬，与太公仁孝之笃、庭诰之严具见于是，不仅先生之诗足传已也。

先生生三岁而孤，赖两世节母长养教诲，迄于成立，故见于诗篇，发言哀至，终身不忘。始，先生与其兄弱冠齐名，先后举于乡。已而其兄成进士，入翰林，先生乃不复出，躬耕奉母，自号潜谷。复筑精室于城南，日奉板舆，徜徉色养于其中，海内所称苏园者也。易州为神京右辅陵寝所宅，神皋沃壤，水深土厚，风气淳朴。先生家世居此，有园林之乐，一时名卿硕辅文学侍从之臣扈跸至易，必过草堂起居太夫人。流连觞咏，如励文恭、鄂文端、陈文勤诸公，皆忘分定交，形诸歌咏。余尝见其家藏图册及两世节母传略，多康雍时名人手迹。当是时，苏园之名著天下，百馀年来风流未沬，宜太公追述祖泽，郑重编辑，言之有馀哀也。元遗山诗云：“百年遗稿天留在，抱向深山掩泪看。”为人子孙，先世单词只字、手泽所存必加护惜，矧先生诗，裒然成帙，可任其散佚哉！

荫甫以翰林出宰繁剧，政声隆隆，今方以平贼功擢升州牧。其所以绵先泽而慰过庭者正自有在，一官之迁转不足为贤者重，要以见赵氏之门日大，而斯集之可垂天壤也。既卒业，敬识其缘起，以谂荫甫且质之太公，用志向往云。

竹裕园制义序

今天下言《四书》文者必归江右。前明则称四家，国初则推石台，皆临川人也。嘉庆戊寅，余来桂林馆春湖中丞寓斋，因获读其先集至亦白先生《竹裕园经义》，乃大惊异，以为神变似大士，刻鸷似大力，微妙超忽则时近罗艾，苍莽坚栗则不减石台，奄有数子之长而世鲜知之者，吁！可慨也。已盖尝论古文人之传者无不至，而至者不尽传，苟当时无友朋之采辑，身后无子孙之表章，湮灭者多矣。

当明季波流颓靡之会，四家出倡为文社，海内翕然宗之至于今不祧。先生与共里闬交文止、大力尤密，宜有盛名于时。乃诸子先后以次获隽，赫然为文阵雄师，石台入本朝且博高第，历卿贰，文采照耀天下。先生独以诸生老。鼎革后遂弃儒服，匿迹销声，甘心肥遁，今读其文，湮郁悲壮，可想见其志事所在，盖先生之心苦矣！中丞言其乡人吴木虚孝廉云：先生文多有借刻大力稿中者。木虚能文，不妄语，其言必有所本。然则先生固不欲以文重，传不传毫无与于得失之故，然其文具在，又乌能抑之使不传也。

中丞为先生贤裔，诵世德之清芬，惧先泽之失坠，详审校订，属某一言以告当世。以某盲昧困踬，何足以传先生？抑闻之幽光潜德，积久弥彰，屈于一时，伸于后世，厄于友朋而昌于贤子孙，其理然也。先生父六符府君，宰耒阳有异政，楚人至今祀之。又闻先生敦行孝弟，矜尚名义，言论侃侃，有陈同父之风。遭时多难，间关跋涉，气不少挫。尝孑身游楚，时滇逆未变，闻先生名，以礼来聘，楚中大吏竞促装劝驾，先生峻拒之，事具石台先生所撰传略，此又其大节之不可灭者。因表而出之，以见临川李氏之大，非偶然也，敢论定先生文哉。

万孺庐全集序

有才人之言，有学人之言。才人之言夸夸近于肆，学人之言质质近于俚，肆则于道渝，俚则于道歉，渝与歉皆不可为道也。有道之言则于情彝、于性轨、于礼法充识、于学炼气、于养而要本之躬行心得。故无言则已，言必衷诸道；不言则已，言必信今而传后。否则，涂饰为工，彪炳为富，言之无物，犹弗言也。联缀笺疏，剽拾语类，言之无文，言弗尚也。若是一浅才、一俗学皆能之，非所语于古之立言者也。

孺庐先生在翰林三十年，历事三朝，中踬于权贵，受世宗特达之知，卒不获大用，先生处之怡然，日以著述为事。今读其言，陈义高而不为诡激之论，训词厚而不为僻涩之词。驰骋艺囿，绳检自立，勃窣理窟，机趣横生。大而非夸，质而实绮，兼才与学之长，而无才人学人之习，庶几合于古所谓载道之文。盖先生之立身行已，学问经济，具见于是，不第以其言也。

先生集向无刊本，文孙继香携来粤中，李芸甫水部为之授梓，而属余排次校订。余详审编定厘为十二卷，古今体诗凡六卷，杂体文凡六卷。事既竣，咸谓余有功于是书不可无言。余以谓继香抱其先集，间关数千里兢兢欲永其传，卒克成，厥志可谓贤已。因序而归之，若先生之言，犹非浅人所能规臆也。

古杉倡和诗序

宋南渡之际，陈简斋先生以避乱来湖湘，寓吾郡久，今《简斋诗钞》可历按也。其《将至杉木铺望野人居》及《别杉木》诗所云，“数株苍桧遮官道，一树桃花映草庐”者，即今之黑田铺、土人所称干杉树是也。按《尔雅·释木》被杉注：“似松。”又：“枞，松叶柏身。桧，柏叶松身。”题云“杉木铺”而诗曰“苍桧”，实同类也。比年，余承修郡志，考杉木铺所在，盖已无有能言其处者。彭晓杭学博曰：“今黑田官道旁有双杉屹立，非其遗迹乎？”余闻而喜，急思往视。

会去秋八月有长沙之行，取道黑田，憩两杉树下。铁干铜柯，挺然道左，古光油然，殆千馀年物也，肇肇嗟玩不能去。因思此种神物，日溷迹于风尘杂遝中，荛夫牧子，既熟视而无睹；高官贵人，冠盖驰逐，又不肯停车坐玩少浣征尘，仰其高风古趣，乃并简斋之诗亦不知作何语，可叹也已！归语晓杭，拟作石栏围之，构亭其上，榜以“古杉木铺”，而别作一祠为“简斋草堂”，大书两诗刻于贞珉。适吾友黄虎痴黔阳书来，讯双杉无恙？并以所著《三长物斋长语》见示，知已纂入《湖南方物志》。窃幸好古有同心，顾其语详于杉而未及诗，以虎痴博览嗜奇尚如此，又何以责诸寻常占毕之侣？固宜其阅八百年之久，方志、别集无一语道及，而此杉此诗，遂长湮灭于蛮烟瘴雨中，无由自白矣，岂不重可叹哉！自来诗人多漫浪湖湘间，如少陵、退之、柳州及刘梦得、王龙标辈，皆托迹沅、澧、郴、湘、衡、永间，绝无有至吾邵者。有之，自简斋始。而邦之人无能称道，方志且误入名宦，俗子又竞为鄙俚诗词以附会之。集中名作如贞牟、罗江、远轩之类不一而足，皆吾郡掌故绝不之及。吁！国犹有人，不若是之陋也。

谨案：简斋先生诗以老杜为宗。避乱湖峤，间关万里，流离乞食，造次不忘忧爱，亦与少陵同。其《清明》诗云："书生投老王官谷，壮士偷生漂母家。"盖明明以少陵自处。《伤春》诗云："庙堂无策可平戎，坐使甘泉照夕烽。初怪上都闻战马，岂知穷海看飞龙。孤臣霜发三千丈，每岁烟花一万重。稍喜长沙向延阁，疲兵敢犯犬羊锋。"欲不谓之少陵不得也。少陵诗至夔州而始盛；简斋诗至湖峤而益昌。今湘潭人士取子美"岸花飞送客"句作岸花诗社，又于凿石浦构少陵草堂，与退之之祠郴、柳州之祠永、梦得之祀朗、龙标之祀沅同况。简斋寓吾郡最久，紫阳洞壁间溪影山光，流风未沫，而所谓杉木铺者岿然尚存，祠之与少陵草堂并垂天壤，光我湖岳，亦邦人君子好古之心，所不容已于中者也。既作歌以张其事，二三君子倡和成帙，命儿琮录为一册锓木，并附黔阳《三长物斋长语》于后。时守吾郡为孝义张俪卿先生，闻之欣然以修建为己任，且寄书大定黄先生，二公先后守郡，皆乐为吾邵兴废举坠者也。道光丁未八月。

附宁乡黄虎痴本骥《三长物斋长语》："自湘乡永丰市入邵阳境，有古杉二株。霜皮尽褪，铁干高撑，大十馀围，高十馀丈，小枝下拂，亦有龙爪拿空之势，土人云枯已百年，仍铁立如故。又十里许，复有二杉，高大相若，皮皱叶秃，生意婆娑，反不及道左枯株可入画境。"

卷第三

资江耆旧集序

三十年前，思萃辑湖以南文献为一书，念搜讨匪易，当自近始，因就耳目所易及者先为掇拾，名曰《邵州耆旧集》。今两江总督安化陶尚书语余曰：“《禹贡》九江，大者沅、湘、资、澧四水而已。沅、湘、澧并艳天壤。资于湖源远而流长且钜，顾僻在一隅，为冠盖所罕及，称者或少，余甚嗛焉。吾与子皆资产也，盍广为《资江耆旧集》，凡滨吾资者皆得备采择，不犹愈于一郡之志乎？”余韪其言，爰托始鄙郡及资流经受之地，以次搜辑。自官沩宁教官，又念沩西密迩资阳，吴以前同为汉县，而楚先耆旧陶、郭并称，实产斯土，因同连道牵连附益。凡阅二十馀年访求之力，始克成书。

编辑略竟，适尚书奉命省墓归里，过余冷署一宿，得以就正商榷，补订舛漏。其时，尚书方以资江石门潭乡贤荚江公授经之所，上达圣聪，乐邀宸翰，恭摩崖壁，海内所称“印心石屋”者也。而是集适以其时告成，茱萸山峡间，数百年未宣之秘，一旦依附末光，炳焉呈露于星日照耀之际，岂偶然哉！逾年，余亦假归，复携商老友欧阳硐东详审删定。起自明代，迄于近世，通计三百馀人，为诗四千有奇，都六十卷，缮写成帙。今年春，儿子琮、儿子瑶贡入成均，余请咨送之行，取道金陵，携入篋衍，将重质尚书，谋刊版以广流布，然则资江其遂大显于世乎。

昔裕之辑《中州集》，历二十寒暑，仅成卷帙，无力刊行，后得赵提学国宝资藉始锓木。时以谓非裕之搜访百至，则无以起词人将坠之业；非赵侯好古博雅，则无以慰士子愿见之心。盖成书之难如此。今是集定议之初及竣事之后，皆尚书终始主之。余不敏，特效钞胥之役云尔，敢云有功于乡里先哲哉！

附录安化陶文毅澍序云：

《禹贡》荆州之域，言九江者四而未著其目，亦不言洞庭。洞庭山名见《山海经》。《禹贡》前半言导水，故未及山也。大约古无湖名，皆湘水经流而群水入之，唐虞以前但称湘水，故君山称湘山，而湘君夫人，凡湘之古迹多在洞庭也。

惟江虽有九，而归并处在上流，如湘之称三，旧矣。而澧亦称九，五溪皆入于沅，独资自一江与沅、澧、湘若五口然，故《国策》又谓之五渚也。然资虽独流介沅湘之间，而于湘水实相为首尾。三湘之称，俗以湘乡、湘潭、湘阴当之，此皆后世县名，征之不古；朱子以潇湘、蒸湘、沅湘易之。而蒸湘之目亦不的。蒸本细流，湘水所纳如郴、如渌、如涟、如浏、如沩、如汩，不下数十水，何独言蒸？且古无是说也。窃谓湘水在九江最长且著，必综其首尾核之，而后三湘之名可定也。

湘出广西之兴安，北至永州城外，而潇水自西北来入之，谓之潇湘，此旧说也。及至长沙，过湘浦而资水分流，东入之谓之资湘，地在湘阴，一名临资口，即陵子口，古黄陵庙也。又北入湖，与沅水合于湖中谓之沅湘，此则《水经》之原文也。以潇湘、资湘、沅湘为三湘，当为不易之论。惟是资水在九江之中不当孔道，冠盖罕临，诗人墨客往往弗能道，故典籍不多见，而人文亦萧索已甚。惟《水经注》记载颇详，其源流与《汉书·地理志》“都梁”注合。而于涟水，则注为资水之别，与汉别为潜、江别为沱相同，盖特笔也。其实，资水发源都梁稍东，纳新宁县之夫夷水，夫夷亦出全州，与湘源近。又北至邵阳，纳邵水，西过新化苏溪关，始东转入安化境包神山而至敷溪口，即县治前之伊水；又北纳善溪水，出武陵界善卷祠前；自此入益阳，过四里河、桃花江，径县治前东北流至沅江县入湖，《汉书》注所言流一千八百里者也。中间变名为茱萸江，迸流山峡多在新化、安化，本益阳地，故《水经注》邵陵以下，即言益阳也。其间豁谷轩豁，岩石灵奇，山明水秀，几于应接不暇，大湖以南，资水之蟠互广矣。

仆生长其间，受书潭上。适道光乙未自两江入觐，天子雍容接见旬有四日，垂询资江源委及少贱读书之所，亲书“印心石屋”四字大小二幅以赐，命勒石资江之崖壁。于是星日光芒，烛照荒陲，数千年之郁积，焕然一开，而资江之御书，遂巍然与神禹岣嵝之碑炳耀南天，海内名山胜水皆竞相传摹，一时称为极盛。适吾友新化邓湘皋辑《资江耆旧集》六十卷携至金陵，因捐廉镌之，并附《盛事》一卷，冀与荒山木石，永戴恩光，以纪千秋一时之胜。至其诗采及宁乡、湘乡、湘阴，则以沩本益地，涟为资别，而水口分由陵子临沅入湖，亦与湘为首尾之意云。

宫太保长白裕泰公序云：

湖以南水，《禹贡》曰九江，《国策》曰五渚，实则沅、澧、资、湘四水而已。资流长且大，其力可独达洞庭，而称名则不及沅、湘之著。湘皋居资上游，乃综其地之贤士大夫与夫布衣、野老、士女、方外，凡有诗可采者辑为一编，名曰《资江耆旧集》。起自明代至近日，为卷六十，为人四百一十有一，为诗四千四百有奇。先是，陶文毅开雕于金陵，文毅亦资产也。顷湘皋以其书来质且乞余言。余谓古者太史陈诗，以观民风，故尤乐书数语，以弁简端。闻湘皋年来又辑《沅湘耆旧集》将成，其表章先哲不遗馀力如此，岂仅资江之光，又岂仅沅湘之幸哉！

沅湘耆旧集序例

叙曰：在昔襄阳传耆旧之传，近世甬上辑耆旧之诗，征文考献，异世同揆。今海内诗征之刻殆遍，吾楚《风》《骚》旧乡，独阙焉未备，湘中耆彦，屡谋而未成。推原其故，亦有四难：

屈宋而还，汉魏以降，骚坛寂历，代祀绵悠。中惟南平阴子坚振响萧梁，顾疑外来，又少并起。自馀单章，率乏奇采。唐宋而后，楚风振矣。然襄阳、少陵，类非湖外所得攘，其见于《全唐诗》者，湖以南不过数家。北宋湘阴邓氏诸老诗，散见《永乐大典》，内府所藏，外间反不及见。南宋各家，亦止《雪矶丛稿》在世，馀率多缺佚。洪、宣以后，《怀麓》一集，孤行天壤。若杨文襄、何文简并有千古，而《石淙》《燕泉》两集，行世寥寥，他更何论。至如洞庭渔人、高霞居士、夕堂老人诸先生，当时奉为坛坫，今且不识姓名。石渠天禄，渺若云霄，玉律金科，委同草莽。今欲远绍遗闻，光我简册，则上溯之难也。

家乏藏书，人鲜专业。高门右族，手泽既不轻以示人；蠹简鼠编，下士亦各私其祖父。无不视为奇货，秘比琅函。造观既乏乡导，借钞绝少写官。下至荒山古寺，委巷农家，村学传钞，老僧黏壁，亦有名章，可资采录，自非身历其地不知。又若定、哀之间多微词，沅湘之地多激响，忌讳滋繁，嫌畏尤甚。若莲冠道人、食苦和尚、砍柴行者之流，声出金石，光争日月，散在榛莽，飘若云烟，鬼神护持，流风不坠。偶得片语，如获异珍，惊喜狂拜，至于泣下。凡此之类，若没若灭，何有何亡。今欲网罗散失，勒成一编，则旁求之难也。

虽有碔砆，不掩璆琳，虽有兰茝，不废菅蒯。选楼一开，邮传麕至，堆塞几席，蔽锢聪明。徐凝不少恶诗，僧虔正多累句。所恃删繁领要，搜隐获奇，识鉴不淆，取舍斯允。若乃矜言瑰博，则以高简为空疏；矫语性灵，则以纤佻为妙悟。驯至浅人俚语，累幅不休；逸响孤音，古调欲绝。“夜叉”“菩萨”之句，传遍人间；“龙头”“豕腹”之篇，翻疑赝鼎。取冯子（粟）〔振〕《梅花百咏》，忘刘昭禹四十贤人。一唱众咻，殆难以口舌争。《楚风补》、《诗的》二书，俱坐此病。捃摭虽勤，榛楛未翦，固陋实甚，遗佚更多，则抉择之难也。

班固《人表》，差等有九；钟嵘《诗品》，区分有三。自来馆阁宗匠，各有师承，布衣名家，实具宗派。执牛耳者，不定拥麾旄；捧盘盂者，不定在韦布。坛坫递嬗，门户攸分；支派相承，源流可考。惟为之定其品目，论其世次，考其家世弓冶之详，溯其师友渊源之自，各以类从。位置既定，流派自清，人风亦辨。若乃漫无区别，任意颠倒，屈上座与髡流一床，致老子与韩非同传。进豪门而退素族，既涉攀援之嫌；抑钟鼎而崇泉石，亦坐矫枉之过。驯至一人被摈，切齿者数世；一目偶乖，指摘者千夫。以风雅之林，成恩怨之府。知我罪我，孰得孰失，则品藻之难也。

以兹四难，遂成五患：一曰滥收，二曰挂漏，三曰去取失当，四曰评骘不允，五曰草率将事。尚望其书成不刊，信今而传后乎？

显鹤窃不自揆，尝欲荟萃湖以南文献为一书。念搜讨匪易，当自近始，曾就耳目所易及者，先为掇拾，名曰《资江耆旧集》，陶文毅公业为开雕于金陵矣。已念全楚之大，非一道所能赅。自湖外诸郡分隶湖南布政，其间巨儒硕彦，通人谊士，断璧零珪，湮霾何限！文采不曜，幽光永沉，此亦阙于采录者之罪也。因发愤推广，展转搜索，复成《沅湘耆旧集》，而以《资江》诸名人仍按时代编入。起自洪、永，至于近日，凡得一千六百九十九人，诗一万五千六百八十一首，厘为二百卷，盖湖以南文献，略在是已。

伏处荒村，见闻孤陋，故家名集，十不得一，大惧瞢昧获咎。书成，乃蒙同里诸君子争先寄赀助刊，遂开雕本宅先祠。始于壬寅春仲，至次年秋工竣，凡费缗钱一百八十万有奇。昔裕之辑《中州集》，历二十寒暑，仅成卷帙，无力刊行，后得赵提学国宝资藉，始得锓木以传。今是集告成，实藉诸君子之力。显鹤识闇才疏，因人成事，敢自以为功哉？谨序成书之始末岁月而条系例言于左简，祈与天下、后世大雅君子共证之。

征文考献，当自其乡始。历观古记载、史部所列，若《襄阳耆旧记》、《零陵先贤传》、《临川名士传》、《锦里耆旧传》、《楚国先贤传》，皆传其乡之献也。集部所列，若《苏州名贤咏》、《淛东酬倡集》、《河汾遗老诗》、《会稽掇英集》、《宛陵群英集》，皆传其乡之文也。若元遗山《中州集》，合文献为一书，遂为一代史宬之本。盖著述家采拾搜讨，有功国史，关系之重如此。今仿其意，曰《沅湘耆旧集》，亦仍《资江耆旧》之例也。

湖以南水，《禹贡》言九江，《国策》言五渚，实则沅、湘、资、澧四水而已。而资水入湘，澧水入沅，湘长于东，沅雄于西，故举沅湘而湖以南水尽在是，即湖以南郡县尽在是，其曰《沅湘耆旧集》，即《湖南诗征》之变名也。

文集日兴，散无统纪，网罗删汰，总集以兴。《三百》以后，权舆王逸，惟所裒仅《楚词》一家。《四库总目提要》以为体例所成，当以挚虞《流别》为始，其书虽佚，其论尚存。《文选》以下，互有得失。然选楼初开，何逊犹在，不录其诗，犹为近古。若叔师《楚词》之录，并入《九思》，则以已作入选，与徐陵《玉台新咏》同。唐芮挺章《国秀集》亦然。《提要》诋之，以为虽有例可援，不可为训。至《国秀集》前有天宝进士楼颖序，而其诗即列集中，《提要》以谓一则以现存之人采录其诗，一则以选己之诗为之作序，后来互相标榜之风，已萌于此。其言可谓深切。近代吾楚陶烜《国朝诗的》、彭廷梅《国朝诗选》均坐此病。今本以盖棺为定，差免诗社锢习。

洪荒以前，无可采录。中古文字简略，萌芽韵语，渺焉悠邈。《三百》以后，吟咏备矣。然昭明有言："姬公之籍，孔父之书，与日月俱悬，鬼神争奥，岂可重以芟夷，加之翦截。"自来谈楚故者，以茶乡为炎帝之陵，九疑为虞帝之寝，洞庭为黄帝张乐之野，遂乃远稽《蜡辞》，旁及政典，杂引兵法、丹书、广成道要以及"解愠""阜财"之歌，《履霜》《水仙》之操，"汉永""江广"之什，《山鬼》《国殇》之篇，无不旁搜远绍，节取断章，意存夸张，适形鄙陋。今欲一从删汰，难于托始。姑断自洪、永以来，迄于昭代为一书。元以前诸家，别为《前编》，发凡起例，自具简首，兹不复云。

选家向多书名，惟《文选》于班孟坚、张平子以下皆称字。《中州集》祖其意而变之。有以官称者，如吴学士、张秘书、马御史之类是也；有以名位称者，如礼部闲闲赵公、承旨党公之类是也；有以官之地称者，如刘邓州、高博州、冯临海、张偃城之类是也；有以名德称者，如常山周先生昂、黄山赵先生沨、黄华王先生庭筠是也；有以隐德称者，如王隐君、薛继先之类是也；有以异人称者，如拟栩先生、明了居士、无事道人之类是也；有以其号称者，如刘龙山、愚轩居士、姑汾漫士之类是也；有区分门户各以类从者，如三知己、南冠五人、诸相之类是也；有直书其名者，如吕仲孚、李端甫、王元节之类是也；有爱其诗、亲其人郑重而谥之者，溪南诗老是也。其例甚纷，其称不一，钱受之《列朝诗选》、胡道南《甬上耆旧集》皆用此法。今仿其例，冠以官阶，系以字号，用表敬恭桑梓、不敢直名之意。

位尊书谥，无谥书官，官书其终、书其地，亦书其著。无官书科目，如进士，举人，恩、拔、副、岁、优贡之类，一依功令，无取别称。惟府州县学生员及监生仍《列朝诗选》旧称，曰秀才、国子，其馀布衣、处士，少变其文，亦用前例。至其人素以字著，不因官显者，则舍官从字。其人字本共著，而官有事迹可考者，仍舍字从官。若平生亲故知旧，则一例书字；字履俱无，则直书其名，意在表章，义无轩轾。

世嬗岁迁，名流辈出，家数既多，主名不一，人风易淆。昔人有云：世之选家，坐取诸集，录其擅名及子孙方贵盛者为冠冕。若单门逸响，附录一二，辄有德色，但略去取间，遂裒然大集。至问其集中诸公风格高下与诗学源流，辟草莱者几人？主坛坫相羽翼者几人？选者读者皆茫然不知也。其言沉痛，可为炯戒！湖以南名公全集行世者少。今集托始胜国，首推一初李先生。文章志节，卓越千古，为《怀麓》一集风雅发源，所谓高曾规矩也。洪、永之间，学士刘公三吾、方伯彭公反信、尚书夏忠靖公原吉，昔吾先正，尚有典刑。宣德以后，忠宣刘大夏、恭简朱英，名德宿望，不必定以诗名。若王侍郎伟、杨佥事廷芳、李叙州鉴以下，清词名章，体裁略备。至文正公出，卓然为一代大宗。论者谓其以金章玉衡之质，振朱弦清庙之音，含宫咀商，吐纳和雅，《大韶》一奏，俗乐俱屏，老鹤一鸣，啁啾皆废。虽以北地信阳之气焰劫持一世，不能上掩长沙之光。而其时同乡诸君子，晋楚匹敌，则有杨文襄公一清；苏门秦晁，则有何文简公孟春；《石淙》、《燕泉》两集，亦《怀麓》之亚也。此外联镳接轸，如尚书邓公庠、参政严公永濬、兵部李公永敷十数辈，篇章酬酢，具见集中，而又有相得益彰之老友彭民望泽与共晨夕，盖其时湖外之吟事，彬彬然称极盛矣。

自时厥后，龙湖张治、东雩廖希颜。共显于正、嘉之间；君御龙膺。雪涛，江盈科。竞响于隆、万以后。读浯池易舒诰。紫园曾朝节。之作，知骚国不少词臣；诵八厓周廷用。终太艾穆。之编，信郢中犹多高调。《诤礼》一集，徐一鸣。既无愧于《燕泉》；"讲学"诸篇，冀元亨、蒋信、刘稳、伍让诸人。乃导源于《击壤》。布衣而主坛坫，克副洞庭云梦之观；洞庭渔人孙宜、云梦山人孙斯亿。外吏而谈风雅，足壮五溪六岭之色。武冈曹一夔、邵阳车大任、溆浦邓启愚、靖州许潮诸人。尚书词翰，或少掩于勋名；刘尧诲。宗伯文章，实允符其风节。庄天合、罗喻义、李腾芳。况复扬芬七叶，诸黄代有闻人；善化黄氏。接武一门，三范时称名士。杜阳范氏。其馀或结社于白下，云水仙踪；傅孔说、米云卿。或偕隐于空山，烟霞痼习。龙人俣、邱当世诸人。此皆湖湘之故事，乡曲之美谈也。

若夫天、崇以后，世变渐滋。鼎革之间，遗民尤盛。无不家函"井史"，人矢《谷音》。如些、密二公郭都贤、陶汝鼐。倡社于湘中，邵陵一老车以遵。主盟于资峡。夕堂王夫之。浩歌瑶峒，居然正始之音；长史邓祥麟。高咏鹿厓，宛具初唐之格。虎塘刘象贤。须竹，唐端笏。具体少陵；樵隐朱之宣。江声，蒋之棻。希踪坡、谷。又若冯介烈一第之严冷幽峭，郭遗民金台之简远萧疏，黄九烟周星之驰骤谲诡，邹艮厓统鲁之僻苦棘涩，长苍父子杨嗣昌、山松之奇伟苍郁，食苦兄弟唐访、唐诚之清厉凄怆，斯又各有性情，自具宗派者也。至若春容含蓄，则有屡征不起之潘章辰应斗；沉郁苍凉，则有九死不悔之夏叔直汝弼；清婉深秀，则有刻苦自厉之陈耳臣五鼎；凄戾清怆，整赡雅饬，则有沉晦无名之程或委本一；雅洁高老，格律浑成，则有负气不屈之王稚潜嗣乾；幽冷名隽，翛然尘外，则有功高不居之陈乃锡宏范。以及船山诸友，洪业嘉、刘惟赞、管嗣裘、郭履跹诸人。仗节诸君，陈来学、唐谊、周继圣、左天民、俞一鳞、吴愉诸人。行遁遗黎，陈五簋、王二南、袁准、谭雅诸人。若吟衲子，髡残、一念诸人。名氏半湮于湖外，敦盘未莅夫中原。《列朝诗选》《明诗综》多未及。各有千载，犹然楚中三户之遗；自成一家，不愧南宋群贤之目。爰为之拾残补缺，部别区分。或特设一床，或同登上座，或编为合传，或各以类从。综厥全编，骤难更仆。敢云张楚，莫谓无人。若夫衰世之音哀以思，治世之音安以乐。诸贤入本朝后，雍容簪笔，歌咏太平，含和吐气，渢渢乎归昌之音，疏越之响。二百年来，各有师承，源流备矣。就其所见，审为编录，成例具存，不复宣究。

世远代积，辈行先后，最易混淆，今一以科目为断。恩、拔、岁贡，有年岁可考者，亦依科目序列。至诸生韦布、骚人逸士，难以意断，则视其家世交游前后为次，与科目间叙。大抵以三十年为一辈。其无可考者，则注明附录卷末。而采到较迟者，亦一例注载，不敢任意颠倒，自乱其例。惟十七卷之冀闇斋、蒋道林，皆《明儒学案》中人，因与龙潜之、唐子充理学诸人各以类从，科目稍淆，此又一例也。

集名“耆旧”，文献所系，以诗存人，亦以人存诗。用备一方掌故，非为后学程式也。故集中所载，不拘一格。要以表彰先哲，搜剔遐隐为心，不敢侈口妄谈，轻议前人，贻误后辈也。然愚山有云：“诗如其人，不可不慎。浮华者浪子，叫号者粗人，窘瘠者浅，痴肥者俗。风云月露，铺张满眼，识者见之，直一叶空纸耳。故曰君子以言有物。”又云“山谷言：‘近世少年不肯深治经史，徒取（给于）〔助〕诗，故致远则泥。’此最为诗人针砭。”是集虽不敢自居诗教，严立程式，苛为去取，然市井里巷叫嚣轻薄之习，在所痛惩。上下五百年，家数以千计，诗以万计，岂能人及西涯之门，家服夕堂之论？总览全集，容有粗浅而必无叫嚣，有平直而断无轻薄，此则可以自信可以共白者也。

征到诸家，全集苦少。或出自谱牒，或摘自方志，或采自岩洞。亦有家世写本，坊市俗刻，展转传钞，参互不一。或一题而彼此错见，或一篇而首尾互异，疑既难阙，信亦谁从？要惟择其稍完善者登之。比识曲之听真，异买菜之求益。比较原本，或稍不符，览者谅之，幸毋深罪。

征文考献，意在表章，论世知人，无嫌详尽。集中各传，俱采自史志；史志无传，旁及家谱、别记；其或传闻失实，仍核之本集。即如开卷两人，希翁登第，一以为元统，一以为泰定；坦翁末路，一以为戍边，一以为赐死。及核之本集，皆非其实。因为之详细辨证，不惜订《四库》之疑，纠正史之谬，如此者亦非一事。故集中诸贤事迹，无论见正史与否，均不惮一一详载。若其人无他表见，则止叙爵里。

世族地望，昔人所称。土音之操，乐工不忘。首丘之义，贤者尤重。故广陵仍江夏之呼，考亭系新安之号，示反本也。若先世流寓斯土，子孙著籍已久，即同本贯，非比外来，苟有名篇，必为采录。其有著籍他地，未绝本贯者，亦间为收入。如彭襄毅泽以湘阴籍兰州，文总制贵以湘乡籍东昌，郭太平本以平江籍广西，李解元士英以麻阳籍贵州，以及邵阳车氏籍上元，武陵胡氏籍无锡，溪州田氏所在著籍皆是也。至闺秀以所适之地为主，方外以卓锡之地为断，虽非楚产，亦登表而出之，以免借材异地之诮。

楚诗向无总集，今所传廖氏《楚风补》、《楚诗纪》，陶氏《诗的》，二书挂漏讹舛，不一而足，《诗的》无论矣。《楚风补》见《四库·总集类》存目，《提要》以为其书意主夸多，冗杂特甚，又疏于考证，舛漏尤多，假借牵附，不一而足。如刘跛子乃北宋人而列于六朝之际，严羽乃昭武人而列于三湘之间，经其指驳，大凡十事。今按其谬，尤不止此。如范浚兰谿人而以为澧州，周渭恭城人而以为桂阳，曹唐桂州人而以为湘州，廖正一安州人而以为衡山，余阙色目人而以为罗田，此犹谓仍方志之讹也。尤可异者，元浙江天台有黄庚字星甫，著《月屋漫稿》，见《四库》著录、《浙江通志》，廖氏因《湖南通志·宋选举表》有常宁黄庚名姓同，遂以其诗实之，则不顾朝代之隔矣。金源氏之王庭筠，《中州集》所谓黄华先生者也，爱相下山水，自称黄华山主，廖氏因《南岳志》黄华观有黄华老人，并以其名与诗实之，则并不顾南北之阻矣。又以方志所载长沙好善乐施之许有壬为许文忠公，文忠著籍汤阴，为有元一代伟人，详《元史》本传，有《至正集》八十一卷及《圭塘欸乃集》，见《四库》著录，乃以疆域远隔、姓名偶同之人当之，是岂足以为楚重乎！至不知周朴有二人，李焘有四人，此尤其误之小者也。今本去取详慎，凡若此类，概从删汰。

相传明代科举取士之制，定自刘公三吾。洪武乙丑进士榜，湖南至二十三人之多，中惟澧州张庭兰、武冈于子仁二人有诗。于诗神似太白，飘飘有仙气，故世谓之仙去也。二人集均佚。大抵明代诗集佚者甚多。以余所见，怀麓堂外，有名者亦不过忠靖、忠宣、文襄、文简数十家而止。此外名位昭著，若巴陵邓襄敏公廷瓒、道州熊庄简公绣、巴陵方简肃公钝、长沙李恭懿公棠、零陵陈恭节公纯德及祁阳陈尚书公荐，名德硕望，垂型乡里，都无一诗可采。恭节公以身骑箕尾、气壮山河之人，且不免于外论，其馀更何言矣。至一代名集，见《四库》著录存目、《明史·艺文志》、《传是楼书目》者甚夥。若茶陵尹尚宾《一经堂集》《斗庵集》、刘一峰《衡云集》当时盛行，衡阳吴国瑞诗曾选入曹能始《石仓历代诗》，今欲求其单章，只字亦无有。而醴陵徐提学一鸣父子相继成进士、官部曹，迹其生平，谏南巡，忤刘瑾，争大礼，为文简引重，其人气节凛然，其诗风格遒上，远胜七子中吴明卿辈，亦可以不朽矣，乃迄今无有能道其名姓者。余辑提学诗仅得十二首，尝以不见全集为憾。比友人寄到一册，则已在是集刊成之后矣。吾楚人湮殁不彰多类此。贤达且然，况闾巷韦布、山林憔悴之士哉！发愤创为是集，或存什一于千百，亦不得已之苦心也。

有明之诗凡三变，而风会所趋，每转移于吾楚。文正主持文柄，为一代大宗，固已。嘉、隆七子，气焰方盛时，海内求名之士即有“东走太仓，西走兴国”之语，至公安、天门出而王、李之势遂衰。《诗归》一选，天下翕然宗之，亦哗然诋之。论者谓有明一代之诗，以茶陵倡于前，以竟陵殿其后，吾楚诗人，至与国运盛衰相终始。然此就全楚言之。若湖外诸君子，闭户阖修，多务朴学而厌声称，尚气节而恶标榜，故始不附王、李以求名，终亦不附钟、谭以累名，凡七子、五子、四十子之目，楚南诸老漠然若不闻焉。深山穷谷，抱奇蕴愤，老死不求知于人，而人遂无从知之者多矣。兹集所存，往往不尽其人之长，而佳者又有不尽存之憾。枌榆耆硕，桑梓英髦，谅其颛愚，指其罅漏，是又卬须之至切者也。

《楚宝·文苑》论次云，楚自鬻熊发忠敬和严之旨，而后世始有子书；倚相读《坟》《典》《丘》《索》之文，而历代始尊史学。《离骚》振《风》《雅》之衰，《太极》抉羲文之秘，靡不自我作祖，以待来兹。天下文章，莫大于楚矣。顾不能无深慨者，自汉迄今，湘澧英灵，类多遗佚。其一二传闻者，又复流离乡土，生卒难稽。岂熊子迟暮之气，湘累忠愤之感，楚材晋用，有开其先；抑洞庭浩汗，沐日浴月，九疑二岳，负岭分天，使造物泄而无馀，鬼神忌而不惜乎？今集托始胜朝，远遗前代，反爰古薄今之习，昧先河后海之义，知忽近举远之非，失沿流溯源之旨，于典既缺，于心靡安，老矣眊及，姑俟异日。窃恐白头有志，青汗无期，如其委化一朝，遂成千古。爰就儿子琮积年所掇拾，详为审定编次，自元以上至汉魏六朝，共若干卷为一集，名曰《沅湘耆旧前编》。而以向后所得明以来诸家为《续编》，勒成全书，冀无遗憾。里多世族，家有藏书，务望示知，不嫌求假。

子厚著先友之传，昌黎重久故之交。总角嬉戏，老死难忘，衡宇休畅，欢情易洽。先云渠兄尝欲辑先世旧闻、閰里耆彦为《北山小志》，以家世居县之北郭也。自兄云亡，倏又三载，每思编缀遗文，以报地下，呜咽掩卷，不能自已。今仿其意，凡先世交游，儿时师友，单章断句，皆为缀辑。家世履系，详为载记，语不厌烦，事惟求实。终仿阮翁感旧意，窃取《箧中》收季川、《中州》登敏之之例，以云渠兄诗终焉。后缀佚名、补遗一卷，女士、方外后，幽则索之鬼神，下并征诸谣谚，庶几纤细靡遗矣。至湘中诸贤文集记叙海内名公歌咏篇什，有与楚事比附者，亦为采录，牵连附存。如密公《孤儿吁天录序》、亭林先生《闻楚僧元瑛谈湖南三十年事》诗之类，此又事关清议，义系诗史，当谨书于册者也。

《诗》重将伯，《礼》戒孤陋，为其事必求其功，集众思尤资众力。显鹤家世寒素，别无嗜好。自束发授书，即喜闻老先称说古今巨人长德、乡邦文献。迨长以诗获交海内名宿，于吾乡唐陶山丈、陶文毅二公尤称投分。忆三十年前与唐丈同寓淮南，即举《湖南诗征》相勉。近文毅总督两江，为余校刊《资江耆旧集》，甫竟而公卒。卒前半月，手书寄余，犹谆谆属以此事。迩来家居多暇，日事编划，稍成卷帙。凡游历所至，必以自随。然未敢自谓完书，遽希锓木也。念裕之《中州集》编成，二十年始得赵提学资藉付板；而渔洋《感旧集》，身后久之，雅雨山人始为开雕。古人成一书，其难如此。老境蹉跌，日事大窘，缩衣节食，无能为役。乃书成，今贵州巡抚贺公闻之，首先寄助百金；于是，哲弟柘农侍御熙龄与陈尧农水部本钦以书遍抵同乡诸君子，先后寄到多金。遂开雕本宅，凡阅两年竣事。至此书编辑之始，所与商榷校订者，鄞县沈栗仲道宽、长沙毛青垣国翰、湘阴左仲基宗植。搜访之勤且慎，则湘潭罗研生汝槐、张玉夫声玠、武陵杨杏农彝之力居多。督刊校字，则兄子瑶伯昭与有劳，皆有功于是书者也。其捐资诸公、采访诸君子姓氏及引用书籍，具见别简。道光二十有三年，岁在昭阳单阏立秋后一日，新化邓显鹤湘皋谨识于邵州濂溪讲舍。

校刊楚宝序

楚志之最古者，《襄阳耆旧传》、《长沙先贤传》、《杜阳先贤画赞》及盛弘之《荆州记》、罗含《湘中记》、庾仲雍《湘州记》、卢藏《楚录》、路振《楚青》，今皆无存。近代言掌故者以廖鸣吾《楚纪》、周伯孔《楚宝》并称，而《楚宝》为优，俱列于国朝《四库全书·存目》。

显鹤自授书以来，喜闻老先称说古今巨人硕德、乡邦文献，念生长湖外，欲搜讨楚故，无如此书，求之十数年不获。自为宁乡学官，闻黄虎痴孝廉言，长沙一士人家有钞本可借刊。以闻于今大中丞合河康公，公喜，允为梓行。索钞本复无从得，事遂寝。会桐城李海帆观察自永州来，携湘潭周石芳侍郎家所藏刻本见示，真不啻获重宝。时中丞述职北行，复请于方伯长白裕公及官楚诸君子，谋重刻。显鹤独任校刊之责，爰开雕于宁乡学署。冷官多暇，日事披阅，又参以书传记载旧文，订其讹谬，仿朱子校正韩文之例，为《考异》；复遍采古书地理志所纪，删节缀拾为《增辑》，统附各卷末，依类编次，以便省览。其有《目录》缺传者，悉加补正。间附按语，以谂学者。书垂成，会余以试事于役省治，以书局自随，复借官书详加是正，凡十有一月而工竣。极知僭越滋惧，然于乡贤文献，庶几万分有益方志之广识焉。道光九年十一月谨序。

附录官太保长白裕泰公《重刻〈楚宝〉序》

著书难，取前人之书而增益之、考订之则尤难。著书者自立门目，去取由我，犹可避难而就易；取前人之书而增益之，安知我所增者，非彼所弃乎？又安知所增者，什之九不犹漏其一乎？取前人之书而考订之，既难遍得所见之本，不将愈考而愈失其真，得于此而复遗于彼欤？盖非多闻而识定者，不足以语此。新化邓子湘皋，少壮时历览名山川，遍交海内贤士大夫。及归而就广文一席，人以为官冷而饭不足者，湘皋且欣欣然喜曰：是可以遂吾读书之志矣！因遍索两湖掌故之书而读之，期为有用之学。得明季周氏圣楷所著《楚宝》，谓可以备志乘之遗、补文献之缺，为之增益，为之考订，不及一载，而剞劂告成，抑何用力之勤，而书成之速也。

楚自春秋战国以来，幅员最广。及汉以荆州分部，唐以山南、淮南、江南、黔中诸道分领之。宋置荆湖南北路，元置湖广行省。自明迄今，遂以湖南、湖北为全楚之界。其掌故之书，见于记载者有晋张方《楚国先贤传》，宋卢藏《楚录》、路振《楚青》，明陈士元《楚故略》、何迁《全楚志》、高世泰《三楚文献录》；惟陶晋樸《楚书》、廖道南《楚记》及伯孔是编录其目于国朝《四库全书提要》，馀皆佚其籍矣。周氏生数千百年后，集古今人物勒为一编，其势不能无漏；拾蠹简于古籍散佚之馀，其势亦不能无误。湘皋为之增益其漏而不敢自谓无漏，考订其误则不敢自谓无误，仍附编于各卷之后，不欲以己意乱前人成书，盖慎之也。其于门目间有更张，亦因时制宜，无嫌独断。而其成就前人之美，使二百年垂绝之书复行于世，自皇古以迄前明，上下数千年，全楚人物可与白珩争美者，条举胪列，如叙一家谱系，可不谓之多闻而识定者乎。至其编书体要，则有湘皋增订之例在，不赘及。道光九年岁次己丑嘉平上澣。

附录官太保裕泰公《重订〈楚宝〉序》

往岁余陈臬六皖时，湘皋方与修《安徽通志》。余见其操笔严慎，心识之。阅岁来藩南楚，湘皋亦归就学博，以所增订《楚宝》一书来质，余已为之序刊，风行海内矣。嗣余去楚有年，从黔中移节重来，湘皋复以重订《楚宝》求序，会余有江右之命未果为。已而湘皋送其子若侄赴朝试，迂道过章门，叩其行箧，则所订之书在焉。阅之详审精密，凡原书罅漏舛谬者，无不弥补驳正，于是楚中数千年之文献秩然无不可征。比岁余复奉命来楚，湘皋喜余三莅此邦，与楚人有缘也，复申前意。夫古人文章经济炳于当世者，或以久而暂晦，晦久则必复发其光，亦其人之精神不敝也。其间又必有力能阐显者起而任之，而其人亦因以不朽。湘皋落落一冷官，乃于其乡之巨人长德遗言绪论，兢兢爱护，惟恐或失。既增订此书，复纂辑《资江耆旧》、《沅湘耆旧》两集，其表章先哲不遗馀力如此。余以是叹渚宫鸡次之典，荆衡云梦之奇不能湮没；又叹湘皋之生为不偶，其用力勤而收名远，虽不显于时，必传于后无疑也。故因其请而复为之序。道光十九年岁次己亥嘉平月。

湘皋自订年谱序

余生四十有二年矣。少多疾病，长而昏瞀。上托先人庇荫，幸不早填沟壑，而顽钝缪盭，不克稍自树立。德业不就，文采不彰，屡举见摈。频岁奔走，侍奉无状，上累老亲，罪大恶极，遂遘大罚。自乙亥遭府君之变，徒跣跄踉，已无生理；徒以老母在堂，匍匐庐次，苟延视息。岂意天荐殛酷，阅岁而太孺人倏忽见背，仓皇叫呼，祷祠不及，医药无灵，是岂太孺人之寿止是？将毋天疾不孝子之罪而速戾于吾母也！五中屠割，魄逝心坏。天乎人乎，果何罪乎！衰门多衅，是岁冬月，叔父璧园府君又相继捐馆。期年之内，一门之中，三丧并举，齐斩叠缠，天祸哀门，于斯极矣！哀哀鲜民而靦颜独生者何耶？而苟且求活者何耶？

苫块以来，残骸馀魂，百疹丛集，四肢麻木，两胁胀懑。已食犹饥，不飧自饱，耳鸣目花，齿豁头眩。久坐则痺，数武即喘，或时寒热，手足冰烙。夜起频溺，时黏床褥，神志荒耗，心泉涸竭。偶执笔构思，中摇摇如人将捕，勉强终业，则夜不著枕。沈休文所云：形骸力用，不相综摄。常思过自束持，方可僶俛后差不及前差，后剧必甚前剧，以手握臂，计月小半分，以今而观，斯言信矣。大惧一朝澌灭，无以追述先德，垂示将来。是以及形神未离之日，历叙不肖有生以来，自孩提以至强壮，纂为年谱，藏之私笥，传之子孙，以明不肖之幸不早填沟壑，不大玷辱先人者，皆先府君、先孺人艰难鞠育、焦神劳思、力尽筋疲之所致。而先府君、先孺人之所以不克享一日安逸之奉，致耄耋期颐之寿者，皆不孝之顽钝谬戾、罪大恶极有以累之也。柳子不云乎：苍天苍天，有如是耶？有如是耶！而犹言犹食者何人耶？已矣，穷天下之声无以舒其哀矣！尽天下之辞无以传其酷矣！爰自生岁，讫于大故四十年之事，合为一编。禫后顽很不即死，仍每年续编，庶冀不肖馀年，为吾父吾母灵爽式凭之所赐云。时嘉庆戊寅秋，显鹤谨识于桂林寓室。

附录桐城吴侍御赓枚春麓序

天予人以岁月，贤愚之所共也。贤者爱之惜之，所处之境甚困，而不觉岁月之悠长也；愚者玩之愒之，所处之境甚舒，而不觉岁月之疾促也。非天之私乎贤者也，其生平之所为，自少至老大异乎庸众人之所为，一一可追溯焉。以承先志、裕后昆，信吾身之不虚生，夫然后可以立身；可以立身，然后可以事亲；可以事亲，然后可以质诸天下之人以证其心。理之同使拳拳于爱，日之忱而不能自已。

今年夏五，晤湘皋于皖城，赏奇析疑，晨夕无间。尝与余言尊甫台峰先生暨母毛太孺人鞠育之勤，操作之苦，而自伤禄养之不逮，未尝不抚膺垂泣也。至于乡曲里闬间亲戚之往来，友朋之酬酢，其有与明发之怀相感触者，未尝不慷慨欷歔，𫍲缕言之，令人如闻其语，如见其人也。久之，闻其有自纂年谱，复索观之。湘皋潸然曰：予敢自为年谱乎哉？念吾父吾母之习勤劳茹艰苦者，多历年所，其在我生以前者不及知，谨就我生以后见闻所及者书而藏之，以示后世子孙，俾勿忘前人遗事耳，予敢自为年谱乎哉！虽然，恐人之不余谅也。子盍为我言之。

予受读三复。按谱自乾隆丁酉讫嘉庆丙子，由悬弧之始以逮终事太孺人之后四十年。前两尊人夙兴夜寐，劳心焦思，持家之勤俭，制行之精严，怙恃顾复之恩，提命训导之切，胪列无遗，而湘皋昆仲孝友敦笃之风，亦于此可见。古人所谓一举足而不敢忘父母，一出言而不敢忘父母者，意在斯乎！尝读《豳风·七月》，自流火授衣以逮于耜、举趾、萑苇、条桑、采荼薪樗、索陶、乘屋之事，所记盖详焉。年谱所载太孺人采橡为食，牵萝补屋，至于十指瘃瘃，皮肤皴裂，以今视昔，殆有甚焉。使子孙世守，弗谖遏逸豫之萌，凛怠荒之戒，敦睦姻任恤之谊，吾又以卜邓氏之兴未艾也。湘皋勉乎哉！

人者天之所贵，时者人之所珍。子既学成，行立无失，时以事其亲矣；自今以后，以事亲者出而事君，则他日之年谱，又将纪赓飏歌喜起焉。《诗》不云乎：“夙夜匪懈，以事一人。”士大夫之孝，所以成始而成终也，岁月之迁流又何足恨乎！赓枚归山以来，跧伏荒陋，衰老日增，惧不足以阐扬盛德。感君至性，振触百端。维时去先太宜人之殁十有一年，去先大夫之殁且二十年矣，爰流涕书而归之。

附录诸城王大令金策香杜序

年谱非古也，手所自为古尤无有。或有之者，大都贵官显仕又有大勋足可名世传后，门生故吏相与私窃纂辑，用备家乘，待征国史。否则，自识迁转岁月，取荣乡里，夸耀子孙而已。湘皋通人，就令身都通显，必不自张大，而竟有此者，何哉？予官楚南近十载，与湘皋名相闻久。予既漫浪边徼，湘皋又以谋衣食奔走四方，匆匆未及见而已将去矣。今岁春暮，忽相遇于长沙，稍读近集，意欣欣以未相失为幸。既而相见愈数，相知愈深，乃出所著年谱郑重相示。受读未半，涕泗横流，交颐沾胸，绠縻相续，不可断绝矣。嗟乎！谁非人子，谁无父母！《诗》曰：“王事靡盬，不能蓺稷黍。”此夫有稷黍可蓺而不得归养其父母者之言也。则夫无稷黍可归蓺而又不得归养其父母者又何如耶？此夫有王事而不得归蓺稷黍以养其父母者之言也！若夫无王事可驱驰而不得归蓺稷黍以养其父母者又何如耶？

湘皋世族，弱冠举贤书，顾盼科名，谓可立致。既数数不遇，乃不得不暂移其膝下之身，以求仁者之粟，而谋洁白之养，如是十馀年，所志究未遂，而二亲已先后谢世。昔人云：“树欲静而风不宁，子欲养而亲不逮。”岂不悲哉！湘皋家故贫，自叔父令山左罣议遣戍，益复困乏。当是时，其先君子固穷之节、友于之谊，与其先太孺人所以计米盐谋，旨蓄恩勤拮据，以立家道而长子孙，盖有人子所不忍言而又不能以无言，于是戚然自思身亲之馀也。则吾身所有之年，皆吾亲所馀之年也。吾姑断自吾生之年以为之始，而凡吾之所不忍言而又不能不言者，皆得缕析而件系焉，于以备家乘传子孙无遗忘也。此则湘皋年谱之所由作也。所谱者湘皋之年，而所记述则非湘皋之事也。《诗》曰："明发不寐，有怀二人。"又曰："尚慎旃哉，犹来无止。"嗟乎！谁非人子，谁无父母！若策辈者，非有事敦政埤经营，贤劳如《北山》《北门》之所告，哀而羁縻，牵率末由归养，其又安能读是编而无涕泪者哉！

临川吴氏谱序

戊寅春，临川李春湖中丞招余同客桂林，其乡人吴斗翁柄先在焉。中丞指谓余曰："此吾乡独行士也。"余阴识之。既久处，因悉其内行醇笃，志节不苟，虽贫老依人，而意气踔厉，言论质直，无世俗软熟婞婀之态，余以是敬之。叹中丞之言不余欺也。已而斗翁持其谱牒世系诣余，敛容请曰："柄不肖，无所恃以为先人后。今衰宗将有事于家谱，柄贫且老，乞食他乡，不克敬襄其事，将求仁者一言，增重谱系，且使世世子孙知柄虽落魄无状，尚不见弃于当世君子。吾子其不苟于言者，敢敬以请。"余既重斗翁之为人，又叹其立心之挚、而执礼之恭也，其敢无辞。

按谱称临川吴氏为唐吴克后世，居蜀阆中，其七世孙宣，避孟氏乱始迁江西。宣之子三人：曰纶、经、绍，重遭南唐之变，迁徙不常。纶之子有名楫者，由南丰徙闽之浦城，传四世至江济公，宋隆兴进士，历官兵部尚书。孙至道官江西提举，提举以疾归，道出临川之北乡汪家桥桥之西官田村，有汪氏者与提举有旧，以季女归提举三子公信，因家临川，遂为临川人。世称官田吴氏，临川之有吴氏，自此始也。数传而有逊斋公，绍兴癸丑进士，官荆州刺史。尝手订其世系源流展转著籍之由，为书昭示来世，临川吴氏之有谱，自兹始也。

余序至此，斗翁复愀然作色而进曰："衰宗之不振久矣！自荆州举进士后，继起寥寥。有明三百年，登仕版者仅三人。入本朝来，自吾祖父至柄身凡七世，无一举于乡隶于朝者。呜呼，隐已哉！某不敢妄有所称引，惟吾子质言之。"余瞿然起曰：信哉斗翁之言，此真可以谱吴氏矣！显晦宁计焉！位为三公，爵至通侯，苟其人行不合义，适足以贻羞门第。今闾巷出入负贩耕凿之子，有能孝弟谨信敦笃仁让，于国为良民，于家为贤子，于里党为清门、为善族，崔、卢之贵，无以加也。不显何负于吴氏哉！今制以科举取士，市井小儿，挟盈尺册皆可掇拾巍科，有识者无稍荣辱欣戚于其间。或且扳援依附以自豪，哀哉，固宜斗翁之不为也。斗翁与中丞同里闬。中丞当代贤者，于人不轻许可，独称道斗翁不置，即斗翁之贤可知，即吴氏之有后于临川可知已。斗翁其往求中丞一言以张其宗，以信其乡人而传之，后世不显，何负于吴氏哉。

宁乡黄柴姜氏族谱序

姓氏之学，古有专官。《国语》曰："使名姓之后，能知上下之神祇，世族之所出者为之宗。"又曰："司商协名姓。"《周礼》小史"奠系世"，先郑谓世即"世本之属"。又："大宰之职，以九两系邦国之民。五曰宗，以族得民。"春官宗伯，其属有"都宗人"、"家宗人"。《白虎通》曰："古者圣人吹律定姓，以记其族"人，又曰人之有姓，"所以笃恩爱，厚亲亲"。又曰："族者，凑也，〔聚也,〕谓恩爱相流凑也。”君子观于族姓之义，而谱牒之事以兴，所以反本复始，类族辨物，意至深远也。后世官失其守，家自为书，而氏族乃淆乱矣。隋唐以前，九品中正之法，行谱犹藏于官。其见于古籍可考者，应氏《风俗通》、何氏《姓苑》、林氏《元和姓纂》、邓氏《古今世族辨证》、《新唐书·世系表》、《通志·氏族略》诸书，犹存古意，而穿凿曲说，自相抵捂者，所在时有。甚矣，谱学之难也。

宁乡多著姓。求其聚族而居，蕃衍硕大，历千年之久者，莫如黄柴姜氏。黄柴在县治之西百里，沩水所经，其上有姜坊，姜氏族居于此。其山势迴环，敦厖土厚而水甘。其在于人，淳谨愿悫，习于勤动，无他处呰惰浇薄之习。其秀而文者，介然杰出，能文章立名义，以故十室之美，一节之善，多出其间。

余籍居新化，为古梅山上游，《宋史》载梅山豁峒四至所云东起宁乡司徒岭者，其麓即黄柴之阴。往尝取道往返，羡其山川雄秀，风气古朴，欲移家卜居其中。及承乏司铎，与邦人士晋接日习。征之图经地志、邑乘谱牒、益叹姜氏之盛其来有自，非偶然也。宁乡入本朝五十馀年无举于乡者，至康熙丙子科，姜曰璜始赫然以其名贡礼部而巍科显秩，遂肩骈踵接，彪炳湖湘，原其始实自姜氏发之，得不谓之名族哉！

今年夏，其族国子生树基以采访节孝事，屡诣余斋，以其族续修家谱致其宗老之意，乞余言为序，乃得所为姜氏谱者读之。知姜氏占籍宁乡，自唐季评事公讳德厚始七传，而分舜梅、舜雷、舜国三房，历千馀年，凡若干世，支分派别，昭穆远近，厘然较然。评事以前，则略而不书，敬其所自出不敢诬也。评事以后，或各自为书，或合为一书，谨其所由分，不敢忽也。呜呼！洵可谓谱之善者矣。

欧阳公为杜祁公墓志称，千馀年间，惟杜氏能不失其世次；于南丰曾氏，则疑之士大夫家流离转徙，亡其世系，有不知得姓所由者。里巷小民，又昧于阙疑之义，或扳援门第以自豪；否则，视同体如陌路，荡然无复敬宗收族遗意，盖谱学之不讲久矣。今观姜氏，来自五季兵戈扰攘之际，乃能保世滋大，群萃州处。阅千年之久，坟墓相守，丧纪祭祀相属，燕饮相齿。虽族大丁繁，间有迁析，亦不过百里内外，一合食则旦夕立至。喜相庆、忧相恤、善相勉、不善相戒、有无相通，蔼然家人父子，恩义维系，固结于不可已。称此而为谱，岂徒一族之事，盖先王所以厚人伦、美风俗、致太平之具，胥于是乎在！为语姜氏诸宗老：四岳神明之胄，其生必繁，其世必大，又幸值圣世，为邑名族，其益率宗人恪守家法，懋崇令德，进奋于时，则姜宗之寖昌寖炽方未有艾；若徒以衣冠簪缨为一邑之盛，犹浅之乎视姜氏也。余不敏，无以副姜宗诸父老之意，敬援古者官谱世族之义，以明谱法之重，而又以卜姜氏之大也。是为序。

邵阳铁塘罗氏谱序

邵阳中乡，罗氏凡四族：一公田，一甘棠，一白鹿，一铁塘，皆蕃衍巨族。而文章节义世有名，人尤称铁塘。铁塘之先，出于江右忾下。其初有青叟者，以《尚书》试漕举，授衡阳丞，不乐居是官，考满迁山西永和令。曰：吾却一丞，拾一令，人其谓我何？不就。其子大器，以特科除衡阳教谕。官满将归，衡士服其教，为买宅于蒸水之西，不听去，遂迎其父居焉。此由忾下来楚之始也。

子三，长忠亦以特科除南海簿，复由衡卜居邵阳之中乡铁塘，此铁塘罗氏之所由始也。忠子宗之，咸淳间入大学，逾年复以特科进士起家官翰林、知制诰。自以家世屡起特科，又以时事日促，愀然有去志，屡疏乞还，朝廷亦念其文学忠勤，允其去，为赐银币给廪膳、复御书“清肃”二字以宠其行。宗之虽去国而眷怀宗社，一饭不忘。以所赐银币建永慕堂，奉敕书其上，朝夕泣拜，示子孙不忍背宋。历今七百馀年，堂之岿然者犹在望，盖其贻谋为已远矣。

自是而后，一传而为桂林，再传而为巩昌，三传而为平南，四传而为介休，五传而为梁山，皆起家守令以清白吏著闻于胜代，得不谓之显族哉！而余之为铁塘重者尤不止此。夫不知其族观其人，不知其人观其友。吾楚入国朝二百年来，得立传史馆儒林者，衡阳王先生一人而已。先生胜国遗民，文章气节独有千古，生平不轻许可，顾拳拳于铁塘罗氏。当其奉母避乱中，乡主铁塘诸罗罗氏子弟多从之游，故诸罗率多特立独行、敦善不怠君子。其最著者为养浩、得我、孝懿三先生。余曩岁辑《沅湘耆旧集》，搜求王氏遗书，稍知得我高蹈踪迹而无由悉其本末，乃并其名茫然，以是积块胸中耿耿者，非一日矣。

去岁重主东山讲院，当事以郡志诿诿，乃征求郡中诸大姓谱牒。久之，得铁塘罗氏谱读之，而得我之名姓与养浩、孝懿三先生事迹炳焉；又得王先生名父子所作诸罗墓志、家传，乃叹罗氏师友渊源所自来，而吾之所为铁塘重者，固在此不在彼也。因采其事入志传，自翰林至孝懿凡十三人，多前志所未录者。此自关秉彝好德之良，征文考献之力，非邀誉于其子孙，不待其子孙之请而后为之也。乃其裔有名文彬字立斋者，致其族宗老之意来馆，肃衣冠再拜而言曰：“先生幸不鄙夷寒族，愿终赐一言以光谱牒，其自衡阳以下受其赐。”又曰：“衰宗入本朝无一能光显籍于朝者，大惧阘汶不彰，无以塞盛意，然某不敢他有所援引也，先生其终教之。”余闻言叹曰：以若所言，真乃不愧罗氏之贤子孙，足以光罗氏而有馀也。晚近科名，乡曲小生粗知文义皆可唾手得，盖有有之，不足重者也，显不显何足深论。又况铁塘名族，世重中乡。溯自咸淳至今七百馀年之久，保世滋大，敦笃仁让，无他姓暴杰浇薄之习，其秀而文者，试郡县、隶庠序，彬彬然。真有如得我先生所云：荣怀不敢必，而行谊可自致者。语有之：公侯之后，其始必复。吾知积郁久，必有魁奇磊落之材出其间，于以恢先绪而大门闾，铁塘其大显于邵哉！而又何藉乎余言。

卷第四

宜斋古文序

宜斋先生来守吾郡，在庚午之冬。余时羁栖都门，以部民礼见先生于寓庐，先生询郡中风俗利弊，余手疏其可言者十馀事以对，先生大惊叹，以为非经生家言，介所知语余，欲畀以记室之任。余方试礼部，习制举业，病未能也。

越岁南归，感知己之谊，谒先生于郡治。先生喜甚，招饮厅事，从容谈宴，乃索余所为诗文，击赏弥日。既又出其所作古文两巨册示读，退而作书千馀言上之，极论古文之所由失，与先生之所以得，而时摘其异同离合之故以相证。先生又极服余言，手录余书十馀纸，遍寄诸朝士之能文者。自是，与余往复益密。每闻余归里，必手书招致于二百里外，商榷今古，穷日夜不倦。尝语人曰：吾守郡数年，惟得一湘皋耳。盖先生不复以部民遇余，而余亦乐亲先生，日忘固陋，不复知其为守土长官之尊也。

己卯冬归自桂林，时先生方扃试诸童，余不敢谒，通一刺即解缆去。先生遣急足促赴锁院，曰："余待子久矣。试士例有关防，然避嫌之说，岂宜施于贤者。"语次凄然。盖是时先生已病矣，然犹留余饮数觥后，慷慨论古今不置。漏二鼓，遣仆送余出，且曰过岁吾以上元后，期子有切己事相累。盖先生已逆料其病之不起，而欲以全集诿诿也。

今春来粤过郡，则先生病已危笃，绝粒数日，戒阍者勿通客，独日伺余。既闻余至，力疾坐榻上，邀见于寝室，命公子涵尽出生平著作相授，泫然执手曰："所以忍死待君者，为此区区也，子其为我论定而序之，将待以盖棺。"余闻言呜咽流涕，不能出一语。顾念生平受知先生，义甚深，不敢辞，乃敬藏行箧，挥泪戒途。抵粤数日，而先生凶问至矣。一哀出涕，不能卒业。既为位以哭，始发箧得古文读之。而先生性情趣尚，志节风义，无不呈露于文字之间。委挚者其意，浑灏者其气，谨严者其法，矜慎者其辞，当代之能为古文者，亦孰有加于先生哉！

先生学有本原，敦行孝弟，矜尚名义。自为京朝官，以至出守吾郡，无赫赫之声，意所不可，独介介不为苟随。坐是，屈于远郡十年不调，龃龉枘凿，动而获咎，而其肮脏抑塞不可一世之概，独时时寓意于文。然则先生所重，当不仅在文，而遂以文传，诚有大不得于中者。而余既以文受知先生，自维梼昧，不敢论定先生文，又大惧重负先生执手永诀郑重付托之至意，此所以掩卷太息，欷歔俯仰不自知涕之何从也。因追述生平见知先生与先生所以诿诿论定之由著于篇，以贻涵附质当代君子，当亦先生所心许也。先生古今体诗，伉爽多秦声，杂著尤多可传，独先刻行古文、制艺二种，亦先生意也。

宜斋制艺序

余既读宜斋先生古文，因连类及其制艺，凡旬日而卒业。乃喟然叹曰：制艺与古文有异乎？居今日而欲荟萃汉唐宋以来诸儒说经之旨，而尽去其支离破碎穿凿悠缪之曲说，使理明辞达，厘然当乎人心，舍制艺其何以哉？而世顾以时文病之。

夫时文者，别乎古文而言，非谓时文之不可以道古也。唐试士以诗赋策论，其体则古文之亚，而当时人士皆谓之时文。夫诗赋文人馀技，策论稍明习世故者或能勉为，非若今之时文代圣贤立言，不可苟也。晚近士大夫专藉是为弋获科名之具，时文真意遂荡然澌灭。甚则剿袭一二怪险尘陋之语，以诧奇博，村塾小儿，稍明文义皆能言其非，而司文衡者乃从而高第之以为式天下，昌黎所由下比俳优，至慨于小惭小好，大惭大好。而有志之士，宁老死不遇，不肯以彼易此也，而时文遂为世大病。

夫时文则何可病也？妍媸有定形，好恶有定理，爱姝丽者喜其美，亚鬼魅者憎其丑，其性然矣，惟文亦然。媠嫞之姿，其秀在骨，庸劣之质，其蠢在形，不待有目者而辨之。而世顾去此取彼，岂好恶拂人之性哉？王嫱西施，人知其姣矣，而鱼见之而潜逃，鸟见之而惊逝。兰茝荃蕙，人知其香矣，而海上有逐臭之夫，病夫有嗜痂之癖。考钟鼓以飨田父，则色然而骇；张伯牙之琴于里巫社公之庙，则闻者掩耳欲走矣。何则，事非其所习，耳目有所不通，而气类有所不合也。又况操一日之短长，而决得失于一夫之目者哉！

然而先生之文，则既遇矣。余独怪先生负一世文名，曾不获秉一日文衡以昌其所学。使先生挟经义以黜陟天下士，俾操觚家晓然于如此则得，如彼则失。宗派所衍，源清流洁，火尽薪传，必有能羽翼先后，不敢菲薄制艺。于以破除流俗之失，荟萃先儒之旨，使圣贤精蕴，轩豁呈露于八比排偶之中，当家奉一编为圭臬。而先生之制艺皆古文也，宁有异焉。然则先生之文，固遇而不遇也。他日先生尝语余曰：吾为京朝官，不谈者有三，制艺其一。吁！诚有慨乎其言之也。

曩余以时文受知咸宁许先生，既又以古文见知先生，二公俱秦人，而同官于楚，又相善也。文章风义，卓然为当代贤者，顾皆不鄙余，所以期许嘉惠之者甚厚。自惭碌碌无所成就，重负两先生意。今且息耕陇畔，绝念尘途，无复与乎文章之事。许先生方牵吏事，邅迴屯踣，墨不自得，而先生则既长往矣。悲夫！既卒业，亟归其稿于公子涵，同古文梓而传之。且请以斯文挂名简末，并质之许先生焉。

许莲舫先生史评赘序

作史之法有三：纪、传、编年纪事本末是已。读史之法有三：注释、考证、评论是已。史汉时尚近古方言，文案非注释不能读，又其中不无重复舛谬，时资考证。至于综一代之始终而发明，其用人行政之贤否、忠佞、得失、治乱，则评论为尤要。注释考证，断断字句，间一朴学能之。评论必兼才学识三长，又其人操履醇正，心志和平，不为放言危论，乃能臧否进退，而厘然当乎人心，非贤者不能。故读史三法，评论尤难。

自功令以制艺取士，无教之徒，束书不观，拾坊间唾馀掇取科第，有终其身不知班马为何人，表志为何书者矣。至一行作吏，一二稍知自好之士，竭精力于文移簿领敲扑叫嚣之场。不肖者狗马博弈、声色子女而外，日思割闾阎膏血以奉长官为自固计，问以吏事，掩耳不欲闻。阶前数武地，隔膜若万里，况敢出心眼以评论千古哉！呜乎！不通乎古今贤否忠佞得失治乱之原，而欲其居官治民不戾乎？人情土俗，是何异被市魁驵侩以文绣，强之持三尺法高居民上，而望其不为屠伯以戕脍生灵也得乎？

吾师许莲舫先生，以词臣出宰民社，所历三县一州。每晨起坐堂皇，一吏抱文卷，一僮负史册杂置几上，讼者罗跪阶下，先生耳听色受，曲直立剖。暇，辄取一册纵观，有所得，即以判笔醮朱墨削牍尾疾书之。出则以数册置舆中，随条札记，积久缮成一帙，有古人已言者则去之。其名臣言行，有关时政而益身心者亦闲为采录，名曰《史评赘》，以属其门下士新化邓显鹤曰："吾之为此，非敢评史也，赘而已。虽然，抑犹愈夫世之好狗马声色者。子尝有志于古，其为我一言。"显鹤敬受而读之。其辞辩而质，其义析而正，不刻核，不依附，实能洞中古人症结，为前贤所不及，非深悉古今用人行政贤否得失，不能赘一语。而先生操履志节，学问经济略见于此，非第读史之助已也。赘云乎哉！

先生持躬以正，驭民以诚。为政存大体，无苛屑操切之行，务使民气宽然有馀。而摘奸决疑，洞若神明，民无敢欺。事上官以礼，独介介不为诡随，坐是为牧令二十年，目击侪辈之飞盖策驶而去者比比，而先生履之怡然。尝作居官六字箴独不及清。其言曰："苞苴之耻，甚于桑中，稍知自好者不为，不忍言也。"

显鹤一侍先生于永定，再侍先生于武冈，亲炙其言行最久。所至又乐与其父老子弟询长官政治，窃闻三县一州之民，称先生如一口，皆出其中心之诚无饰词，益叹先生之贤，非近世所易得也。故读先生《史评》而敬陈之，且以告世之役役于狗马声色，束书不观而靦然民上者。若先生读史之法，非显鹤所能窥见，又奚敢序？谨手录贰副藏之行箧，而归其书于先生如此。

此文鄱阳陈伯游方海评云：中有浅直语，须节雅。不欲存。继思《史评》无刊本，去之则其书遂亡，姑过存之，所以存先生此书也。自记。

武冈州吏目沈君心斋录序

今之州县，古之令长。令长而下有丞尉，丞尉而下有功曹卒史三老啬夫游徼之属。汉法，初试为吏，再迁即至守令。其时大臣如魏相丙吉、黄霸、于定国辈，皆以明习律令起家卒史，执三尺法与朝廷宰执抗，卒致通显，为一代名臣。故言吏治者以汉为极。后世曹史之徒，不能备官望。紧剧地犹设丞簿，否则，一州官县官领之，一吏目典史佐之而已。

国家承平日久，法制相维。自行台省以下号称能者，不过奉行文法，勾稽条会，而无与于民生得失之故。盖其志不过图温饱，其才不过习趋走承顺，一法吏优为之。其不肖者，至掊克浚剥，苟且贪营，百计以求当上官意，吾民休戚弗顾也。凡今之为牧令者类然。降而至于吏目典史，其法以诘奸盗、察犴狴为职，上官不以民事责之。法擅受又有禁，虽有奇材异能、洁己爱民之士，无由得脱然行其志而展其才，则信乎吏治之难复古也。

山阴沈君心斋为吏目于武冈，勤于其职，治狱有条理，取与廉罚赏断，不以俗吏自待，庶几有其才而能立志者也。一旦，出所辑《心斋录》谂余曰："某之为吏目也，不得已也。然思古人不苟一职之义，窃用自勉其吏目之得为者，某为之；吏目之不得为者，某言之而已。"余览其言察而不苛，辩而有断，而于民生休戚，民命出入，尤三致意焉。乃叹沈君之为此言，非徒为吏目告也。凡为牧令者，听其言可也。抑余有欲为沈君言者：沈君少习律令，尝以法家言为诸侯上客。一旦局促风尘，持手版迎拜伺候于大府之庭，若大有不得于中者。夫君子居是官则守是职，为是事则循是分，竭其力之所能为，求其心之所可安，如是焉而已。

抑又闻之士之贤而在下位者，当视所事之长官为进退。

武冈隶宝庆，今牧伯为咸宁许公，太守则会宁柳公也。二公皆宏达君子，沈君以彼其才得贤长官而事之，无不行之志矣。慎斯术也，以往将以上，求乎古之起家卒史为一代名臣者，或不多让，沈君将遂以吏目终乎哉？其不以吏目终乎哉！夫其能不以吏目终与否，犹未可必；而其脱然得行其志、得展其才，断断矣，沈君又安得介介然以吏目自少乎哉！遂书而归之，以广其意。

九芝草堂诗存序

《传》曰：诗以言志。扬子云：志莫辨于诗。志在廊庙者，其言华；志在山林者，其言质。穷达各殊，皆有皭然不滓，较然不欺之故，宣露于吟咏讽叹间，所谓诗言志也。然志有大小，言有巧拙，苟非本乎性情，极乎风雅正变，源流得失，又加以藻绘雕饰之功，则华近于浅，质伤于直，虽无加损于学行，而合于诗之道则未也。审是，则诗之至者，宜无间于穷达，而世顾谓诗人少达而多穷何哉？士自束发受书，习制举业，去风雅甚远。迨致身通显，以其馀闲，习为歌咏，言未易工，工未必至。惟穷而在下之人，其诣专，其业习，往往独造其极。唐之诗人孟郊、贾岛，穷之尤者也。然东野作尉，阆仙弃僧服，皆举进士。其馀项斯、方干、曹松、顾非雄之徒，屡困举场，其堙郁抑塞之气，时见于言，即前史所列《隐逸传》，多有托而逃，匿迹销声，与樵者在山无异，求其栖邱饮谷，含贞养素，杰然昌其诗者亦鲜。

临桂朱小岑布衣，以名家子生当盛世，幼立志不为科举业，穷居委巷，卖文自给。非其人不通一刺，不交一语。视人世烜耀赫奕、脂韦腆涊之习，去之若浼，疾之若仇。独刻意为诗，以其幽渺夐邃、沉鸷镵刻之思，寄其冲夷高旷、严冷峭洁之概，幽而不怨，涩而不僻。盖其生性狷介，脱屣浮荣，以泉石为性命，而又寄以渊博之学，镵刻之功。以是为诗，其皭然不滓，较然不欺之志，隐然见于言中，悠然露于言外，岂犹有浅与直之弊与？虽欲不工，且至弗得也。司马子长云："其志洁，故称物芳。"欧阳永叔云："诗非能穷人，惟穷者而后工。"晚近士大夫，锐于仕进，徒欲苟且科第为夸耀，不得则放情自恣，取逸邱樊所谓不得已而然，非其志也，又安望其言之不苟，可信今而传后哉！若小岑者，可不朽矣。

余弱冠时，即闻小岑名。迄来桂林，而小岑之死久矣。求其遗稿，散佚殆尽，因即所存者详审编次，又同春湖中丞搜辑补缀，共为八卷，其诗具在，识者自能辨之。余独悲小岑之志，使其俯就科名，何难博取富贵；即出所业，与东南人士抗，亦必有盛名于时。今海内竞称岭南诗派，岭以西阒如，则小岑不汲汲于时誉可知。然使小岑致身通显，汲汲与并世之人絜短长，必不能力进于古，信今而传后无疑也。余故读其诗，推本其志，反复申论，以谂海内同志，知韦布自有千古，彼赫然夸耀于时者，尚未可同日语也。

韦庐外集序

松甫先生于海内诗人，最服膺高密李少鹤宪乔。少鹤官粤，与先生交久笃，今所刻行韦庐初续两集，皆少鹤手定也。少鹤死，先生遂无意为诗。晚乃裒其近作，别为外集，属显鹤诠次而序之。

余惟古诗人不可磨灭之处，非独其词工也。其平生于师友渊源，性情孚契之故，精神专一，冥合响应，能起隔世之魂，而入异域之梦，后之人历千百年犹能即其诗而考其交道之始终，宗派之同异，汉之苏李，唐之李杜元白刘柳皆是已。昌黎之门，籍湜郊岛俱诗雄，然退之独心折东野无异辞。其《醉留东野》篇，以李杜并世不相从为憾，至欲追逐云龙，低头以拜。东野死，为之营致生业、谋遗孀永久之赖者无不至。山谷同时，秦晁辈皆勍敌，而其心服而推尊者亦独在东坡，其所编《豫章内集》，则以古风二首上子瞻诗冠之。世传山谷晚年，奉东坡像朝夕礼拜，饮食必祝，坐立不敢背。噫！古人于友朋生死之谊如此其笃，故其为诗，包孕深厚，真气充积，能历劫不磨也。而浅者或以是低昂评骘，是又不然。刘贡父尝言韩孟联句，恐退之有所润色。山谷则云退之何能润色东野？若东野正可润色退之耳。其次子瞻诗又云："子瞻诗句妙，一世乃云效。"庭坚体盖退之戏效孟郊之比，则又以昌黎拟坡公而自处于东野。或疑文人互相引重，实则数公在天壤如日月经纬之不可偏废，无能轩轾也。

今先生于少鹤才力相埒，取径亦同，性情趣尚，若有神合。操瑟而笙间，鼓宫而商应。其格律之业，风骨之峻，两家所同，二集具在，读者自能得之。所微异者，少鹤出入于韦而不专于韦，先生神明于韦而不离于韦。少鹤牵于官事，傺侘湮郁，年仅中寿，未见其止。先生所处祥顺，无俗务之累，而又天假以年，其殚精诣微于此事者，尤专且久，然则先生所诣少鹤或不无遗憾。顾先生于少鹤之死，既经理其丧，刻其遗稿，又名其所居为栖鹤楼以志痛，终始之义，亦庶几昌黎于东野，豫章于东坡矣。然其近作则另为外集，怅然若无所是正不足存者。呜乎！此其所以为先生之诗也与。史季温注《山谷外集诗序》云："山谷自言仿庄周，分其诗文为内外篇，意固有在，非去此而取彼。"《黄子畊年谱》

亦云："山谷平生得意之作，及尝手写者多在外集。"显鹤无以序先生诗，因举古诗人师友渊源、性情孚契、与夫始终同异之故，以发明先生名是集之意，而终引季温、子畊之语，以谂海内之能读先生外集者，当有证乎吾言。

吴橡村诗集序

往客桂林，与李松甫比部谋刻《韦庐八家吟侣》。八家者：会稽杨祖桂石帆、吴尊莱橡村，高密李怀民石桐、宪乔少鹤，临桂朱依真小岑，宁乡陶章沩季寿，合松翁与余及欧阳硐东凡八人，皆先后主松翁家，以文章道义相切劘，所重不仅在诗。而松翁于诗尤若性命然，故名之吟侣，志不忘也。今松翁《韦庐内外集》海内传播已久。石帆、小岑、季寿三家诗钞曾经韦庐梓行，近余与硐东诗亦牵连付版，而高密二李集都下粤中皆旧有刻本，惟橡村诗世鲜有知者。

道光戊子，余官宁乡博士，宗涤楼孝廉绩辰自永州来告，将以书抵韦庐求刻其遗稿，盖涤楼于橡村为邑子，知其客韦庐久，与松翁交厚，必能允其请。余闻喜曰：橡村诗其遂显于世乎！已而松翁果以其集来属为编定制序。会余兼权郡校，又有增订《楚宝》之役，卒卒无暇，负诺者一年于兹矣。顷回宁乡冷署，积雨连旬，闭门谢客，乃得取其集读之。沉思妙悟，清超澹远，纯任自然，不事雕琢。微妙处与韦庐同，旨宜其气类之感久而弥笃也。

橡村治法家言，为诸侯宾客，足迹遍天下，怀才不遇。今兹所存，皆出自文案填委之馀，宜不无傺侘抑郁之音。而其言和平夷怿，粹然一出于性情之正，盖其所养者深矣。唐诗人多从事幕府，若王昌龄、之焕、韩翃辈，其诗往往流播宫禁，朝廷因而予以官，极诗人之荣遇。李群玉流落江湖，晚岁至自编其集表上朝廷，赫然动天子，盖唐代诗人之重如此。今橡村以其诗历抵公卿方镇，岂无一二怜才有气力声势者为之推挽？而卒穷老颠踣，寂然委化，身后二十年至不能举其名姓，可哀也已！

既为之编次校定，复序其首，以塞松翁谆诿之意，并寄示涤楼，刊成俾遍谂海内。然则，橡村诗其竟显乎？昔陈同甫有云："余惧后世不知永康陈亮为何人，而况能及君？"以余之穷阨甚于橡村而诗不逮远甚，实同永康之惧。若韦庐诗一日在世，则橡村诗之必显无疑已，此又向者谋刻《韦庐吟侣》之意也。

心铁石斋诗钞序

余不解严、吕《江西诗派图说》，而于诗独宗尚江西。以谓彭泽而下，涪翁、庐陵、介甫、道园数家，苟得其一二至处，其骨韵神采必有异于众。又念生平以诗获交海内名宿，于江西最多且笃，自南城曾宾谷侍郎，临川李松甫比部、春湖中丞名父子，及吴山子乐元叔、陈伯游诸君俱不余鄙夷。近南丰谭铁箫太守来守吾郡，公子桐生孝廉、梅丞明经又皆乐交余，于是江西诗人之不相闻者或寡矣。

宋梅生先生观察桂平时，余客春湖中丞寓庐，与先生官斋相隔一湖　余作《杉湖篇》诗所云"公昔官粤中，我亦粤民比。一廛迩衙斋，中隔一湖水"是也。先生政事之暇，独耽吟咏，每一篇出，人争传诵。余间从中丞处窃观，共相赏叹。道光改元，余客章门，先生时已解组归里，宾谷侍郎亦在告家居，过从酬倡无虚日，极平生之乐。未几别去，余仍返桂林。已复从侍郎于淮南节署。先生则徜徉啸傲于东湖之上，不相见者五年。今春，余以博士待铨长沙，哲嗣少梅明府令善化，先生就养来湘，相见欢甚。乃得尽读其全集凡二十卷，皆铁箫太守所校定者，太守序之綦详。先生以余为稍窥其蕴，嘱赘一言。

余惟先生以承明著作之才，生长名家，早博科第，少即与仲兄澹思都监齐名。官部曹时，与海内名流驰骋坛坫，侪辈多敛手，无敢揞梧。及出守嘉定，分巡岭徼，又皆西南山水之窟，峰峦崔蜀，豁谷杳伏，雄秀复叠，湍悍潆洄之势。与夫物产土俗之华实奇诡，民情风尚之险夷，敦薄愉快，愕骇震荡。回忤郁于中而作于外，汩汩然，翏翏然，虽欲其诗之不工，不可得也。迄乎归里后，筑宅东湖，脱屣浮荣，日与二三朋旧问水寻山，陶然自得。近复漫浪清湘，优游子舍，腰脚如昔，神明不衰。资涟衡邵间游迹所到，裒然成帙。如水出峡，如云在空，流行坎止，舒卷自如，泯然无迹，盖其境愈高而诣愈远矣。余不敏，于兹集无能为役，惟备述获交先生之由，与先生出处踪迹梗概所在，兼质之豫章诸诗老。附名简末，实有馀荣，若江西诗派之说，非浅人所能论列也。

晏湘门过且过斋诗序

嘉庆乙亥春，湘门以疾卒于家。其友同里邓显鹤客扬州闻讣，既为位以哭，检行箧得遗诗若干首，厘为二卷，将谋付剞劂，乃弁一言于首曰：《记》云“独学而无友，则孤陋寡闻”。余之友湘门近十年矣。始余不识湘门。壬戌春，初见于邵州郡城，丁卯再见于长沙，未之奇也。是年冬，偕同年友谭吾肩赴礼部试，寓都门，会里中杨荪圃、欧阳硐东两君子踵至，皆交口誉湘门不置。

二君余所矜式，不轻许可，因是有意乎其为人。

已而湘门策蹇来都，甫释担，出途中诸作相质。隽杰廉悍，咄咄逼人，乃大惊骇，以为国有颜子而不知也，遂订交焉。会礼闱报罢，杨欧两君子先后出都，余与吾肩及湘门三人留，未几而荪圃丈凶问至。三人者，感念存殁聚散之故，相与勉为古人之学，以道义相切劘，不复以穷达系念。尝雪夜卧东草厂宝庆试馆，颓垣破扉，覆以败席，枕褥生冰，起烧湿苇煮茗饮以供夜谭。听门外车声隐隐，呼仆起检箧中敝衣付质库赁早餐，啸歌自若也。至于花晨月夕，驱马金台，行吟柴市，俯仰凭吊，有所得辄寄之于诗。归即篝镫疾书，互相吟答，视人世科名得失如遗唾不复顾，自谓友朋之乐，虽三公无以易也。

曩吾乡诗人孙白沙石溪、吴兰柴暨荪圃、硐东诸君并以才力所诣，各成一家，比年沦丧殆尽，今之硕果仅一硐东。硐东与吾肩齐年，长余十岁，余长湘门十岁。以为数子中湘门最少，来日正多。方图归筑茅庐，买田资江之上，卜邻耦耕，效鹿门故事，庶几友朋之乐朝夕无间，有于喁之雅，无孤陋之诮，而不图湘门之反先死也，其聚散存亡之感更忍言耶！

湘门为诗，刻苦矜慎，镂心钵肾而出之，相戒为靡曼之音，今之所存十不逮一。虽其雕锼刻划，边幅稍隘；而格律严峻，风骨清迥，求之时贤殆亦罕觏。呜呼！是可传也已。

湘门幼受业于白沙、荪圃，自二君殁后，所心服者，硐东而外，余与吾肩而已。吾肩既不作诗，硐东又坐诗穷，余之才不逮硐东穷与之等，百天谗司命，重为乡曲非笑，虽雅知湘门而不能言，言之而人亦不信也。然湘门诗具在，四海之大，必有能知之者。顾以湘门之年、之才、之学而郁郁以死，乃徒望之四海，不知谁何之人？呜呼！此尤增余独学之惧而重逝者之痛也。诗凡四卷、古今体诗若干首，多辛未以前之作，其辛未后暨南归数卷，当往求其家补之，以谂世之能知湘门诗者。

徐拙斋诗序

自余来沩宁，即闻吴门徐君朝彝流寓其地，能诗工书，有末疾甚笃，终岁掩关卧，或竟日不得食，然不废吟哦也。得诗，则仰卧伸纸疾书，楷法绝娟秀，余于友人箧头见之，诧为奇，欲造访而未果也。

今年夏，彭上舍、黎茂才过我，投诗一册，则徐君自书所作也。两君言其疾甚，足挛，自膂以下皆废，日僵卧，独两手劣能操管耳。余以为其诗必幽忧抑郁，悲咤无聊；取而读之，则翛然以清，翛然以远，多和愉夷怿之音，盖不独其诗之佳，其人之恬退澹定，不为疾所苦，非有得于中者不能也。昔卢照邻染风疾，拘挛偏废至不堪其苦，与亲属决，自投颍水死。今徐君之疾不减升之，而贫又特甚，乃能从容暇豫，啸歌自得，若未始有疾者然，可谓难矣！

两君又言其将挟所业游长沙，愿乞余言以为导。夫余言何足重，抑两君之笃于友谊如此。以长沙之大，知必有气类相感，读其诗而乐交其人者。徐君虽穷于天而不穷于人，为占贞疾可也。遂书其卷而归之，兼送其行。

硐东诗钞序

云汀中丞刻《硐东诗钞》成，谓余习硐东，宜有序，硐东书来亦屡以为言。硐东昔尝语余：病近人一集数序非法，他日刻集不求人序，今兹乃以属余，岂诚以余为略知其诗乎？

硐东与余同里闬，齿长余十岁，余兄事之，硐东亦以弟畜余。既饥驱四方，会合无常，或积岁始一见，每见必先以诗就质。硐东考诗甚严，钩核瑕疵，指摘罅漏，如申韩论事之酷，不少宽假。余每难之，然卒无以易其言也。

硐东幼与同里吴兰柴、孙石溪、杨荪圃诸老先倡和甚富，余年十五六时即见其《一粒草堂集》，惊为天才奇绝，后乃尽删去，有当时耳熟之句今集中皆无有，其严如此。余每语硐东：古大家集中亦多少作，山谷《溪上吟》则十七岁时诗，今必欲尽汰去，无以征历年所诣，因从其门人钞本掇拾采择为第一卷以存梗概，然非硐东意也。

硐东少孤，所遇特穷恶。踪迹冷峭，非其力不食，有梁伯鸾、徐孺子风。视人世一切声华赫奕，与夫标榜依附之习去之若浼，其湮郁抑塞刚介严凝之气一寓于诗，然不多作。尝言作诗当自写胸中之天，不期而与古合，所谓非有受于人忽自得之。今人过一地、遇一人必作一诗，汲汲焉与并世之人较短长，岂吾胸中之诗哉！每同人社集，交惊互䲭，用相夸诧，硐东漠然若不闻，非侪辈敦迫，或终岁不得一字。作亦不自爱惜，随手散佚。客辽东十载，存诗止一卷，然其诣力，独峻绝矣。中丞序能道其实无溢词，余无以加。惟论硐东存诗之严与吾两人龂龂辨议之意著于篇，质之海内能知硐东者。昔段成已序《遗山诗集》云：诗不待序传也。若其刻诗大略不可以无言，是则余今日序《硐东诗钞》意也。道光六年秋九月。

季寿诗钞序

余与季寿，居距三百里许不相闻。知后，从吾友欧阳硐东处见其诗，始悉其为人。季寿亦因硐东知余。既相见于都门，旋即别去。比来桂林，馆李松圃先生寓园，季寿则松翁妹婿，尝与硐东同倡和于韦庐，为所特赏者也，因得益闻所未闻。

无何，季寿卒官于晋。松翁痛之甚，从其家搜得遗稿属为论定。余与季寿踪迹虽疏，然知季寿甚悉，不可辞。乃发其全稿读之，得古今体诗若干首，厘为八卷，而弁以一言曰：诗至于今，靡不备矣。语性灵者尚冲澹，矜博雅者喜瓌丽。绳检粗立，则以驰骋为戒；规杌稍阔，则以边幅为虞。莫不尊韩抱杜，援陶引谢，区界唐宋，陵跞齐梁，其苟焉联缀剽窃，拾朱王之唾以博时誉者不与焉。然为之者日多，而不戾于古者益寡，求其合乎言志、缘情之旨能长存于天壤而不敝者，岂易言哉。

季寿之诗凡三变。初学选体，清泠明婳，宗法陶谢；继信高密李氏所订《唐贤主客图》说，绳趋矩步，确守张贾格律；迨后所学日进，所得日多，又变为汪洋恣肆、奇峭挺拔之作。大抵出入苏黄二家，于玉局尤为神肖，今集中多用苏韵，其微尚也。尝论坡公仙才，卓绝千古，乃其生平多以诗获咎，而其诗拳拳服膺独在陶公。以为质而实绮，癯而实腴，自曹刘鲍谢李杜诸人皆莫之及。晚谪岭南，追和其诗殆遍。季寿天才横逸，屈为赀郎，肮脏抑塞，不可一世之气一泄于诗，宜其与坡公相近。顾坡公晚年服陶，季寿早岁学陶，后乃肆力于苏。使季寿不死，必益求夫苏之所以服陶者何若，苏之所以异于陶而终合于陶者何若。将季寿之诗，泯然不见学古之迹，其视苏与陶无少区别也。然季寿以未竟之年，未已之业，其所存卓卓如是，此亦可以抗于古作者之林而不朽矣。

磵东尝为余言：季寿不独其诗工也，古文学昌黎、庐陵，时有可传，侪辈中精心果力如季寿者何可多得。吾楚风骚之乡，思与磵东、季寿诸君起而张之，而不图季寿之遽止于此也。此余序其诗不禁为之掩卷三叹也！道光壬午秋。

蓉裳诗钞序

往与蓉裳同谒选都门，余不乐吏事，求为校官。蓉裳方得县令，贺者踵门，蓉裳若甚有不得于中者，因就余商出处。余曰：均之官也，而有尊卑贫富劳逸冷热之不同。余处卑而让君以尊，贪逸而责君以劳可也；余甘贫而谓君欲富，耐冷而谓君不怯热乎哉！且劳与热又安所得尊富也。蓉裳亟韪余言，即向吏部求改官。既而除目下，余得宁乡，蓉裳得新化。新化，余所籍也，老友欧阳磵东在焉。余既喜邑人得名师，复私幸为磵东致一良友，得大昌其诗也。

磵东诗一刻于扬州，再刻于长沙，余诗亦牵连锓版，唯蓉裳诗尚无刊本，余邮书屡促之。去年秋，蓉裳裒其古今体诗厘为八卷寄余，且曰："余之为此官，子志也，今所成就者止此，其可无言?"余受而读之，益叹蓉裳以彼其才，何难蹑取人世一切光荣赫奕之具以华其躬，以永其名。乃困踣湮郁，老作选人。不得已而以其身自弃于贱贫孤远落寞岑寂之地，又不得已而以其志聊寄于啸歌咏叹哀怨讽刺之中，以为吾不知于人而自写其天，吾无闻于时而有传于后，使后之读吾诗者犹见吾今日之心，则吾胸中之天不受黜陟予夺于人，其视人世之光荣赫奕犹尘壒也。盖蓉裳之遇蹇，而其诗益昌矣。

夫诗小技也，而古来事功卓卓震耀于天下人之耳目者，至殚其力不能为；其孜孜矻矻以为之者，或穷年累岁老死无一字之传。幸而传矣，自唐以来至于今，号称诗人者何限，其感人心而昭昭在人目耳者，亦不过数十家，外此则若存若灭，听其凌藉委积无有过而问者，犹弗传也。然则，诗虽小道，当其精能之至，入神出天，感顽艳而格幽明，质古贤而俟来哲，渊渊然寥寥然不知天之为盖，地之为舆，世之有人，己之有躯也。而况傥来之具，轻重得失之无定者耶！

蓉裳生长名家，早岁跌荡自喜，其诗秾艳蒨丽，典赡华妙，雅近温李。既而学识日充，胸次益扩，尽弃其少作。一变而为春容大雅，绵密朴茂，根柢盘固，包孕古厚，已出入少陵、昌黎、眉山、摩围诸家，得其神髓。晚益和平深澹，真精喷溢，神动天随，尽泯雕缮藻绘之迹，纯乎坡翁晚年学陶境界。盖其敝精耗神于此事者数十年，而蓉裳则既老矣。今所存仅八卷。其风骨之清迴，气味之芳洁，四海之大，百世之遥，必有读其诗而哀其志，流连慨慕如见其人者。吾知蓉裳厄于人，不厄于天，阇其躬，不阇其名，蓉裳虽穷且老，可以无憾。余独悲蓉裳虽穷老，苟得一邑而为之，未必不如元鲁山道州之所为，而必强之去彼就此，与此呰惰偷安阘茸嵬琐者同甘废弃，是则余负蓉裳蓉裳不负余也。

虽然，余之为此官也，受命于余兄，而硐东实赞成之。今硐东益偃蹇空山，戛然远引，若遗世而与汗漫者友，而余与蓉裳犹觍据一毡，抗颜徇恋窃升斗以自润，重负良友多矣。然且旷职废时，召尤速谤，欲曳尾泥中，自全其天而不可得，徒思托诸语言文字，以求告无罪而希不朽，抑末矣。虽然，古之君子，居是官则求尽其职，为是事则求造其极，殚其力之所能，为求其心之所可安，死生祸福且弗计，况悠悠身后之名哉！故于论列蓉裳诗而序其首如此，以明吾党结习所在，不以彼易此，又以见诗文馀技，且不遗馀力为之，则其大者可知矣。既以复蓉裳兼质之硐东，当有慨乎余言。

萸江诗存跋

嘉庆乙亥冬月，余客扬州，适吾乡陶云汀给谏持节视漕南来，出先公萸江先生诗草一帙属为编次。先生为吾乡名宿，于学无所不窥，诗其馀事耳。全稿为谁氏子窃去，给谏遍求不得，因即趋庭时所记诵益以朋旧赠答之作，共得古今体诗一百三十五首，编为三卷，谋付剞劂。余维先生之诗，根柢槃固，包孕深远，高者直逼杜韩，次亦不失为范陆。余儿时耳熟至悉，今之所存十不逮二三，且其中或有非先生所欲存者，宜给谏每一道及，辄欷歔泣下也。

然先生经师人师，久为湖湘人士所仰望，固不仅以诗传；即其所存，尝鼎一脔，见凤一毛，已足以不朽，给谏之孝思可少慰矣。给谏学有本原，勇于为义，今天下士皆知贤之。读先生诗，益知给谏之贤所自来也。余于先生有知己之感，又重违给谏命，因敬受而编次之，谨记其年月附卷尾。

湘门诗刻跋

湘门为诗刻苦，稿凡数易。此其初定本，辛未余出都偶检存箧中。既而属吾友临川乐莲裳点定，将寄示湘门，而恶耗至。余痛之甚深，惧其遗稿散佚，因谋诸汪筠溪尚衣，即其所存稍为厘定，付之剞劂。适廖复堂都转、唐陶山观察见之，深加赏异，遂序而刻之。两先生皆当代大君子，所鉴赏谅不诬。而余向所云四海之大，必有能知之者，其言信而有征，非一人之私好，而湘门之诗，自此传矣。顾以两先生怜才爱士，出于至诚，又皆官江南冠盖四达之地，天下士稍异于众挟剌而来者，皆各当其意以去，而湘门于陶山先生，又年家子也，然皆不知有湘门，必俟其既死乃拾其遗羽而宝护之，又何以望诸日处庙堂把节钺而漠然不知天下士者也。余既幸湘门之诗因两先生以传，益痛湘门之厄于生前，昌于死后，而又以叹天下士之老死无闻不及湘门者多也。悲夫！刻既成，因缀数语于此，兼质之筠溪尚衣，其以余言为何如也。

卷第五

宝庆府志序

昔常道将云：善志者述而不作，序事者实而不华。是以史迁之记详于秦汉，班生之书备于哀平，皆以世及事迩可得而言也。宝庆著录见于古籍者，有《昭陵图经》、《邵陵类考》及明代之正、嘉、隆庆志与郡先正之《召乘胪句》、《邵陵风雅》诸书，今皆刓阙不传。入国朝凡四修：一为傅太守鸾祥、一为李太守益阳、一为梁太守碧海、其一则乾隆朝郑太守之侨也。傅志当鼎革倥偬之际，迫促将事，草创而已，本非完书。李志较善而剞劂甫竣，遂有滇逆之变，守土与郡俱陷，故其书不为时重，鲜有藏本。梁志际开复之后，故家遗老尚有存者，拾残补缺，图籍一新，顾体裁略备，固陋实多。郑志广收博采，自谓远胜前人，几于家奉一编，珍为科律矣，而其书荒谬，时有缺陋转甚。今又阅八十馀年未经续纂，若再迟，则文献愈替，坠失无传，是不可不亟为修辑矣。显鹤生为州民，老窃讲席，每览陈牍，引为己责。才短识阇，文湮献往，既惭荒陋，复鲜咨质，屡与邑子邹汉勋叔绩言之，颇欲竭其黾黾之思。而官书非私家所得专抱，此区区相对忾叹，非一日矣。

甲辰之夏，河曲黄先生来权郡事，与言及此，乃以兹事诿诿，叔绩实从臾之。遂相与援翰执素，广访博咨，而言人人殊，众议腾沸，惧其久而渝也。体例粗定，遽尔开雕。黄公旋有大定之擢，吴牧伯继之，筹议甫及，而叔绩又为黔中大吏促去，事几中辍。会孝义张公来守是邦，力持前议，又得学博彭君洋中相助，四阅寒暑，始克有成。其发凡起例，道源究委，蒙有一得。至搜讨故实，采摭舆地，登椒穷涯，村至乡问，山川能说，古事能述，则叔绩兄弟及郡中诸贤之力居多，衰门子弟亦与铅椠之役。而提揭纲维，终始其事，实资彭君。要其指归一禀，成于守土君子而已无与焉。惟是，一方人物，五都士女，虽负贩之氓，田间之妇，苟有片善，必为甄录。然多出闾巷之口，或据谱牒之私，子孙而衿崇其祖父，弟子而曲徇其师说者有之。吾师有言：闻人之善而不欲疑，考古之疏而未敢信。是则懔懔于人，非鬼责之惧，知我罪我，当亦通国之人所见谅者矣。

武冈州志目录

右咸宁许先生撰《武冈州志》二十六卷，《外篇》四卷，共三十卷。体裁宏整，义例严密，诚足祛方志之谫陋，得史家之遗意矣。显鹤不敏，猥与校雠之役。综其全书，寻省往复，顾犹有愿质者。

志名武冈，非武冈即不得志。而五书中多胪举公典，如《户书》之租调庸法，《礼书》之祀典乐章，琐屑备载，失限断也。又《封建表》之王遵政绩略之，陶侃武功略之。关播以下十馀人，历叙其扬历勋位，于武冈事亦偶耳。至流寓载记所引史传诸人，矜立名义，则虞翻所云外来者也。诗文益多浅人赝作。凡兹数事，裁以古义，于法俱不当存。某请于先生，雅欲删落。先生以谓州僻在南服，文献阙如，摭拾采辑，政不厌求详。夫志通都，观其善弃；志僻壤观其善取，言各有当也。若典章名物，载在《会典》，穷乡远郡，不能家有其书，采而志之，用备官司之守。惟诗文于法不宜列门类，顾念无以餍州人士之心，别于外篇过而存之，亦无病于征文云尔。显鹤退而敬志其语于策，以发明先生进退之意如此。书成，促命开雕，迫于程限，窘于拙工，偏旁点画，讹谬滋多，则猥与校雠者之过也。嘉庆岁在彊圉赤奋若长至前三日。

古希濂堂小草序

河曲黄惺斋先生权吾郡之明年，显鹤以州民来领濂溪讲院事。先生以院长礼见待，数屏车，徒杠过，凡郡中利弊，谆谆诱之使言，既又以郡志八十馀年阙略，以重修之役诿諈。显鹤亦以事关乡里，竭其罢罢之思不敢推卸，从事六阅月而先生有擢守大定之命。

其年七月既望，先生将去郡，裒其在邵所作古今体诗若干首为《古希濂堂小草》，属显鹤与彭晓杭学博洋中校订。余得受而读之，乃叹先生之诗，即其为学与政之实所充周洋溢而出，由其名集之意推之，知所重不在诗矣。溯自濂溪先生以永州治中来摄吾邵，在宋治平四年丁未。后一百七年为绍熙五年，东阳潘君焘权守邵，于治西偏辟为堂，命曰希濂。朱子时帅潭，闻之喜，为大书三字匾于堂，而杨诚斋氏为之记，以谓焘尝欲求周子学道爱人之遗风，以为师范不可得，独于其为治所谓精密严恕者，隐然有当于心，而反复致辨于精似苛、密似谲、严似刻、恕似弛，而终之以希贤希圣希天相勖勉。自绍熙五年至今，七百一十年矣。东山讲学之地尚名濂溪，爱莲池迹邵人尤艳称之，独希濂之堂湮废无存，无有过而问者。盖寻常流连光景，浮慕讲肄所在不乏人，至于景仰效法、身体力行以圣贤自责不稍恕，其人或旷世不一见；而呰惰偷安苟且逻皭之徒，比比皆是，固宜其熟视无睹，日就湮废也。

先生生长西北陲，家世儒素。自其幼习闻河津绪言，与夫魏果敏、孙文定、陈泽州诸公名德勋业，耳濡目染，而又得吾乡贺耦庚先生以为之师，淬厉激发，卓有禀承，其规模固已远矣。迨一行作吏，首涖朱子诞生之乡，继来周子过化之地，访愿学顾諟之踪，缅霁月光风之度，真有百世之师，宛如亲炙者。称此而为言，自道所得，则于情彝、于性衷、于义法，洞悉乎天人休咎征应之理，民风世运贞淫否泰升降转移之几，无不粹然一出于正，岂独寻常流连浮慕之词可同日语哉。

先生孜孜求治，不事苛细。而摘伏如神，于一二蠹民之事，搜剔务尽。居邵年馀，无不兴之利，无不去之弊。居恒或微服行村落，间与小民语如家人父子，而尤汲汲以人才为念。既复希濂堂自为文以记，复以郡僻陋，士囿于闻见，困于贫乏，不克自振，欲买书以贻讲院，买田以增修饩。会迁去不果，犹殷然以此意望之后人。读其诗，于所谓六善四美者，津津言之有馀味焉。今先生行矣。邵之人若不可一日无公者，而先生亦迟迟其行，若不能一日舍邵人而去者。兹集之留，当与棠渡莲沼并存南国。序而行之，谨当去思之碑，且使吾邵人家弦而户诵之，争自濯磨勉为良善，如先生未去邵时也。至其诗之宗法，正格体严，气味芳洁，音节和唦，读者自知之，不待余言独是。显鹤以衰眊荒废、尤悔交集之身重主讲席，无补治化于万一，而郡志一书不及先生在邵时亲督其成，头白倏期，汗青何日？每与晓杭学博言之，辄相与婵媛太息于不已也。道光二十有五年岁在旃蒙大荒落壮月，新化邓显鹤。

寒香馆诗钞序

古无讲学之名，至有宋诸儒出而道学之名立，然皆无与于言诗。故世以《击壤》体为诗病，惟晦翁、南轩两先生不然。尝试取两集读之，渊懿茂密，涵育万有，无事镌模，而古意深情自得于意言之外，古之圣于诗者，莫能尚也。然两先生实无意于为诗。朱子尝云敬夫道学之懿，为世醇儒，乃欲以求工笔札为戏。宣公《南岳倡和诗序》且以荒于诗为戒。夫荒与戏不可以为诗也。而两先生之言若此，盖其所重不在诗，而形诸歌咏，神动天随，自然流露于语言声韵间而不觉，非可于诗求之。知此，可以读吾友柘农侍御《寒香馆诗》矣。

侍御幼与其兄耦耕尚书同举于乡，即以古大儒之学交勉。其切求诸身心性命之近，博稽夫古今蕃变之赜者已久。自入词垣，官谏院，隐然以其身立朝端，扶世教，所上封事皆关系民生国是之大，当世仰之如祥麟威凤。未久，出为湖北提学，北士爱戴之，以为吾楚自分闱后，北省学政，能尽其职，有造于多士者仅三人，而条教严明，劝惩激励，使人鼓舞兴动于不容已，则侍御为最。迨试竣乞养归，旋奉讳家居，为城南书院山长。

城南者，朱张两先生讲学地也，有城南倡和遗迹在焉。侍御居此十年，学规教术，一本朱子，而于南轩义利之辨，尤谆谆三复，一如视学时。已复求得两先生倡和遗迹入石衔壁，暇则挐挐吟咏其下，有终焉之志。既而时势敦迫，幡然出山。不二载，复以恙乞归，自是不复出，以至于卒其拳拳用世之志与汲汲求退之隐，并行不悖。而侍御之出处本末，已皎然表襮于世，与朱张两先生异世同符。故其见之于诗，肃然而静以深，穆然而和以远，铿然而清以厉，悠然而夷以婉。其性情之肫挚，气味之芳洁，格律之高浑，随举一篇，皆粹然有道之言，读者自能得之，不待序而显。

独念余与侍御订交最晚而相知最深。自余归古梅山中，间岁始一至长少，君闻余至则喜，别则怃然不乐。最后余来省门，君以病谢客数月矣，见余刺欢然出迎，自是往复游宴无虚日，若未始有病者然。及余将归往别，复谈笑如平时。迨归数日，而君讣至矣，悲哉！既为位以哭，而公子瑗以其遗诗来属订为序。会余有郡志之役未即为，而耦耕尚书谢滇督归，余方思序成寄质，无几何，尚书又归道山矣！云亡之痛，岂独吾楚人？特以吾楚人世沐朱张教泽，得公兄弟衍其绪而张之，将大有所感发兴起，而不图殂化若此之速也。今都人士方以侍御请祠乡贤，千秋论定，可以不藉诗传。而余以老病待尽之身，操笔以序君诗，则亦安能无独立之惧、千秋之感也哉！道光二十八年秋九月新化邓显鹤。

毛青垣麋园诗序

余闻青垣之名于沈栗仲，因得交其人，今二十许年矣。戊己之间，余羁栖长沙寓旧城南精舍，栗仲方买宅城南为流寓计，相距不过数武，青垣往来其间，无间晨夕。时余方搜集湖外诗为总集谋授梓，会有西河之戚，青垣恐余废业，移榻就余，日取洪、永以来各家巨帙零章，商榷进退。余感其意，制泪忍痛，孜孜汲汲为之，遂以成书，今所刊行《沅湘耆旧集》是也。

青垣性孤絜，无他嗜好，独并心一志于诗，故其诗境日高，俗流莫能识也。栗仲最先识之，尝以夸于人。青垣依栗仲久，栗仲既罢官，青垣无所于归，又久困诸生籍，坎懔抑塞，不乐近人。惟自矜其诗，落落寞寞于荒江老屋中，饥甚则出求升斗以自活，冀旦夕不死，歌声出金石而已。以故时之人舍栗仲外，无有能客青垣者。

今太子太保东岩公闻而贤之。公由潭帅移节总制两湖，遂招之偕行，于是馆于武昌节署者六年。先是，青垣以余为能知其诗者，裒所作千馀首寄示删订。青垣诗，朴老真挚，而尤长于五言，顾刻意学杜，连牍殊体，闳丽诡变，无不神似子美。余稍汰其格体大似者，青垣不余忤，属为序行。未及为而青垣死矣！青垣死，宫保哀之。既归其丧于长沙，又属其友善化汤彝幼尊校定其诗为八卷，开雕于武昌府署，而以显鹤于青垣有平生之言，以公命来征序。

余惟诗自汉魏以降，得兴观群怨之旨，有合于《三百》之义者，诚莫如杜子美。子美忠忱亮节、骚情古意同符正则。其于诗，天才独纵，而学问诣力又足以副之，故世谓之诗圣。后之学杜者多，求其善于言者，千年来不过数人。而村市叫嚣，里巷靡曼之音且接踵天壤，若人人意中有一子美者然。吁！可骇也。

青垣诗宗尚甚正，而一以子美为法。才识雄毅，功力刻深。有沉鸷之思，刚劲之气，而无叫号之习；有委婉之致，舂容之度，而无骫骳之态。吾不知于杜诗何若？求之于唐以后学杜诸家，殆亦无以过青垣矣。揭曼硕有云："诗之正，如日月星辰、山川草木鸟兽，而其变，如风云雷雹、龙腾虎掷，要在尽其常、通其变而已。"余不敏，无以序青垣诗，聊举古今来学杜之失与青垣之所由得，而终以曼硕之言，还质之栗仲、幼尊，以践平生之诺，以弛后死之责。若夫青垣穷老一诸生，晚依上公，备荷知遇，恩礼终始。生为上客，死正首丘。耒水之骨遂归，浣花之名益著，斯则子美不能得之于严公，抑亦足以慰长逝之魂而洒千秋之泪矣！道光二十有六年冬新化邓显鹤。

小绿石斋诗存序

余往岁主朗江讲席，时增辑《资江耆旧集》兼搜连道遗诗录入，以《水经》有涟为资别之文。而涟[illegible]壶天，实先子诞生地，每过斯邑，如出里门，敬恭桑梓之思，油然难已也。时武陵学博董君西圃语余曰：“惜哉！莞花翁尚在人间，不得与于斯集也。”余讶之。因为言莞花翁者，葛君[illegible]侨，其乡之诗人而有品者也。年已笃老，闻余搜辑遗诗，尝笑语人以不得挂名为恨。

会余屏迹山居，复有《沅湘耆旧集》之役。彭君彦深方司铎邵阳，走一介山中，以书抵余曰：“筠翁死矣！今其诗不可不在耆旧之列。”因发其所赍两巨册读之，精选得五十八首，与聂君乃坞明经合为一卷刻入集中，乃坞亦连道诗人之不为人所识者也。

比年，余重来主讲邵州，与彦深交日密，因益商榷旧业。吾楚人以诗来质者既日众，而平生亲故所奉为师友者多忽焉化去，不稍缓须臾。既痛逝者，行复自念，惟有亟裒诸家作纂入《续集》，以慰长逝之魂，以纾车过之痛。而人事牵率，动见乖忤，未遑也。今夏，筠侨哲嗣翙梧茂才荣册，复以莞花全编诿同彦深校订付梓。彦深稍删定，厘为五卷，总名曰《小绿石斋诗存》，凡古今体若干首以示余。其词明以丽，其意婉而章。有侧艳之句，无鄙倍之语；有跌荡之思，无叫号之习，盖庶几得乎性情之正者矣。涟湄间多诗人，又岂能有加于筠侨耶？彦深又言：筠侨性狷介，取与不苟，独拳拳于师友间。与同县舒青洋交笃，青洋死，哭之痛，所以顾恤其孥者甚至。客滇南时，以己尝受知于昆明钱先生，因求其诗刻之，今湖以南有《南园诗钞》者，筠侨力也。其风义之古若是，固宜其诗之不苟作也。刻成，彦深属弁数语于首，且寄示西圃。非第以慰翙梧仁孝之思，亦吾党二三子怀旧感逝之念，所不能自已于言者也。道光二十六年秋八月。

朱小岑诗存序代

余侨居岭外，凡四方士大夫来游、与其地之文人畸士，皆乐以诗交余，而其久故者，莫如临桂朱君小岑。余始不知小岑，与其兄秋岑善，因得与订交，并识其伯子春岑。迩时年少气盛，意气之合，殆无与比。

小岑兄弟皆异才。幼随其尊人官南昌太守，归后宦橐萧然。春岑为诸生，秋岑一举于乡，小岑独不乐进取，以布衣终其身。秋岑俶傥任侠，豪迈自喜；小岑狷性狭中，冷面隔俗，余俱乐与之交。尝以为秋岑似陈孟公，小岑则徐孺子、梁伯鸾一流人，以故小岑兄弟皆倾怀善余。已而春岑、秋岑相继殂谢，小岑孤孑零落，生意索然，无以为家。余每为之营致生业，图升斗以养母，小岑益亲余。数十年来，余为部郎于京，与小岑别去。迨余归，小岑曾一游燕晋，再客入闽，馀则相聚时多。凡文酒宴会，问水寻山，小岑罔弗与也。

当乾隆甲辰乙巳间，高密李少鹤官岑溪令，偕其兄石桐来与余定交。时钱唐袁简斋太史亦来桂林，四方名宿如杨石墟、李桐冈、许密斋、王若农、浦柳愚、朱心池、刘松岚诸君，觞咏赠答，极一时缟纻之盛，简斋至比之赵文子垂陇之会。无何，少鹤卒于官。诸君子风流云散，余与小岑仅存。曾几何时，而小岑又殁十馀年矣！老病颓唐，块然独处。追忆与小岑兄弟缔交之始，恍如隔世。身世之感，存亡之痛，其能已耶！小岑之学，自六经诸子下及百工技艺，罔不研精殚思，各诣其极。诗宗法不一，矜慎其辞，隐约其旨，不使人一览而尽。吾不知于时贤爱憎何如？若求之于古，亦庶几能自立而不悖于道者矣。

粤西诗人自唐曹邺、曹唐而降，未易更仆数，若小岑者，可易得哉。石桐、少鹤专集，余久为刻行。迩年，余《韦庐内外集》亦次第告成，独小岑诗尚未锓版，缺然于怀。今年春，湘皋仍来粤，为余校刊诸亡友遗诗，因亟搜其稿审定排次付梓。小岑著作甚富，兼工词曲，其《纪年词》及《分绿窗》、《人间世》杂剧皆可传。身后散佚过半，今所刊存无几，聊以谢后死之责云尔。

郑受之红叶山房集序代

宁都刺史乌程郑君，辑其兄受之孝廉遗稿为一集，征序于余。余不识受之，顾与其尊甫柳门封翁善。又嘉刺史至性，醇笃肫肫，不忍死其兄，求所以传之者而托于诗文，以冀幸于不朽，可哀也已。其何可无辞？乃取而论列之。凡古今体诗八卷，试帖一卷，曰赋曰文曰杂文又五卷。呜呼！可谓富矣。

尝论淛东西为人文渊薮，入国朝来，秀水提唱于前，杭厉振响于后。流风润被，几于人诩握珠，家珍享帚，裒然金刚其杵者殆难枚计。非特山川清淑之气偏萃东南，亦其风气习尚渐劘磨渍使之然也。受之生长名门，故书雅记启其灵扃，群从兄弟习其家学。自其髫龀，即偕刺史有声黉序。加以过人之质，绩古之功，与夫父兄师友渊源指授，闾里耆旧耳目濡染之所得，其发为诗文，汩汩其来，滔滔不竭，宜也。余独怪造物生才不易，生之矣，或屏之穷乡绝徼，为世所不知；幸而值通都大邑，易以才显，又挫折之使不得竟其才。如受之者，使其早奏赋《长杨》，震摅皇风，不为科举绳尺之学所束；即不然假之以年，终老名山，孜孜著述，其所造当不止此。乃局于一第，年未强仕，客死长安。既踬其遇，又促其龄，若惟恐其得以才显者。此刺史怛焉心伤，亟亟思所以传之也，顾余更有感焉。

古文人多以兄弟为性命，苏家听雨之约，王氏登床之痛，最著者已。余幼与先兄同学友爱，埙篪唱和，窃敢希踪昔人。无何余忝窃科名，兄竟以屈抑场屋，悲愤致陨。遗稿散佚殆尽，无从裒辑。而刺史于其兄死后，收葺残阙至十四卷之多，兢兢求所以永其传者，举而属之余。夫余则何能传受之？三复斯编，徒泫然增鹡令之悲也！既序其简端以归刺史，且质之柳门封翁，少纾西河隐痛云。

嘉树堂诗钞序 代李比部作

呜乎！季寿已矣！所不与俱殁者，惟此数卷诗耳。去年秋，闻吾妹返长沙，余使人往吊，即求其遗稿，得《嘉树堂诗钞》两巨册。发之泪涔涔下，辄掩卷不忍卒读。今年春，余妹携孤女来粤，具述季寿弥留时语拳拳以此事见付。呜呼！余尚忍闻其言耶？

季寿幼倜傥多慧，眉目秀整，举动英伟。随其尊人官粤，先大夫一见决为大器，以爱女归之。三十年来，余弟畜季寿，季寿亦兄事余唯谨。季寿伉爽有大度，好气任侠，交满天下，所至倾其座人。余病其意气太盛，每箴之，季寿韪余言，然莫能改也。独心耆余诗。余诗学韦而季寿学苏，余学韦而难于言，季寿学苏而出之若易，此余两人才分优绌相悬，非可强同。然其精心密诣，思求合乎古人之辙而不相戾，则余与季寿初无异同也。因取其诗，忍泪编次付梓以践冥诺，季寿可不死。余独痛季寿早负才名，当其盛时，傲睨一切，视天下事无足当意，卒之屈于赀郎，邅迴屯踣，墨墨不自得。而又家门多故，死丧相继。性豪迈，不善治生，以故季寿交日广，名日起，而境乃益困。一官偃蹇，无所建白。年未中寿，忽焉以殁。无三尺之孤，无一椽之庇，徒以寡妻弱女累七千里外颓然老翁，此则季寿死不瞑目者。呜乎！季寿已矣，余其何以为心耶！序其诗非徒藉慰逝者，抑以纾余挂剑之悲尔。

阮冰叔古文序

自余遭先兄之变，屏居荒野，老病块然，无复生人之趣。去年，同乡诸君子以不佞所辑《沅湘耆旧集》一书不可听其湮没，相与捐赀助刊。乃大召工匠开雕，役役校雠，日与千馀年骚人韵士相对。每成一卷，欣然以喜，复愀然以悲，俯仰低徊，盖无日不在欣戚歌哭中。

既逼岁除，刀工渐次散去，乃稍稍休暇。除夕方举家会食，邑子晏叔立自平江归，以侯亭明府书来，讣其公子冰叔之丧，且裒冰叔古文及《读史日记》两巨册见示。知公子于辛丑岁试隶学籍，后以力学攻苦，卒年未满十五也。阖家为之废箸不举。继取其遗稿阅之，复大惊异。咎明府官武陵时，余方主讲朗江，密迩咫尺，家有才子神童若故，秘之不以示客，及其死始为之表暴。又自咎平生困踣万状，独汲汲海内人才，老将知而眊及，致国有颜子而不知，及其死始为之惋惜！亦咎冰叔以未冠之年，不保啬其才，乃亟欲发名成业，敝耗精气以至于短折，则泫然涕下不可止已。

复念冰叔年方舞象，所造遽至于此。视世之埋头著述，稿项黄馘，老死牖下，不见知于人。与夫挟兔园盈尺册，躐取人间科第，岸然拥专城、把钺麾，及与之征一古事、论一古人，则瞠目直视不能发一声者，相距远近何若？且即冰叔在世数十年，或困之以高官，疲之以剧任，以馀力纵其所至，亦未必能有加于是。又况古今之遥，才杰之众，裒然金刚其杵者何限，论者至不能举其名姓，而童乌文考王子安、李协律辈，至今赫然在人耳目。由斯以谈冰叔，虽死犹未死，且远胜于未死而又何恨焉！

先友王香杜尝云：人之才识，以渐而充。譬之花木，自萌芽而跗萼，而花果，乃落实取材，如春夏秋冬，少壮衰老，不可凌躐，此其常也。有如萌芽甫茁，花实遽繁，是方春而已秋，方少而已老。精华既竭，生气遂漓，而欲其永年，可得乎？四序之运，成功者退；得地之禾，早穜者陨。其常也，非变也。于冰叔乎何尤！遂书此以复明府，冀少杀其哀，且当冰叔古文序云。癸卯上元日。

听雨山房文钞序

呜乎！余之块然独处荒江老屋中，不获与吾兄耘渠先生联床听雨纵谈今古，盖已十年矣，今日尚忍执笔序先生之文哉！虽然，余又乌能已于言哉！

忆余兄弟为童子时，一日偕曝书，得先叔父钜野君手钞西汉文一巨册，先生读而爱之，勃勃有学为古文意，私作《讨蚊》、《斗蚁》诸文，塾师见之甚诧，已，大呵禁勿复尔。年近冠，从先外祖毛府君靖州学署，每作书与余或以他文寄示，则骎骎乎遂欲及于古，是时，余愧甚。盖先生游学三载而学大进，其师则茶陵谭希斋先生声元，乾嘉间湖南所称老宿也。

自余为宁乡校官，先生与居最久。冷官无事，相与对案校书，长哦朗诵，声出金石，往往朝餐不办，怡然也。每闻人谈乡邦轶事，喜纪以文，尝一夕僚友刘朴园来，言其乡人遇贼事甚壮，先生命进家酿佐谭。客退，余亦就寝。时已漏下五鼓，先生纵笔为文叙其事及旦，疾呼余起示之。余叹其神妙，以为非深于史汉叙事者不能办，命酒召朴园共赏之，今集中《书高大镐》文是也。呜乎！余兄弟当日穷居之乐有如是耶。

先生有至性，哀乐过人。学以坚苦笃实为宗，平生治经甚勤，多有论纂。诸史恒间岁读一周，旁及阴阳卜筮之学亦博览强记，盖其蕴蓄于中者厚矣。以是发为文，浑灏动荡，醇朴坚厚，远则逼真欧曾，近亦接武方姚。其有关人心风教之作，足于理、轨于道、餍于心，足以振浮式靡，则信乎儒者之言也。顾先生栖遁岩谷，志趣恬退，不欲汲汲以文自见，有所作，辄随手散佚，仅有存者。

顷兄子瑶、璩搜辑若干首编为六卷，显鹤谨受而校定之。他日显鹤修《宝庆府志》，故家旧族以其先世遗文谱牒送局者相望，中多可歌可泣可纪可传之事，每一披览，辄欷歔叹曰：傥吾仲健在，集中正不知增几许佳文，惜乎不能起之于九泉之下也。顾即今所存，卓卓如是。四海之大，百世之遥，必有读其文、思慕其人而亟亟为之表彰者，然则先生之文虽不昌于时，庶几或显于后欤！曩余刊《沅湘耆旧集》成，既取先生所著《春秋日论》锓木，今岁有重刊《玉篇》《广韵》及校刊《六经》之役，拟并以是集授梓，以塞后死之责。呜乎！余之藉以报兄于地下且塞后死之责者，其遂如斯而已乎！重可慨已。咸丰元年仲春月。

南村草堂图咏序

道光乙巳，余主讲东山兼纂《宝庆府志》，明年书成开雕讲院，因以其暇，命兄子瑶、璩，儿子琮取家中各图册诗文，编次为《南村草堂图咏》五卷，牵连付板。首《松堂读书》、次《听雨山房》、次《南村耦耕》、次《西园雅集》、又次《青溪访旧》，而以家子与先生墨迹题咏殿焉。凡得一百一十六家，书画记序跋书后观款赋铭赞偈词及古今体诗，都计三百九十有九首。均按题咏前后铨次，俾后子孙读之，知吾先世旧德与余兄弟躬耕听雨素志，庶几念昔先人，有所兴感。而册中诸贤，皆海内巨人名德，硕学鸿儒，诵其篇什，溯厥渊源，昌黎故旧之交，子厚先友之谊，亦可于斯篇略得之。刻成，因识数语。后有所得，仍以次续增。丙午夏至前一日。

读易窗易述序

余年十二时，同仲兄云渠受《易》于李愚庄师，师教以“德体象变，比应承乘”八字，颇能领会。又少好涉史事，尝思举古来治乱成败、与易理之吉凶消长相比附者，条系件记，以资鉴戒。其时，不知有诚斋《易传》一书也。稍长，汩于科名举业，役于衣食奔走，兹事遂废。窃念《易》之为书，洁净精微，本不易学。然圣人为之，以通天下之志，以定天下之业，以断天下之疑；吾人学之，以明吉凶消长，以知进退存亡，藉以检束一身，以求免于无过之地。是则自少至老，所不能一日离者，而乃高阁束之乎？

自惟生平性刚才拙，与世多忤，而又喜危言高论，日以尤悔坌集之身，当指视交谪之地，无所恃以为修省绳检之具，终其身为丛过之府必矣。己亥以后，弃官归里，与吾兄约闭门读《易》，以三年为期。尝笑语兄曰：“圣人作《易》，惟恐人知进而不知退，知得而不知丧，知存而不知亡；吾兄弟日耽耦耕、听雨之乐，不复知人世有功名富贵声华赫奕事，殆知退而不知进，知丧而不知得，知亡而不知存乎？”兄笑颔之。当是时，兄弟各手一编，白头相对，诸子侍侧，日事铅椠供几研，殆庶几加年寡过之意。天不憖遗，未二年而吾兄遽归道山。块然一身，偃仰斗室，老将知而耗及，尚望能竟吾兄未竟之业耶？

癸卯以后，当事以濂溪讲席相畀，辞之不获，勉强应命。讲舍故邵州东山，为周元公讲学地，旧有景濂堂，故名濂溪。偶检濂溪诗，有“闲坐小窗读周易”之句，因以读易名窗，思卒旧业。是岁琮儿举于乡，甲辰量移朗州，兄子瑔相继厕解额，人事牵率，卒卒鲜暇，作辍不时。乙巳复还邵州，有郡志之役，暂以其隙，发愤踵成此书，名曰《读易窗易述》。非敢曰遂寡吾过，亦聊以践吾兄读易之约云尔。道光二十有五年冬十月，时年六十有九。

送杨玉泉先生重赴鹿鸣序

国家以科举取士，每届三年，朝廷遣考官分往各行省试举人。如例，放榜之次日，宴新举人于行台省署，以次坐考官之末，笙簧酒醴，杂然前陈，名曰鹿鸣宴。与斯举者，以为荣矣。其有早举于乡历六十年之久，重值是科者，故事，得由原籍儒学州县官起文申送行台省，名曰重赴鹿鸣。大府以其名闻干朝，例得荷俞旨照原官量予升衔，与会试重赴琼林等。所以贵科目、崇高年，典至重、礼至隆、恩至渥也。

以余所闻，当代儒硕如宛平黄昆田，大兴翁覃溪，钱塘梁山舟，桐城姚姬传四先生者，海内所称耆儒硕德、瓌才璞学、间世而一出者也。然皆以重赴鹿鸣，亲承列圣之褒嘉，躬被加衔之宠锡，盖国家所以崇儒重道、尊贤引年之至意悉寓于是。嘉与士林，光昭史册，甚盛举也。吾楚自湘潭罗慎斋、桂阳周玉甫两先生重赴丁卯、己卯鹿鸣后，未有接踵者。甚矣哉，盛事之难得也。

同县杨玉泉先生温，乾隆丙午中式第二十四名举人，迄今道光丙午，例应重赴鹿鸣。先生历官益阳县教谕、武昌府教授。所至躬行率士，难进易退，为多士所服，以道光二十一年春乞致仕归里。其生年为乾隆二十四年，今八十有八岁矣。先生师表人伦，垂型邑里，行有防检，学有本原。其官益阳也，显鹤承乏宁乡，每值岁科试，于役省门，朝夕过从，所以爱护而规切之者甚至。迨先生升任武昌，显鹤乞假北行，尝一再晤于鄂渚，临别先生犹渡江送余，言论娓娓不倦。余去沩后，再游武昌，而先生已于三岁前赋归，归后今又六年矣。闻其神明不衰，步履如故，终日危坐，手不释卷，灯下犹能作楷，岂非国家元气之所关，吾里人望之所系哉。

显鹤年来僭主濂溪讲席，兼有纂修郡志之役，于《选举表》乾隆丙午科先生名下，大书“重赴鹿鸣”四字。既喜县中有此吉祥盛事，又恐先生之高蹈丘园，安居几杖，不肯居此美名，或观望而不前也。因为文以速之，且以告之吾乡诸同人，上之当事大君子，当有鼓舞欢忻，乐先生之一出，争先快睹为人瑞者。先生行矣。蒲轮之征，古有其典。苹野之食，今逢其盛。余不敏，尚当率邦人子弟，撰杖屦御安舆以相从，于麓山湘水间，为重歌《鹿鸣》之三章可也。

送闵翁归新化序

余既作送杨先生《重赴鹿鸣序》，文甫脱稿，门外报有客至。延之入，则五十年前所见同县之闵翁也。翁名笛，忘其字，嘉庆乙丑岁贡，其入学食饩俱在乾隆四十年以前。道光己丑选授安福训导，阅十年以笃老休归，归后又十年不相闻问，亦不知其尚在人间也。

至是，访余于濂溪讲院。讲院据东山之颠，路斗峻，砌石为磴道，层叠迤逦而上，凡八十三级，虽强有力者必再休始至。翁不舆不杖，如履坦途。坐定问其年，则其生在乾隆十五年，以绛县老人甲子数之，盖已五百八十二甲子矣，去百龄不三岁也。问其来，则罢官后无所于家，依其子孙于东安万山中，畬耕度日，今归新化，闻余主讲于此，便道过访之也。问其饮食起居，则与常人无异。目犹能视麻沙细字，手犹能作蝇头小楷，足犹能日行数十里，惟两耳微欠聪，然尚不废听。噫！何吾古梅溪峒间之多寿考也。时郡志将竣，例载《耆旧》一门，各县采访册开送，见在寿民寿妇有一百五六岁、一百十馀岁者，如翁之健百龄，不足道也。因附录于此，以志一时人瑞之盛，且以坚杨先生之行云。

翁早岁为科举之学有名，以经艺教授里中，言规行矩，内行尤挚。年已笃老，语及其父则泣下，盖其学行有足称者，不仅以其多寿也。于其归新化也，作此送之，时余年亦四百二十甲子矣。

卷第六

修太平原龙泉山祖茔暨先府君先孺人墓记

邓氏之先茔，左曰太平原，俗呼太平塘。后曰龙泉山，自始迁祖以下族葬于此。同兆异穴，鳞次成行，无昭穆左右，冢前各立一石碣，仅辨识而已。太平原之中为始祖平山府君、始祖妣易孺人，其北一行畸左为六世祖济，又后一行迤右为六世祖妣龙孺人，龙孺人之旁为高祖圣楚府君，盖子祔于母云。圣楚府君之前三行畸右为祖考赠文林郎松堂府君，由平山府君而南一行中为高祖妣谭太孺人，又南二行稍右为祖妣赠孺人刘太孺人，刘太孺人之后一行稍右为前母李太孺人，刘太孺人之前即山麓也，先府君例赠文林郎台峰府君、先妣毛太孺人祔葬于是，其东则叔父钜野君也。

山麓为曾祖祭田，族人不得而有，松堂府君以其近先茔也，废而不耕者三世。府君卜其地吉，遗命祔葬，而先孺人暨钜野君之丧相继举焉，皆府君意也。曾祖貤赠文林郎岩隐府君、曾祖妣貤赠孺人李太孺人合葬龙泉山之北第一行畸东，中隔二冢，距太平原仅数武。二山异兆相望，邓氏子姓罗列错居其旁，藩溷杂遝，蓬颗蔽冢，石碣剥落，先府君蠹焉伤之，每议修而未果也。乙亥丙子叠遭大丧，既祔葬先府君、先孺人暨钜野君于其麓，禫后乃敬终我府君未遂之志，自平山府君而下至钜野君凡十四茔，每茔方围镶石，中实以灰土，前易石碣，大书深刻其官赠氏号于其上。

先府君暨先孺人两茔相距亦一冢，围以石槛，广径二丈六尺，高三尺有奇，表以石碣，高略称是。族党行过是路者，望而知为吾父吾母之所托体也。《周礼》墓大夫掌万民之族葬。《月令》以孟冬审茔邱垄之大小高卑贵贱等级。今制五品以上始得立碑龟趺螭首，侈示行路。自伤卑贱，不能有命于朝丐荣泉下，而茔前数尺地即为樵牧畊种之场，并不得下准于庶人九步之例，可哀也已！

既征工竣事，以一羊告于祠版而又详记其本末，刻石以示来世。凡费缗钱四万有奇，皆海内赙赠之馀。敬援古者不家于丧之义，亦《礼》所云求仁者之粟以祀之也。呜呼！后之子孙尚其敬念之哉！其地在宝庆府新化县北乡下渡村梓木冲，二山相距百馀步，首辛趾乙，距县治十五里，邓氏盖世居于此云。嘉庆二十有四年已卯岁寒食后二日，显鹤谨记。

修先茔后记

距修太平原龙泉山先茔之后六年，而伯兄逝又后十八年，而琳儿与仲兄相继逝，皆祔葬太平山麓中。以显鹤官宁乡，遇国庆典，得推恩赠先府君、先孺人暨前妣李孺人如制。比又应诏上李孺人孝行及族中三节妇于朝，获旌命下，于法宜立石建坊。而前修茔时所用石质理不坚、多泐陊宜敬易，是不可不亟修矣。

茔之左有山翼然，多石而坚，于是召工开采，辇而致之。周围用整方巨石镶砌，每茔碣石皆易，敬书所赠官阶旌表姓氏如例。前为华表，两旁留隙地，以待续命。后为四柱，柱镌族禁，条格特详。旁为四孔衔杉木各四如栅式，所以禁践踏也。龙泉山岩隐赠君、李太孺人两茔颓圮尤甚，改用细錾坚石镶砌，中用磁碗錾岩隐公坟四字，周其左方，实以灰土，坚筑如法。而高碣其上方趺圆首大书赠官氏号。茔北有井，甘洌异常，龙泉所由名也。族人群取给于是，汲者晓夜不断，水劳易浑，且多壅石，而疏之界为四，以次吐畝喷流而出，所以荡涤澄清，符《葬经》所云：真应泉也。李太孺人之下为旌表节孝谢孺人墓。孺人与李太孺人为再从妯娌，其平居相好无尤，卒后太孺人四年，葬同山同日。闻之先府君，兹山实因谢孺人而开，今其后裔衰落甚，不绝如缕，岂山之灵独钟于予家而不能偏荫族人耶？抑盛衰隆替之别有故耶？重可感也。

是役也，肇自甲辰夏，讫于戊申春，凡阅五年始成，以阴阳家言选日避方严，故迟之又久。凡费缗钱十六万有奇，盖工费多于前三倍矣。呜呼！方余之始事于先茔也，其时大丧初免，诸子方幼，稍长者又谋食他方，伯仲两兄实督余将事，所以衔恤营度，茹辛负土者若前日事。曾几何时，两兄先后奄逝。诸儿长成，各有四方之事，其嗒化者且随诸父共一丘。而余以老病待尽，茕然守坟墓之身，竭力营缮，赖先人之灵，得缓死须臾，以略申情事于万一，其幸可言哉！其痛可言哉！

三节妇一即谢孺人。一为族伯祖昌桃继配曾氏，葬地在始迁祖玉堂府君墓兆下，与太平龙泉二山若鼎峙然。其一则族兄显仕妻李氏，显仕固学于吾祖称高足，未青一衿而卒者也。氏贤而有节操，能安贫，吾母每称之，葬太平原之右与前妣李孺人孝行同旌，例得并书。道光二十有九年，岁在屠维作噩秋七月丙申朔甲子日谨记。

曾大父岩隐赠君还遗金碑后记

曾大父岩隐赠君还遗金事，从子瑶已详志其事人石矣。念兹先德，非得当代大人先生表之无以昭示乡里，取信后世。会丁未秋今太子太保湖广总督裕公巡阅南来，余携琮儿迎谒于浯溪舟次，敬以为请，公欣然赐题。谨捧归时，适纂修郡志，孝义张公方守宝庆，见之曰："式闾表宅，守土责也。"乃属显鹤撰传入志，而下其事于县令李侯，立石表于道左。夫还金之事甚小，吾先人一节之善，非有没世之名存于中也。而乡曲传闻久而不替，为之子孙者又为之表扬称述，使其事炳焉著于志乘，昭耀于行道耳目，亦可见为善无不报，而先人生平梗概，敬可想见一二。故既详其事，复为后记，用识立石缘起，使东西行过是路及吾子孙，念昔先人者有所感发兴起云。道光二十有九年岁次己酉春三月。

附兄子瑶《还遗金碑记》

余家自圣楚府君入国朝弃巾服为遗民，单丁不振。高祖岩隐公始以孙贵，赠文林郎。赠公多隐德，而还遗金一事，乡里尤艳称之。

赠公家甚贫，值岁大饥，曾叔祖质儒君于距家里许之高枧冲拾遗金一封，包裹甚固，持归以视。赠公验其包裹之布破裂补绽，知为贫家物也。恻然曰：是可不为人家性命虑耶！亟往所拾处待之弗遇，次日复往。其人仓皇至，赠公问曰：得毋失金耶？曰然。问何从得金，则泣曰：家贫年荒，无所觅食，不得已鬻田宅得薄值，携妻、子往粤治生，而不虞中道之失也。验其数合，还之。其人啜泣称谢，长跪不起曰：某家产业尽于此，非公且率妻、子投江水死矣！至今谈者犹记其人为赤石罗姓，佚其名云。

瑶谨案：国朝雍正间，我世宗宪皇帝诏令民间有还遗金者，守土吏以闻，赏赍倍其数，且给予职衔冠带。其时，民间竞相效慕，以还金受厚赍者相望，宣付史馆，其诸有所劝而为欤。若吾赠公之事在康熙末年，公以僻处穷村，目击乡邻瘠苦，恝焉行其心之所弗忍，求其心之所可安而已，岂稍有沽名市誉之意存其间耶！宜乡人啧啧称道，至今百三四十年之久犹弗衰也。曩齠龄时，闻先府君与叔父谈此事，侍侧窃听。府君笑曰：汝亦解耶？稍长，请于拾金所立贞珉大书其事，俾乡人往来过者有所矜式。府君曰：此先世隐德，彰之或非所许，然汝言亦吾志也。呜乎！余父没已数年，叔父亦冉冉老矣。惧其事之久而就湮，思为文以识。会族人念吾赠公不已，请即其地建立碑亭，叔父以为然，小子瑶谨受命为记。呜乎！后之子孙称颂先德，尚思所以敬承之哉。

壶天刘氏故宅记

先祖母刘太孺人，本新化横阳山人。其父刘翁居湘乡之壶天，以居积致小饶，有宅三区，爱其女，不轻字人，年二十五始赘吾祖于老宅，时雍正壬子也。逾六年乾隆丁巳，生吾父，携归新化；又四年辛酉，生叔父钜野君。故吾父毓灵之地实在壶天。显鹤《资江耆旧集序》所云“涟溓壶天，实先子诞生之地，每过斯土，如出里门”是也。

刘氏式微，宅屡易主。先子表兄邦达，偕其侄应伦从钜野君宦山左，钜野君戍伊犁时，邦达已前死，从兄鸿以其骨归葬邓氏之檀井边。应伦流落山东，居东昌，余尝见之于京邸，其时有三女而无子，后遂不相闻问。应伦弟应甫居壶天，有子一人曰绍富，余官宁时，尝来署中。其人好酒喜博，无他能，余少资之，辄以付赌场酒肆。先云渠兄往来壶天，尝访得刘氏故宅，书示显鹤，思赎归，畀绍富为授室生子，以存刘祀。卒卒未果而余去宁，先兄旋捐馆舍，今忽忽十年矣。

己酉十月二十五日，携琮儿归自长沙，宿壶天，绍富来见。孑然一身，生理尽矣。问其先世葬地，仅能言其处，高曾名讳及生卒年月茫然不复省记。念刘氏无人，余家远在三百里外，今绍富益穷且老，余又力绌年迫，无能兼顾，再阅数年，绍富死，刘祀斩矣。累累荒茔，谁与守者？赎宅之举，益不可缓矣。琮请于余访诸市人，有刘十四者，颇能言刘宅所在，指阅数处，无确证。最后绍富以一人来曰：邹又英亦刘出也。其父曰某，嘉庆中曾留余至其家见其母，先子之表姊也，能叙述儿时事，先子方健在，闻之至为泣下。时又英尚幼，今亦老矣，言其家买得外氏老宅，即先子诞降地也。琮喜，即欲成契，会有梗之者，复不果。次晨匆匆别去。归语兄子瑔，求先兄遗文证之，不得；爰拍笔粗记梗概以贻诸子，当亟勉成之。毋使吾父降生地沦弃于一哄之市，而刘氏抔土，有故宅存，亦得少有凭依，不致湮灭壶天蔓草间长为馁鬼，当亦仁人孝子之心不能自已者矣。是岁冬月朔显鹤谨记。

高桥谭氏先茔记

距吾家五里许，有地名高桥，以桥得名也。桥之东有茔地，广径三丈许，前临深溪，怪石簇立，如恶鬼狰狞可畏，于形家法不得葬。邓氏谱载四叔祖之墓在焉。余闻之先府君曰：“非也，此汝高祖妣谭太孺人外家之茔也。谭氏无后，汝曾祖谭所出也，不忍其无主，故世世子孙谨守之。”然则谱误乎？曰：“非误也，不得已也。茔则谭氏，祭则邓氏，将有伺其间而议之者，故曲言之不得已也。此吾先人之苦心也，小子志之。”

其后，府君弃养。丁丑戊寅间，余读《礼》山中，偶以事经其地，询之土人，其旁有谭家冲、谭家垣，皆以谭姓其地，问其得名之由，无能称述，盖谭氏之墟久矣。呜呼！天绝其嗣，犹幸衰门之女守此一抔土，而又并其姓而灭之，可哀也已。谨按《礼》有公厉、族厉之祭，《月令》（仲）〔孟〕春掩骼埋胔。先王不忍馁无后之鬼，暴无主之骨，故制为祀典，垂之厉禁，而后世仁心为质之君子，荒茔古冢，动色戒勿犯。矧谭氏我曾祖所自出，谭氏绝，邓宗即其主，护其松楸，戒其樵牧，岁时寒食，纸钱一陌，麦饭一盂，率家人展拜，礼也，亦仁也。必如谱所云，再世而后，吾子孙有不知其为谭氏者，不尤大可哀哉！谓宜立石茔前，大书深刻"谭氏先茔"四字，而详序其本末于碑阴，以明示后世知所考焉。

末俗浇漓，生理垫隘，轻去其乡，敝屣祖宗庐墓，如遗唾不复顾。否则，惑于形家言争茔盗殡，有衣冠士族，冒牛医驵侩之骨为祖父者矣。今以所出者之子孙，世守其先世外家之茔，历百馀年之久，而其地又恶劣不中葬，法非有所利而为之也。而吾先人书之家谱，犹必曲为之辞，诚有所畏而然也，岂非世道人心之大可惧者哉！四叔祖讳之棠，未成人而卒，以殇礼葬于舍北之檀井边，今迷其冢云。

宁乡五都申明亭记

乡亭之制，始于秦汉。大率十里一亭，十亭一乡。其法五家为伍，二伍为什，十什为里，十里为亭。有居舍公廨、屯积聚落，若今之村堡市镇，巡检分防者。然其制有下亭、都亭、街亭、旗亭之异，其职有亭侯、亭长、亭父、亭目之分，与乡三老、啬夫、游徼，同选高年良谨公平之民为之。三老掌教化，啬夫职听讼、收赋税，游徼巡盗贼。有事伍长、什长达之里，里长达之亭，亭长达之乡。三老以次白之丞尉，而县令董其成。如身之使臂，干之总条，若网在网，有条不紊，上不烦而下不黩，官不劳而民不扰，即《周礼》党正、族师、闾（书）〔胥〕、比长遗意。三代明王之治，不越乎此。汉高帝二年，令举民年五十以上，有修行能师众以善者为乡三老。赵广汉语湖都亭长曰："为我谢界上亭长。"勉于其职，有以自效，此两汉吏治之古所以不可及也。后世古法渐亡，乡约牌总甲长之类，既非市井无赖、为民厉之徒不肯承充；其所谓邮亭、驿亭、茶亭名目，仅供文书铺递、行李往来休息之所，甚则为莠民盗魁萑苻逋逃渊薮，而乡亭之制荡然，无复古意存矣。

我国家法度修明，风俗淳美。承前明旧制，于天下邑里设申明、旌善二亭，意至深远。而奉行者或多不善。宁乡于湖以南为大邑，五都尤号称仁里。其地有余所识曾君衍咏，慨然思以古制化一乡，倡建申明亭于某地，约其乡之族长里老各率其子弟，月吉会于亭。申明朝廷法律，官长教令，与夫父兄宗族训诫条约，游惰者有罚，强暴者有罚，凡椎理博徒一切不逞之事，皆有厉禁。凡户婚、田宅、门殴，常事公平剖决于此。事涉重者，始白于官。凡境以内，孝子顺孙，义夫节妇，有关风化有益地方之举，皆大书其名姓事迹榜于亭，而古乡亭之制遂复见于今。今曾君之殁已十年，其子某遵而行之。乡之人以其为曾君之子也，信而从之，相与从而新之，而乞余一言以告其乡人。夫修教善俗，固司铎者之责也。因书其原起而归之，为我告诸父老率其子弟，秀而文者力诗书，愿而朴者勤耕作，其益勉为盛世之良民，以无负重建斯亭之意，是则余之厚望也夫。

李氏招隐园一枝亭铭记

芸甫水部辟桂城东隅为招隐园。垒土为山，杂植桂树数十本，嘉卉蓊蘙，怪石嶙峋，坳洼坻垤，曲随地势，嵦崒逶邃，削若天成。其北为宾馆，南为崇台，飞阁浮梁，延宇垂阿，规折武接，不劳登陟，而目极千里。又于其东为亭，高踞山脊，俯瞰木杪，群峰送青，遥天混碧，翠阴成幄，白云流影，旦夕异候，晴雨咸宜。

亭成，招宾客侍松甫先生宴其上而落之。水部请所以名亭者，先生曰："兹园据桂城之幽，兹山据丛桂之杪，余既羁栖于此，诸君复辱余之栖以为栖，殆蒙庄氏所云'巢林一枝'者，取以名亭，庶有合于攀援桂枝之义。"众曰善。先生之名斯亭也，词质而义赅，言约而旨远，其可无辞以纪？乃属某记而铭之。其词曰：

桂山之幽，桂树之稠，有园一区，聊以淹留。桂山之陲，桂树之枝，有亭一椽，聊以栖迟。亭兮回旋，枝兮连蜷，一觞一咏，息焉游焉。我园在左，哦亭在右，同声不孤，如耕获耦。建木千寻，上林万树，岂无旧巢，匪我倾慕。缟纻四海，广夏千间，岂无嘉宾，共此攀援。王孙归来，平子所思，邈焉高风，千古一枝。树焉滋茂，堂焉肯构，我铭不夸，公德是懋。

我园记

我园者，韦庐先生之园也。先生侨居桂岭，名其园为我园，番禺吕君坚曾记之。道光癸未，先生移居独秀山之西，辟其旁废地为园，因洿而沼，植援而径，高树荫日，修篁引风。又于其西为水榭，面峙秀峰，青壁斗绝，若天坠地出，献媚逞奇。于是，独秀之秀，遂独为此园有。落成，先生仍大书“我园”于其上，而属余为记。且曰：“余之以我名园久矣。有我斯有园，园从我生，我以园寄。今我无异于故我，兹园岂异于昔园？湛然者亦我之池，峨然者亦我之山，蔚然翼然者亦我之木石亭榭。凡可以娱我之耳目，怡我之神志者，皆可作我园观，必欲执园而求之，是何异指迹以求履，刻舟以求剑也。吾子居我园久，可无言以纪？”

余曰：“达哉，先生之言！天地一逆旅也，何一为我之所有；造物无尽藏也，何一非我之所有？滞我则固，丧我则荡，惟至人无我而无往，不得其为我，可有园亦可无园，可我园亦可人园。我我非主，人我非宾，昔我非幻，今我非真，去我就我，何疏何亲，我失我得，何果何因。明乎此而后天下无不可处之境，无不可与之人。”语次，客有进者曰：“昔漫叟居永，以吾名溪，今先生之名园也，将毋同？”或又曰：“兹园蔽于昔而显于今，有俟之道，殆昌黎所云‘俟德之邱’者，是皆不可以无言。”遂书其语，以告后来之游斯园者。

粟园学诗图记

诗之名，始见《虞书》。学诗之旨，始详鲁论兴、观、群、怨，孔门七十二子之徒皆与闻其说。而过庭之训，面墙之诫，独于伯鱼一再发之，及门诸贤，且有疑其私者。唐宋以来，诗人必曰李杜韩苏，然知律如宗武，有集如斜川，能承家学者不数数。觏若韩氏诸郎，且不免金根之诮，盖学诗之难，父不能得之于子如此。

余自早岁以诗游天下，天下士大夫不鄙弃余，因得稍稍知天下之能诗者。然缟纻所及，不过十之一二，而其中每多名父子如钱唐吴谷人祭酒及其子小谷舍人清皋、西谷通政清鹏，临川李松甫郎中及其子春湖侍郎宗瀚，仪征汪剑潭司马及其子竹素观察全德、竹海舍人全泰，南丰谭铁箫太守及其子桐生大令祖同、梅丞副使锡洪，皆卓然以诗名一时，余皆与之为纪群交。尝叹当代诗学之盛，见于一家著述者如此其众。

自官宁乡校官，遂与天下士大夫隔。然天下士之能诗而游湖湘者，余未尝不奉羔雁焉。久之得二樵。二樵故工诗又好金石文，尝得宝鼎三年砖于其乡道场山之麓，因以名斋。而手拓其所得古砖，自汉建元以下有岁月年号可稽者八十馀种，装潢成册，余为纪以诗，因与定交。又从二樵得读其先人绣庄先生《粟园杂兴》诗，幽澹闲远，似王右丞、孟处士、储太祝、姚武功一辈人吐属。已又出《粟园学诗图》卷索余记，且曰："子非苟于言者，将藉以告天下后世。"余受而读之，乃知二樵之学所自来，而其诗为不苟也。

夫诗以理性情，其要归于忠孝。孔门之学《诗》曰："迩之事父，远之事君。"而其勖伯鱼则曰："汝为《周南》、《召南》。"又曰："不学《诗》，无以言。"舍忠孝而为言，则其言浮；舍忠孝而言为，则其为伪，浮与伪均不可以为诗也。然则学此者知必有道矣。二樵日挟其业以游天下，今且老矣。追忆儿时庭诰之地，面命之语，绘为图遍征海内士大夫诗文，歌咏纪载其事，以为天下后世，但得各家私集在世一日，则粟园之诗必与俱存。是真仁人孝子之用心，称此而为诗，岂犹有浮与伪之弊与？虽欲不进于古之所称诗者不得也。

余诺二樵记此卷，于是三年矣。今二樵又将去湖湘而游秦陇间，以书来告且促余文。余未得见绣庄先生，独喜能交二樵，获读其诗，因想见其襟怀志事，及其门庭素业渊源作述之雅。窃谓粟园一家之学当长存天壤，不藉人言，而余言又非能为轻重者。然由二樵之意推之，则乌可无言？竭蹷为此，不能道其一二，亦聊以识余与二樵之交情云尔。若夫名园之义，则卷中诸君诗文皆能言之，不复赘。

谢心田经理邵阳育婴堂记

事有天地所不能为、君相所不及为、守土牧令所不暇为，而一人为之，足以弥天地之憾、补君相之缺、谢守土牧令之责者，莫如育婴一事。宝庆向有慈幼局，始于南宋理宗时，历元及明，废坠已久。至我朝康熙二十年，邵阳车先生万育始以私产若干建保赤堂，顾乳媪收养贫家子女，盖距穆陵时，已四百四十八年矣。其间岂无一二慈祥守令、贤邦人君子相与维持于不敝，乃绵历岁年，至车氏出始绍斯举，今距车先生时又百馀年矣。雍正间，奉世庙特旨，诏天下建育婴堂于直省，以收遗弃穷簷赤子。上廑圣怀，肫肫在抱，薄海臣民，咸踊跃趋事。而吾邵人，于车先生所建保赤堂及田，岁久浸废，鲜有存者，今并堂屋之地基不可复识矣，岂不可伤也哉！

夫人者，天地之心也。天地以生物为心，生之而已，而不能必人之不自戕所生。君相以养人为事，养之而已，而不能必人之不自弃所养。至于自戕所生，自弃所养，鸷禽猛兽且不为，而人忍为之，且恬然不知怪，虽以天地之大，君相之尊，亦无如之何也！是岂人性不如鸷禽猛兽哉？世道凌夷，生齿日繁，生计日隘。衣食之源，迫子女之爱薄，彼诚有所不得已也。于此有人焉，为之经营筹度，使不以衣食故戕弃其子女，岂非弥补天地君相一大缺憾哉！吾于近人，服邵阳谢心田君，其好善也，如饮食嗜欲然为之不厌，皆有名迹。而其最著者，尤莫如倡捐育婴堂一事。既访得车氏旧址于县治内曹婆井，出私钱三百馀缗倡建堂宇；复捐腴田三十三亩有奇，值价一千二百缗；又输钱五万，以始其事。已，又倡同人募捐，合得万金有奇，以其租息顾乳媪收养，如车氏法。继廉得其状不实，乃改令产者自乳，验实给以值。自是费裕而法密，经理者皆有什件簿录，可久行无弊事。始于道光二年至二十七年，大凡活子女一万有四百四十八口。

或曰谢氏一人之善，行之一乡一县而已，而遽以弥天地之憾许之，不已泰乎？曰，非也！一命之士，苟存心利物，必于物有济。且人之欲善，谁不如我？今海内州县千七百有奇，如使一县得一人焉如谢君者，岁可活婴稚无算，岂非生意涤沦，太和翔洽，登斯民于仁寿之宇哉！吾故曰得一人焉，可以弥补天地之缺憾，谢贤守令之责者也。余尝识谢君于长沙旅寓，其人貌朴而言呐，循循然长者也。迨余来主讲东山兼修郡志，而君已先逝矣。其孙永谔从余游，出《育婴堂条例》求文以告后世，因为之记，且大书（共）〔其〕事于郡志《户书》之末云。

卷第七

宝庆重修召伯祠议从祀各官职名记

周太保召康公，右正祀一人。　宋尚书驾部员外郎、通判永州权邵州事、封汝南伯、谥元公先贤营道周子，　宋秘书省校书郎、徽猷阁侍制、知邵州先儒崇安胡子寅，　宋宗正少卿、权礼部侍郎、谪守邵州、赠太师、封崇国公谥文忠先儒开封张子九成，　宋除将作监、主管台州崇道观、差知荆门军权邵州儒学事、谥文安先儒金谿陆子九渊，　宋召试秘书省正字、迁校书郎、主管台州崇道观、起通判邵州建阳范公如圭，　宋朝请大夫、权知邵州东阳潘公焘，　右配享六人。　蜀汉零陵北部都尉加裨将军、赠邵陵太守襄阳习公珍，　右蜀汉太守一人。　晋邵陵太守丹阳葛公悌，　晋邵陵太守郑公融，　右晋太守二人。　梁太学博士、长沙内史行湘州府州事、历邵陵太守汝南周公宏直，梁邵陵太守刘公棻，　右梁太守二人。　唐武安军节度使、邵州刺史龙潭邓公处讷，　唐邵州刺史太原王公锷，　唐邵州司户参军京兆韩公洄，　右唐刺史二人、参军一人。　宋宜融十州都巡检、迁西上阁门使、历知邵州百丈曹公克明，　宋赠尚书右仆射、前通判邵州、谥康懿济阴任公中正，　宋知邵州尚城危公祐，　宋潭澧鼎沿边同巡检、就知邵州开封史公方，　宋荆湖南路兵马铃辖、知邵州洛阳郭公逵，　宋知邵州关公杞，　宋知邵州陈公仲孙， 宋邵州通判权知邵州桂阳朱公辂， 宋知邵州上党王公彦， 宋荆湖南路转运判官、起知邵州拱州许公忻， 宋知邵州胡公华公， 宋知邵州王公恪， 宋奉议郎权通判邵州莆田蔡公咸，宋知邵州莆田黄公沃， 宋知邵州傅公伯崧， 宋知邵州鄞县史公弥宁， 宋知邵州三衢刘公保， 宋通判邵州临川向公湑， 宋秘书省校书郎、通判邵州开封鞠公咏， 右宋知邵州十五人、通判邵州四人。 宋宝庆府知府赵公善， 宋宝庆府知府李公大谦， 宋宝庆府知府长沙赵公粤， 右宋宝庆府知府三人。 宋通判宝庆权知府事富川桂公锷， 宋通判宝庆府谥忠愍吉水曾公如骥， 右宋宝庆通判二人。 宋将仕郎、充邵州州学教授徐公与可， 宋邵州教授许公之望， 宋邵州司务参军曾公庠， 宋宝庆府学教授梁公士英， 宋宝庆府学教授韩公伯修， 右宋宝庆教授四人、参军一人。 元宝庆路总管高昌本牙失里公， 元宝庆路总管兀颜思中公， 元宝庆路达鲁花赤蒙昌罕马鲁丁公， 元宝庆路同知忻公都， 元宝庆路判官王公招孙， 元宝庆路判官文殊奴公， 元宝庆路推官江夏聂公炳， 元宝庆路教授方公大年， 元宝庆路教授刘公秉懿， 元宝庆路学正窦公道翁， 元宝庆路学录何公宪， 右元总管二人、达路花赤一人、同知一人、判官二人、推官一人、教授二人、学正一人、学录一人。 明宝庆卫指挥同知、赠中书省参知政事安化贺公兴隆， 明湖广左参议、分守下湖南道福建杨公逢春， 明湖广左参议、分守下湖南道全州舒公应龙， 明湖广参政、分守下湖南道襄城冯公露， 明湖广参政、分守下湖南道钱塘金公学曾， 明湖广参政、分守下湖南道晋江黄公克缵， 明湖广参议、分守下湖南道长洲伍公袁萃， 明湖广参政、分守下湖南道漳南王公志远， 明湖广参政、分守下湖南道屏山杨公楷， 明湖广参政、分守下湖南道新会黄公公辅，　明湖广参政、分守下湖南道四川郭公士亮，　明湖广参议、分守下湖南道嶍峨刘公佐，　明宝庆府知府高密仪公智，　明宝庆府知府芜湖严公恕，　明宝庆府知府吉水萧公岐，　明宝庆府知府湖口周公冕，　明宝庆府知府山东戴公新，　明宝庆府知府姜公启隆，　明宝庆府知府谥贞肃黄岩谢公省，　明宝庆府知府海宁胡公世宁，　明宝庆府知府晋江田公崑，　明宝庆府知府获嘉石公凤，　明宝庆府知府固始方公任，　明宝庆府知府资县邓公继曾，　明宝庆府知府上虞陈公楠，　明宝庆府知府罗山刘公启东，　明宝庆府知府擢陕西行太仆寺卿钧州郭公学书，　明宝庆府知府庐陵刘公柰，　明宝庆府知府祥符陆公柬，　明宝庆府知府兴化李公德懋，　明宝庆府知府邯郸冀公光祚，　明宝庆府知府永川淩公伯曾，　明宝庆府知府闽县林公文熊，　明宝庆府知府太仓李公吴滋，　明宝庆府知府高安熊公茂松，　明宝庆府知府临安陶公珙，　明宝庆府知府同安林公龙采，　明宝庆府知府谥烈愍鄞县李公振琎，　明宝庆府同知程公斗南，　明宝庆府同知德清蔡公中孚，　明宝庆府同知吉安刘公邦寀，　明宝庆府同知闽县彭公谨，　明宝庆府同知滁州孟公津，　明宝庆府通判泰和刘公魁，　明宝庆府通判汤阴魏公大本，　明宝庆府通判谥节愍定州何公三杰，　明宝庆府推官寿州李公清，　明宝庆府推官、行取吏科给事中南昌杨公廷兰，　明宝庆府推官、行取吏部主事晋江丁公启睿，　明宝庆府推官庐陵刘公仕登，　明宝庆府推官东莞李公梦日，　明宝庆府经历安吉莫公如德，　明宝庆府照磨宣城梅公蕃祚，　明宝庆府教授普定胡公淮，　明宝庆府教授安福朱公杞，　明宝庆府教授安福王公世定，　明宝庆府训导盱江危公纯，　明宝庆府训导龙溪高公麟，　右明指挥同知一人、分守道十一人、知府二十六人、同知五人、通判三人、推官五人、杂职二人、教职五人。　皇清宝庆府知府济南张公维养，　皇清宝庆府知府汝南传公鸾祥，皇清宝庆府知府兰阳梁公碧海，　皇清宝庆府知府睢城王公组，皇清宝庆府知府商邱宋公吉金，　皇清宝庆府知府大兴俞公存仁，　皇清宝庆府知府太平王公玮，　皇清宝庆府知府徐公以丰，皇清宝庆府知府潮阳郑公之侨，　皇清宝庆府知府新建夏公家瑜，　皇清宝庆府知府会宁柳公迈祖，　皇清宝庆府知府南丰谭公光祜，　皇清宝庆府同知大兴萧公嘉熙，　皇清宝庆府同知莱芜宋公灿，　皇清宝庆府同知辽东唐公宗尧，　皇清宝庆府同知新城何公璘，　皇清宝庆府通判铁岭白公美玉，　皇清宝庆府通判武进董公承焻，　皇清宝庆府推官江宁朱公应升，　皇清宝庆府推官桐乡郑公蕴宏，　皇清宝庆府推官安福颜公象龙，皇清宝庆府教授德安黄公师宪，　皇清宝庆府教授浏阳蒋公载熙，皇清宝庆府教授益阳刘公恩宠，　右国朝知府十二人、同知四人、通判二人、推官三人、教授三人。　右东龛从祀一百二十六人。　晋邵陵令汉寿潘公京，右晋令一人。　唐监察御史摄邵阳令宇文公宣，　唐邵阳令昌黎韩公谨辉，　唐邵阳令冯翊庄公齐，唐邵阳丞荥阳潘公滔，　唐邵阳尉河内穆公质，　右唐令四人、丞一人、尉一人。　宋知邵阳县衡阳侯公延庆，宋知邵阳县蒲城周公嗣恭，　宋邵阳主薄桂阳邵公煜，　宋邵阳主簿湘乡胡公伉，　宋邵阳主簿零陵朱公敏，　右宋知县二人、主簿三人。　元邵阳县尹温公渊，元邵阳县尹罗源范公天贵，元邵阳县丞巴陵鞠公志元，　元邵阳教谕黄公文孙，　右元县尹二人、县丞一人、教谕一人。　明邵阳县知县武功薛公得中，明邵阳县知县上虞贝公秉彝，　明邵阳县知县孙公浩，　明邵阳县知县四川何公永芳，　明邵阳县知县新淦黄公惠，　明邵阳县知县韶州卢公泰，　明邵阳县知县徐州王公永，　明邵阳县知县临桂徐公淮，　明邵阳县知县内江何公问，　明邵阳县知县应天金公麟永，　明邵阳县知县金州马公才抡，　明邵阳县知县上元郑公守矩，　明邵阳县知县桂林经公仁木，　明邵阳县知县罗山赵公维坤，　明邵阳县知县泸州张公犍，　明邵阳县知县建水洪公文渊，　明邵阳县知县归安吴公仕昂，　明邵阳县知县广西刘公登庸，　明邵阳县知县新建喻公应问，　明赠太常卿邵阳县知县广昌黄公孙茂，　明邵阳县知县张公轨端，　明邵阳县丞、行取吏部主事永嘉周公舟，　明邵阳县丞乌撒陈公式，　明邵阳县丞马湖罗公钦，　明邵阳县丞茂州蒋公雄才，　明邵阳主簿山东杨公幹，　明邵阳主簿南充黄公琢，　明邵阳主簿四川冉公师舜，　明邵阳县训导邑人徐公良，　明邵阳县教谕永新刘公同，　明邵阳县教谕祀名宦黄岩符公匡，　明邵阳县教谕闽县邹公文元，　明邵阳县教谕晋江李公廷柱，　明邵阳县教谕祀忠义贵州王公绂，　明邵阳县典史李公棠，　右明知县二十人、县丞四人、主簿三人、教职六人、典史一人。　皇清邵阳县知县兴化杨公演，　皇清邵阳县知县永春颜公尧揆，　皇清邵阳县知县临淮蒋公其昌，　皇清邵阳县知县承德张公起鹍，　皇清邵阳县知县长洲王公省，　皇清邵阳县知县汲县陈公起元，　皇清邵阳县知县广西李公架，　皇清邵阳县知县太仓王公昭被，　皇清邵阳县知县东昌郑公良相，　皇清邵阳县知县任邱高公应遴，　皇清邵阳县知县海阳杨公埙，　皇清邵阳县知县河源萧公崑聚，　皇清邵阳县知县桐城方公世仁，　皇清邵阳典史、擢升本县县丞绍兴许公名朝，　皇清邵阳县丞中牟张公铨，　皇清邵阳县教谕德安王公之祚，　皇清邵阳县训导蕲水周公从文，　皇清邵阳县训导郧西李公上苑，　皇清邵阳县教谕黄冈郑公昆，　皇清邵阳县训导沅州刘公淮，　皇清邵阳县教谕黄冈陈公祖义，　皇清邵阳县训导沅江周公大晋，　右国朝知县十三人、县丞二人、教职七人。　右西龛从祀七十二人。

宝庆称古南国，宋以前为邵州。说者谓召伯循行憩茇实经其地，今附郭县治东三十里，故有甘棠渡，召伯祠在焉。见于宋王象之《舆地碑目》，宋人文集中往往称引为故实，其来久矣。古老传闻，前明成、弘间，棠迹犹存，居人以游观之扰伐去，当事至求其人以治之。隆庆初，直指郜公光先经其地，感异梦，檄参议张公仲谦、郡伯陆公柬修复立祠。万历中，郡守李公复檄邵阳令王君格丞、黄君希舜拓地重建。而郡城内故分守道署之召伯祠，则肇于嘉靖癸卯太守余姚王公嵩，盖在郜公檄修甘棠渡祠之先二十五年。天启改元，参议杨公楷复移建于爱莲池右。其时两祠相望，守土君子汲汲修治不遑如是。鼎革后均毁。我朝顺治十六年，参议青城韩公廷芑、太守齐东张公惟养、邵阳令滁州濮君万镒，始迁建于西关外，春秋致祀，皆于其所，今又二百年矣。虽其间时有修葺，而历年既久，倾颓特甚。

道光二十有四年，河曲黄公权守宝庆。甫下车，瞻谒祠宇，慨焉兴叹，以修复为己任。越明年，时和岁丰，百废具举，乃属邵阳令桐城汪侯鼎而新之。凡为堂一，为厅一，前为头门，堂后为房二，以栖缁流。门之左右为两铺舍，召民居，以其租入备岁修，亦以便居守时启闭也。堂高庭广，缭以崇墉，庖湢燕息，寝处坐作，一切器用备具。侯又出私财买租助祭事，凡费缗钱六十万有奇。不假公帑，不资民力，三阅月竣事，可谓劳矣。

工成来征余言，且商所以祔祀于庙者。先是，显鹤来领濂溪讲院事，时郡志历久缺修，黄公以编纂之役诿诿，因得历考邵州置郡以来，统部守土诸君子勋迹，代不乏人，而名宦之祀寥寥，议择其尤昭著者祔祀召伯祠，以志甘棠之爱。公亟韪余言。未几，公擢守大定去。侯以谓其议出自显鹤，不可终止也。因以其事专属显鹤。乃尽发史传官书，兼征父老传闻轶事，凡得统部守土及佐贰儒学若干人。谨议于堂之中为三龛，中祀康公，以宋周子以下六人配享；左龛从祀赠邵陵太守习公珍以下一百二十六人；右龛从祀晋邵陵令潘公京以下七十二人，都二百四人，皆依时代、官资顺叙，而大书其爵里、谥号、名姓于上。呜乎！郡始建至今千七百年矣。地小而瘠，代禩绵邈，治少乱多，非恃有贤邦君父母镇抚而绥辑之，吾侪小人其能安井里而长、子孙绵绵延延至于今日乎？今以州民，而进退千七百年以前之邦君父母，其意良厚，其迹近僭，顾子实生我，躬被焉而不知感，世受焉而不图所以报，又岂所称斯民直道之公也！既以复汪侯，且记其缘起于郡志《礼书》之末，垂示将来，俾后之从事于祠者有所考焉。

侯皖桐世家，族父尚书公嘉庆初总督湖广，以清节著，天下所称稼门先生者也。家有治谱，侯能谨守而敬承之，造福于吾民当未有艾。甘棠之爱，独邵人所得私哉！祠在今县治西门外二里许，襄其役者，县尉吴君士斌、邵阳县学廪生王生遐襄也。终始弗懈，王生之力尤多，例得并书。

重修朱子五忠祠续修五忠祠记

五忠祠

晋监湘州诸军事、南中郎将、湘州刺史、谯国司马闵王承，宋赠直龙图阁、通判潭州军事浏阳孟公彦卿，　宋赠直龙图阁、通判潭州事浏阳赵公民彦，　宋赠武节大夫、武经郎将官刘公玠，　宋赠左监门卫将军、赐号忠节兵官赵公聿之，　以上正祀五人。　晋赠襄阳太守、湘州长史长沙虞公悝，　晋赠荥阳太守、湘州司马督护诸军事长沙虞公望，　晋湘州主簿长沙桓公雄，　晋湘州参军、议曹祭酒长沙韩公阶，　晋湘州别驾、舂陵令易公雄，　晋湘州从事邵陵周公崎，　晋湘州主簿长沙邓公骞，　以上从祀七人。　宋赠成忠郎、民兵前锋浏阳谢淳，　宋将吏王睐，　以上附祀二人。

后五忠祠南宋

宋知潭州兼湖南安抚使、谥忠节衡山李公芾，　宋奉议郎、湖南安抚司参议醴陵杨公霆，　宋知湖南衡州府事、安抚参谋长沙尹公榖，　宋湖南安抚幕属茶陵颜公应焱，　宋湖南安抚幕属安仁陈公亿孙，　以上正祀五人。　宋湖南安抚帐下殉节沈忠，　宋湖南三学生殉节诸君，　以上附祀。

后五忠祠明

大清赐谥忠诚、明督师兵部尚书兼武英大学士赠中湘王谥文毅何公腾蛟，　大清赐谥忠毅、明湖南巡按御史赠大常寺少卿刘公熙祚，　明右佥都御史、兵部右侍郎、湖南监军谥文毅章公旷，　大清通谥忠烈、明长沙府推官赠太仆寺少卿蔡公道宪，　大清通谥节愍、明岳州府知府周公二南，　以上正祀五人。　大清通谥节愍、明山西巡按御史赠大仆寺卿、谥恭节零陵陈公纯德，　明举人介烈先生、善化冯公一第，　以上从祀二人。　明湖南殉节文臣诸公，　明湖南殉节武臣诸公，　明湖南殉节乡贤诸公，　以上从祀。　明从蔡忠烈公殉难幕卒凌国俊、李师孔、陈贤、陈世科、刘世凤、姓名失考四人，以上附祀。

呜呼！此显鹤官博士时，屡请于上官，谋于邦人君子，欲光复此典而未果者也。先是，显鹤修辑《楚宝》一书，憾吾乡表章忠义之典未尽也，议复朱子五忠祠于故城南书院废址，而以宋明末造湖南死事诸公为后五忠祠，凡僚佐仆隶与乡士大夫殉难者皆与。作《复朱子五忠祠于旧书城南书院议》，上书今太子太保、兵部尚书湖广总督长白裕公，其略曰："伏见宋绍熙中，朱子帅潭州，于郡城北门创建五忠祠，专祀晋谯国司马闵公、宋赠直龙图阁浏阳孟公等五人，并肖从事长沙虞悝、邵陵周崎诸人像合祀，大贤举动，天地为昭，不可听其堙废。暨南宋之亡，李忠节公以残疆羸卒，拒阿里海涯百万方张之师至三月之久，城陷，命帐下沈忠遍刃其全家十数口，而后引颈受刃以死。其先期就义之尹务实于围城中，为其两子行冠礼，乃积薪阁室自焚。三学生趋赴，则见其端笏坐烈焰中，神色不变，三学之士感而从死者甚众。潭州城中妇孺相率趋死如归，至城无虚井，缢林木者相望。呜呼！何其烈也！其时去朱子建祠之日才八十年，谓非大贤表章节义之功有以风厉而兴起之，与元时立江陵王庙于天临路，欧阳文公元作碑，止知阿里海涯不屠城之德，而不知李忠节公膺城死守之烈。职以为朱子五忠祠之废当在斯时，侵寻日久，并祠之故基亦不可复得矣。至前明末造，群盗如麻，四郊多垒，逆焰所至，弃城逃避者比比，甚有委君父于贼而希图光宠者。癸未之乱，湖外大官以拥护吉藩为名，纷纷遁去，独蔡忠烈公以长沙司李抗贼至寸磔其躯而不顾，其前后殉死之刘忠毅、周节愍、邱宁乡诸公皆赫赫若前日事。乃若何忠诚公撑持湖南半壁，以一身周旋孱主悍帅之间，明知事不可为，而崎岖艰险不惜出万死，不顾一生之计，以几幸于一隅一息之存亡。卒之身死空城，旅殡荒野，今湘潭之流水桥侧是也。此其心则厓山之心，其志则文山之志，与史忠正之殉扬，瞿忠宣之殉桂同例。今扬州之于史，桂林之于瞿，莫不招魂置守，建祠奉主，岁时伏腊，春秋享祀，奔走恐后。而湖以南独无半椽一纸之奠于何公，于事不顺，于心难安，如之何其可也！职官守所司，有举报忠义、厘正祀典之责。窃见旧城南书院故址椽栋犹存，荒废已甚，行且夷为马厩，沦为菜圃，莫若即其地重建朱子五忠祠，而以宋明末造殉难诸公合祀其中，统名曰前后五忠祠。以二百年弦诵之地，妥千馀年忠义之魂，既于大贤表章崇奉之至意不致沦替，而于末世人心风俗、摩厉激劝之微，权亦不无小补矣。”

书上，公亟嘉叹。其时公方布政湖南，已谕令所司核议举行矣。而奉行者不力，久之议遂不行。今以其地建刘猛将军庙，显鹤每来长沙，即寓其内。巡览旁基，隙地尤广，屡为邦人君子言之，而卒无应者。瞻仰榱栋，浩叹而已。今年春之朗江，过长沙时，陈尧农工部本钦方为城南院长，议合祀陈屈两贤于妙高峰南轩祠前。余闻而喜曰：余议其遂行乎！盖二十年前创议时，宁乡黄虎痴本骥实与闻之，以为议倘不行，吾两人当合募众力建一祠于妙高峰上，以践初志。今触前言，亟商之工部君，工部质直好义，闻余言忻然许诺。别后，又致书湘阴左景乔学博宗植敦促之。景乔嗜善若渴，深以前议不行为憾，故于此举尤乐助其成，今工部《五忠祠记》，实出其手也。

七月，余从朗归，仍道长沙，则祠已告成，将择日刑牲安奉。适虎痴来自黔阳，乃以九月初吉，偕诣祠安主致祭如礼，退而谨记其缘起如此。五忠事迹，炳于史册无庸述。惟邱公宁乡已新建专祀，且当日守土殉节有湘阴令杨君开、长沙经历莫君可及无由遍举，故易以章文毅公。文毅有大功于湖南，以劳卒于永州者也。若乡贤殉节陈节愍公，实与《明史》二十一人之列，棖公先生则附见《明史·忠义》蔡江门先生传者，故明末以二公从祀。馀总题殉节名宦乡贤诸公，不复标名，而以蔡忠烈幕卒凌国俊九人殿焉。国俊附见《明史》公传。余展转于他记载又搜得四人，合国俊为五人，其不知名姓者四人云。呜呼！秉彝攸好，人有同心，表忠旌节，国有常宪。今以煌煌钜典，谋之二十年，一旦成于吾辈二三人之手，而公论不以为僭，清议不病其专，岂非大贤之流风馀韵不容终泯，而天理之所恃以长有，人心之所由以不死者与！道光二十四年九月望后，新化邓显鹤谨记。

附录院长陈尧农工部《五忠祠记》

呜呼！此吾湖南晋宋洎明前后五忠之祠也。初谯王及孟公五人，宋世即南岳行宫设位以祭。淳熙中，朱子帅潭州，始于郡城之北门创建五忠祠，肖像专祀。是后南宋及明之亡，潭之士大夫与官于潭者，捐躯殉国若李忠节、何忠诚、蔡忠烈诸公，尤赫赫若昨日事。呜呼！何忠魂毅魄前后数百年间不相谋而相同，毋亦大贤之表章崇奉，有以风厉而兴起之与！既岁久，祠之故基不可复得。谯王孟公之主，乃侪祀于国朝贤良祠之夹室，李公何公则不血食者且二百年于兹。湖湘之间，淫祠多矣，贞臣谊士之魂，乃黯没若是。嗟乎！犹有人心其忍此颠乎！

先是，新化邓湘翁显鹤修辑《楚宝》一书，憾此典之阙也，议复朱子五忠祠于故城南书院废址，益以宋明湖南死事诸公为后五忠祠，并僚佐仆卒与乡士大夫之殉节者祀焉。久之议遂不行。道光甲辰秋，本钦方崇祀陈屈两贤于妙高峰上。妙高峰者，宋朱张二先生所常讲学地也，故南轩祠焉。其前楹既祠两贤矣，左右有隙地，求可以栖前后五忠之神者，与两贤同堂而异室。室凡东西四楹，五忠祠东序南向，后五忠祠西序南向。盖规制虽略，而春秋牲杀器皿之供不阙；基宇虽不闳，而周旋于大儒孤忠之庭，亦神之所安也。祠成，亟谇湘翁及黄虎痴师本骥、左仲基宗植，择良日刑牲礼神而奉安焉。呜呼！晋宋暨明之末造，可不谓极乱之世也与。为人臣者，平居北面立夫人之本朝，而享其富贵光宠，及一旦四郊多垒，弃城避遁，全躯命保妻子，甚或输地倒戈、卖君父以取荣利者相踵也。湖以南荆吴之上游也，天下有事所必争之地。形势偏远，无阨塞关隘可以阻险而悍戎，惟恃一二人杰，奋万死不顾一生之节，固人心而报所受，扶名教以风有位。而此落落十数公者，明知事无成，崎岖艰险，竭力所事，至或寸磔其躯以死，或遍刃其家人而后死，或僚属友朋仆隶感忾而相率缢林木、婴斧质以死。

呜呼！悲夫！死生亦大矣，彼岂异夫人之身与？何义烈若斯之隆也！非夫负至大至刚之气而概乎！〔非〕有闻于圣贤之道，恶能从容坚定如此也。夫古人往矣，其浩然之气足以配天地，其名业足以光古今，固不在后世祀典之有无。而百世之下言之者动容，闻之者改观，庙而祠之，尸而祝之者，秉彝攸好之良，廉顽立懦之感，傥亦有大不容已于其间者与！然则朱子表章崇奉之意，其必有在矣。道光二十四年九月既望，长沙陈本钦谨记。

邵州前后五忠祠记

前五忠：宋赠敷文阁待制、宝庆府通判谥忠愍吉水曾公如骥，　明赠行省参知政事、宝庆指挥同知安化贺公兴隆，　国朝通谥烈愍、明宝庆知府鄞县李公振珽，国朝通谥节愍、明宝庆通判摄邵阳县事定州何公三杰，　国朝勅祠忠义、明邵阳县儒学教谕贵州王公绂绂一作祓，　以上正祀。　国朝勅祀忠义、生员邵阳刘源澄、曾士选、彭养生，　儒童刘人俨，　义民陈邦基，应祠忠义李振珽烈愍之弟、李六凤、周科、徐彩烈愍之仆，　以上附祀。　　后五忠：国朝通谥烈愍、明赠尚宝卿、河南新郑县知县邵阳刘公孔晖，　国朝通谥节愍、明四川潼川州知州新化陈公君宠，　国朝通谥节愍、明四川彭山县知县武冈何公大衢，　国朝勅祠忠义、明赠国子监学录、湖广罗田县儒学训导邵阳卢公大受，　国朝通谥烈愍、明兵部员外郎改兵科给事中新宁林公青阳，　以上正祀。　　从祠忠义龙阳杨芳钟宽、义仆刘廷、刘中、刘仪、杨持，　以上附祀。

鸣呼！此邵人所称二忠、三忠忠节忠孝特忠之祠，今合而祠之为前后五忠者也。初，曾忠愍公之死于宝庆也，在宋德祐二年，明年建炎改元赠敷文阁待制，谥忠愍。郡志载其驱家口七人，登城投资水死，相传即今相公潭。公死，宋元不为立祠，历二百二十三年之久，至明弘治十一年，始合祠于参政贺公兴隆祠中。贺公固以明初守宝庆死元将周文贵之难，大祖悼之，赠行省参知政事，褒死之词，比之巡远，特诏祀于邵阳旧县学前者也。于是人称二忠祠。于后又有三忠祠之建。三忠者：一为李烈愍公，一为何节愍公，其一则学博王君也。皆以崇祯十六年张献忠党陷宝庆被执不屈，至衡见献忠，愤骂不食，赴湘水死。十七年二月，偏沅巡抚李公乾德题请建忠节祠于东山合祀，附以死事诸生刘源澄、曾士选、刘人俨，义民陈邦基等人称三忠祠。至国朝乾隆二十四年，大守郑公改建书院，环二祠于内，合五忠为一龛，即今书院内所称霞屏书屋地是也。后圮，移于故希濂书院讲堂。有妄人者，更忠节之匾为"主敬斋"，复杂以长生禄位神牌，而从祠士民之木主或反遗失，于是二忠、三忠、五忠相沿之旧既紊，而忠节之颁于祀典者几不知何在矣！显鹤自来领濂溪讲院事，瞻谒祠宇，慨然兴叹，即以厘正为己责。

先是，显鹤官宁乡训导时修辑《楚宝》一书，尝请于上官议复朱子五忠祠于旧城南书院废址，益以宋明末造湖南死事诸公为后五忠祠，并殉死之僚佐仆隶与乡士大夫皆与。议未即行。道光二十四年秋，今城南书院院长长沙陈君本钦用余言，乃克合祠于妙高峰南轩祠前。妙高峰者，朱张讲学地也，故南轩祠焉。陈君既议祀陈屈二贤于前矣。左右有隙地，因求所以妥前后五忠之神者而只及焉，与陈屈二贤同堂异室。陈君自记其事所云“基宇虽不闳，而周旋于大儒孤忠之庭，亦神之所安者也”。其明年，余由朗江重来邵州，时河曲黄公权守宝庆，以郡志相属。因遍阅官书及各家谱牒，又得明末殉节五君子本末，乃思仿朱子五忠遗意，为邵州五忠祠，与二忠、三忠并祠于邵，合为前后五忠祠。爰发其端于志稿礼书、忠节传论。黄公又亟韪余言，事未及行而公擢大定去。余戚陈君之弼请来躬任其事，公闻而嘉之，以其事序入志跋中。

会陈君以经理新化城工、书院、义仓诸务不果来。而谢公祠新成，将奉主入祠，乃与邵阳学湘乡彭君洋中谋复忠节祠额，尽撤长生禄位神牌于谢公祠，而分立两龛于祠内。祠凡东西两楹，五忠祠东龛，后五忠祠西龛，均南向，附祀各主位两旁，东西向。规制虽略，而依栖于东山讲学之庭，与妙高峰朱张五忠祠同例。诸生以时弦诵其侧，于以增其知人论世之识，生其秉彝好德之良，作其廉顽立懦之气，倘亦千百年忠义之灵爽所式凭者与。后五忠惟刘烈愍公有专祠，陈节愍公、何节愍公、卢学录公皆无一椽半俎之享，国之人亦无有议及此者。而林烈愍公士大夫且不能举其名姓，其事炳于国史而佚于方志，遂使二百年来父老无遗事之传，俎豆乏肹蚃之报，赫赫忠魂，致等于若敖之鬼。呜呼！犹有人心，忍漠视乎！

祠既成，偕彭君敬谨致祭成礼，而退为记其缘起于册，且寄书大定。归语余戚陈君，求所以备物垂久为春秋牲杀器皿之供者，陈君诚笃君子，当必有以践其言也。道光二十有六年秋八月朔，显鹤谨记。

重建新化南门城楼水晶阁暨补修城垣记

新化之置县治于白沙也，自宋熙宁始。其由白沙迁于今治所也，自宋绍圣始。其创筑土城也，自吴总制胡海始。其建阁于城南楼，名以水晶也，自明知县萧岐始。其易土城以石也，自明知县郭辚始。

先是，县城多火灾。永乐中，吉安萧侯来宰县，以县南门面维山，故名火旗，因建阁于上，祀水神以厌之。景泰五年重修，名曰水晶阁。而灾殄以少，民适宁居。顾土城易圮，正德中郭侯辚创建石城。明季复修加崇，国朝递有补砌楼堞如故。乾隆二十四年，邑侯梁公栋，循吏也。令县四载，百废具举，推水晶名阁之意，取丁壬相制之义，增庳加黝，渊然油然，烟火万家，潭潭萃处，不被灾者六十年。

嘉庆末年戊己间，有妄人髹而饰之丹碧，焜煌如赤霞标举天际，又匾“凌烟”二字于上。或过而叹曰：邑其火乎！已而东门数火，最后焚城外居民廛，县学生员安生死焉。邦人恐，乃稍稍易朱以墨，而“凌烟”之匾仍在也。自是无岁不火。道光二十年，南门火延烧市廛民庐殆尽，火越城楼而南燬城外数十家，水晶阁烬焉。其楼基城垣之荡于烈焰者，更无问矣。众方议重建，议未成，越月又火。时晋宁胡侯方令新化，深以为忧，集邑绅士耆老而大询之。于是刘翁金元年九十矣，遣其孙卓诣县，自陈请出私财独任，不以累官。侯义而许之。乃蠲吉兴工，先从事于楼。

楼固南城门也，以门为基，工巨而要，爰戒徒治石梁而轨之，夷而砥之，既坚既平。逾年楼成，高四十六尺六寸，深三十二尺，广五十三尺六寸。重簷垂脊，明廊雕栏，壮伟闳阔，而人不以为侈。遂龛其中奉元冥之神器用黑，栋宇门壁皆黝，尚水德也。整齐严肃，坚固精致，无有罅隙。侯率众临视曰：美哉楼乎！金元进曰：未也。请图厥城。城久石泐多颓塌，居人缘而上，甚者如户限可履而过也。乃彻其腐而新之，因其旧而崇之，逾两年工成。度高二十四尺，围长二万七千七百八十二尺六寸，崇墉完整，屹为巨望。合楼与城，都计用人之力积九万九千六百四十八工，用船之力积一千一百三十八号。其良材坚石、瓦甓五金之用，以长计者大凡一万七千一百八十尺，以重计者大凡六万四千四百六十八斤，以多寡计者大凡一十二万又一百八十三件，都计费白金一万六千八百三十九两有奇，可以为大役矣。

凡起徒役动大众，先王慎之。然用民之力，费官之钱，皆有程式著为经。三代之民，未有出私财以助官役者。汉以来如卜式之徒，输粟助边，朝廷即予以美官，书之史策。自是以后，尝有军兴工役借助于民之事，然一取一予，事同令甲，未有无所为而为者。夫禨祥之说，儒者不言。然裨灶之徒言火如烛照不爽。盖五行生克、辰宿顺逆、天人相与征应休咎，其理甚微而显。吾邑水晶之阁，垂五百年矣。一旦偶乖其制，浸致大灾，修而复之，无可缓者。而城工与楼为终始，楼以栖神，城以卫民，捍灾御患，均王政之大端。民生休戚，利害所关。三代圣王为政之要，不外于是。《周官》尤谨著之，以为御备。今刘翁以笃老垂尽之年，不谋之族，不稽之众，毅然出私财以成此钜工，工成而翁卒。遗命其孙勿请议叙，盖已无丝毫希冀朝廷褒异、官府旌奖之心，可谓无所为而为矣，不尤伟与！然非胡侯之岂弟诚笃，有以感动之，亦不能成事如此之速也。

翁名祚伦，金元其字也。少孤，佣于人，以忠信然诺起家。终其身，布衣粗粝，老犹徒步。曰："吾窭人子也，敢自奉耶?"其妻黄氏，我所出也，故知之详。其刻苦如此，尤可敬也。孙卓，县学生员；宽润，以助修学庙议叙八品衔。胡侯名廷槐，字蔚堂，云南晋宁人，今官零陵知县。是役也，国人无鼛鼓之烦，泉府无纸钞之损，民不知役，官不知劳，享其利而无以酬之，则亦已矣。而谍谍者，乃从而议其后，致使人有善不可为之惧，尚得谓之有公道也哉！时有邓席珍者，监视斯役，昼程夕考，事办而用不绌，盖有功于此举者，例得并书。

新化改建学庙记

新化学凡五迁而定今地。自国朝康熙四年，内乡于侯重建，后历百八十年之久，虽屡经修葺，规制仍旧，难免简陋。语其亵越之甚，亟宜更改者，略有五端。大成殿后即为通衢，与令尉署逼处，胥隶舆卒出入必经，其亵一也。正殿之后，例有后殿为崇圣祠，今别为径路，而离崇圣祠于殿东北荒圃中，与民舍错处，其亵二也。殿基低陷，庭庑浅狭，殿四周无明廊，楯陛与戟门不绳直，无崇基石阑之规，乏重檐垂脊之制，于典不合，于体不崇，其亵三也。登降上下无步廊以蔽风雨，更衣斋宿无定所以将诚敬，丽牲之石不具，庭燎之光阍如，入学释菜，草率将事，仓卒成礼，其亵四也。屏墙以外即阛阓，庭庑以内皆蓬蒿，櫺星泮沼仅存其名，御碑坊亭久昧其制，合忠义节孝于一堂，视名宦乡贤为旷典，祭器之不备，籥舞之久废，又无论矣，其亵五也。以兹五亵，遂成三失：致祭而不备物，谓之失礼；礼失而不知求，谓之失学；

知其失而因循不改，谓之失事。盖吾党之士，不能一日安者也。百馀年来，邦人君子相与安之，蒙有惑焉。尝聒之同人，商所以更正，而事钜工费，且以殿后路久，不能骤废，议而未举者屡矣。

岁庚子，显鹤客长沙。晋宁胡侯将宰吾邑，枉过下问，求邑中最先之务。显鹤作而对曰：敝邑褊小，事无有重且急于兴学者矣。为言其状，侯毅然以为己任。既抵任，集国人而询之，众志佥同。乃首先塞厥路，令下肃然，无敢越行一步者。乃次度厥基，宜增崇三尺，利用筑；乃次履厥庭，宜增长三丈，利用拓。乃案图考典，规四阿两下之制，正揆圭测景之方，制小而乖，材薄而腐，利用革。乃鸠工庀材，千寻之木，百仞之石，致诸西南诸山。琉璃之瓦，雕镂之吻，市诸铜官湘渚。其劣充墙壁甃地用者，取境内净土陶之。乃筹经费所出，不戒而孚，不劳而集，不绌而盈，百物腾踊，咄嗟立办。乃诹吉兴工，经始于道光二十一年六月十二日，至二十二年十二月工竣。都计大成殿五间，重檐四注，覆以黄琉璃，吻脊琱珉。殿楹四，高三丈许，围五尺有奇，四周甃石。前左右三出，陛各九级，丹墀石阑如制。两旁翼以步廊各一，曲廊三，联檐通脊。东西庑各五间，祭器乐器库各一间。庭中御碑亭二，重簷黄瓦，视正殿楹以石镂龙工倍。南为大成门三间，覆以黄瓦。门左右为名宦、乡贤二祠。祠左右为更衣、斋宿二所。门外御碑亭二，制视庭中。亭东西回廊各三间，亭南为櫺星门，门南为泮池，环以甓阑，中跨虹桥石阑。池南为屏墙，东西为金声、玉振门，门外为下马石牌，牌外为街门玲珑门二，东西环以甓阑，所以远街道屏嚣尘也。后殿为崇圣祠，殿庑祠门步廊，视正殿有杀。凡殿庑门廊墙壁均丹雘，地俱甃以瓴甓，庭以石，外庭以石以沙灰，平坦光滑。围以红墙，屏以黄瓦。崇圣祠之东为明伦堂三间，东为斋房七间，斋东为尊经阁，东为文昌庙。正殿后殿东西回廊、庙门均丹饰。左官厅，右典守房。庙前西向夹魁星楼者，为忠义、节孝二祠，左右相距各三间。又以其间造祭器五百七十事，买岁修田若干亩，凡费银二万四百有奇。

是役也，工坚用实，规制略备，皆谨案《会典》尺寸照造。主其事者，知县胡侯名廷槐。助之成者，训导黄君名式常。董其役者，县人袁章龙、晏启球、欧阳铿、陈令邦、欧阳垣、李泽沐、李泽棠、张茂仁，皆恪恭朝夕，始终勤慎。其考典鸠工，不辞劳瘁，则欧阳君垣之力尤多。工成，胡侯以在事诸君暨捐输姓名不可湮灭也，以其事展转上闻于朝。得俞旨议叙给职衔者三十六人。时郡中方有事于修志，新化邓显鹤实与其事，例纂入《礼书》，而先记其略如此。

重修新宁城垣及四门城楼记

修城亟务也，新宁于宝庆为尤亟。以言今日之新宁，则尤亟之亟也。新宁之为县，本以控制苗瑶。瑶民视省民五之一，而皆聚处县之西境。宋之于水头立治，其势独偏西南者，以夫彝故壤握谿峒之要害，足以弹压苗疆耳。其地东连永、阳，南接全、兴，北邻武、邵，西通城步，而盆溪八十里山即在县南，距治三十里而近，往时立四隘以制诸峒，实首盆溪。故盆溪为群蛮之关键，新宁为楚蜀之门户，武邵之藩蔽，而郡治所恃以安危者也。故言修城于宝庆，新宁为亟。

考之于古，宋绍兴间有曹成之乱，始即金城村，为新宁县治。明正统间有杨文伯之乱，始移县治于治西筑土而城。成化间有邵武苗寇之乱，始议改筑新宁石城。盖新宁以备则武邵无虞，此往事也。近十年间，宝庆凡三用兵，而新宁居其二。申画郊圻，慎固封守，此犹可稍迂缓哉。方蓝沅旷之初平也，众议有事于城，未及为而雷再浩又变，两人皆峒瑶。而雷逆起黄卜，一摇足即出岔溪以窥县城，与蓝逆之趋威溪以犯武冈者，獗黠迥殊，而皆恃一城为捍御。故曰今日之新宁尤亟之亟者也。

温县李侯，以敏达精练之才来权邑令。初至视事，见城垣隳弛，即毅然以修举为己任。未几雷逆蠢动，侯侦知最早，密闻于府，府符县穷治，而未有以发也。乃阴部勒士民，议守御，练乡勇。当是时，城中左右皆贼耳目，汹汹欲为乱。侯擒得内应奸细一人，立斩以徇，逆气夺，仓皇起事，失内援，得应时扑灭。于是，观察使归安杨公、太守孝义张公闻变驰至驻县境，旦夕履危城，慨然曰："邑小而逼，屡被兵而无备若此，人其谓守土何？今日之事，以修城为亟。"乃捐重金为之倡，而属侯竟其事。侯乃大召国人而谆谕鼓策之。时大难初夷，人心知警，闻风赴义，趋公若家。集费庀材，辇石伐木，若司会计，若督工匠，竭蹷恐后，鼛鼓弗胜。溯城自成化时易土而石，其时主其事者为都御史吴公琛，守宝庆则谢贞肃公省，皆一时伟人君子。黎文僖、李文正二公有记，今三百八十年矣。石腐材脆，无可因倚。惟东南隅基稍完，因庳而崇，可少纾费。工兴，众以为大工，期坚固久远，未便迁就节省，因一律拆毁重造。通用新凿坚致青石，每方长二尺、厚一尺、广视长少杀；砖方长一尺、广五寸、厚三寸。都计四周长三百二十有九丈，高一丈三尺，女墙高五尺，垛口六百一十有九。四门城楼高耸壮丽，门扇裹钉，铁叶如式。又于东北隅添建佛郎机箭楼二，高一丈三尺，长二丈，广八尺，垛口高五尺。崇墉屹嶫，高台巨炮，既可以寒黠瑶之胆，亦可以壮凭凌之势。

先是，县人江君忠源惩蓝逆之祸，与其友邓树堃等以保甲法行于其乡，会知有变，益团练可用。至是各率以入城，助侯平贼功最，大府以闻，膺懋赏。忠源益感奋，以军兴来所得锡赏银币之数不敢私，请于大府，愿尽出以修四城门楼为城工倡，楼成属显鹤为文以记。未及为而新宁城工继成，宜有记，侯并以其事属。显鹤时纂修郡志方成，乃补记其略于《工书》之后。楼成于道光二十有八年三月日，凡费银五百有奇。城成于次年五月日，凡费银万六千四百八十两有奇。

是役也，工坚而实，费核而裕，官不抑配，民无怨咨。不动声色，转危为安。钜工告成，边邑永靖。宜有贞珉，以纪美绩。惜显鹤不文，无能希踪文禧、文正于万一。而二公之定议倡首，与侯之督率成功，皆有光于前贤矣。县人江君外，司其事者某某等，例得并书。道光二十有九年夏六月，新化邓显鹤记。

卷第八

书武冈州志岷藩世表后

吾读《汉书·景十三王传》，长沙定王独以母微，王卑湿贫国长沙，且然况武冈哉。明太祖定天下之三年，择名都大城豫王诸子，待其壮而遣就藩服，若秦、若晋、若燕、齐及庆、肃、谷、代、辽、宁，皆西北境也。以为环边重镇，非亲藩不足以资夹辅，而委寄过重，卒成靖难之师。自是以后，矫枉鉴覆，法网綦密矣。

岷庄王始封岷州，继以云南新附，镇抚需人，乃改云南。建文时以谗废弃，永乐初复王。又以沉湎夺册，寻复之，削其护卫。仁宗即位，乃徙武冈，盖屡获戾而釐全焉，故徙之边远之地，非有择于斯土也。然不再世，而孽萌肺腑，祸结僚蛮，骄淫之积，夫岂微哉。乃复保世滋大，宗派蕃昌，虽支子代有封立，而恩泽递杀，禄秩无加。以区区之武冈，供仍世无厌之雄藩，蕴利生孽，有由然矣。卒之足寒伤心，变生肘腋，一夫奋臂，四境为仇。维城之寄，曾何有哉！班史言，无德而富贵，谓之不幸，可畏哉！可畏哉！

书利姚二侯平元溪盗事后

吾读《汉书·循吏传》述孝宣之言曰："庶民所以安其田里而

无叹息愁恨之心者，政平讼理也。与我共理者，其惟良二千石乎！”故汉世良吏，于是为盛，称中兴焉。若赵广汉、尹翁归、张敞之属，皆称其职，然多任刑罚。今考广汉诸人，类皆廉明通敏，以习律法、善钩距、发奸摘伏、威制豪强、击断奸猾为能，其要归于安民而已。

广汉为颍川守，诛大姓原、褚首恶，郡中震慄。又教吏为缿筒，及得投书，削其主名，得以为耳目，盗贼以故不发。翁归治东海，明察郡中吏民贤不肖，及奸邪罪民尽知之。有急辄披籍收取黠吏豪民，案致其罪。以一警百，吏民皆服，恐惧改行，故其时盗贼衰止，小民得职。张敞尹京兆，一日捕得数百人，穷治所犯。由是枹鼓稀闻，市无偷盗。后世苟且之政，以因循姑息为务，一切纵弛不问。强宗悍族，横行乡里，巧偷豪夺，弱肉强食，莫敢谁何。一遇水旱灾祲，啸聚群呼，驯致盗弄潢池，而莫可制。前代流寇之祸，其已事也。嗟嗟委巷小民，坐受荼毒，能以力达于长吏之庭者鲜矣。其有奋起告讦而又坐以诬良，穷以左证，衙蠹市侩因之为奸，利蚩蚩之氓有甘受盗贼之扰不愿受官吏之欺者矣。又况官恃捕役为爪牙，捕视盗数为金穴，盗倚官捕为护符，民视官府如天帝，令长之庭，隔膜万里，而犹望其为民除害哉！此法令滋章而盗贼之所以多有也。

元溪在邑西百一十里有纸钱堡，见前史，盖险砦也。余尝亲履其地，问利姚二侯平盗事，父老犹有能言之者。既辑其略入《楚宝·宦迹》，而复为论之如此。呜呼！县小而僻，生理垫隘，所恃以拊循而安辑者，县官耳。子实生我，是所望于后之守土者。

书楚宝增辑熊襄愍传后

呜呼！有明疆事之坏，至襄愍冤死而已极矣。襄愍天挺奇才，忠诚奋发，以刚烈之性，孤愤之心，处崎岖跋疐、艰险危疑之地而龉龁之者不遗馀力，迄今读其奏疏、书揭，凛凛犹有生气。我高宗纯皇帝谓其晓畅军事，为有明一代之巨擘，披览遗文，怃然太息，特诏求熊氏之后而予之以官。遂使胜国孤臣，含冤二百馀载，一旦褉扬昭雪，起沉霾而光日月，伸公论而快人心。仰见高宗天地之量，卓越万古，而襄愍之孤忠大节，所由动异代圣人之睿鉴者，益可思已。

夫以襄愍之雄才伟略，沉机观变，使当再起经略之时，毅然委以残疆，畀以专阃，收效桑榆，尚可因败为胜，转危为安。乃显诋阴箝，遥制旁挠，争搆狺狺，无所不至。而其才既笼盖一时，其气又凌厉一世。揭辩纷腾，倾陷丛起，坐令拥虚名而受实祸，卒乃罗织大狱，祸连朝士，传首九边，毒流四海。疆事既坏，国祚随倾，自坏长城，伊谁之咎？读史至此，未尝不太息痛恨于神熹之际也。

余增辑大将以襄愍与方逢时、梅之焕并列。之焕风采机略为襄愍所服，而牵于文法，屏之闲地，不得尽其用；逢时之才，岂有加于襄愍？而史称其处置边事，皆协机宜，功名与崇古相亚，时称方王。夫同一边臣，才地相近，而成败祸福相反若此，则以其时江陵当国，逢时所处为独幸耳。呜呼！孰谓文忠之功可少哉。

书楚宝蔡忠烈公传后

谨案忠烈公蔡江门先生，以崇祯十四年来官长沙，时盗贼充斥，四海鼎沸，所部尤多盗薮。土豪奸侩，皆思乘间窃发。先生至，踪迹收捕，迅疾若神，盗风顿息，闾阎少安。又以其时与郡人士往来，酬唱从容，暇豫若无事者。然迄献贼逼境，守土皆遁，屹然以一身为数百万生灵保障。其殉难之烈，与李忠节公旷代同符，洞庭衡岳间七百年来，皆两先生忠义之气所充塞也。伏读高宗纯皇帝吊蔡忠烈诗，其孤忠大节，赫然动异代圣人之咨嗟而形诸咏歌，争光日月，岂偶然哉！

先生葬城南醴陵坡，后以公葬地易名理灵，凌国俊诸人祔葬公墓旁。国俊姓凌，湘乡人，为司理胥隶，《明史》误作林。赵忠毅公谓国俊为幕下从者九人之一，书曰“幕下者”，贵之之词，不欲以隶名之。呜呼！如国俊者岂敢以隶名之哉！隶也亦何累于国俊哉！

书蔡忠烈公与人书墨迹后

右蔡忠烈公与某书墨迹，作于崇祯癸未七月二十三日，距致命之日仅一月。言楚事甚详，足证史传、行状所未备。

其云北抚军即本传承天巡抚王扬基，南抚军即本传湖广巡抚王聚奎，郧抚军则李乾德也。案《明史·张鹏翼传》，乾德西充人，崇祯十六年抚治郧阳未赴，改湖南，即偏沅巡抚也，故又称治抚军。其云经兵之惨，则行状所云岳帅孔全彬驱万骑偕抚军来，焚杀淫掠甚于贼是也。荐卿姓苏，𡸣熙姓吴，若木姓许，俱见公集，即行状有友三人欲与公存亡者。其书称吾叔而不字，殆与父执之词。考公父与诸葛沪水友善，集中于诸葛士年、士伦称父执、执叔，或径称诸葛叔，不一而足。其《病中寄诸葛士年叔》诗云："时事今如此，非叔安敢言。干戈寻众起，名节抗孤存。"又云："时事天何甚，君才我不如。"证之书语悉合，其为寄诸葛士年无疑。

书凡七幅，幅五行，都六百四十四字。其文序次简洁，曲尽情事。书法苍秀遒逸，在元章、香光之间，真至宝也。道光丙申春，余时方纂辑公年谱，续编遗集。适从闽人李君行箧得见此迹，因属宁乡胡茂才万本以油素双钩，而善化令兴国方君炳文亟为上石，并勒昔年所得公小像于前，敬衔祠壁，以垂久远。李君名峥嵘，南安人，之官云南，道长沙展转纡回万里之遥出以相示，得非精神感召中有凭之者耶？异哉！刻成因敬识其缘起如此。是岁夏四月癸丑朔甲子，新化邓显鹤湘皋谨跋。

附录蔡忠烈公原书

寄书多言楚事，言必不能平。读叔诗至"每度书来晓大都，似言无计觅莼鲈"，哑然失笑，竟落相逢夙语。荐卿诸兄至，道宪尝为之言，今后亦但寄诗不寄书，可省嘈杂，临笺复不自止。闯贼破荆襄，震陵寝，郢中松柏樵木蹊矣。取荆门、夷陵而断我蜀道，入常德，据澧水割地而与其党逆，属邑之倾陷者无算也。献贼取黄州、汉阳，渡江踞鄂，遂取嘉鱼、咸宁、蒲圻等地，将逼岳阳而南矣。星沙去贼各东西四百里，贼以是为亲藩食税之郡，共眈眈也。

鄂之初陷，北抚军扬帆而南径入潇湘，郧抚军尚有守岳阳之志，及诸人皆劝北抚军往岳协守，治抚军遂卸肩而行，北抚军鼓楫从之。近万骄卒携之江干，以小民为鸡豚供其宰割，骄卒则留毒星沙，二抚军长往不顾矣。南抚军受命五阅月方自江右入境，徘徊潭泽间，五日不能为百里之程。诸众初犹内畏，谓抚军至必有处此，今尚未见丰采，而观其迟缓不速，群无所惮，贼始驱马上高山矣。所以望节钺者，非为贼也，为兵也。贼尚能于杀戮之后假行仁义，兵之惨毒十倍之，故无节钺而兵愈得志，民望贼来。凡未经兵之地，民虽被贼，尚有牛羊仓廪；经兵之地则釜甑絮衣无一或免，积势至此，圣人顿为之不可反也。星沙之民，幸未如公、石等处勾贼为乱。今以骄卒驱之，群聚岭腹，不复知其长上，楚事真不可为矣。亲朋不远数千里而来者，至则贸贸然去。道宪之身付之极天怒涛，不复知所际也。我家近事亦不可问，惟其如此，足少几分牵挂。万一玉门犹可生还，真羞见吾叔，毋论他人矣。荐卿、弢熙、若木犹拳然署中未忍弃去，颠沛之日，交道真焉。近多伤时之诗，不足呈也。叔前诗未到时，道宪有洪少保诗中二句云："马革不能归烈死，虎头今误相书生。"及读叔诗乃同此意，肤则相近，神不类耳。何时得相见，屏去世务，怀古为乐，悠悠此生，真成醉梦。为此语知厌长者之览，顾不能强作佳话也。堂上安乐，更得吾老母无病，所求止此。临此畏词之多，七月廿三日道宪再拜。

书陶密庵先生墨迹后

右陶密庵先生《八十自述》诗墨迹十首。先生宁乡陶氏，名汝鼐，字仲调，密庵其自号也。明崇祯初贡大学时，烈皇方复积分法，特赐第一，诏题名大学，授五品官，不拜，乞留监肄业，即诗中所云"六堂名姓冠周邦"也。

先生在明季负重名，诗文书法有"楚陶三绝"之目。一时名公逸老如董元宰、王觉斯、陈卧子眉公、杜茶村、金正希暨钟、谭辈皆争先订交，与益阳郭些庵先生都贤尤笃。既值国变，南渡后奉母避乱岭外，除新会教谕，以荐擢授翰林院检讨加兵部职方郎。旋弃去，薙发沩山，号忍头陀以终，年八十有三。著有《嚏古》、《寄云》、《褐玉堂》等集，刊行久毁。先生遭时多故，鼎革之际，洁身去就，名节凛然，故国旧君之感，惓惓见于诗文。胜朝遗老，吾楚文献，盖未有先于先生者矣。些翁序其集有云："姑杖策以规江左，流涕而受拾遗，晚复以凌霜啮雪之肝肠，赴篊凤弋鸿之罗罻。西台之发自晞，湘水之魂复返。"按之今诗所云"玉局除书名大幻，西台破槛事尤奇"语意，同一悲痛也。先生书法遒逸，似香光而险径过之，湘中士夫家往往有珍藏者。此卷乃晚年得意之笔，末叙云："孙以一纸乞书，取涤新端研书之竟十首，藏者如藏吾研也。"按密庵先生有五孙，最著者煊煓，今孙上一字残缺，仅馀偏旁火字，未知谁属矣。

余来沩西，思裒辑先生诗文同些公遗集合编，并拟纂陶、郭年谱，为乡先生一存梗概。顷，弥甥唐钧自粤来，携此卷出示，欢跃感喟不能自已。往闻先生八秩初度《大耋歌》近体三十首稿久佚，此其所存之十首也。先生生于万历辛丑十月，此作于康熙庚申冬月，殆初脱稿也。会余以今年冬为六十初度，枉邦人士谋称觞，辞之不获，而先生此卷垂一百六十年之久，纡回数千里展转相觋，若有夙契然，岂非缘耶！因复丐胡湘林上石。湘林为先生邑子，工书，善鉴赏，今年夏为余摹刻蔡忠烈公墨迹，兹复钩勒此幅寿石，何文字缘之深耶。大沩山人案头，当时时有吉祥云拥护之，可敬也。道光丙申冬至前二日，新化邓显鹤谨识于沩西学舍。

书陶密庵先生书金刚经后

密庵先生在当时有“楚陶三绝”之目，书法其一。今世士夫家所藏多其行草，大字楷书绝少。余所见先生楷书止三本，一《太乙寺碑》，一狱中书《金刚经》，其一则此本也。《太乙碑》偶寓目未及考其年月。狱中本今归宁乡刘氏。案狱事起于癸巳，先生时年五十二，见《自订年谱》。此本款识无年月，末书时年七十，以谱推之，盖康熙九年庚戌，距狱中本又后十八年。先生于国初遗老中最为老寿，余有所藏《大耋歌》为八十自寿作，今石刻衔城南书院，丽泽堂壁，与朱张倡和诗并传，皆可宝也。

此本为季眉茂才所得，将钩摹入石，为书其略如此。乡贤遗墨，流落人间，致可爱惜。而先生身际末流，性耽禅悦，梵修清行，风节矫然。真迹所在，当有吉祥云拥护，季眉其珍藏之。

书陈恪勤公读书图小像后

李子季眉于市肆中购得陈恪勤公读书图小像，装池成轴以示余。图作横幅山水，公宽衣博带，右手执卷趺坐磐石上，丰颐广颡，虬髯清疏，双眸炯炯，凝视默坐，神气闲定，若有所思者然。卷后题诗十一人，一为张文端公，一则孙树峰先生，公乙丑会试荐卷房师也。核其年月，在公未服官前。案公初官西安令时为康熙丙子，卷中文端诗结衔书乙亥嘉平月，知为官西安以前作。公生康熙癸卯，辛未成进士，年二十八岁。又六年官西安，则三十四岁。作此图时，计其年甫逾壮耳，而须髯如戟，殊不类三十许人。盖公英姿飒爽，骨重神寒，苍劲之色见于壮年如此。

画手不著名，写真奕奕有神，作树石亦不俗，殆不为凡笔。诗少佳者。最先张希良字石虹，黄安人；最后张佳晟字晋夫，广济人，二人俱有诗见《楚诗纪》。佳晟作有“孑身庐墓入山阿”句，或疑此图作于忧居时。考公薨年尚迎养继母曹太夫人于清江节署，太公捐馆则在未成进士以前，不应作图时犹未释服。公性至孝，殆释褐后，吾邱风木之感眷眷不忘形诸图咏，而题者遂以为庐居时事与？公质直不阿如汲长孺，刚介不挠如包希仁，宏奖风流，爱才如命又如欧苏两文忠公。秉正嫉邪，屡忤上官，再起再踬，甚至摭拾诗语文，致几罹不测。卒赖仁庙圣明，终始曲全，不次擢用，至于龙驭上宾，攀髯莫及，卒以劳陨其躯。百世后睹公遗像，考其本末，迹其蹇蹇匪躬之谊，与夫明良遭际之休，将有欷歔涕下者矣！

公子七人，皆显达。次树芝少即以书法受知圣祖，仕至少司农，馀亦多官监司守令，门才不可谓不盛，乃一转瞬间淩替已甚。嘉庆初，朝廷勅守臣访其后裔送部引见，将予以官，县令得公后二人于田伍中，资遣北行，未至京而卒，后遂无有过而问者。近陶文毅公复访得公裔某，为置墓田，请诸朝将建祠湘潭，予以奉祀，生未及允行而文毅谢世。吾楚前辈风徽未沬，必将有踵文毅之意而行之者。余生也晚，自幼喜闻人谈乡邦故老巨人长德，读公诗尤憬然生尚友之心。近搜辑《资江耆旧》、《沅湘耆旧》二集，既选公诗二卷入集，复思为公纂一年谱，以其诗按年编录，俾读公集者，得以知人论世。曾以语文毅，公极为从臾。人事荒废，卒卒未遂。老境蹉跌，日暮途远，不知竟能成此志否？季眉英年稽古，留心文献。既喜得此卷，复属余书后为记其大略如此。道光十有九年己亥岁除前二日。

书大石子画册

己酉秋寓居长沙，杨性农携一画册来视。凡十一幅，峻洁幽邈，生意远出，疑非人世间所有。末书壬午春月写为莲坡老先生清鉴，款书大石子。前有题识云：“辛巳冬日，过桃花山房访石庄同学，午饭后出手制笔墨画册，余读再三，知诗中画、画中诗，如禅家羚羊挂角，果不虚也。因题‘宋人香茹’四字并质莲坡学长先生一笑也。”书法亦遒逸有致，款署“蔗楂释实乘并识”七字，此外无收藏鉴赏款识图记。

近人有疑大石为郭天门者，吾友沈栗仲、汤浯庵柚村兄弟皆信之，各系以诗跋，确指为郭天门作，以天门晚节逃禅自号顽石，又尝称顽秃也。今按是册幅幅俱有印章，一大石子、二秃石、三四皆石庄，五道存，又石庄即道存，六道存子，又石头和尚，八道存，九石庄，十大石子，十一石庄，又丙申人，凡十四印，篆法古朴，印色鲜艳如新。考天门自号些庵，披薙后始号顽石，其所著有止庵、湘痕、西山片石、破草蹊、佛癞子、觳音诸号，与兹册十三幅图印名号无一同者。些翁书法瘦硬兼善绘事，写竹尤妙，余尝见之，笔意与兹册不类。且是册作于壬午春，释实乘题则云辛巳冬，题在画先一年，已觉差互。且壬午为崇祯十五年，其时天门先生方巡抚江西，贼骑充斥，左良玉屯兵九江，先生恶其淫掠，檄归之，而自募土人为戍，语见良玉传。会江抚易人，遂弃官入庐山。寻北都陷，金陵、福建相继覆没，桂王立，以兵部召，先生始于先岁披薙为僧，其年为丙戌，先生集中有“丙戌六月初二日下发”文，其明证也。今跋是册者，乃云向疑先生官巡抚遭变不即死，今睹是册，乃知其遁荒变服已在先朝之末，岂非呓语哉？反复推究，此册断非些翁手笔。即其五十诞辰诗有“得著袈裟是嫁衣”之句在丙戌后，与此册丙申人亦不合，不可据以入疑年录也。余有《陶郭年谱》稿未就，他日检出，当再有确证。

窃疑此册为介大师笔。大师名髡残，字介丘，又号白秃，一号残道者，又名石溪和尚，《读画录》、《画征录》诸书所载略同。称其“工山水，奥境奇辟，缅邈幽深，引人入胜”。又云“笔墨高古，设色清湛，此种不见于世久矣”。其言如此，读此册犹仿佛遇之。介丘武陵人，既游江南归，卜居桃源仙溪上。此删帧首有过桃花山房访石庄语，尤为一证。但介丘尝见重顾亭林先生，亭林集有《王征君演具舟城西内楚二沙门小坐栅洪桥》诗中云：“上坐老沙门，旧日名省郎”，盖谓熊鱼山；又云：“复有一少者，沉毅尤非常”，即指介丘。诗作于孙李构衅之后，入本朝八年矣，尚称少，似与丙申人不合，恐亦非介丘笔。要以大石子自有其人。国初遗老，多寓意烟云尺幅间，以寄其高蹈不屈之志，如苦瓜和尚、八大山人之类，不一其称。即册中莲坡、蔗楂亦无从指证，必欲以些翁当之，固矣。栗翁、浯庵、柚村诸君博雅好古，善鉴赏，非妄语者，浯翁尤以画名，不欲其留此罅隙为后人口实也。故不觉其词费如此，兼质之性农以为何如也？

书程任斋按察黔南从军纪略后

任斋按察解粤臬之次年，余客桂林，往来过从靡间。一夕为余言黔楚用兵本末甚悉，且出其前后《从军纪略》二则授读。盖按察尝以一书生奉大府檄，提一二新募士卒摧百万犬羊于崎岖丛箐之中，而兵不挫衄，饷不縻费，或疑其有奇谋秘计非人所知。而按察之言曰：“苗自不叛。凡言苗叛者，非也。牧令为亲民之官，苗亦民也。今之长令与民甚远，阶前数尺地，膈膜如万里，至于苗则直视为异类鬼物不可近。平时既纵其蹂躏，一旦有故，闭门严鐍如避猘犬吼虎。否则虚警以张功，草刈以邀赏，而苗遂以叛闻矣。当余之有事于苗也，即用苗以治苗。凡门屏帷帐庖膳舆厩前后左右侍立服役之辈，无非苗者。以熟苗制生苗，以近苗制远苗，以顺苗制逆苗。因同气而招之，择其渠魁而歼之，故能以孤军深入千里而败事，岂有他术哉！"余闻之深服其言。虽若平易，实千古名将制胜之道。伏波之击参狼，平叔之服烧当，定远之降于阗、广德，皆用此术也，岂仅为理苗善策耶！当狆苗之扰也，始于南笼，时册亨州同为余邑人曾君艾首先殉难战死，余方辑其事为死事传，按察见之，以余非漠然无用世志者，故尤乐与余言。独怪按察其时官甫通判耳，乃赫然建不世功，非藉贤大帅知人之明，委任之笃，朝下檄而夕掣肘，虽百武库奚能为？此子长氏所为太息于知己之难得也。

书邓氏家谱后

邓宗之谱，始修于乾隆丙子，与其事者，先大父松堂赠君也。再修于嘉庆癸酉，主其事者，叔父钜野君也。显鹤敬受而读之，其中可疑者四，不可信者三，谬于理者一，当补当正者二，不敢不辨。

邓氏必望南阳而祖高密，以高密之先，无显者也。今按东汉以前无论，考《后汉书·邓晨传》世吏二千石，自其曾祖隆以下皆刺史，通显在高密前。晨家南阳新野，与高密远近，史无明文，然尚世祖长公主，其贵显不亚高密，子孙岂得无一人？《氏族辨》及《姓纂》诸书邓氏族望尤不止南阳，今海内邓氏无不望南阳而祖高密，其可疑一也。后高密者，必曰训、骘。今按元侯子十三人，敬侯子五人，骘传载邓氏中兴后屡世宠贵，侯者二十九人，公二人，大将军以下十三人，中二千石十四人，列校二十二人，州牧郡守四十八人，其子姓繁衍，何啻千百？后人以范史训、骘有专传，而训又和帝后之父也。今江右邓氏，遂无不祖平叔、昭伯者，而谱仍之，其可疑二也。谱载始祖曰伯万，宋绍兴中由江西泰和徙新化。伯万之孙有曰祥甫者，金塘田心之祖也；有曰正甫者，梓木冲之祖也。而正甫以下至余，始迁梓木祖凡十世，世仅一人，展转六百馀年无次丁，其可疑三也。万，盈数也，自通谱之风盛，大抵以族大为夸耀。余所见吾乡陈氏、李氏之谱，其始祖无不以万名。而邵阳邓氏谱则称祖亿万，尤显然者。今谱载万有，去伯万仅五世耳，以玄孙而上同高祖之名，其可疑四也。

今世兄弟名中，同一字谓之排行。考古人多单名，以偏旁为行，始见汉末，如刘琦、刘琮、应璩、应玚之类；其双名中一字为行者，晋以后义兴、义康之类始一再见之；至明太祖以二十字赐诸王为命名世次，而此风遂炽。今委巷细民无不有谱，其排行皆编为诗歌，鄙俚可笑。今谱载始祖伯万以下至显字辈凡十八世，历八百馀年之久，迁移转徙，一字不乱，其不可信一也。旧谱载高密至自廉凡四十世，此据江西安福瓜畬谱也。吾邑苏溪固有瓜畬谱，今谱云不知自廉至伯万几代为附疑之词，以吉安而附会安福，其不可信二也。旧谱自平山君以上生殁葬地多书未详，犹不失为矜慎之意，新谱一一实之，其不可信三也。

所谓谬于理者何？君子已孤不更名，已孤暴贵不为父作谥，王者称天以谥，言不敢以己爵加亲也。夫己名不更，况祖父乎？作谥且不敢，况敢名乎？按谱自伯万至通为十世，通生兴祖即玉堂府君，兴祖生绍宗即平山府君，自玉堂府君而下时代甚近，无可疑者。以排行推之，通为兴行，兴祖为绍行，绍宗为伏行，中隔一代，龃龉不合，旧谱非误也。以吾兴、绍二祖原名中一字偶与之合，不必同也。故自绍宗而下至吾祖中四世皆不用行，以祖父已往，万无更名之理。新谱乃改兴祖为绍祖，绍宗为伏宗，自绍字以次，一改而用行，易死者之名讳以迁就无谓之排行，所谓大谬于理者，此其一也。至其当补叙而更正者，尤可得而言焉。

吾宗自平山府君而上，世姓江氏，至平山府君始入继于邓，遂为邓姓。故吾宗尊平山府君为始祖，明继代也。按谱法以始迁者为始祖，则当祖玉堂府君；以入继者为始祖，则当祖平山府君。二义俱安，而推本为人后之义，则尤以祖玉堂府君为允，明邓氏所自也。至通谱作而祖伯万，中间继代原委，削而不书，切所未安。谓宜仿海宁陈氏谱例，陈相国元龙，本姓高氏。推所后者为始祖，而别系邓氏、江氏二表于前，一以重所继，一以尊所生，并行不悖。吾邑张氏、欧阳氏皆本于周，谱亦两系之，独吾宗不然，此其当补叙者一也。

谱以传信，非以传疑，今世之通谱，殆无一可信矣。窃以为仁人孝子之用心，断自所信者。始吾宗兴祖以下，无可疑者也，通祖而上，未可遽信者也。谱法宜断自兴祖，自兴祖以下至于今为一表，自兴祖而上至伯万当别为一表，以示矜慎。近见吾邑四都吴氏谱颇能见及此，而表法亦不善，有贤子孙出毅然持之，毋为俗说所摇，岂非尊祖敬宗收族之一大快事哉！此其当更正者又其一也。

呜呼！氏族之学，淆乱甚矣，非有谙习今古专门名家者不能窥测万一。欧阳公《新唐书·宰相世系表》、郑氏《通志·氏族略》自谓轹今凌古，目无班马矣，而二书穿凿曲说不一而足，以永叔之贤、渔仲之博尚且如此，他何问哉！今里巷颛蒙，目不识字，既安于不知，而一二稍知辨别者，又思攀援门荫以自豪，自南北朝以门第相高，至于唐代崔卢李郑纠纷可鄙沿至于今，讹谬极矣。虽有反本类族、明物察伦之君子亟为澄别，滔滔之势亦不可返矣。

然则，当今世而欲谱法不苟，可信今而传后，将何道之从？亦曰慎之而已。慎之惟何？亦曰阙疑而已。吾宗自玉堂府君而上，迁徙不常，益以鼎革兵燹，仅延一线，谱牒阙如。百馀年来，门祚衰薄，又无致身通显有气力者为之征求文献，沿溯考馀订旧谱之作，先赠君时授经益阳，族人卤莽为之，赠君一序其首而已，尝以是为病。癸酉续修，钜野君实主其事。然其时年已笃老，又族冗工不中程，稍有更订，众口哗然，少见多怪，一切付之剞劂氏。其因陋就简，承讹踵谬，无所是正，固也。显鹤自维碌碌，不能稍自树立，为宗族光宠。自遭大故，偷生苦块，每念先绪单孑，宗支衰落，瞻望庐墓，涕泗横集。不揣固陋，思仿先贤谱法作为一书，缄之箧笥，以示来世。而哀痛馀生，百沴交集，又以佣力乞食，卒卒无暇日。恐遂蹉跎，无所成就，因略陈余小子管见，附书谱后以著其概。呜呼！邓宗之不振久矣，后之子孙有能识字而不忘数典者，尚其敬视之哉。

桐城姚莹石甫云：谱系之作，非以夸世胄、矜高门也。世俗不知此义，不肯阙疑，非诬则凿。吾宗为麻溪姚氏，明代以前皆推本唐相，独先五世祖参政君于景泰间修谱，断自迁桐始，以前阙如，然后合阙疑之义，至今宗谱莫之敢异，即湘皋辨旧谱之意也。识此见通人之正焉。

自书补作松荫堂图后

先大父松堂先生授徒松园，杂植松树数十本，间以怪石森立，即《松堂集》中所云“髯老当兄事，峰孤与俗违”者也。岁久颓败，仅存荒址。嘉庆癸酉，显鹤兄弟筑室其旁，奉两亲居焉，因名曰松荫堂，示不忘祖荫也。

甲戌客扬州，属嘉禾徐钝庵世纲绘为图，伊墨卿太守书帧，廖复堂都转作记，唐陶山观察作赞，吴縠人祭酒、柳宜斋太守纪以诗，题咏满幅，皆一时名宿也。

戊寅余赴李春湖中丞招，携来粤中，遂毁于火。抚膺悼叹，自咎而已。已念图中诗文，皆祖泽所系，不敢听其湮灭，思缀辑之。越岁己卯，中丞贤叔芸甫水部为补作一图，时柳先生尚守吾郡，乃邮书请录旧作。既而松甫丈暨中丞各益以诗，窃喜旧物之复。于是益求中丞备书都转此记及縠人、陶山两先生诗赞于上。中丞书法推重一时，真觉神明顿还旧观，尤可宝也。忆都转作记时为乙亥八月，越今才六年耳。其时公子石生观察被逮吴门，公偕余往视，舟次龙潭，月夜促坐，篷窗絮语两家先世言行及儿时琐屑事，相与感喟泣下！既出家传见示，已乃为余作《松荫堂记》篇终，兼述两亲无恙，于贫家承欢聚顺之际，郑重言之。曾几何时，二亲相继弃养，季父钜野君亦旋捐馆。天祻衰门，期年之内，齐斩叠缠，苫块馀生，喘息才属，视作记时，已如隔世。而公子石生亦以瘐死，都转罢官家居，远在数千里外，无因缘合；并册中诸老，风流云散，摧颓过半。披图展诵，其于门祚之感，终天之痛，友朋生死契阔之情，不自知其悲从中来，涕泗横集者已。图成，因敬书其缘起于册，以明不肖之生，虽谬戾无状，不克表扬先德，振起后嗣，尚不见弃于当代有道君子，又以见免丧不死，馀生凛凛，皆上托先人馀荫之所赐云。

卷第九

谢郝兰皋户部书

兰皋先生阁下：

前岁谭吾肩北归，辱惠书，以某叠遭大丧，远道吊赙。伏地号泣，北向稽颡。苫块馀生，匍匐墓次，瞻言京国，真隔九霄。一纸之书，无缘上达，旷历岁年，未申哀谢。死罪！死罪！

某福薄孽深，在庇四十年，一旦天荐祸殛，五情屠割，冤酷莫申。家世寒微，无以为礼。丧殡草草，一哭塞责，万死奚酬。山川远隔，未由讣告左右。岂意大君子垂怜藐孤，俯赐存恤，生死衔结，如何可言！伏念友朋之义，先讣后吊。《礼》：士丧亲，命讣者春秋同盟则讣。某自伤贫贱，名誉不彰，德业不立。夫贫贱则势分隔，不敢讣于尊。无名誉，则其力不能得朋友，德业不立，又易为亲故贤识所弃，无朋友而惧为贤者弃，又义无可讣。是以期年之中，一门之内，三丧并举，魄逝心坏，卒不敢讣于左右。

阁下位虽未尊，今之贤者也。于先人非有一日之雅，于显鹤亦非有久故之亲也。显鹤之名行毫不足以为阁下轻重，而阁下又非有馀于财也。即援礼以讣而阁下弃之如遗，谁得执友义以责阁下？即不孝亦岂敢有望于阁下者而矧其未讣也。乃阁下于数千里外一闻某丧，恻然动念，悯其无财为礼，虑其毁瘠以灭，重脱骖之谊，申灭性之戒，大君子悯人之丧，用心之周如此，其挚自非丧心病狂、木石无知当如何感泣，而况稍有肺肠者哉！

拜惠以来，三载于兹，曾一书之未达，将以谓在丧不敢越礼言谢，而不孝则既越礼远出，且越礼于人矣。夫惠莫大于赙丧，罪莫重于忘亲。忘亲背惠，不祥孰甚，自非木石无知，丧心病狂不至此，显鹤不若是之愚且悖也。

去年冬病疫几危，念大丧窀穸粗举，旦夕入地，都无他虑。惟阁下此书未报，衔恤无极，区区之忱，未敢必见谅于长者尔。再成脱然舍去，可云勇决。砎轩老人已回东海，显鹤缺于言别，此生未必有再见期也，岂胜怅惘！《宋书故》及补《食货》、《刑法》两志，为史家不可废之书。《尔雅疏》已成否？《列女传补注》为友人夺去，便中乞再惠一部。阁下经明行修，又得贤闺益友以助。近闻体中胜常，疝恙已去，殆天相之将以大昌其所学也。残骸馀魂，百疹交作，学殖日落，生计益艰，心灰意惰，北望呜咽，不知所云。不宣。

诸城王金策香杜云：兰皋先生于策为父执，其人笃经学，重气谊，即此一端，足可见也。文深情委婉，能达所怀。

上许莲舫先生论史评书

莲舫先生荐主阁下：

伏承尊谕，以《史评》一书诿校订，许缀言其末。哀痛馀生，益以衰病，笔墨久废。父师之命，旷历岁年，死罪！死罪！

窃以先生此书偶尔札记，皆有深心卓识，史家不可废之书也。末学小子，何由窥见万一。然其中尚有一二疑义愿质，谨献之左右，惟先生加惠焉。

汉室大贤，贾、董并称，《天人》、《治安》诸策，如江河并流，万古不废。后人以少傅被疏，病其持论太激，已属成败论人。至谓其幸而不用，不致如安石之乱宋，此宋人刻核之论，且不考当日时势之过也。谊传言贾生死后四岁，文帝思贾生之言，乃分齐为六国，淮南为三国。景帝立而吴楚赵与四齐王反，梁王扞之，卒破七国。观古来文人深识治体，于国家数百十年后，安危存亡之几烛照数算而无遗，未有如贾傅者也。班固亦言，追观孝文玄默躬行，以移风俗，谊之所陈略施行矣。不第此也，宣帝时，魏相好观汉故事及便宜章奏数条，汉兴以来国家便宜行事、及贤臣贾谊等所言奏请施行。夫宣帝之才不逮太宗，孝文之朝盛于本始，乃百馀年后施行其策，而汉遂中兴。使孝文求治之诚果如宋神之锐，不为谗间，汉治未可量也。今夫王嫱、西施，天下之至美也；河间妇，天下之至淫也。负嫱施之美而必逆料其为河间之行，将使天下之女皆伛背出胸、檗蹶痀瘘而后贞耶？负贾生之才而必逆料其为荆国之行，将使天下士皆叉手咋舌婞婀萎腇而后贤耶？此大不可者也。

《史评》又言：唐相曲江之贤胜于姚宋，以谓争易太子、欲斩禄山二事，关系唐室兴衰，使其言用，不致有渔阳之变、灵武之篡，其见卓矣然。以是为曲江贤则可，以是责姚宋则不可。凡九龄之所为，皆姚宋所优为者也。何以言之？大臣当国，事未至而先筹之，上也；事已至而始争之，次也。当姚崇之入相也，先以十事要君。首曰："朝廷覆师青海，未有牵复之悔；臣愿不幸边功，可乎？"《新唐书·宋璟传》："圣历后，突厥默啜负其强，数窥〔边〕，侵九姓，拔曳固，负胜轻出，为其狙击斩之，入蕃使郝灵佺传其首京师。灵佺自负不世功，谓还必厚见赏。璟顾天子方少，恐后干宠蹈利者夸威武，为国生事，故抑之，逾年才授右武卫郎将，灵佺愤恚不食死。”史臣传赞，谓崇劝天子不求边功，璟不肯赏边将，天宝之乱，卒蹈其害。可谓先见。宋臣奏牍中亦引此二事为开边之戒。故能思患预防，将顺匡救中外，又安弼成开元之治。禄山自开元二十二年张守珪节度幽州始闻于朝，其时广平已致仕，而元之之卒且久矣。使二相尚在，则其争当更力，争之不从，当以军法诛之，必不使其得志猖獗，祸延宗社如此之酷也。

又按璟传：睿宗初，玄宗在东宫，“太平公主不利东宫，尝驻辇光范门，伺执政以讽。璟曰：‘太子有大功，宗庙社稷主也，安得异议？’乃与崇奏出公主诸王于外。”又玄宗“尝命璟与苏颋制皇子名与公主号，遂差次所封，且诏别择一美称及佳邑封〔上〕。璟上言：‘七子均养，诗人所称，今若同等别封，或母宠子爱，恐伤鸣鸠之平……臣不敢别封。’”其防微杜渐，忧深虑远为国本计又如此。故姚宋执政，不惟无废太子之事，并不使其君萌废太子之心。姚宋去而明皇之志荒，九龄之争为已晚矣。孟子曰：“人不足与适也，政不足与间也，惟大人为能格君心之非。”若姚宋者，庶几当之也。窃谓开元贤相姚宋而后，断推九龄。当时史臣谓姚尚通，宋尚法，九龄尚直。然九龄争愈切，言益不听，较力虽多，课所布效远不及姚宋，岂诚尚直之不如通与法哉！亦曲江之时有不逮耳。何则？姚宋之君正厉精图治之初，九龄之君已在志满意骄之后。姚宋去而开元之政衰，九龄去而天宝之乱兆。后之君子，综其始终而谕之，未尝不为曲江惜。盖其时有不同，未可轻为低昂也。而乃以曲江责姚宋，此尤不可者也。

又，是书既名《史评》，例与注释考证异，如瑟瑟珠也之类，既无当于考据，又有病于义例，谓宜删落以昭画一。显鹤闻弟子之于师也，受业解惑，质疑辨难。凡兹三者，反之于心不能无惑，要之于事又在所疑，敢布其区区质之，函丈恕其颛愚加指示焉。

不宣。

附录许先生复书

湘皋足下：接来书并承赠序，奖饰过当，恐不免阿所好之讥。至贾傅姚宋二事，持论与仆龂龂不合，足见足下好学深思，虽寻常一书一柬，不肯模棱读过。求之于今，盖不多得。仆喜闻己过，而益不能自嘿焉。

汉文为三代后不世出之主，贾傅为三代后不世出之才，观于吴公一荐，一岁而超迁至大中大夫，固不可谓不遇也。亲耕以重农，优礼以敬大臣，其说固未尝不见之施行。而徙淮阳王武为梁王以成屏藩之助，则及其身而已行其言，正不待生已死四年而齐与淮南之分王，为生之遗策也。惜也生仅三十二而卒耳。使天假之年以成汉治，则生之所学因年俱进，必有不止于是者。而文帝之贤亦岂使生终等屈平之放废耶？故悲生者，悲其年可也。悲其不遇而归过于文帝之不知不用则亦过也。至其所言改正朔、易服色有似乎纷，更当孝文之世而上书至于痛哭、长太息有似乎激，皆其立言之小疵，不足以掩大醇。仆前所称引诸说，似非立论之平，得足下辨正，足补我过，已尊教删之矣。

若夫姚宋为开元贤相，凡读史者皆知之，仆所评未敢有贬词。而曲江之贤实有过之，则反复考证而益信其说之不诬也。来书云凡九龄所为皆姚宋所优为，仆窃惑焉。考开元二年，明皇欲使薛讷击契丹，姚崇谏不听，遂以讷同三品将兵击之，崇不敢言。未几讷败，论史者责元之不强谏。开元十二年九龄为相，玄宗欲加朔方节度使牛仙客尚书，九龄不可；但加实封，又不可；次日复言之，九龄固执如初。明皇卒从李林甫之言，加实封三百户。由此二事比类观之，则使元之为相，而明皇欲赦禄山，其必不能犯颜直谏、而执军法以诛之也明矣。又不特赞成东巡表贺日食鼎铭诸事为曲江所必不为也。

若宋广平清操大节，视元之有加焉，而史艳称其不赏郝灵佺一事，以为得思患预防之义，则亦有未尽协于中者。夫宰相者，刑赏与天下共之而已无与焉者也。突啜默啜自武后时为患中国，灵佺能得其首而献之京师，其膺懋赏也宜也，抑之而使其愤恚以死，其何以作士气而待有功乎？且夫兵未可废也，安边之策未可疏也。璟诚虑天子好武功，则持重如王忠嗣者任之，幸进如郭虔瓘者黜之，使将帅不敢开边衅，策之上也，不此之图而徒抑灵佺之赏，抑亦末矣。夫法一而已有功者可不赏，则有罪者可不诛，异日禄山兵起河北，州县望风瓦解，武备废弛，非尽启边功之过也。然而君子犹曲谅广平之心者，诚以大臣忧国，动及于远，苟可以安社稷、定国家、遏祸乱于未萌，虽身受其过而不辞，后之君子，以是为观过知仁焉耳，非谓抑边功一事，足为万世法也。

来书又言姚宋执政，不使其君萌废太子之念，以为能格君心之非固也，然亦思太子之所由废乎？太子之立也，以母赵丽妃之宠；其废也，以武惠妃，杨回之谗。自武惠妃贵宠而王皇后废，赵丽妃等皆失职，独太子二王赖诸贤维持调护得无动移，曲江则当其最危时耳。然其夺嫡之计已萌于皇后未废之初、寿王甫生之日，非一朝一夕之故矣。谓赖二公忠荩得无废太子之事，则可谓并不使其君有废太子之心，其孰从而信之？夫治至开元盛矣。论相至姚宋可以无讥矣。仆岂故为是刻核之论以自文其过？而窃观古君子之论人也，贤人之所共贤求以副其名，而必观之心术之地见已之所独见，求以合乎道而不徒责之功效之间。若曲江者，综其始终，为相不及三载，所陈十不施一，而以其身系宗社安危之重，孔子所谓以道事君不可则止者，庶几乎无遗议焉。仆前评直书所见，原未敢自信，而足下独能据所见以辨难之，仆喜足下之启予而益思有以难足下也。此外疵谬，足下所见及者，幸无吝指示焉。绍宗白。

与柳海山书

海山足下：

邵中近有人来，惊传尊丈之变。始犹谓其不实，就讯之，知其语确矣，无复疑矣。海内耆旧，凋零相继，风流尽矣，岂特邵人之哀思召父，执事之抱痛终天已耶！

遗命诿诿校订全集。自顾何人？膺兹重任。奉命以来，朝夕皇皇，惟恐有负重托，上累尊丈知人之明。兹已将古文、制艺二种分别编辑，敬制二序僭弁其首。制艺存三十四首，其五首稍落时调，亦先丈意所欲去者，可不存也。古文可传者多，亦须严为别择。寿序盛于有明中叶，最为文章陋习，昔刘叉以谀墓之文病昌黎，若寿文又谀之谀者也，前辈集中亦相沿存之，然去取要当慎耳。今总编为八卷，各以类附。家谱居后，即古人著书自序之意，而以骈体及仿《公》、《穀》两种附存卷尾。前列目录，用硃围别之。

今世文章，狼籍烂漫，哀然金刚其杵者何限。其传与不传及传之久暂远近，皆视其文之精神、命脉强弱、虚实之间，以为赢缩。虽曰有数存，要必先自立于不败之地。显鹤以古文受知尊丈，弥留执手郑重付托，此必以显鹤为稍能道古者，非出于一时之乱命，断可知已。古之道，无毁誉阿顺于人。若不知而强言，或知之而不言，言之而不尽，二者，皆得罪于古而非尊丈所以弥留执手期许千秋之意也。凡集中疑义，俱以浮签指出，制题欠安处，或竟更改，以求仰副尊丈名山千古之业，及执事哀痛仁孝之心。制艺评语，无一可存。拙评颇有精意，非肤俗可比。古文以不著批点为是，况无一中肯语耶，惟执事图之。执纸累欷，呜咽何似！

不宣。显鹤再拜。

与海山第二书

海山足下：

前月廿八日专使赍呈唁书及先集两种，计于节前可到。朔日拜读手书并哀讣节略，猥以志铭、行状之文见属，奉命之下，惶悚无地。伏念尊丈扬历中外，文章治行久为海内所推仰。以尊公之名位，益以执事之孝思，当求当代显者之文上之史馆，垂之后世，乃独以属之穷乡下邑为世不齿录之人，岂以某之言尚不戾于古，而尊丈之志固无须乎显者之言乎？抑以古来布衣之士多立言不苟，其传世行远有信于尊官贵人者乎？而显鹤非其人也。然而，某卒任而不辞者，则以某受知尊丈之深且久，而尊丈之信某，固不谓其稍逊于尊官贵人且或以为过之。已一昨床前问疾，弥留执手，拳拳以千秋之业见付审定，盖已凄然有身世之托矣。昌黎云：犹有鬼神，实不敢负。则今日之执笔以铭先生者，非显鹤其谁哉？又奚敢辞！

虽然，尊丈之志则然矣，为人子者孰不欲尊显其父。而世之所谓尊显者，类多取重于尊官贵人之言，脱足下犹有世俗之见存，则违其先志而求之当代显者亦人情之常，未必遂犯大不韪，而闻者亦特哀其隐而不必遽责以不孝也。而执事又不然也。方且哭泣且状衔遗命再拜，走使千里外殷殷来请，亦以为非显鹤不足以告慰先灵，昭示后嗣者。夫以尊丈之知己如此，遗命谆属如此，执事之孝思诚笃，以礼来求，不为世俗之见所惑又如此，而犹引避不遑，非弇鄙无文则矫情饰诈耳。文非某所敢居，而诈亦非某所敢出也，又乌能辞。奉命以来，朝夕懔懔思得当以报。而馆中诸生日有程课，兼值午节有往来拜贺之烦，使人又催促不能久待，草草为之，无能表扬先德，惭愧无既！

墓志一千三百五字，非不能简，不敢简也。王荆公铭志文最简洁有法，然观其为曾子固祖父作，亦多至千五百言，李习之状韩文公且二千言，盖文字之长短繁简，亦视其人之交道浅深厚薄以为准，不必定以少为贵也。

行述节略，苦少于尊丈事不及十之一。文集先已赍还，无能征引，又不敢虚张一语，以蹈诬罔不实之咎而陷执事于不孝。篇中所陈，皆平日负剑时所及闻于尊丈者，执事哀痛迫切荒迷之际不及记忆耳。行状约六千馀言，穷日夜为之，手腕俱脱，不及修饰。此间苦无钞胥，颇形窘绌耳。其文义重复杂遝处，亦所时有，惟执事再酌之。填讳即求王定九侍郎，亦尊丈心交也。铭志已代求李春湖中丞篆盖，拙文如以为可用，上石时幸勿列虚衔也。附呈挽联，敬当哭临，不胜呜咽。惟孝履勉强自支。不宣。某再拜。

复曾宾谷中丞论江西诗派书

宾谷先生阁下：

顷奉手书，欣慰无似。先生海内宗匠，乃不弃葑菲，若以某为稍可与言者，而奖饰教正之，长者之意，抑何谆笃，且感且愧。抑先生之意良厚，大惧懵昧无知，无以上副嘉惠，用敢续布忱悃，惟先生加察焉。

某言诗颇不喜辨唐宋之界，尤不服门户宗派之说。以为此事原无古今，惟有真气骨、真性情不随人作计者，能长存于天壤耳。然持是格以绳近人，百无一二；又进求之国初诸老及有明一代，什不二三。窃叹此事之难，非敢自谓有馀于此，乃心之不足于彼也。及读先生诗，浩然兴叹，以为才思格律，一洗近人纤佻秾缛、叫嚣粗犷之习，率题一诗以当序跋。诗中语意，历数江西诗家，亦就某平日服膺宗仰者言之，非谓江西诗之必尽于数君子，亦非谓先生诗之必尽于数家。但诗派之说，仍沿严吕之论，是其辞害意之处耳。实则先生诗浩博无涯，纵横变化，百年论定，当卓然为我朝一大家，不敢以数君子囿也。

然江西诗自彭泽而下，亦断推数家，不特江西也。有唐一代，杜韩而外，亦几能方驾数家者。数家之中，某尤笃嗜涪翁。以为唐之杜韩，宋之苏黄，如日月并丽，江河并流，浅者必欲区之以宗派，陋矣。且即吕说所罗列二十五家，亦谁能学百川之至海？乃若秀水目睫之论，直昌黎所云，可笑不自量者耳。道园之隘，诚不如诚斋之广，然某宁取道园而不取诚斋，则以雅俗之分，如冰炭水火之不相入。诚有如先生所云者，随园之奉诚斋，与竹垞之诋山谷，其失均也。

某学识浅薄，所居又界荒远，闻见卑陋。今且颓然迟暮，衣食奔走，无所成就必矣，尚何敢抗颜肆口，评骘古今？顾惟先生主持风雅，为当代韩苏，海内人士，稍负异于众者，靡不思携业就正，思得一言以为荣。某汶汶于世，姓名不出闾巷。先生独不弃葑菲，若以为能辨菽麦、别芳臭者，谆谆诱之使言，故遂忘其愚陋，敢以平日蓄疑于心者质之，函丈冀恕其戆拙，怜其颛蒙，加指示焉。前诗小有更改，别纸录呈，惟鉴。不宣。

王香杜云：策亦生平不喜门户之说，故昨赠君诗次首及之，读此益知论有同心。

复督学程春海先生书

春海先生阁下：

四月二十有四日递中接奉初五日自沅州发来手谕，庄诵未终，汗流浃背，惶悚感惭，不知所云。敬承按部所至，动履豫吉，吟怀清健，敬慰敬颂。

明训以今世人才不古，若大抵诱于利禄，而归责于师儒之教不先，而以显鹤备校官之末有教士之责，望之以躬行倡化，其所以劝勉期许者至厚至切！显鹤何人？敢当斯语。然亦有愿言者，谨引申其说，献之左右，备采择焉。

明训云："诱以禄利而责以义理，是犹建曲表而求直景，其谁信之？"圣人复起，无易斯言。窃以为，三代乡举里选之法既不能行后世，科举取士诚不能不诱以禄利，然舍此别无他术。而伟人杰士由此以进者，正复不少，则在父兄之教与师儒董率之得其方而已。世之父兄不能皆贤，贤亦不能强他人子弟从我，则兴教劝学，惟师儒之官是赖，而所谓师儒者，亦惟学臣与校官二者而已。学臣分尊，与诸生隔绝，唯恃一日之短长为去取。而法令滋章，奸宄丛集，其所谓一日之短长者已不足恃，即令去取，皆当摹仿钞袭，陈陈相因，何与身心性命？其不足以得士亦明矣。又学臣三年受替，诸生贤否不能周知，知亦不能习；则久任专责，能以师道自任者，非校官而何？今制穷僻小县，必立一学，山陬海澨，殆无不设教官之地。乃设官愈多，师道卒不立者，岂诚今世人材不如古哉？在教官之不得其人而已。

功令校官以积岁贡生挨选，已失古者三舍遗意；举人大挑二等始与，大抵年老衰病、逻皭无能者居半。贤者既不屑为，不肖者苟且贪恋，猥屑鄙阘，日与同官争锥末、生徒较执贽。大府既以不甚爱惜之闲曹置之，为纠劾所不及；而博士弟子复泛泛然若途人之相置，甚且视同疣赘，轻若弁髦，积岁不一见，虽欲教之而无从，而学校乃大不可为，可哀也已。其有一二稍知自爱之士，顾名思义，思有所树立，而官卑奉薄，日以妻子衣食累其心，辄废然自阻其能、尽其职，不负斯官者百无一二焉。故尝以为，欲学官弟子之率教，当严校官之选，欲严校官之选，当重校官之权。厚之以禄入，待之以不次，其亦庶乎其可已。

至设教之法不一而小学为先，小学之教亦不一而训诂为先。诚如钧谕所云：由训诂而识义理，由义理而博通乎古先圣王制度名物及历象躔次、河渠水利、兵刑名法、民生休戚、时政得失，与夫天人相与、休咎征验、古今治乱循环之故，洞悉详究，灿然为体用明备之学，诗文工拙其末焉者也。明乎此，则汉学、宋学一以贯之，门户之说又可不存已。

显鹤早岁失学，年已迟暮，自知无益于世。途穷知返，老就一毡，盖有不肖之心二：一则畏吏事之难，自图安逸，又利其脱然事外，无民社之责，可免意外祸福荣辱；一则家累甚重，思谋薄禄以赡妻子，非真能以师道自任。其得尽校官之职与否，显鹤亦不敢自必，殆亦无以甚异于笃老衰病遝冗无能之徒也。辱教拳拳诱之使尽言，故敢肆其臆说，惟先生不斥其狂妄，俯加采择，感甚！幸甚！谨肃奉复，过蒙知爱，不敢自外。又仰体大度宏伟，不复效衔版虚文，辄上手札，字画不谨，千万矜宥。蛮荒溽暑，伏惟珍摄保啬，以时崇护。不宣。五月十二日显鹤谨白。

附录春海先生来书

湘皋仁兄同年大雅阁下：

读手书并赐和大什，奖宠逾涯，惶汗！惶汗！尊作风骨遒劲，魄力沉厚，愈生鞭愈浑脱，所谓百炼刚化为绕指柔也。使杜韩复生，亦当把臂。兰雪负海内名，然诗境不似我辈，彼为其易者耳。硐东真健者，未知何日得遻。诗诚小道，然使无真性情、真学术不足以昌之。泽投君订交诗，沾沾于诗者，正以诗见先生性情学术耳。

泽不才，幼好泛览，苦其杂；稍长知门径，又奔走衣食，不得卒业。近益无伏案功，然读书之志则未尝一日忘也。窃以为留心义理，推之事功为有用之学，而制度名物昧于所从来，亦不足以识古先圣王礼乐之深意。而不知天者不足与议历象，不知地者不足与议攻守。不知小学者不足与议训诂，训诂且不解，奚义理之有哉！故凡欲通义理者必自训诂始。世有束书不观，置训诂不讲，而以义理表暴者，其病足以祸天下。泽深慨焉！故设教时谆谆以通训诂、明义理为属，而门径之说则择人以告，彼志于博者乃可议门径，否则徒知禄利之诱攻帖括而已。诱之以禄利而责之以义理，是犹建曲表而求直影；不诱以禄利人谁应之？故贡举之法惟遴选、举优二途尚可责以义理，他考不与焉。

若惕之以法，示之黜陟，是令也，非教也。故泽以为，学臣校官无一人能以教自任者？宜乎善人少而不善人多也。又贡举之弊，今日尤甚。法出而奸生，令行而诈起，非法令不足以御，奸诈由教之不先、而禄利之诱有以致之也。先生植品高粹，学有本原，居宁乡必有裨于宁乡。安得执木铎者皆如先生，则士服其教矣。《传》云："以身教者从，以言教者讼。"义理尤贵躬行，躬行乃能及物；否则徒堕讲学之习亡，益而有害。泽有见于教与学之道，而诚不足以充之，谨以质之先生，愿先生择焉。顷举沅州科试，月望后乃竣。竣即赴靖州，益远得书益难，忆念无极。四月初五日程恩泽谨白。

拙作订交诗押阞字，用《考工记》而遗却水旁，其实阞可通泐。按《说文》，阞，石理也；泐，水理也；朸，木理也。石理圯似当用阞字，若水理乃借耳。阞又通仂，尊作押仂字，极方雅。

复春海先生书

某白：去腊递中奉到手告，数千里外如亲色笑，如聆謦欬。岁事敦迫，僻处一隅，无缘上复，但有钦感。春间，贺方伯、唐郡守先后回楚，复叠荷手书，兼承寄《全唐诗》一部，欢忭惶惑，不容于中，且感且愧！即承祥琴久御禫吉，已届恭闻夏间将返新安，谨视丙舍，再理邮程。江左望东山之起，朝端喜君实之来，从此入为皋夔，出为方召，苍生蒙福，士类归诚，文章学业，衣被天下，翘首江天，无任钦向！

某自违大贤教督，志意隳下，自甘颓废。益以意外摧折，蕴忱茹愤，恐益以语言获罪，怀欲陈词，默尔而息，既作且辍者屡矣。因循回互，遂阅三时，顽顿谬盭，岂复可责以人理耶！蒙谕谆谆，往复周至。始则修荐士之牍，继则申辨诬之论，至拟之濂溪之遇清献。仰见大贤保全爱护，终始曲成，不难扶痀瘘以升高，起尪瘠于沟渎。雒诵再三，遂使顽劣不肖之躬，承藉光宠，顿泯瑕垢，伸孤寒之气，雪冤抑之衷，次骨铭心，继之以泣，其为衔结，岂复可言。

某自维早岁蹉跎，弗克自振。投老窃一毡，自试其身于猥琐龌龊之地，食贫处卑，固易为世所凌忽。加以才行拙劣，无实而窃虚名，又好为危言高论，召怨取谤，实基于此。自隶仁宇，辱蒙我公过知过爱，以为稍异常流，屈于下位，悯其颠踣，遍语同官。中丞方伯诸公，又皆过听公言，曲赐矜恤，不复责以官资常格。此自大君子爱惜末世人才难得，吾道易孤，苟稍有为善之资，即诱而进之于道，吾党有志之士闻之，皆争自濯磨，以求自立，真仁人君子之用心。而外论不察，妄有异同，即此见某平日言行不足以服人，声望不足以厌众。儒者之学贵反求，谗谤之来，正可藉资修省。孟氏恶我，亦药石也，敢怨尤乎！唯卞性狭中，时复气涌如山，学道无得，徒形其浅，要不能不为信谗之君子惜耳！至清夜扪心，硁硁自守，不絜不屑之衷，此则可质鬼神、可誓天日，不独我公洞悉，深信不致听荧，即官楚诸君子亦皆粗悉梗概，可无用某之哓哓也。

此间大吏纷纷更动，自馀山先生去后，更无覆荫。穷毡坐守，如涸辙穷鳞，煦沫自濡，不能自润，官奉所入，至不能赡妻子蓄奴仆，拟遂舍去。四无依傍，不得已隐忍寄此。年往志衰，措身理心，了无所得，犹复疑谤交乘，忧谗畏讥，言之可涕。吴中丞来，廑见一面，颇以文士相待。蒙垂询学业并论及当代文章老宿，某有鉴于前，又初见，不敢尽言，唯唯而退。耦庚方伯曾两次往返，斩然缞绖中不能他及。铁箫太守春间病甚，近闻已愈。栗仲仍回鄠县，但累日深耳。硐东、蓉裳、虎痴诸君，光景仍旧。虎痴尚在裕方伯公馆，当俟其眷属行时方解馆。仲兄云渠，今岁家居课其两子，长者已入郡学，敬以附闻。丽生夏初已到长沙，晤时具述在金陵晋谒，仰窥道体康适，精神倍常，为之喜跃。伏唯以时崇护，为国自爱。违侍久离索之感，教导之思，瞻恋之诚，未能抒写万一。临颖钦企，无任怅惘悚惶之至。

与杨诚村通侯论年谱书

宫傅诚村先生通侯麾下：

猥承不弃，以尊著自编年谱诿校订。旬日以来，寝馈于斯，如读史汉列传与傅介子、赵充国、班定远一流人上下议论；又如身在行间，亲睹淮阴钜鹿之战，两军从壁上观，汗流股慄，震骇莫可言状。至于家庭琐屑，身世艰难，将母望兄，感怀伤逝，仁孝之心，蔼然纸上，尤令人欷歔、感泣涕下，绠縻而不可已。若夫叙事之雅妙，则又合《左》、《国》、马、班为一手，有目者皆知之，复何庸赞一词。惟是三十年前即闻贤侯大名，虚怀下士，尤喜人讥弹文字，尝以不得一见为恨。今天假之缘，老获托处麾下，又承谆谆下采，若以某为稍能辨菽麦者而诱之使言，深惧弇陋无以塞盛意，谨就管见所及略陈一二，惟执事察焉。

年谱之作，与史事相表里，言之不可不详，而择之不可不慎。惟详与慎，乃可信今传后。尊谱年经月纬，条系事件亦既详且尽矣，而其中窃有疑而未安者三：

一曰世系。古人作书，必有自叙以明得姓受氏之由，盖自子长、孟坚而下皆然，而年谱尤其著者。案谱，杨氏出汉太尉伯起公，后至唐懿宗时再思公生，由淮南丞迁辰州长史，结营飞山，与李克用同受昭宗衣带诏征兵，众奉为诚州刺史，称令公。今考令公为杨业之称，《宋史》杨业本传：业，并州太原人。在边防二十年，契丹惮之，六子皆贵显，官供奉殿直，延昭尤骁勇善战。昭子文广为广西钤辖知宜、邕二州，英宗曰文广名将后且有功，擢成州团练使，世称杨氏世将。又《宋史·南蛮传》："诚、徽〔州〕，唐谿峒州，宋初杨氏居之，号十峒首领，以其族姓散掌州峒。太平兴国四年，首领杨蕴始来内附。（八）〔五〕年，杨通宝始入贡，命为诚州刺史。淳化二年，其刺史杨政岩复来贡。是岁，政岩卒，以其子通塭继知州事。熙宁八年，有杨光宝者，率其族姓二十二州峒归附，诏以光宝为右班殿直……继有杨昌衔者，亦愿罢进奉、出租赋为汉民，诏补为右班殿直，子姓十八人补授有差。独光僭〔颇固负〕不从，未几亦降〔命〕……乃与其子日俨请于其侧建学舍，求名士教子孙，诏潭州长史朴成为徽、诚等州教授。光僭皇城使、诚州刺史致仕，官为建宅，置飞山一带道路巡检。〔光僭〕未及拜而卒，遂以赠之，录其子六人。”又乾道十四年，成忠郎充武冈军都巡检、豁峒首领杨进京备方物求贡，十五年杨进禹复求入贡，皆诚、徽州诸杨也。时称杨氏世勋，与太原之杨判然两族。后人因其姓同、其时同、其官同、其所官之地又略同，稗官野乘混而一之。流俗讹传又以令公威名甚著，诚州刺史为杨氏世职，因以加之再思耳，非再思必刺诚州号令公也。至云五代时民遭涂炭，独公奉唐正朔，保障滇黔民赖以安，此则据家谱可以破《宋史》杨承磊族人以地附楚之谬。何以言之？梁之稔恶极矣，天下恶之，唐祚虽绝，当时列镇犹有用天祐纪年以号召其国者，独马殷父子甘心臣附。曾谓杨氏之强，再思之贤，而肯以其地附不耻臣梁之马氏乎？况杨氏入宋后承平已久，江南诸国相继入版图始率其族人献土地。则当日据有二十二州之地，力能固守，不汲汲于附楚也明甚。是则家谱之可信者，惟《宋史》献土在太平兴国四年，家谱作开宝八年为不同耳。须略为辨驳。以《宋史》虽芜杂，要系官书，不可不辨，此其宜更正者一也。

一曰称谓。父前子名，君前臣名，朋友相谓以字或以官或以爵，其尊且显者则加公以别之。又古人称谓非三公不公，自来名人文集有于其祖父亦称君者，至后世文人之习每人必有一号，其称某官某地亦然。如总督必曰制军，巡抚必曰中丞，近鄞人全谢山祖望力辨近日称中丞之非。谱中所纪，多军前章奏胪句之文，严旨温纶，皆敬谨编入，准以君前臣名之义，与史法同，一切皆宜称名。又本朝文章称某公某，上姓下名。施之汉人则可，施之满人则于文不顺。近日名人集中，于满洲大老上书某官爵谥，下书某某公，如文成阿桂公文襄、福康安公之类。似尚可从；如以为太直，则大书其官爵谥，有谥者书谥，无则书其官爵。而以其名旁注于下，亦可或繁文叠见，有宜称上一字以别之者，如德侯德参赞之类。于文法犹顺，独不可尊上一字为某公，下几字为某某也。若同辈则直称名为是。又近人于师门称夫子，似亦非古。古人家臣仕于私门则称夫子，以官称、以爵称非师之也。夫子欲之，此冉有称季氏于其师前之词；当时圣门中亦称其师为夫子者，窃以为大圣曾仕于鲁为司寇，故以其官称之，非谓称师之必宜夫子也。执事谱中所师事者有三，鄙意以为不如称师之为当。如称松筠公为湘浦师、那文毅为绎堂师之类。又古称伯叔父为诸父，其疏远者为族父。如《诗》云："速我诸我。"《书》云"王曰伯父、叔父"是也。汉疏广传"臣父子出国门"，马援兄子上书亦云"臣父子"，此等称谓，汉世犹为近古；若伯仲叔季次第之称，施之兄弟则可，施之诸父则不可。执事既叔事忠武，则宜称族父、称时斋叔，简文也，重言之不得不尔，初见谱中正宜以叔父称之耳。堂叔称从祖父或疑其太古，则称从叔父亦可，若堂叔则俗称也，不可入文。他若文生文孝廉，如县学生员、廪膳生员、某科举人之类。及州县建立在后者，如松桃厅、秀山县之类。皆宜从本称，此其当更正者二也。

一曰闲文诗刺谑浪易戒游词。昌黎大儒，好为滑稽无实之语，习之作书诋之，退之虽护前亦不能拒也。然世传昌黎好谐，亦不过《毛颖传》、《送穷文》之类偶尔游戏，未尝施之于《平淮西碑》也。执事年谱所纪，皆军国大政，煌煌庙谟神算，所莅师武臣，胜负得失所关。边庭万里，腹里内地沙漠，穷黎闾阎，赤子疾苦，性命所系。悬之国门，上之史馆，一字不易，千金难购，宜何如郑重。窃以篇中一切诙谐谑语，如初次出关与熊游击、王守备语奏凯，入关与忠武内堂家宴语之类。皆可从节，不宜留之为后人口实。如谓一时情事，不能遽割，则执事著述等身，何惜别编一卷存之，如《左传》之有《国语》，文人之有外集，不犹愈乎？此其当更正者三也。

至于文案俚言俗字，当一一改正。执事幼读有用书，肆志经史及古杂家言，为文浩瀚无涯涘，已复弃去。弱冠从戎，逮壮专阃，身历行间五十年，大小数百战，为国家削平祸乱；中复提一旅走万里立功塞外，挈已溃之残疆归之天子，身画凌烟，功铭钟鼎，复何暇与文人较量字句？况某学殖荒落，识见迂浅，又何能窥测殊勋伟绩于万一。然《诗》不云乎，“询于刍荛”。如以为可采，即以某是书附存谱末，聊当跋语。则执事之功大心小，不遗一善，与某之庸陋无状，得上交于执事，不避尽言之嫌，皆有本末可告天下后世，又不仅如昌黎所云得附三王之末，有馀荣焉者矣。

卷第十

与林辛山邑侯书

辛山明府阁下：

去腊递中奉到手书，深荷存注。岁事匆迫，未即作复，甚怅惘也。阁下自莅吾邑，出其学道爱人之素蕴，振兴文教，勤求民瘼，颂声已隆隆日起。顷舍间人来，知敝邑志乘一举已有定议，并蒙以采访之任委及家兄。伏读劝捐大启并条例，详审简要，事不烦而功就，费不多而事举，欢感喜跃，如何可言！

窃以此事重大切要，敝邑人士频岁道谋，迄无就绪。一旦得贤父母大手笔身任其事，克期告成，俾七十年就湮之文献，毅然修举，灿然明备，岂第维山增色，资水蒙休，其自梅铕以下，皆受其赐。惜某一毡羁绁，不克效雠校督刊之劳，惟寄书家兄及亲友中在事诸君，踊跃矜慎，共襄美举，以无负老父母修废举坠表扬风厉之至意，且延颈拭目以观厥成，先睹为快也。

某更有恳者，寒族自先祖以上屡世单丁，代有隐德。先高祖在明季国初兴废之间，孑身避乱，仅而获免。年六十始生赠文林郎曾祖岩隐府君，布衣笃行，有还遗金逸事，揆诸古者举逸民之例，在所不泯。先大父松堂府君以经学教授生徒常数百人，掇科第致通显者尤多，若益阳刘教授恩宠、刘刺史永华、李训导美绪，其尤著者也。著有《松堂文集》，学者称为松堂先生。某尝追绘

《松堂读书图》，遍征海内名德耆宿诗文。顾自维材行谫陋，遭遇屯厄，势力单弱，不及光显先人，表扬前烈。先子至性肫笃，事病母二十年，顷刻不离左右，尤人所难能。行谊详福山王玠轩学博行状，会宁柳宜斋太守墓志，及茶陵谭希斋明府寿序。又先叔父令钜野，善政多端，以耿介获重谴，钜人久而思之，作《善政录》阐微，伸枉尤待贤者。窃惟阁下以承明著作之才屈临下邑，下车之始，即兢兢以志乘未续修为念，仰见贤者维持名义，风厉末俗。朱梅崖所云"青云之德翔举，潜匿者而登诸光明，譬犹附一羽于溟鹏之背，其疾升远引"可知也。

在先人积德不耀，沉冥自晦，不必定以此为荣辱。而后人称述祖德，不敢稍诬，不敢稍匿，以自蹈于不明、不仁、不孝、不慈之罪，以求托于蓄道德而能文章守土君子如阁下者，当亦仁人君子所动心者也。诚借老父母之力，俾先高祖以下懿言善行不没于世，则岂惟某等免于罪戾，衔感存没，永永无极，亦以卜秉笔者之信今传后无疑也。至山川人物，有见于拙刻《楚宝》及《南村草堂集》中，遇可采录者，万望一为录入，俾他日有所考证，庶相辅而行，益以见我辈立言不孤，而著书之足重也。草草奉状，伏惟终赐亮察。附呈先祖《松堂读书图题词》一册，先子墓志铭石拓、行述刻本、家传容缓呈览。

又《水经注》资水下高平水出武陵郡沅陵县首望山，西南流入邵水。今高平水固在也，而邑人士无有知首望山在新化者。今按首望山即望云山，在邑南百里罗洪，其阴即溆浦，盖北魏时尚隶沅陵故也。旧志邑先辈吴建轩先生曾与其事，吴最博雅，乃亦未之考，何也？新化在晋为高平，《齐书》尚有高平县男相，《陈书》以后不见著录，终隋唐五代宋初为蛮所据，北宋时始开，《宋史》有《梅山谿洞传》颇详，兹就所见以一纸钞呈左右，以省翻阅。某修《武冈志》及增辑《楚宝》，于宦绩、名臣各门有关系梅山典故者，不惮详载。又旧作《资水辨》采入《武冈志》中，今并录呈，惟阁下详择。馀当致书家兄转达。家兄尝欲辑《梅山北郭小志》，所言当不诬，阁下幸卒教之。惟以时珍重崇护。不宣。

复罗权如学博书

权如足下：

顷奉手教，以古人之义相督责，惶悚愧汗，无地可容。朋友道衰久矣，安得如足下直谅规切三四辈，使衰庸呰惰偷安如某者得日闻过失耶？虽然，谓某诺尊丈墓道之文不即下笔，或疑有他故，且疑其口诺心违，失君子以诚待人之道，则某不敢受也。

念某与足下定交以来，十年之久，中间合并不数，旋即别去，踪迹不可谓不疏。然微窥足下质直好义，笃友朋，重然诺，心窃敬之。又重以文章意气之合，庶几道义之交非俗流所测。又某名德不修，尤悔丛集，自归长沙，悠悠之口，烁金毁骨，无所不至。足下独力排群议，过为推许，且以谓某能为韩欧之文，立言不苟，可信今传后，以尊丈墓道之文郑重诿诿，此意尤为可感。受命以来，寝馈于怀。所以不即报命，直以足下大事已举，要作一佳文存之私集，可以稍为辽缓。又生平赋性迟钝，立言颇矜慎，愈慎重则愈不敢下笔。若泛泛应酬，则顷刻成章，一挥数幅，亦所不难；而以施之足下则不敢，以施之尊丈则尤不敢，故宁冒懒漫之名，不敢草率了事。近苦于腕酸痛，不能作字，恐遂成末疾。念生平诸事粗了，饰巾待尽，亦无所不可，唯足下此文未具，深以为歉！正在经营构稿而尊札严促，遂竭三昼夜之力勉成文之，当否未可知？而吾心则既尽，吾才则已竭矣。唯足下亮之。不宣。

与谭桐生孝廉书

桐生足下：

往岁闻友人言，足下与哲弟梅丞并能为诗，足下人尤直、谅，心甚敬之。嗣尊公铁箫先生来守鄙郡，窃喜贤昆弟必来趋侍，是天假以萍踪合并之缘也。乃足下兄弟不遽来，而仆方为汗漫之游，过洞庭至皖江，由皖而吴、而淮扬以达于京师，是时足下兄弟亦至，邂逅相遇，亲若平生，谈诗论文，欢情休畅。

自仆归为宁乡校官，僻守一隅，遂不获与四方贤豪接。足下兄弟至邵，盖已一载于兹矣。仆与足下旷别六载之久，相距三百里而近，竟不获一通謦欬，借展情愫，其为怅结，如何可言！去秋接奉手书，备承勤拳记注，猥以蜚语横加，百端宽譬。实则致谤之由，总缘自取。吾儒之学，贵返求，非意相干，政可藉资修省。孟氏恶我，亦药石也。

来谕又云，某向在京邸见桐生诗，颇能有所献替，今乃不然，窃疑先后异辙，或为世故所染？具见足下爱我之深，以古人相期许，且感且愧！某少好吟咏，以奔走疾病废学，不能自力，卒无所成就。自为学官后，猥情俗状，日接耳目，方恨不早自树立，年逾知命，复以其身自试于阘冗嵬琐之地。叹老伤贫，贤者不免，况材质猥下如某者，盖臣之精亡久矣。从前所识字义，俱瞢不省忆，足下尚以素业期之耶？虽然，不敢嘿而息也。

大作根柢磐固，包孕深厚。坚质处似杜，崛强处似韩，朴老生硬又近山谷，能事尽矣，复何所加。无已，则请仍就君家兄弟之诗并论之。仆尝为人言：吾于桐生之诗，服其理之足；于梅丞之诗，叹其情之深。理（哀）〔衷〕诸学，世或有为学所溺者；情根于才，世或有为才所累者。能去其溺，祛其累，艰苦之至，通于神明，绮丽之馀，依于典则。诗虽小道，性情见焉，学术寓焉，治术通焉，敢轻言哉！足下好学深思，以沉鸷之笔，写幽隽之旨，镵刻冷艳，此种境界，已屏去俗流耳目，非时子所能梦见。某方爱之、慕之、畏服之不暇，尚何能指摘罅漏，讼言其短？虽然，思苦则意多，意多则易棼，棼则碎语，涩则气壅，气壅则易促，促则怯，此又不可不防其渐也。

程春海学使序仆诗云："下走之于诗也，始求其通，通则藩篱决；继求其介，介则边幅隘。"窃以是举似君家伯仲，长公之介，次公之通，亦于决与隘，防之而已。仆于二君之佳处不能得其万一，而患处则奄而有之，年衰志往，日暮途穷，此生未必有驻足地也。足下昆仲，文章学业，如日方升，诗文馀事，然且精益求精，心虚气下，不自满溢如此，异日事功，所以承家学而建事功者其可量耶！雨窗兀坐，挑灯读两集，辄纵笔作书奉质，当有以教我。春寒百凡珍重，著述自爱。不宣。

再与桐生书

桐生足下：

春间奉书，未及即答。顽顿颓废，不可为人。比来省门晤令弟梅丞，敬述尊丈清恙已差，但气体少弱，须服药培养，深以为慰。

前者赐书，知侍奉之暇，留心灵素，猥以某为识途之马，意欲访求门径。窃以为，古来通儒无不读医书，而自汉及今，名家者不过数人。今世儒者，或目医为贱工，不复知秦缓为何人。而一二操方寸匕以攫取财物者，皆市井乡曲，不复知字义之人。若近时长沙城中所云知医者，尤猖狂无理。某自回南以来，知识中目见受其害者不一家，而无术以挽之，可悯也。

某自先慈弃养后，悲愤填膺，将所藏各医书拉杂摧烧，存者亦高阁尘封，不复寓目，盖已绝口不复言医矣。自为校官，以春海学使知己之故，乃稍稍破戒，而狂吠之徒，至诬之以挟术干人，其尚有人心耶！尊丈去岁所患，不过少阳偶受感冒，疏解即愈。其留恋加剧者，由劳顿复感使然。而医者遂进附桂大剂，比得小差，然阴分未免受伤；今春之咳嗽痰血，未必非过服热药郁蒸所致。某早岁为景岳所误，喜服阳药，后几以内热死，乃服丹溪。千虚易补，一热难除之论为有理。前得手书，每欲发一论而迟迟未敢，以老人病情，不能悬揣轻议，多指乱视，徒劳无益，缺然久不报，非尽由疏懒也。唯有以谅之。不宣。

与张蓉裳学博书

蓉裳学博阁下：

教官举荐优行，实里选、乡举遗意。故春海学使与仆书云："贡举之法，惟遴选、举优二途，尚可责以义理，他考不与焉。"顾能行其实者鲜矣。家耘渠兄力学笃行，似东汉独行传中人。然非先生人伦师表，相赏于风尘之外，鲜不以迂儒忽之。优行之举，此自关贵学公论，不敢言谢。惟是古人于举主之门，终身不忘。近日视此等重举为儿戏，不过纳人执贽，套为考语，一详了事。举者与受举者恬然不愧，坦然不疑，习为惯常，虽自好者不免。安得尽如阁下之于家仲，庶几古人风义犹存，或亦激浊扬清之一助乎！

黄君德甫，内行醇笃，至其口不臧否人物，尤为司马氏所云慎之至者，非贱兄弟所能及，与仲氏同举，洵为得人。为寒门感，为贵学贺，不敢言谢。惟有终身服膺，垂示子孙，俾世世知有此段佳话，亦未必非衰门之光也。顷闻舆论，谓吾郡六学二百年来，惟此举尚不失举优行生之初制，斯言殆非过论耶！令亲胡某，止见一面，稍闻正论，掩耳即走。闻其生母溺爱过甚，不肖之事皆纵容而备尝之，恐不至于饿殍不止也。

铁箫先生见在省门，欲一见而不可得。某自回宁，便如深山老衲，窜迹荒远，不复知有世事。为语老硐：退院僧亦不减于入定僧，非复西域贾胡也。月杪小婿谭建宅偕小女来署，语次深感阁下视如犹子，奈其文运蹇滞，不能仰副尊旨，惭感无既。此子颇有诗才，人亦醇谨，虽不能遽称快婿，要不失为佳子弟耳。

硐东诗老寄到手定改本，精审严密。此老之不肯自恕如此，视近世初谐竞病诗狂上天者，相距何可道里计。大集亦宜及早编成，如得于近日寄来，同硐翁集开雕，尤甚便也。某近状如常，惟人夏来，颇为潮湿所苦。荒斋老屋，久旷人居，沮洳特甚；加以淫雨连旬，四壁皆屋漏痕，至不可耐。淋尴宿症，不时举发。病中勉强校刊《楚宝》，既少书籍，又无友朋，经费不赀，又不待言。浮生好自寻苦恼，往往如此，可叹也！长夏晴雨不时，伏惟顺时调卫自玉。不宣。

复陈大令书

服籽明府足下：

别后思仰甚勤，屡欲沕函驰候，人事懒废，辄复不果。然心服阁下之贤，钦钦在抱，寝食于怀久矣。日来两奉手书，所以注念鄙人者甚至，且感且愧！即承政履吉豫，侍奉康娱，敬慰敬颂。

阁下以翰苑才屈宰一邑，省览来谕，似有不得于中者。且谬以某为稍可与言，而殷殷下询相究于治谱官箴之要，想见贤者以古人自期许之意。以某鄙阘，何足以语此？顾犹有愿言者：古称行道济时，惟宰相、谏官、令长三者得行其志。今之台谏，其权或不如古，虽有贤者，亦不过循分供职；独县令一官，于民生休戚利病，能洞悉周察，兴革措置，操纵由我，使政平讼理，奸宄敛迹，百姓安堵，中人以上，犹可勉为。某昔尝有志于此。年衰志往，老据一毡，日与猥琐庸陋之辈隐忍为伍，非初志也。以阁下之才与学，如日初升，宰湘一年，以经术饰吏治，滨湘之民，翕然称颂，众口一词，亦既有成效彰彰矣。有如阁下早岁博一高第，亦不过国家多一文学侍从之臣，于君家门地资荫直为故物，何足轻重？孰与专城之寄，民命之司，能较然不欺其志，不易所守哉！愿阁下从此勉之。他日湖湘之民，操笔志循良宦绩者，虽久不能遗，官阶之崇，擢不足为服籽庆也。

某回汭后，有改建学署之役。日来料理移居，家具无多，而劳费正等。冷官落拓，求一椽之庇，道谋三年，始克成议，良可悯也。陈总戎书并图册误投，并检出寄呈，此亦一好题目，惜臣之精亡久矣。草草奉复，伏惟学道爱人，以时珍护。不宣。

复陶云汀制府书

久不奉书，以执事总制以来，机务鲜暇，不敢以乡曲芜词屡渎严重，致劳钧答。然仰念之深，非书疏所能代也。即承道履吉豫，神相多福，敬慰敬颂。春间，镜海太守、严丽生大令先后来楚，荷手书甚勤，并知书值已如所请，仰见执事笃念亲故，无时或释之至意。谨望风祇领，其为感谢，如何可言！

承示河、漕、盐三者均敝，某书生之见，常以为天下四大政，河、漕、盐、洋，而边患不与。今河、漕、盐三事皆萃于执事一人，而试行海运，成效彰彰，则洋务亦在筹运之中，所谓非常之举，必待非常之人。某昔年清河舟中奉寄诗三章末云："不谓数大事，落落归吾党。"今益验也。然任愈重则责愈专，位愈尊则望愈众。审知执事本领大、经画详，深念远虑，利不什，不苟就，害不什，不苟去。其所以上孚圣意，下洽舆情，中无忤于执政，左右当必有道，非仅如晚近功名之士，取必于一时者所能办也。

盐务一节，缉私不如减价，其理甚明，人尽知之。而议者谓为非便，徒以饱奸商之橐，恣殷商之侈，卒之官私两敝，无补于国而有病于民。今得通达治体、洞悉时务者毅然持之，穷则变，变则通，其势然也。两月以来，民间食盐顿减倍值，衢歌巷舞，以为百年未有之事。草野褐夫，既喜且惑，未审此后能源源接济，抑积压久滞引畅销，或出一时权宜疏通之计也？又两淮脂膏之地，膻附者多，一旦更变，江淮间游惰无职业之民及四方浮寓旅食辈，必因而造作语言，煽动中外。唯恃大君子权衡缓急，张弛操纵，有转移斡旋之神，无运动补苴之迹。于以变漓养瘠，阜财成物，厌观听者之心，知执事胸中必有成算，非草莽迂生所能意度也。

丽生言，在金陵谒见时，仰窥精神胜常而发须多白，知执事忧国勤民，不胜劳勚。伏望以时崇护、为国为民自重，区区下忱，无任祷祝。屡奉手谕，久稽上复。又恭闻恩命稠叠，不敢效世俗章牍，以浮词上溷钧听，谨赋诗四章以代贺简，以致忻忭，唯执事进而教之。不宣。

与云汀制府书

云汀宫保阁下：

冬月详肃一函，由宁乡县官封申递，未审何时得入清览？天寒岁晏，伏承动定增绥，敬以为祝。

前者，惊闻公子恶耗，骇愕悲悼，寝处不怡者屡日。非独以公子聪明英伟，可济美继武，不见其成立为可惜已也。诚以阁下当江淮有事之秋，屹然以一身为东南保障。圣明倚畀，朝野攸赖，事机填委，劳精敝神，晷刻靡暇。揆之天道，准以人情，亦宜锡以昌后，保其令嗣，岂有弗子之劳，忽遭爱子之惨，如公子之殇，真令人不可解者也。

虽然，执事以巨穴长德，撑持宇宙，垂型天下，德业崇伟，声施炳著，功德名誉，自有垂世不朽者在。庐陵有言，自古贤人君子，非皆因子孙而传。伊尹周公孔子之道，著于万世，非其家世之能独，乃天下之所传也。况阁下甫过商瞿之年，安知不举五丈夫子，蕃昌硕大，此又理数之可凭者。知执事学道达观，谅不劳草野迂生数千里外哓哓慰解也。

顷快壻胡蕴之同蔡君枉过，以公子墓志属为商酌。原文太繁碎，于金石例不合，已僭为改定。其平日与塾师往复辨论之语，别条系件，记于碑阴，庶不破坏文律。金石例原有书碑阴一例，亦古法也。据蔡君序稿及与蕴之口述，二君非妄语者，益令人思公子根器不凡，深可痛惜！仍拟作一哀辞，附存私集，冀他日有所考。年内无暇，当俟之异日耳。岁暮，倍万珍重，以时崇护。不宣。

与姚石甫大令书

石甫阁下：

春明执别，奄及五载，音问阔绝，思何可言。前从李海帆观察处得太夫人讣，东望惊悼，弥用悬怆！以未知吾兄踪迹所在，遂缺吊唁，悢悢于怀，寝馈难释。惟时从海翁及桐城官楚诸君子一探消息，相与感喟不辍而已。

秋初晤海翁世兄、石民茂才于长沙，知将有鼎州之行，谓当取道长沙，可因缘一见，惊喜想望，日形寝寐。顷闻从者已抵鼎月馀，楚西距沩甚近，咫尺万里，音问渺然，望而不见，然则浮踪汗漫，当以何时合并耶？闻此行为赵文恪公编纂年谱，校订专集，将以上之史馆，征信后世，尤不朽盛事，非徒师门谊重，申一己私情而已。

某近状益无理赖，自维谫陋，老窃一毡，偃蹇栖迟，学殖日落，志意日衰，颓然俗人，无足称述。加以天谗司命，磨蝎守宫，召谤招尤，动而获咎。幸中夜扪心，无毫发愧怍，有所恃而不恐耳。拙集为春海学使从臾，草草付版，深以为愧。因讹字甚多，又其中有待删改处，遂无心摹印，道远亦无从寄正，顾安得吾石甫一言序其首也。

《楚宝》之役，独任其劳，颇瘁心力。此入官后第一事，然备累亦日深，吾兄入楚后，想亦略闻端绪。是书关系全楚数千年文献掌故，邦之人无有过而问者，幸借官楚诸君子以大府之命，捐俸分销，借偿刻资，而工费繁巨，骤难弥补。浮生好自寻苦恼，此其一端也。前康中丞寄湖北周方伯托销六十部，讵方伯作古，中丞北行，此书遂不知下落。秋间接海帆先生镇筸道中来书云，在荆、宜、施道署中案头见庋数部，以为书久经发出，其价断不至落空，然至今信息杳然。昨专人送陶云汀宫保二百部于大江南北所属分销，比闻云翁又别有调度，果尔此举又成画饼，则信乎吾命之穷而善之不可为也。张时安太守于某甚厚，昨权常郡时，蒙慨然带去三十馀部，虽所属未必能悉如尊指，然时翁之意则已感不能忘矣。

相距三百馀里，无缘见面，胸中若有数千万言须向吾石甫倾吐质正者。某既蛰一毡，例不能越境他往。学业日退，易为亲故所弃，又不敢以古人相思命驾之谊独责望贤者。惟私计吾石甫入楚，必到长沙，此间为往来必由之地。縈维永夕，庶畅然一遂其私也。执事其有意乎？草草奉状，百不及一。伏惟学道日新，百凡崇护，为千秋自重。不宣。

与姚石甫书

石甫阁下：

前闻从者来鼎州，为赵文恪公编纂年谱，校订专集，已一一卒业否？阁下居鼎尚须几日，果来长沙否？由鼎至宁乡，四日可到，行时万冀惠然肯顾。且石甫至楚不到长沙，不吊屈潭，不过贾宅，不拓邕碑，不登朱张讲学之堂，亦属阙典。岂可使麓山湘水，笑人他日志流寓者，独遗吾石甫乎？

鼎士之尤者，吾知胡光伯焯年少美才，好学深思，诗笔斐然，深可爱敬，想已见之矣。又赵氏婿许生者，系敝房师莲舫先生之子。先生文学吏治具有本末，今其太公午亭封翁，携一子一孙寄居武陵，其孙得赵氏贤者培植，当不忧廉吏之后，惟封翁笃老贫病。先生身后，著作散佚，某亦思辑其文行政绩勒为一书，以俟来哲。而人事乖迕，百端拂逆，泯然不克从事。惭负生死，宁有极耶！

往客桂林时，文恪公方抚粤，某未敢通一刺。久之，公颇知我，移节入闽时，蒙枉过下顾，接谈之顷，即具言先生宰武陵善政及身后事，感喟不已。其时某以三事请于公：一入名宦，二入籍，三请醵金买田为祠墓膳其家。公亟韪余言。今三事已行其一，独名宦未祠，田未买耳。彼都多贤者，桐乡俎豆之奉，终有踵斯义以举行者。惜某堙暧衰谢无能为役，徒呼负负耳！故闻吾石甫编辑文恪公文集，师门之谊，不觉婵媛太息，感愧泣下而不能已也。

与胡光伯书

五月接手书，知有黔中往返之行，人事冗废，未即作答。伏承侍奉万福，学问日新，深以为慰。

某近状益无理赖，精力益衰，志意日隳。加以《楚宝》之役，自寻苦恼，备累殆不可言，而外人或以为有所利于中，此惟一二知己如吾光伯者当能谅之耳。张时安刺史来权贵郡，曾备述光伯品学，渠深相爱慕，曾一见否？姚石甫大令伟才朴学，今之古人，闻其来常，居赵氏宅为文恪公编辑文集，此天下士也，不可失之交臂。致渠书中亦极称光伯之才，非借此以通声气、广结纳，盖事贤友仁，直、谅、多闻，圣人教人勤勤于此。今友道之废，久矣不得其人，宁坐孤陋之讥耳。所需《楚宝》及拙集，容当续寄。见许太公，乞为道意，疚心之事，殆非一端，此其尤也。草草即问文祺，诸凡珍重自玉。不宣。

复姚石甫廉访书

石甫兄丈阁下：

永州别后，曾寄一函并小诗数首，由谭婿建宅赍陈，旋由递中奉到五月八日手书，其时荒简尚未彻钧听也。

省书知已驰抵桂林，戎马仓皇中尚垂念旧好，惠赐大序。敬礼小文，经陈思而始定，刁之诸作，得昌黎而益尊。吾乡前辈孙白沙老人有云："千金享敝帚，得失讵自知。苟无元宴老，何以重当时?"以今方昔，辄有同情，欢喜感服，不可言罄。正作书布谢，恭闻有陈臬粤西之命，此朝野中外及空山故人，所日夜引领而祝者。圣明洞鉴，公道大彰，为吾道庆，为天下庆，盖不仅区区一隅幺幺小丑，得所凭借以奏效为快耳。侧身西望，欣颂如何可言！劳辛阶、严仙舫二君子皆楚杰，得吾石甫共事一方，鲁其庶有豸乎。又闻徐山宫傅调任陕甘，夫已氏且有后命。圣人在上，权衡黜陟，公论大申。草野迂生，唯有雒诵元和圣德诗，冀缓死须臾，扶杖以观德化之成，已决馀年见太平，又无论矣。

承惠撰文叙，已上板矣。中以尊意增入数语。盖显鹤近日所最得意有功乡里之事，不仅《楚宝》、《耆旧》二书，关系最大者，尤莫如王而农先生《船山遗书》。此公立传儒林，与顾黄并列，而邦人鲜知其姓名者，遗书七十种，已就湮灭，裒而刻之，今遂家有其书，此一事也。欧阳文公实产浏阳，文章事业与庐陵抗世，所称楚国文公也。而全集久佚，《四库总目》所称江浙采进本二十四卷，今亦无存。近湖外所行之浏阳本编划失次，讹谬滋仍，且其中多浅人赝作羼乱，今遍为搜辑，重加勘校，又续得若干为《补遗》，厘定精刻，世始知《圭斋文集》之可贵，此一事也。周子笃生道州，为道学祖。《太极图》、《通书》与《六经》并垂，其文集杂著虽寥寥无几，而大贤著作，只字单文，亦不可弃，顾无有收拾编次之者。其后裔所刻之《濂溪志》麻沙俗本，至不可耐，今细加编订，刊为《周子全书》，与《二程遗书》、《朱子全书》并存天壤，此又一事也。永明称号，播越武冈，一时羁绁之臣，膏斧锧而遁荒野，光日月而泣风雨者未易更仆，与鲁王窜伏海岛仅称监国者有间。而《鲒埼亭》一集表章昭雪，不遗馀力，说者谓其书当与《明史》并行。楚人固陋，暗蔽无识，方志草率，一切删去。一二殉难最烈之人，寥寥数语，列入流寓、方外各门，文献无征，实堪悯痛。自《宝庆府志》成，分遗民、宿将、从臣、迁客四传；又为《残明录》、《胜朝耆旧传》，夫而后谈楚故者，稍有稽考。以上诸条，皆有成书，阁下未及寓目，故敢以尊意添入。今以刻本奉呈，乞续入《后湘文集》中，照此锓板，想不以为妄也。

显鹤近状如常，《玉篇》、《广韵》已印得三百部，《校刊札记》亦成二卷。挥汗握管，不敢告劳，俟凯旋过长沙，当同旧刻赍上。江岷樵大令顷蒙相国奏调，墨（经）〔绖〕从戎，闻已到粤，此才不易，觏可一见决也。手泐奉状，伏惟崇护自玉。不宣。

与赵生书

振卿足下：

足来知前函已入清视。来诗甚佳，其惓惓于空山病叟者甚至且挚，即此见足下用情之厚，趋向之端，非可于时辈求之，甚感！甚感！

馀山宫保书已作，老眼不能作楷，又不可委之他人，仆于此公为旧属，不能不作楷也，以此颇形委顿。贫士迫于家累，自不得不出而谋生，亦不必定以一馆介介。仆所望足下者甚远且大。我辈总以耐穷为第一立脚工夫。遗山诗云："敌贫如敌寇。"有味乎言之，他日居官能守此不变，当为好官，为循吏。当今人物渺然，愿足下恢宏其识见，坚守其定力，卓然为湖湘一人物。岱云贤者，吾爱之敬之，与足下相处久，当有以互相策励也。岱云太夫人之变，诚出意外，闻之不怡者累日，兹先寄去唁函，希即转致。大作及岱云两稿，容缓再缴，即询近履不一。

与祁阳令王君书

初田明府阁下：

承示颜元祠侑食配享。顷检《永州志》复阅，知故祠在浯溪上，宋时已有，本名"颜元祠"，不知何时倒置？绍兴中，永守许永有记，今以别纸录呈。窃喜先得我心，而阁下之从善如流，即时改正，已令人佩服不已。不仅擅名风雅，修废举坠，为近时罕觏已也。至配享诸贤，更请得而言焉。

考朝阳岩旧有"元刺史祠"，明嘉靖间，郡守唐瑶曾以黄忠节、苏文忠文定兄弟及范忠宣、邹忠公诸人合祀，易名曰"寓贤"，有记，亦别纸录呈。崇祯时，万吉人司理复进祀杨诚斋父子于席，今朝阳岩旧祠不知存亡？阁下如有意及此，则请别为东西两龛，分祀黄苏诸公及次山先生外弟袁滋德深，德深善篆隶，次山庴庼铭即其所篆也。宜居两旁，以其官勋较崇，《唐书》有专传，又与次山为兄弟行，故进之配享，与苏黄同列而居首，非僭也。至祠必有侑，则请以当时为次山先生篆书浯溪诸铭之江华令瞿令问与季康二人。又唐节、张季秀皆次山密友也，并次山之子友让侑食两旁。瞿季居东西向，唐张及友让居西东向。如此，则光复旧物，式焕新典，浯溪又添一掌故矣。今拟从祀诸人官阶名次录上，如以为可，显鹤暇时尚思作一文以纪之，亦湖湘间一韵事也。唯执事利图之，幸甚。

卷第十一

谢贞肃公祠碑

贞肃以成化五年来守吾郡，去久民益思之。嘉靖中，立专祠于东山书院之右，祠久毁，道光乙巳夏重修。

有明一代，宝庆贤守，曰贞肃公。谢氏名省，官满乞归，位秩未崇。一名节惠，锡此美谥，望实并隆。传闻古老，公归无资，坐一官舸。归即斥卖，得价纳库，手自识封。即此一节，见公全体，本末始终。世衰俗弊，道失民散，上下相蒙。贪人败类，瘠民肥己，罔恤疲癃。如公清节，今无古少，足挽颓风。书院之右，向有专祠，奉祀致恭。岁久陊弛，仅馀穹碑，立荒圃中。我来主讲，婆娑嗟玩，藉访遗踪。碑字剥落，篆额犹炳，掩映蒿蓬。念当修复，手无斧柯，奈此嶰丛。有长老周，将节母命，斩芟芰茸。其弟炳文，庀材饬匠，是斲是砻。不谋官帑，不资众力，成此巨工。乃安公位，兼及侑食，左右陪从。善耻独为，德不孤立，懿好攸同。时则志局，厘定祀典，前后五忠。复有陈子，献钱十万，助粢牲供。厥名之弼，乐善足式，户册高闳。春秋之义，作事书始，勒于鼎镛。矧此大举，遏可无述，纪事书庸。公籍黄岩，家有名子，交西涯翁。师友渊源，文章风义，为时所宗。固宜出守，不负所学，成此治功。我作此碑，大书深刻，东山之东。敬告守土，靖共尔位，视此新宫。时惟七月，龙集辛亥，改元咸丰。记其事者，邓名显鹤，南村老农。有子侍侧，命之作篆，其名曰琮。刻之者谁，弥甥唐钧，字曰季筒。

浯溪颜元祠碑

事有近时视为非急务，而修举厘正守土不容缓者，名义世教所关，即人心风俗所由，以鼓动转移之具，非苟焉已也。

浯溪为湖外胜境，有《唐中兴碑》在焉。其上有祠，祀颜鲁公、元次山先生，不知创自何时？稽之志乘，宋绍兴中郡守张永有记。永以绍兴二十一年守郡，过祁阳，谒二公祠，属县宰刘獬易而新之。未几，獬罢去，以后宰李和刚终其事。既成，以书抵永曰：愿有述也，言修祠事甚悉。今去绍兴辛未六百九十有八年矣，是祠之兴废迁复不一地矣，而史无明文不得言。独记余于嘉庆末年过浯时，犹及见故祠面江而立，中肖二公像，北向坐。庙貌黯然，低徊流连，形诸歌咏，有"黯黯荒祠几点烟"句，诗今刻浯溪石壁上，可复按也。

道光丁未重来溪上，寻故祠不可得。见迤东背江南向一祠，若新建，然墙壁裂弛，不敢近。移时，祁令王君至，肃客入，则前令所建二公祠也。按其碑记，年月甚近，而颓委若此，可叹也。既入庙，谛视易象以主，大书二公官爵，而元居颜前。余语王君曰：祠当主道州而客鲁公，今主居客前，可乎？王君然余言，即时更正。且云祠初建即圮如是，不可不亟为改造。闻之祠必有侑，今二公岿然上坐，无以侑之，惧其孤也。先生习于礼而谙掌故，独无以进之乎？余曰诺。归检《永志》复阅，知故祠自唐以来即有，本名"颜元祠"，不知何时倒置？又考永西朝阳岩旧有"元刺史祠"，明嘉靖间，郡守唐瑶以黄文节公庭坚、苏文忠公轼、文定公辙、范忠宣公纯仁、邹忠公浩范、学士祖禹、张忠献公浚、胡忠简公铨、蔡西山元定诸公配享，易名曰“寓贤”。崇祯时，司理万元吉复进祀杨诚斋万里父子于席。于是复书王君，议于正祀外，别为东西两龛，分祀黄苏诸公，而增祀次山先生外弟袁滋德深于上。德深善篆隶，唐顾铭即其所篆也。以其官勋较崇，《唐书》有专传，又与次山为兄弟行，故进之配享，与苏黄同列而居首，非僭也。若祠必有侑，凡在交游门墙子弟之列皆得与，江华令瞿令问与季康亲为次山篆书铭记之人，一时所与往还则有唐节、张季秀，揆之于法皆宜侑，而以次山先生子友让及诚斋子某同退处东西序。如是，则光复旧物，俎豆允协。王君又深以余言为然。明年夏祠成，制主分配合祀如礼，以书来征余文记其事。

呜乎！名义风教所关，不能一日昧于世也。古昔圣王儒硕贤者，相与讲明切究，扶持羽翼，矜尚而风示之者，非一事也。当有唐天宝之乱也，河北郡县皆陷，鲁公以只手独抗贼锋，老尽节贼庭，万死不为不义屈。次山始以讨贼功迁官迄刺道州，当贼徒溃败之后，蠲徭薄赋，出民水火，如濡首焦发之不及待，恫瘝倒悬之切于身，作歌告哀，千载下读其词，使人咨嗟流涕而不能已！至今呼之曰元道州，与颜鲁公并称中兴之石，砰礚震耀于天壤，妇人女子亦知为二公遗迹，宝而重之不敢亵，庙貌所在，虽历万劫而不毁也。呜乎！此岂非名义世教所关，人心风俗所恃，以长存而不敝者与？配享诸公，考东坡、颖滨两先生，足未至永。坡翁虽有移永之命，未果来也，而文章风义实有与永之山水相发者，邦人乐祀之，不敢有所进退也。

王君名葆生，字初田，凤阳人。修复二公祠，商所以配飨侑食，兢兢焉修举厘正，惟恐失坠，庶几能知缓急本末者。既记其事碑于祠，以告天下后世，复为迎神送神之曲，冀闻者知所感发兴起，又以望来者之谨守勿替云。其词曰：

神之来兮湘浔，骑箕尾兮鸾骖，朝发河北兮夕江南。左凭玉座兮右琅函，聊容与兮一龛。神之来兮江阴，扬桂楫兮霓帆，朝发昆墟兮夕浯岩。左挹颜臂兮右元襟，聊肹蚃兮同歆。神之去兮湘天，揽余辔兮迟延，怅天路之阻儃兮虎豹当关。神兮归来，福吾民兮毋使民冤。神之去兮湘堧，弭余节兮回旋，怅川路之渺漫兮蛟鳄垂涎。神兮归来，奠吾民兮永以民安。

新建杉木铺参政祠碑

宋陈参政公，当南渡初，避地襄汉湖峤间。行万里路，诗益奇壮。造次不忘忧爱，论者比之少陵，所至为湖山增重。顾少陵为寓公于楚，足迹未至吾邵。而简斋先生寓邵久，见于集中可考者，贞牟、远轩、罗江之类，不一而足。其初至邵，将至杉本铺，《望野人居》诗："春风漠漠野人居，若使能诗我不如。数株苍桧当官道，一树桃花映草庐。"《晓发杉木》诗："古泽春光淡，高林露气清。纷纷世上事，寂寂水边行。客子凋双鬓，田家自一生。有诗还忘记，无酒却思倾。"深情远韵，感怆无端。七百年后，如闻其语，如见其人。

道光乙巳，余重来主东山，承修郡志，求杉木铺所在，盖无有能言其处者矣。已，同邵阳学博彭君彦深履得其地，在今黑田驿官道旁。双株屹立，铁干铜柯，挺然道左，古光油然，千馀年物也。土人亭其下，呼为干杉树。黔阳学博黄君虎痴称其大十馀围，高十馀丈，霜皮尽褪，铁骨高撑，可入画境，为采入《湖南方物志》。逾年，余以事道黑田，复憩其下，婆娑嗟玩不能去。因思此种神物，溷迹风尘古道中，为荛牧所狎，而高官贵人，冠盖如织，亦熟视无睹，并简斋之诗不知作何语，良可慨也！乃为歌诗以张之。一时湖外名流，海内词宿，和章麕至，既刻为古杉诗社，分贶同志矣。

先是，余语彦深，以双杉之古，见《简斋集》，宜为世珍重。顾阅七百年之久，方志别集无一语道及，若再阅岁时，不为培护，将遂湮没于蛮烟瘴雨中矣，不重可慨哉！谓宜围以石栏，构亭其上，榜曰“古杉木铺”。而别作一祠，为“简斋草堂”，大书两诗刻于贞珉，以昭示来世。彦深以为然。而志事初起，艰于筹画，无力他及，书生望古，言之而已。适孝义张公来守宝庆，闻之欣然曰：“兴废举坠，守土责也。余不可不为两君成此美举。”

戊申春，公以事往返长沙，亲履其地。周遭审视，仰见双杉岌岌于茅茨荆苇中，若神龙之困于鱼服然。曰：“是诚在我。”遂诹吉兴工，以事始于余两人，郑重相属。县人杨正东者，有田在其地，其人谙习工程，勤朴可倚，乃白于公，委以监造之责。其年十月三日，偕往相视，宿古杉树下，经营图度。以官地狭，又买他姓地拓其基，凡得地周三十五丈六尺。爰召工匠，辇石运甓，薙冗除秽。为台一：崇八尺有八寸，长伍其数而少强，广视长有半，皆以石，上为石棁石栙，修洁琭珑，长广如其数。中为重台，崇五尺，长广整方，方各八尺八寸，恐其久而差也。四隅钩连处，凿为要形，溶铁汁衔之，所以固杉身也。右为草堂以祠参政，高二十一尺，深如其高强三尺，广视深强十有二尺，名“简斋草堂”，所以嗣响少陵也。亭其左为八觚二层，以便登眺，取简斋“一树桃花映草庐”句，曰“桃映亭”，崇二十有八尺，高踞台颠，平视木杪。至此，四山之畏佳起伏，行人之往来出没，皆可俯而窥、仰而跂也。迤右为碑亭，立石以纪建置本末。右为横舍五间，高丈八尺，广五丈六尺，参分其广，以其一为之深。右之下为屋一，以栖守者，置恒产以饲之。其隙有小杉，亦围以小台，所以别凡木也。台之左右为牌楼二，高十有六尺，左书“古杉木铺”，右书“陈参政祠”。祠外为惜字垆一。大凡用石三千六百八十杠，木四百八十九株，石灰万九千二百八十五斤，砖三万八千二百八十有奇，瓦十万四千有奇，都计靡金钱八十一万四千七百六十一。不费官中一丝，不假民间一粒，成此巨工，蔚为伟观，夐乎美哉！

夫游观台榭，贤者不废。晚近好言福利，凡有关风水祷祠之事，皆乐为之。若兹地距郡治七十里而遥，非有游观之便、登陟之乐也；荒驿旷野，非有风水之益也；寓公词客，非能为祷祠之灵也。而公清苦淡泊，度支繁巨，又非有馀于财也，乃孜孜汲汲，不惜劳与费为之，此岂无说以处此！末俗雕敝久矣。乡曲愚氓，怵于祸福，不惜竭物力以崇奉土木，一二庠序士亦靡然从之。好巫信鬼，楚俗类然，邵人尤甚。至语以古迹岿存之可宝，名贤流寓之可贵，则漠然如不闻。因锢蔽而固陋，因固陋而弇鄙榛僿，狂惑陷溺，所关于人心风俗靡浅。参政公在宋为名臣，为硕儒，为词伯，当南渡初避地来邵，留题最富。其诗奇壮悲愤，与其忧时感世之隐，磅礴喷溢而出，在宋诗中卓然为一大家，以之接武少陵，洵无愧色。而邦人无能称道，方志且误入名宦，俗子又竞为鄙俚诗词以附会假托，吁！国犹有人，不如是之陋也。此祠成与两杉赫然道左，俾东西行过是路者，皆得仰观翘望，于以耸国人之耳目，扩乡曲之知识，激发后生小子之心志，将于此举倡之。若徒与少陵草堂并峙为一方之掌故，尨浅之乎视此举矣。既述其事文于碑，复系以诗。太守名镇南，字俪卿，山西孝义人。诗曰：

有宋诗老，陈简斋翁，大名抗杜，忠爱亦同。南渡之初，避地湖徼，间关跋涉，遂历吾邵。兹地一宿，今成千古，双杉矗矗，历劫不腐。左杉木铺，右参政祠，中为草堂，翁神实栖。作堂祠翁，甃石护杉，敬恭仰止，邦人式瞻。岂徒邦人，百代过客，光景如新，吟魂不隔。阅人成世，论世知人，在唐韩杜，在宋苏陈。诗有正声，时逢变雅，扰扰尘寰，栖栖旷野。高林古泽，如闻其声，孤标千尺，渺若平生。吾祖两言，为翁写照，乔木新祠，荒村炳耀。刻此丰碑，屹立中馗，用告来哲，诗以声之。

新建江神庙碑

《汉书·地理志》：资水过郡二，行千七百里入洞庭。盖言水源之远且大也。溯自郡境，茱萸滩奔腾曲赴，至县门绕而西，复东北出县境，过安化、益阳以达洞庭。其间经历最险处，滩高道阻，两峡刺天，中惟一线通舟。乱石横亘，撞击砰磕，如怒霆狂吼，舟触辄沉，榜人贾客，掉胆惊心。衔尾开头而下，昔人所云三百里滩，即《水经》之茱萸峡也。县在万山中，滨资而城。土瘠民贫，物产所宜，劣供日用，凡百所需，半资他境。而殷商巨贾，率望而却步。一二土户，挟区区竹木油铁煤米，以转运四方财物，冀获微息者，动色咨嗟，相戒惴惴焉，惟江神是赖。

县故有水府庙二，一在下渡江，一在大街后，湫隘庳陋，不足以栖神迓福。近居民等以资岸迤东步头被啮多圮，建石堤以捍奔湍，堤成，庙其上。为正殿一、拜台一、神台一、厢房四，周以围墙，高大宏整。地既爽垲，工复坚致，规模雄壮，气象斋皇，洵足以妥神灵而福吾民矣。经始于道光甲辰冬，越丁未夏告竣。计用砖二十六万，瓦三十六万，木二千馀株，石三千馀方，都费白金六千两有奇。岁以春秋佳日，醵金歌舞奉祀。从此嘉福神惠，舟楫往来，布帆无恙，履险如夷。驯致物阜民丰，其邀福于江神者宁有既哉！是役也，董其事者，监生某某，从九职衔某某，皆自备薪水，旋相督工，始终勤谨。监修者某某。述其事来征文者，郡学生员刘洪泽也。既记其事，复为诗以正资水之名，使来者有所考焉。诗曰：

洞庭五渚，巨浸有四，沅澧潇湘，资当其次。训曰深清，亦名曰济，三百里滩，滔滔东逝。临资清口，称名略备，易潇为潇，呼济为霁。名易地殊，古义今昧，要谁尸之，如水行地。梅山之阿，资水之澨，实有专祠，岁久寖敝。懿与邦人，作庙弈弈，歌舞迎神，肸蚃肇祀。福我四民，利及百世，诗以声之，敬告来裔。

广济真人祠碑代

武冈州治之东有“问雨轩”，建自嘉庆间州牧咸宁许刺史绍宗。刺史自为记，以谓轩面云山，山能兴云，云可致雨，故以问雨名，所以课晴雨，重农力，甚盛举也。顾其所谓问者，将问之天乎？天不言也。问之山乎？山无语也。问之民乎？民不知而徒工怨咨也。将于何问之？夫亦曰有司之者而已。司之者谁？昔先王之治天下也，先成民而后致力于神。又曰：先王以神道设教，夫所谓致力设教者，岂求之不可知之域，索之无何有之乡也哉？诚以井田、学校，圣王治天下之大经；礼乐、刑政，圣王治天下之大法。而雨旸休咎，阴阳差迭，水旱灾眚，与一切机祥征应之故，必有尸其职、操其柄者矣。圣王为之斋戒其神明，精一其心志，以交于冥漠之中。夫是以天人䜣合，神人胥悦，百谷顺成，群黎蒙福。盖其心无愧于屋漏，而后鬼神得免于怨恫；鬼神无怨恫，而后闾阎无愁苦嗟叹之声，人民鲜夭札瘥厉之患。圣王调燮之精，吾儒修省之密，胥是道也。

秦汉以后，五畤祷而神仙之说熺，金人梦而佛氏之教兴。自是以降，仙真、帝释、普济、灵佑之号遍天下，或且疑之。其在宝庆，奉英佑侯为水神，孚祐侯为渠渡神，以及文斤真人之于文竹，李震真人之于高霞，申天师之于余湖，孙真人之于龙山，莫不功施亿兆，灵著洞渊。虽时有升降，运有隆替，而其保制屯戹，攘除凶妖，感应之捷，灵爽之昭，实有彰彰在人耳目者，非诞妄之说所可同日语。故尝以为佛以救世为心，仙以度人为术，圣贤非必有求于仙佛，而仙佛实能济圣贤之穷。今天下之待救望度者多矣。世道凌夷，人心陷溺，圣化所不能移，王道所不能格，舍仙佛其谁援手哉？此广济真人之所以着灵于湖湘间，继晋唐诸真人而起也。

今夏旱魃为虐，湖以南多歉于收。武冈独书大有年，恺泽甘霖，频祈叠应，非借真人灵贶，何以臻兹。爰思敬建祠宇，仰答慈惠。适“问雨轩”就圮，因即其基址改构崇阁，奉真人居焉。题曰“驻云”，以阁面云山，踞一州之盛也。山故为道书所称第六十九福地，有秦卢侯二仙之迹焉。杰哉斯阁，与七十一峰对峙，缥渺于重阻齐秀芳风藻川间，吾知仙仗佛幢，必有乐驻于斯者，其造福吾官民，岂有既哉！则谓先王成民而致力于神，与以神道设教之旨，胥于是乎在焉，亦无不可也。

真人名毓万，长沙李氏，道号子静。居县之花果园，生元至正间，以医术济人，不索谢，贫者与以药资。喜诵《黄庭经》，尝学道于周野仙，得太乙刀圭之旨。年三十六，羽化于水渡河龙潭山，盛暑恒干不腐，异香闻远近，土人即其地为龛以奉，有疾病求之即愈。明代之末，藩封福国佑民金紫光禄大夫，非真人意也。道光六年，岁旱当道，遍祷不应。已，迎真人法相入城，甘雨随车，崇朝立沛。湖南巡抚上其事，诏封广济真人，今立庙长沙城内称广济真人祠，皇冠云服，翛然上坐，从真人素志也。

金峰岭纪功碑

国家承平日久，地大物博，芽孽易滋。楚于天下幅员尤广，西南际黔粤诸郡，峒窟歧错，苗瑶杂处，民气最嚣，非得知勇深沉，威信素著者坐镇而久任之不易戢。于是，朝廷以今太子太傅兵部尚书长白裕泰公，名德宿望为楚民惮服，由初莅湖南至总督湖广，盖二十五年于兹矣。其时，湖内外数数有兵事，无不应机立办。而蕞尔一邑，十五年间四冲大兵，屡起屡扑，廑而底定，则莫如宝庆新宁之甚，尤莫如新宁金峰岭之著。金峰岭即金城山，道书所称五十九福地也。近为贼巢穴，公既诱之归聚而毕歼，复生致其酋于阙下。而正值今天子登阼亲政，郊天谥庙礼成之际，薄海内外，震动恪恭，奔走恐后，受成视学以讯馘告，天子益用嘉赖。酬庸纪绩，是不可无述已。

当雷再浩之起事也，当事议修新宁城。事平城竣，而李沅发之变继起。沅发水头村细民也，素蓄异谋，乘道光二十九年夏岁饥，人心易动，辄以劫富济贫为名，啸聚村落间。谋既定，遂率其党谢友兴、罗登爵、陈尔坤等数百人，昏夜入城为乱。既劫狱戕署知县万鼎恩，城随陷，时十月丁丑也。贼据城，益号召远近、迫胁二十八村八峒乡民从逆，伪令蓄发易服，人给红巾为号，有众二千馀人。潜遣其魁分赴楚粤黔三省，勾结丑类，伪设五营头目，分造五色旗帜，势张甚。公闻变，奏请亲行。既抵长沙，会北抚以忧赴。时荆湖大祲，骤易主帅，虑有他变，乃奏请回镇办赈，而以兵事专属南抚。南抚既受事，驻节宝庆，分任提镇道员督募壮勇，旬日获万馀人，合各营兵攻城。城小而固，相持四十五日始破，贼乘间溃围宵遁，而南抚遽以复城报。贼四窜焚劫，戕守隘官如故。

事闻，先帝震怒，命公以重兵继往，兼问诸臣失事状。公闻命即行。明年正月乙卯抵宝庆，以武冈为行营，易将增兵，练勇筹饷。分布未竟，贼已窜入粤之古宜，旋有传素之失。传素，龙胜副将玛忠阿战殁地也。传素失利，贼氛益炽。是时，朝廷方有大丧，公在行间，叠闻两宫哀诏，惊怛不胜，洒涕视事，而贼中警报日至。公度贼踪远飏，不西走黎镇，必东窥辰沅，密遣健足，两昼夜抵黎平，阴结黎人为助，且饬古州严备。飞檄靖州裘牧琨鸣严守洪江，遏贼北渡。而以常德协孙副将应照护提督，永州协谷副将韫灿署总兵，以靖州副将博春、镇筸游击李英为统领，各将兵分剿。复以靖州空虚，虑贼窜越，命护盐道永顺府夏守廷樾、永桂陈通守炳，驰会裘牧暨通道县余令凤鸣协力防堵。贼由牙屯堡至茅坪，距州城十五里，为靖人击退。复窜三眼桥，防兵寡，猝与之战，死绥者六人，我兵奋勇鼓而前，杀数十人，生擒七人。贼知靖有备，始不复窥洪江矣。

贼既不得渡，折而西南，躏黔之四乡所平、茶所、黑洞、特峒，裹胁日众，劫取财帛日益多，规合九华山股图进取。九华山，黔西一渊薮也。适古州防兵先至，贼惊为神，复走南江水口，粤西界也。粤中有备不得逞，退走地平。时续调兵未集，公所遣游击李英兵甫至，乘势追剿，杀数百人，夺获器械无算，时二月壬午也。捷闻，天子嘉奖。有旨饬令三省官兵会剿，且命广督拨饷二十万飞致行营，听公调度。公感激上知，督战益力。贼往来黔楚粤郊，东西冲突，出没无常，兵勇蹙之，动与相左。圣心焦虑，盼捷音甚急。公愤甚，将移营东安，逼贼垒，贼跳而走沙宜，以三月壬寅渡永福之理定河，粤兵不及防。公飞调副将博春、镇筸游击傅振邦、绥靖游击韩世禧及李英将兵三千人穷追，而以夏护道督兵永绥，翟同知诰主饷。候补县刘廷玉侦探贼踪，悬军深入，戒之曰：不得贼勿归也。贼渡河后，窜临桂，历怀远，逾融县，越永宁，走阳朔、雒容、修仁、荔浦，所至辄败，我军益奋。而沅发恃其党翻山走险之能，无复畏忌，有趋西延规五排之意。公诧曰：五排为瑶窟，贼得之以窥东粤殆矣，不如虚一面以诱之归，吾计决矣。乃尽撤西路防兵，以示无备，而阴令署新宁县戚令天保、前署县吴令逢泰、城步委员前桂阳州俞牧昌会、候补县徐令国斌、城步县蒋令成密为之防。且以其策入告，圣心颔之，公益喜庙谟之合，乃令诸将博春、应照、韫灿预为霾伏。

先是，上以贼久未平，令四川提督向荣调湖南助公。向公，宿将也，至是抵武冈，公密授机宜，星夜赴粤。贼畏向公，谋东下甚急，由梅溪口水陆并下，公已先遣湖北候补府刘守若珪、前汉阳经历孙守信，会同新宁知县、教官，各募壮勇，练习储偫以待。四月戊寅，贼回新宁，尽焚水头村，声言渡江攻城。我伏兵四起，毙贼甚众。贼穷蹙，拥沅发登金峰岭。岭高而险，上有大丛林，饶蓄积，贼据以为负嵎计，无敢仰攻。庚辰向公至，亲督兵岭腹，会天大雾，连日不克。甲申，公虔祷汉前将军关侯庙。越日天霁，黎明，公下令灭贼朝食。向公身先士卒，距踊登山，亲冒矢石，斩军士反顾者以徇，众奋跃。陈尔坤者，贼中骁将也，抵死抗拒，我军连发四巨炮毙之，贼遂溃。大军乘之纵火焚庙，生擒剧贼五十八人，馀众尽数歼毙，无得脱。罗登爵拥沅发由岭后遁，乡勇截获缚献军前，其日为乙酉也。而贼中所称巨猾善战无敌之谢友兴，亦就缚于东安知县邵绥名。贼遂平，公下榜安民，槛送李沅发京师伏诛。有旨命臣泰留办善后事宜。公奏定章程，以其事责成臣廷樾、署宝庆府知府臣魁联督率官耆等，按村按户，严密勾稽，议设新平营守备弁兵，以资镇压；原设千总兵卒移驻楚粤黔界地，为分防营汛以备守御，事皆施行如章，边境肃清，士民悦服。

是役也，护巡抚布政使司臣万贡珍经理兵饷。署布政使按察使司臣春熙、署按察使辰沅靖永道臣吕恩湛、衡永郴桂道臣张其仁总理局务。司行营军饷者，长沙府同知臣陆咸升、道州知州臣俞舜钦暨臣廷樾、臣若珪、臣诰、臣联。最先赴军前募义勇防御团练、与守土投效文武官绅通若干人。以劳卒于军者，为沔阳州知州吴璪；遇贼不屈死者，为新宁举人陈佳保；督领乡勇遇贼被害者，为新宁生员训导衔邓树堃、靖州生员沈开甲；守隘被戕者，有经历刘炳南、守备熊钊；对仗战死者，有守备哈心靖、千总世职黄廷英、千总胡国祥诸人。事闻天子，以臣泰功最，晋太子太傅，臣荣交部从优议叙，臣贡珍、臣熙、臣恩湛、臣其仁交部议叙。以道员升用仍从优议叙者臣廷樾，以知府升用者臣咸升、臣诰，以同知直隶州升用者臣国斌、臣廷玉，加知州衔者臣天保。从优议叙者臣琨鸣、臣凤鸣、臣成等五人。赏戴花翎者臣若珪、臣炳、臣联、臣舜钦、臣绶名五人。将弁臣韫灿、臣博春、臣振邦、臣世禧等六人赏换花翎。赏给巴图鲁名号者各三人，赏戴蓝翎及以州县佐贰参游都守升用者又若干人。凡从戎投效诸人，皆晋秩授职，死事诸人皆照律荫恤有差。凯旋，在事诸公率边郡士民，以我公英谋伟伐，奠此岩疆，不可无述，属新化邓显鹤为文以纪。显鹤州民也，无能为役。而新宁县戚令使人硫石于金峰岭之颠，邵阳县刘令馨朝亦将州将命，议立石东山精舍之右，曰愿有述也，俾天保等亦得挂名不朽。遂勉为文刻石，宣布圣化，昭示来兹，俾我公功德与兹山并峙，永永无极。其词曰：

天佑圣清，际海环瀛，偕我太平。蠢兹南服，峒窟林麓，实生异族。前蓝后雷，为蛇为虺，旋炽旋灰。雷逆方惩，李逆复兴，无岁不征。征兵四出，山鸣谷溢，坐使贼逸。城小而固，卒骄而怖，帝闻震怒。曰惟尔泰，论功称最，以尔平蔡。公拜稽首，奔走恐后，靖此群丑。诹吉南行，祃于所征，遂抵行营。易将添防，措置未遑，天地凄惶。攀髯莫及，公惙以泣，三军悚立。嗣皇亲政，河岳禀命，罔有不令。悯尔一隅，盱盱呿呿，昼啸宵呼。始窜城靖，终逾粤岭，莫知所骋。公曰噫嘻，穷寇勿追，吾计诱之。鼠两兔三，狐北乌南，旧穴贼贪。乃开一面，驱豚归圈，若操左券。金峰之巅，高可镵天，聚而歼旃。凡此谋猷，神乎龟繇，速于置邮。公曰主臣，天子圣神，诸将兟兟。将猛贼蹎，遂安我边，天子犄犄。边圉既奠，尔宅尔佃，市井不变。帝曰元戎，余嘉乃功，锡爵酬庸。公拜稽首，天子万寿，敢不拜受。惟帝之哲，惟公之烈，日月并揭。作此诗篇，刻之山颠，于万斯年。

卷第十二

诰授资政大夫工部左侍郎崇祀乡贤韩公神道碑铭

道光十一年六月癸卯，资政大夫工部左侍郎韩公以疾终于家。其年十月丁未，公子湛等奉公柩葬于长寿韩家岭千子坟。而神道之左，礼宜铭，公子淳使人砻石于巴，以书暨公手辑年谱，来属其门下士新化邓显鹤文于碑。

先是，显鹤入都为选人，谒公于宣武门邸第。临别，公出年谱命序且曰："吾老矣，身后不知谁属？将待子文以瞑目。"显鹤敛容避席对曰："朝廷方以柱石待公，愿吾师长为国家元老，显鹤执笔纪功德、祝眉寿。"仰视公色黯然，惘惘而别。无何，公以疾归。归后逾年，遂捐馆舍。显鹤于弟子籍中受知最深，公之丧在数千里外，无由视含殓葬，又不克襄凡役事。淳书五六至敦促不厌，其敢以不文辞？谨按谱次其略于左：

公讳鼎晋，字树屏，四川长寿县人。曾祖某，县学生，貤赠资政大夫；祖某，县学生，诰赠资政大夫；父乾隆十五年举人，甘肃碾伯县知县，累赠资政大夫。曾祖妣姚氏、谢氏，祖妣聂氏，妣曾氏，皆赠夫人。碾伯生三子，公次二。韩氏始居湖广麻城县，明季徙蜀，自碾伯公以上，世以名德重于乡里。碾伯居官有政迹，未竟其用。公天性夙成，四岁随父任，八岁回蜀。以碾伯罢官，刻苦自励，年十一屹然若成人。十六碾伯归自肃州，公学已成。二十四补县学生，二十五补优廪膳生，试皆第一。三十充乾隆已酉拔贡生，是科举于乡。迨成乙卯进士，改庶吉士，年三十六矣。

嘉庆改元，散馆授职检讨，旋乞假归省。是时，白莲教匪起楚之当阳，躏樊襄、窥荆峡，沿途多警，公昼夜驰归，抵家而达州已告变。公奉碾伯公迁涪、迁渝，靡有暇晷。二年丁碾伯忧。遗命长寿为贼冲不可居，乃全家移寓重庆，而旧宅遂毁于贼。四年服阕，奉张太夫人入都供职，充功臣馆提调、国史馆纂修官。六年充辛酉科顺天乡试同考官，八年以御史记名，九年充甲子科湖南乡试副考官，是年补河南道监察御史。十年冬，以母老乞养归蜀。十二年春，丁太夫人忧。服阕逾年赴都补官，十六年补江西道御史掌河南道御史，巡视南城、巡视东漕。十七年署礼科掌印给事中。十八年京察一等，转工科给事中，升光禄寺少卿，督陕甘学政。是年冬，擢鸿胪寺卿。十九年，迁通政司副使，再迁大理少卿。二十年迁太常寺卿。二十三年转大理寺卿。二十四年擢都察院左副都御史，祭告豫楚岳渎陵庙差，旋督福建学政。二十五年在福建学政任，闻仁宗睿皇帝升遐，自以边隅寒畯，受特达知，一旦攀髯莫及，悲恸欲绝。道光二年回京供职，五年署刑部右侍郎兼署礼部右侍郎。六年六月授仓场侍郎，九月因病解任。七年四月病愈，仍署礼部右侍郎，是年十月授工部左侍郎兼署礼部右侍郎。公体素健，中年后以劳失血，在仓场任内病霍乱后时患头目昏眩，犹力疾治事。上赏假者再，嗣请解任调理，养疴都门至八阅月之久。病起授冬官兼权仪部。公趋积劳，益以痰喘，往往而剧，屡值召对，面陈衰病情形，愿乞骸骨。上颔之。八年正月诏以原品休致。归后二年卒。

公状貌英伟，言论慷慨，少有经世之志。通籍后，值教匪扰蜀，亲见军中剿办事宜，于地方利弊、民生休戚，蒿目怵心，时思建白。尝言教匪之起，由莠民日多，邪说易入。其始一二奸回，假大乘天主名目相蛊惑，而无业流民、椎埋博徒，展转纠结，驯至大逆而不可解。故欲息邪说先除莠民，除莠民自博徒始。初至谏垣，即上言天主教流传之害，请禁本师，毁经卷，以绝根株。再至即力言四川应除积弊六条，首曰除啯匪以防积渐。其年复言关东三省及各直省赌博之弊，由于游荡闲民聚众，招引官吏书役得受陋规，官为之倡，民受其诱，俾有业之良民，忽成无赖之匪类，其机甚微，其受害甚大。又言京师首善之地，各王公大臣，岂肯使左右暬御蹈此恶习？臣近闻京城轿子房赌风渐炽，内城旗人多受其累，以有限之钱粮，供无穷之挥霍，当生齿日繁之时，其流弊有不可言者。次日复言，臣昨日请禁赌博一折，钦奉谕旨，令臣据实指明，臣实不敢稍存回护，且臣业将王公大臣陈奏于前，更复何所避忌。先帝嘉公言确，即日获博徒三起，一时亲贵近臣莫不悚息。而睿庙之知公，亦自此始矣。当入奏时，或疑博徒事小，王公位尊，不宜牵连陈奏。不二年，而林清之党啸聚畿辅，震惊宫阙，大抵多流荡失业之民附之，然后知公之所见者大而所虑者远也。

公历官一十四任，未履外台，而于农田水利漕务赈荒诘戎诸大政，讲求不遗馀力。在巡漕时，履勘十七州县泉源，以为旧泉实力疏浚，足利运行，不必添设新泉，徒为民累。又奏复东省运河挑工旧制，东人称便。在仓场时，值初试行海运，筹议迎卸两运数百万天庾，视常年倍捷。在陕甘时，言榆绥各属仓贮空虚，宜设法筹补榆绥资蒙古粮接济，今腹里口外俱荒，宜分别安置抚恤。当是时，方剿办南山贼匪，而林逆馀孽尚有稽诛未尽获者，公首言南山逼近老林与蜀道通，贼匪所在掠食，宜行坚壁清野之法。山内流民杂处，最为奸薮，宜严行保甲，使逆党无所匿而贼匪亦易踪。又请严禁弁兵掳掠难民子女，慎选南山附近地方及豫东三省经兵州县牧令。又以其时言川北荒歉与南山毗连，盐枭啯匪多出其中，请先事预防，设法调济。在福建时，言闽省积弊甚深，由吏治久弛，请不限资格，用廉明干史，调补汀、漳、泉望紧要缺，久任以专责成。漳泉营伍，向有通盗豢贼恶习，请责成提镇大员，立予重典，毋稍袒护。最后乃条陈学政事宜四。公方职文字，所言皆军国大计，封疆要务，公不以出位为嫌，上亦不以侵官为虑，奏夕入，旦即下所司议行。盖公忠诚，上结两朝圣明之知，见诸施行，彰彰若是。其他心有所欲言与言而未尽者，虽其家不与闻，无由知若，其著于谱者又不能悉载也。

公学无不窥，以穷经致用为本。文不取艰涩，以达为主。所上封事，洞胸而出，悃悃款款，曲尽情事，论者谓其近古名臣奏议。尝奉命恭拟陕甘平原地方《教民论》二篇，睿庙称其通畅，奉旨刊行，西人至今能诵之。著有《树屏文集》、年谱、族谱若干卷。性至孝，先后陈请归养，终身孺慕。督学陕甘时，过碾伯旧治，访求先公手治故牍遗迹，见旧时老吏，凄然涕下。归田后，以私宅作家庙，以祖遗产为祭田，兼赡养疏族之贫而无告者。与人交，胸无城府，义之所在，断断不少屈。人有片长，称道不释口。屡掌文柄，凡为考官学政，外知会试贡举一、监顺天乡试翻译会试各一、武会试总裁一、会试复试朝考翰林散馆阅卷大臣七、稽查左右翼学二、大挑直省举人一，拔识多知名士。督学时，尤兢兢以正人心、端士习为亟。世竞称其在闽时晢关庙文，此特公借以警愚顽之苦心，无足为公异。独念公抱经世才，未得大展其用，或以公孤立寡援为惜。呜呼！此尤见公遭际圣明，恩礼始终之大节，为畅然无憾者矣！

公春秋七十有二。配李夫人，淑慎慈惠，先公八年卒。子四人：洁，早卒；湛，优贡生，候选知县；淳，三品荫生，通政使司经历，改补贵州印江县知县，李夫人出。润，侧室李孺人出。女四人，李夫人出者一，乙酉拔贡芜湖知县陈葆森其婿也。馀侧室出。孙十人：庆桀，郡学廪生；庆楷，县学附生。曾孙十五人，盖公之后方昌矣。公殁后，乡人以公行谊上于朝，奉旨入乡贤祠。铭曰：

奕奕韩公，西土之光，南国之纪。爰自台馆，洊历卿贰，迄归田里。其气岳岳，其论侃侃，无少挫靡。公言言官，以言为职，当持大体。公为大臣，以言造福，施及四海。凡公所言，协乎筮龟，人厌天喜。百炼之精，兼金之纯，以砺以砥。谓宜秉轴，持天下衡，万物受理。孰云去国，曾不崇朝，岳颓星陁。哲人之痛，朝野同声，岂独小子。述德表哀，伐石刻辞，敢告来禩。

诰授奉政大夫湖南武冈州知州凤皇厅直隶同知前翰林院庶吉士咸宁许先生神道碑铭

先生，姓许氏，讳绍宗，字迪光，一字莲舫，先世浙江山阴人。祖廷相，赠文林郎，湖南武陵县知县。妣叶氏，赠孺人。父灿，国子监生，累封朝议大夫、湖南武冈州知州加一级。妣孙氏，累赠恭人。朝议公好游，客关中久，乐其风土家焉，遂占籍为咸宁人。

先生生于陕西汉南旅寓。性颖异，五岁丧母，哀痛如成人。稍长，读书有夙悟，十七岁通经史及古杂家言，为文精湛无浮响。

十九岁隶咸宁县学籍为县学生。嘉庆三年中陕西乡试举人。六年成进士，改庶吉士，逾年散馆授湖南永定县知县兼摄慈利县事，署巴陵县调补武陵县知县，稍迁武冈州知州，凤皇厅直隶同知。

先生伟躯干，丰颐广颡，腰大十围，目光炯炯出睫外，神清识朗，声如洪钟，望而知为巨人。其宰永定也，年甫二十有五，廉明刚断，摘伏如神。王嗣南者，永定十四都传教之头目也，其师为慈利杨金龙，盖罗其清馀党。金龙传慈利毛登榜，登榜传嗣南，嗣南传向大顺、王嗣年等七人，展转传八十馀人。先生侦知，密不发。一日托勘事出，先期集役画卯，而阴择健者五十人，平明令曰皆集十四都，违者毙杖。下夜二鼓抵其地絷嗣南，尽得其经卷悖逆书状。嗣南知事泄，备陈七人姓名居址，穷一夜捕获，皆无所得脱。论如法，而贯八十馀人使自新，凡八日而狱具。

辰州民向登前，鸷悍多膂力，其弟曰拌二、拌三、拌四，日与其党数十人盘踞慈利为民害，官不敢过问，胥役或他有勾摄辄为所劫。赵氏嫠新寡，拌四利其赀，与其兄一夕劫之去，嫠伺间脱，鸣官不能理。先生至，登前使拌二来陈诉，盖尝试也。先生佯语之曰："事虚实未可知，而汝兄弟畏匿则情可疑，果虚者俱来，吾直汝。"未几拌三来，好语如初。登前刺知官无他，乃与拌四俱来，俱系之，而阴谕乡民，犯已集无恐，于是诉者麕至。先生坐堂皇大集众而谳之，登前等相视错愕不能出一语，立予重杖几毙。四人者相继死，馀党溃散，民大悦。

武陵穷民王世龙，独居古庙死数日人无知者，村民祀神至见扃户窥而入，世龙尸赫然地下，往报其弟世凤，奔视检衣物无存。先生访知往勘，视其出入踪迹曰："盗不远矣。"村民李开名素无赖，疑之，搜其家无赃，而于其兄开成家得棉马褂一袭，与赃目同，召世凤视之确，而开名坚不承。反复鞫之，则曰"此我兄所为耳”。拘其兄则尽室行矣，乃缉开成而羁开名待质。先生一日闭开名静室中，好言抚之曰：“尔认棉马褂实乎？尔兄之冤亦尔冤也。”开名泣曰：“此真小人物，前言盗者诬供也。”“然则何以与赃目同也？”曰：“冤哉，小人之衣青而蓝里线用白，世龙之衣青而蓝里线用蓝，官不信，请裂而质之。”先生曰：“若然，杀世龙者非他人，即尔也。马褂未得，何以知为蓝线？”开名口噤。诘其赃埋丛树下，起视宛然。

武陵把总某冢被发，棺上有斧痕，不得盗，捕一人来曰：滕林子麻阳人也，其父曾以行窃首于官，捕者黑夜遇之墟郭间手持斧，疑为发冢也。一讯而伏。问以赃，则曰黑夜负之登舟，仓皇沉水，惟一鞾存，已卖渔者陈甲矣。拘陈至，则如林子言，问其鞾，则转卖谁何之人无可迹。林子故操舟为业者也，复讯之无异。先生曰，是其言太易，非真盗，督捕如故。捕怼甚曰：“盗认而官疑，更何所得盗乎？”先生不听，督益亟。一日平明，捕遇一卖柑人挟两筐疾走，视其筐有复底，启之则藏殓衣数事，皆无钮叩，复启其一，斧凿在焉。问其姓名，为熊大用，絷以来，先生曰：“此真发冢盗矣。”盖楚俗，殓衣必去钮，验其斧，与林子斧合，讯之，自发把总冢后，至是凡发十一冢矣。其明断摘发类如此。

先生作令二十年，治官事如家事。兴利除害，劝农桑，明学校，于书院、育婴、农田、水利诸大政，孜孜如不及。每去一官，百姓奔走哭送相属于道。永定西有漩水，四面皆山，外为青鱼潭，溇水汇焉。漩水出山罅，灌田甚众，旧有洞泄水。乾隆中，洞塞水涨，田皆淹。居民议开沟引水入溇，而青潭民畏下流泛滥，相持久不下。先生集山内外耆老，曲为晓譬，沟之如议，而偿水所过者直。工成，溉田数千亩，青潭民田竟无恙。沧港为古沧浪，在武陵东，地有市，聚西南驿路所经也。人烟稠密，奸民乘水涸筑子堤于北岸，水不得泄，市民苦之，讼诸官。时守常者为宜黄应君先烈，谓堤筑已久、黠者飞粮争占，议勿毁。先生慨然曰：是与水争利也。不数年，子堤日高，无沧港矣。谒守具陈堤当毁状，守拂然，争之愈力，竟从先生议。沅水西来，常德郡治当其冲，恃一堤为捍。先生深虑堤工未固，议更筑，以费巨止，时叹曰："三十年后必有受其害者。"道光辛卯堤溃，鼎澧间遂成泽国，其言卒验。武陵多水灾，民间例借给子种，墨吏奸胥从中掊克，民偿不如额，前令董如冈以亏帑罹法。至是灾民援例请，众谓勿给便。先生曰："是因噎废食也。"乃集耆民誓之曰："吾予若库项无丝毫叩减，汝能如期偿乎?"众泣曰："有官如此而忍负者，明神殛之。"乃饬库吏如数封固登记累累积堂上，先生自操牢盆而谕乡民自检封，发视验无毫发爽，乃各书领状持去。越岁如期争偿，无一后者，其感人若此。

先生才大而识卓，读书从乙部入作识论，谓集天下大事存乎才，定天下大事存乎识。治事之暇，或巡行所部，必以史册自随。有《读史随笔》于古今治乱得失之故，郑重言之。精于吏事而不轻定谳，终夜秉烛披牍，平明集两造于廷，平心易气，不轻予杖而民自服。所至大书其厅事曰："当思百姓妻孥亦子女，毋以一己喜怒乱是非。"湖以南民气刁健，越诉部控者比比，先生所莅三县一州之民独无有焉。性严重，事上官以礼而不为诡随。大吏过境有所衔于先生，将中以危法或促其陈谢解免，先生屹不为动，卒亦无如何。平生笃嗜风雅，矜尚名义，口不言钱。作《居官六字箴》：曰忍、曰断、曰勤、曰慎、曰静、曰恒，独不及清，其言曰：苞苴之不行，簠簋之必饬，稍知自好者皆能之，不足异也。

先生负经世才，思大有所建白，既回翔牧令不得展，汲汲以人才为念。爱礼贤士，嘉与来学，课书院生徒，务为体用明备之学。凡三为同考官及州县试，所得士最盛，出先生门者，皆有本末可观。于先贤文献搜讨尤力，修《武陵志稿》、《武冈州志》，简严有法。又访得管白云先生墓于武陵，傅忠节公墓于武冈，皆为之封识勒碑以纪。及移官凤皇，又以书招显鹤谋修三厅志，书发而先生病革，凶问踵至矣，悲夫！

先生学有本原，诗古文词俱不苟作，古文尤有义法，议论伟然。有《读雪轩学诗》、《读雪斋学文》、《读雪轩经艺》、《读史随笔》、《史评补》若干卷。尝以关学自明康对山、吕泾野、韩五泉及国初李二曲先生以来，先正典型，危如一发。近时孙西峰、戴未堂两老先门，多敏达君子，而亟思所以扫除振起之者。惜乎年未中寿以殁，不及践其言为可惋也。先生殁后，今天子登极，方破格求贤，有起自守令，旦夕至方伯连帅者，时廷臣多知先生，得以其名上，而先生不及待矣，不尤重可哀哉！

先生生于乾隆四十三年二月二十二日，卒于嘉庆二十五年六月二十八日，春秋四十有三。配强宜人，先卒。侧室秦氏、叶氏。秦孺人生子一钧，婿于武陵赵氏，前云贵总督太子少保文恪公慎轸孙婿，山西候补知县敦训子婿也。叶孺人生一女，适莱阳赵氏，前分巡辰沅兵备道文在之子某，早卒。先生既卒官凤皇，钧幼，朝议公将谋以其丧归，舟过武陵，其民悲恋，相与留葬于武陵西城外数武之古原，而朝议公率孤嫠依托之，因家焉，今又为武陵人也。朝议公笃老，钧读书用武陵籍应试，将有成矣，以道光十八年六月日先朝议公八月卒。遗一子二女，子七阅月，今甫八龄，赵氏妇亦卒矣。呜呼！天道人事，其尚可量耶？先生葬武陵久，辛壬之水环鼎城，庐墓皆毁，先生墓独无恙。顾墓道之石尚未立，钧在时尝以为言。念生平以文字受知先生义甚深，今先生之门，独显鹤与武陵刘君梦兰在耳。恐溘先朝露不克执笔，重负师门，罪戾滋大，爰叙次先生居官为学之大系，以铭碑于墓道，以俟他日史馆传儒林循吏者有所采择，且以望其孤孙之成立焉。铭曰：

汉治近古，吏尚安静，安则不扰，静则不竞。先生之学，达于为政，六言自箴，百族在泳。令行禁止，形端景正，居以民宁，去而益咏。临沅之西，周道纬经，公体实函，遥望生敬。昔岁龙蛇，怀襄告警，万瓦涛飞，千茔露迸。公冢岿然，百灵从令，石阙高衔，穿中孤剩。岘首涕陨，随原心怲，人亦有言，于门当盛。至于先生，其言不应，茕茕孤嫠，土斛尘甑。棠舍馀茇，麦舟待赠，惟余小子，受公提命。无德不酬，居卑谁听，勒此贞珉，敢告亿姓。我言不诬，公集可证。善人有后，天理终胜。更千百年，繁衍滋庆。

诰赠朝议大夫福建道监察御史翰林院编修贵州正安州吏目敕祀名宦嘉善徐君神道碑铭

黔于天下最贫瘠，独遵义以橡茧利转致四方财物称富饶。乾隆中，遵义守历城陈君实经纬之，而始其事者，正安吏目嘉善徐君也。陈君有祀于遵义矣。正安人以徐君始事之功久而不可没也，相与屡吁于官请祀典。今贵州巡抚善化贺公廉其实闻于朝，得旨入祀名宦。州人爰相与醵金立专祠，置祭田，岁以君生日率州民歌舞上寿如生时。于是君之曾孙以其事属新化邓显鹤为文以纪，且曰曾祖官吏目，然邀国恩，以从父准官御史赠如其阶，愿得一言以文丽牲之石。

按徐氏嘉善巨族，世以文学行义显。有从学平湖陆先生研经绩学，母没呕血数升，梦神与药而苏者，君之祖也，名善建。有执亲之丧三年不进蔬果，免后不衣裘帛，郡县以孝廉方正应征不就者，君之父也，名正谊。两世皆为嘉善县学生，皆祀乡贤。君名阶平，字荀令，诚笃有干才。初官江南泰州吏目，惩治里魁某甲，许以自新，其人感悔，卒为千夫长，以才勇称。丁内艰去，服阕补贵州正安州吏目。正安隶遵义，远在黔西，民不知蚕织。君至，物其土宜少桑，独多橡树，可茧，慨然曰："此百世利也，奈何弃之?"乃谕令家植橡，而自购蚕种教饲如法。茧成，织纴盛行，利无算，乃设肆通商，而橡茧遂衣被于天下，皆君始事之功也。

棨又一言，君至正安，盗魁赵飞二跪门泣求为良民，问之则曰：吾不忍负好官也。与泰州某甲事同州，有古凤书院无生徒饩资，君捐给之。今州民分丝市羡金为君祀，岁以什之二入书院，成君志也。历观古史传所载循吏，如卫飒、茨充诸人，教民种植桑柘麻苎，养蚕织履，及杜绝奸宄，修明庠序，使邦俗从化，而君实兼之。后世吏治，不如古专城之尊，视小民利害漠然，如秦越人视肥瘠，簿尉以下抑无讥焉。今君以吏目卑官，理恤民事，居官如家，其惠泽入人之深，能使百馀年后之民，以其姓名治迹达于朝，列在名祀，传于无穷，不其贤哉!

君官正安十四年，以老乞休。其卒也，贫不能归丧，葬于遵义之凤皇地，因家焉。子五人：锡圭、锡鬯、镎、锡嘏、锡畴，其后遂分居黔、楚、浙，其占籍遵义者为锡鬯。鬯之子渊，乾隆乙酉贵州乡试举人；准，乾隆庚子进士、翰林院编修、福建道监察御史。准子懋昭，昭子长庚，于君为元孙，实守墓奉祀事。占籍善化者为镎，湖南道州吏目。镎之子濬，河南候补知县；濬之子棨，江西候补知县；棠，候选县丞。棻改名凤藻，道光癸卯湖南乡试举人，于君为曾孙。锡圭、锡嘏、锡畴居浙江原籍。圭子汝刘，汝刘子大章；嘏子渭；畴子汉世，为嘉善县学生。类能读书力行，无愧良吏子孙，盖徐氏之后方大矣。谨按今制：五品以上得立碑，龟趺螭首，侈示行路。御史阶五品，君以孙贵，赠朝议，其行又应铭法于碑宜。凤藻故从余游，以兄命将卜期造黔展墓，乃叙次其世系行实，俾立石于隧道，而述州人之意以为铭。铭曰：

黔西之鄙，地寒土瘠，民不知蚕。百馀年来，橡茧利兴，富甲西南。其利维何？青棡赤桷，冰虫所甘。以燠以温，蠢蠢缘木，食数眠三。分茧称功，缯我纩我，衣被遐覃。伊谁使之？俾我妇子，饱暖以酣。有倬徐公，硕儒之孙，巨孝之男。官卑道崇，我温公煦，我餔公含。摧牙落角，鹍革鸾栖，济济楩枬。惟公之泽，施及一隅，百族在涵。惟公之功，式辟无前，于天匪贪。我祖我父，逮我孙子，巷议街谈。吾侪小人，坐享美利，何德以堪。井鬼之野，牂牁之墟，公体实函。作庙奕奕，丛栎古柏，高与天参。神其宅此，利公后嗣，福我苍黔。时和岁丰，挟纩鼓腹，和乐且湛。

卷第十三

诰授朝议大夫湖南宝庆府知府会宁柳先生权厝铭

嘉庆二十有五年三月丁卯，朝议大夫湖南宝庆府知府会宁柳先生卒于官。卒之前月，疾亟敛所著诗文，属其部民新化邓显鹤曰："即死，子当铭我。"至是子涵以丧讣，且具状衔遗命走使千里来请。呜呼！以先生名位，力能得当代显者之文，乃独以属之穷乡下士，意有深焉者，其曷敢辞？

惟柳氏世为河东大族，其著籍巩昌之会宁，不知其所始。见于谱可考者，拱奇生时旺，时旺生懋学，懋学生坤生，是为先生曾祖。自坤生君以上不显。祖巨峰府君，治经有声，以拔贡终。父云梯府君，廪膳生，早世，皆以先生贵，累赠朝议大夫。先生生有异禀，读书目数行下，年十五为县学生，赫然以文名关辅间，充乾隆丁酉拔贡生，朝考二等，选平番县训导。庚子以第一人举陕西乡试，迁长安县教谕。丁未成进士，改翰林院庶吉士。己酉散馆改户部主事，监旧太仓，又监北新仓，擢员外郎。嘉庆戊午丁内艰回里，服阕补原官转刑部郎中，庚午俸满保送外用，得简缺知府，选湖南宝庆府。丁丑俸满入都引见，逾年回任，又二年以噎病卒，年六十有八。呜呼！国家仿古课吏考绩之法，内而京察，外而大计卓异，与其选者，即丞倅数年，把麾钺躐跻方伯连帅。先生自起家进士，为京朝官，至出守远郡仅三十年，皆以俸满循资除授，未邀一荐、超一阶，以谓稍依违援系于其间，效巧宦者之为，虽三公万钟不愿也。而先生亦遂以宝庆死矣。悲夫！

先生既以文名于时，论者谓当处台阁侍从之任。已既由翰林改部，慨然有用世志，明习吏法，两督仓政，作《仓储三难论》，而以清漕为善仓之本。韩城王文端公亟服其言，将荐于朝，处以谏院不果。性慈祥和易，不为操切诡异之行，而廉介镇定，勇于贲育。在户部时，有奸商争廛肆户帖构讼，同官将直之，先生不可。商夜持白金走寓求画诺，先生拂然曰："斯言胡至吾耳哉！"商惭阻。会事闻，有旨交刑部审鞫，卒不直，商众咸服。先生在刑部七年，平反尤多。守郡日专务以德化民。宝庆故僻郡，土瘠民稠，宄徒易蘖，驭失其道，往往持官吏短长。先生至，事无大小，开诚布公，虚衷研鞫，镇以安静，而俗渐化。曰为政以不扰为第一。尝行部至武冈，有飞语告富民萧甲聚众将为乱，一夕拾得百馀纸，刺史心动。先生曰："富民岂肯作贼？必衔者之辞也。"第缓之，果得主者姓名。在郡九年，吏民至相戒勿讼，曰毋嬲我太守也。

先生貌清癯，好饮善谈论，亦知兵。嘉庆初，楚蜀教匪倡乱，馀党窜入秦州，距会宁四十里，阖城惶惧失措。先生时奉讳家居，首捐赀募健卒守御，备陈方略，既戒严，贼不敢逼。众曰：非柳公此城残矣。先生一书生，粥粥若无能，遇事果于自任。思为体用兼备之学，而世徒震其文名，非知先生者也。先生文根柢史汉，沉浸唐宋八家，善言事，婉而多风，如其为人。所著文集八卷、制艺四卷、《读史纪异》数十卷、古今体诗千馀首，皆可传。书法遒劲，尤自许云。始，先生得名最早，三辅之士，翕然从风，先生亦自负思所建白，不第以文章显。已而浮沉郎署，既老始得一边郡，又禀气寡谐，动与时违，不获竟其用而卒。而世或疑先生文人，不习吏事。呜乎！彼习吏事者吾见之矣，于先生复何憾哉！

先生少孤，母魏太恭人教之成立，每读欧阳文忠公《泷冈阡表》，至“吾儿不苟合于世，俭德所以居患难也”，辄流涕被面。以故历七官而不名一钱，无薄田败宅以庇其子孙，无馀资以归葬，而三族宗党惸嫠鲜寒饿者，此尤先生一生始终大节，不可湮没者也。

先生讳迈祖，字振绪，自号宜斋，世居甘肃会宁之东关。弟法祖，廪膳生，相依卒于官署，先生哭之痛，为文志其墓。元配唐恭人，继宋恭人，早卒。侧室王氏、薛氏、李氏。子七人：澄殇；涵，县学增生；淳、满、溥、灿、渊。女六人，已嫁者二：一为故兵科给事中宁州刘奕煜，一为秦州张汇渠，馀俱幼。涵书来，权厝公柩于宝庆府城之东，将求仁者之粟以归其丧，日月尚未卜也。先是，宁乡袁侍讲名曜，梦登一山，有隆冢丰碑屹立，视之则先生名也。后二十年，袁入翰林始识先生，又十年来守吾郡，闻者曰：然则柳公其遂终于宝庆也。呜呼！岂偶然哉。显鹤辱先生知甚深，生我者父母，知我者公也，其曷忍不铭。铭曰：

学也非以为名，仕也非以为荣。在彼者皆我所不为，在我者聊以完吾贞。所谓天者吾不知，而人则吾不暇与之争。呜呼！此宝庆太守会宁柳先生之灵也，而吾以信吾铭。

此志成后，公子涵扶柩西归，道出资江，冒雪枉过言谢。匆匆即别，垂三十年，音问梗绝。比岁兄子瑶北归，具述柳氏诸郎相继贡于学，举于乡，其最小名渊者，今且成进士，观政工部。窃喜公嗣之昌，益信善人有后，皆前志所宜补。问其乡举之年，则以丁酉、癸卯，与瑶、琮为同年。衰门薄祚，得附谱末，既为公喜，复自幸也。

道光己酉秋七月显鹤补识。

湖南靖州训导毛府君墓志铭

国家以经艺取士，设提督学政岁科两试，拔其尤入府州县学为府州县学附生，又拔其尤予以廪饩为廪膳生。三年大比，中格者随解牒上之礼部，不中格者绌焉。幸而仿古三舍法，饩久而给以岁贡，又久而官以教职。早者三四十年，迟者五六十年，又其中夭札疵疠老病穷饿以死者比比，其及贡者十无七八，得官者十无二三焉。幸而岁贡且得官，计其年皆中寿以上，伛偻聋瞶，涕洟垂胸，为人所厌弃；不者苟且贪恋，与生徒较执贽，同官争锥末，大府以不甚爱惜之闲曹置之，为纠劾所不及，而学校乃大不可为。呜乎！可哀也已。惟故靖州训导毛府君则不然。

府君讳学古，字经三，号松邻，世为新化望族。新之人能以文学礼法世其家者，必称毛氏。祖自成，有至性，割股疗母病，雍正间旌表孝子。父大鹤，康熙辛卯举人，善化教谕，举丈夫子六人，府君其五也。生而英伟好学，为文思力沉鸷，俗流莫能识也。是时，宁乡王先生文清以经学名，与修《三礼》，为一时经师。府君以通家子从之游，称高足弟子，与长沙郭焌昆甫、衡山旷敏本岣嵝齐名，湖以南称能文者，率首举三君。府君既以文名湖湘，遇大比典湖南试者思得君以自重，卒之十四举不第。乾隆己丑年六十，循例岁贡，又二十七年乙卯，选授靖州训导，至是年且八十有五矣。

靖州界湖南陲，俗鄙俭。府君至，日与诸生讲说经义，立课程，束修非礼不以人。有武生某，以武断被讦，学正茶陵谭君声元将出之。君请于刺史鲁公严绳以法。鲁公曰：“绳之且不利于君。”君厉声曰：“官可去，法不可骫也。”会其人死得免。始君之至，咸谓老病可狎，至是群严惮之云。居靖州三载，乞归家居；又七载卒，年九十六岁，实嘉庆乙丑十一月日。即以其年月日，祔葬于原周岭之先茔，礼也。

府君至孝，父死以乡试未及视含，终身哀痛，岁时生忌，号泣不食，老而弥笃。教谕君遗书满箧，府君缄镭甚固，每一开读，流涕被面。性严厉难犯。官靖州时，冬至朝贺。故事，朝罢宴坐，主者坐学正于刺史之次，而训导与吏目列坐于下。府君执《会典》抗争曰：朝廷以训导二学正，未闻以训导二吏目，今同等别尊，非法，某不敢坐。众错愕莫能对。刺史起执府君手曰：“今而后知毛训导也。”其峭直敢争如此。读书喜博览，尤精岐黄术。年九十能灯下作楷书。终日危坐，行立不倚。府君以故家名德，老成硕望。自其幼侍教谕君侧，及见海内耆宿，所与游皆当时名士，博闻殚见，文章风义为后进矜式。自府君殁，乡贤文献无复存者，士大夫咸悼惜之云。

配曾孺人，先府君八年卒。子一人，万翔，病痱。女四人，其季妾某氏出。孙太和，殇，遂无嗣，以其弟六府君之孙家炜嗣。著有《松邻堂经义》刊行。府君殁后十年，其外孙同邑邓显鹤奉母命志其墓，未成而显鹤连遭大丧。追悼所出，五情屠割，大惧哀痛馀生，奄忽澌没，无以终先孺人之志。又三年己卯，新免于丧延及视息，乃叙次而系以铭，将以遗家炜，使刻石而纳之圹中。铭曰：

设官教士，抗颜为师。师实不学，何以教之？奕奕毛公，望崇位卑。公曰匪卑，师道在兹。有不率教，屏之四夷。人亦有言，大刚则折。哀哉中郎，典型中绝。惟余小子，实公所出。匪惟出之，左右提挈。内外家风，门祚单孑。永怀生我，哀哀罔极。悲风叫号，寒泉呜咽。刻此贞珉，以表衔恤。高谷深陵，兹石不泐。

杨荪圃先生墓志铭

杨氏为新化巨族，其居县城西北者谓之北渡。杨氏北渡诸杨尤能以文行世其家，荪圃先生又北渡诸杨之望也。祖可震，岁贡生，茶陵州训导，以其子官茶陵学正，改绥宁县训导，治经有声。父河，乾隆戊午举人，湖北武昌县、山东范县知县，以廉惠称。范县生二子，先生其长也，讳兴植，字士滋，号荪圃。幼倜傥多慧，随范县君任，有才名于齐鲁间。年十七归里应童子试，赫然惊其邑人。好读书，博览而精，治经尤勤，长于《三礼》。作诗服膺唐贤，清而不俗，骨采隐然。貌修伟有仪表，方颐紫脸，两目闪闪有光。性豁达，善谈论，豪迈自喜，所至倾其座人。亦善饮，酒酣句晰经义，往复辩难，或胪举古人事迹及朝廷典故，所见海内贤达，关塞险要地形水利，与夫阴阳禨祥，一切俶诡荒怪之状，悬河翻水，嘲嘘风生，声殷屋瓦。至于臧否人物，矜立名义，动色咨嗟，断断不少假借。故先生虽穷且老，而意气不少挫。举乾隆癸卯乡试，屡厄礼部试，最后嘉庆戊辰大挑二等，得教官，即以其年五月归里候选。中途病痢下，六月日次安化之马辔市，距家二百里卒于途，年五十有九。其仆舁以归，而吏部已选君为浏阳县教谕，告身与輂榇盖同日抵家云。

先生性孝友，弟兴树亦能诗，而奇穷恤之终身，先生殁后至无以自存。先生早负才名，以为科名可唾手得，视天下事无当意者。卒之侘傺湮郁，内不见谅于家，外不取信于友，上绝公卿之援，下乏乡曲之誉。西游秦陇，南客邕桂，奔走乞食，汲汲无欢。一命未沾，墓木已拱，逆旅桐棺，殓不成礼，斯诚人生之极哀也已。

某外祖毛府君受经绥宁，与范县君友，君父事之，没身不衰。季父钜野君又尝与君游。以内外通家雅故，不鄙余。已又同客都中，见显鹤所为先大父赠君行实及毛府君墓志，乃叹曰："子非苟于言者，老夫他日当以幽圹之文相累。"呜呼！孰知其言之遂践耶！先生娶同邑李氏，无子；侧室邹氏生子二，女一。以其年月日葬于某原。深惧其家贫子幼，无以绍述先德，乃述先生意而系以铭，将以俟其孤之能成立而归之。铭曰：

孰涸而腴，孰溉而枯。彼傅之翼，此塞其途。穹穹厚厚，何德何辜。高不可问，幽不可呼。我铭其宅，以俟其孤。

叔父璧园府君墓志铭

邓氏于新化不显，明季始居下渡村之梓木冲。自始迁祖至赠文林郎岩隐府君，凡五世，单丁不振。赠君之子文学府君，始以其学授徒资湘间，有名于时。二子能世其业，其一举于乡，官县令，是为钜野府君，以忤上官获罪，仕复不显。

府君幼慧，七岁能文，随文学君馆益阳，益阳人赫然称之。十二岁归应童子试，郡守觉罗德兴额公诧为神童，言之学使者面试《十三经》，皆背诵，通晓大意。诗文奇肆，操笔立就，大惊讶，补博士弟子员。年三十，始中式乾隆三十六年湖南乡试举人，又十年，以大挑官山东知县。初试高唐州，补曹州府钜野县。县多盗而好讼，繁剧难治。府君至，惩积猾，决滞狱，锄奸击暴，县大治。府君刚果任气，外严内明，人不敢干以私。大府亦惮其方直耿介，而衔之者众矣。姚大者，县细民也，以事系县待质。历城丞杨甲奉檄缉盗至县，欲文致其罪以为己功，府君讯无左证，释之。杨怏怏去。后姚以江南句容县劫库案牵连举发，大府以纵盗罪府君，杨从臾之，因以泄前忿。府君曰：“他邑盗，吾邑民，杀人以媚人，吾不为也。”遂落职。

先是，山东大饥，饿殍盈道，府君设法赈济，不遗馀力。钜野岁例，浚运河八十里，重臣往来相视，皆驻县境，民间差累，不堪其扰。府君一切蠲罢，出私钱雇夫役，坐是大困。又前令积亏摊款至三万有奇之多，大府责令偿补，将中以危法。府君则阴籍出入数为二册，将上之计。无如何，则授意代者毛索细故，久乃摭拾姚氏官钱，坐以赃。姚氏官钱者，姚丙兄弟以争产讼，府君案之，断五十缗充官浚河，而主吏漏报，竟以是坐遣戍伊犁。居伊犁八年，始释归。归后益困乏，至无以为生，课徒自给。又二十年，以嘉庆二十有一年十一月日卒于家，春秋七十有六。其年某月日葬于太平原祖茔之麓。

曾祖讳林材。祖讳元臣。父讳胜逵。祖及父皆赠如府君官。祖妣李氏，妣刘氏，皆赠孺人。配彭孺人，后府君四年卒。子二人：鸿，国子监生；鸨。孙五人：琦，郡学生，盖府君归自伊犁后日夕守课，望其成立者也；琎，县学生。女一人，适国子监生唐世倜。拔贡生，试广东丰顺知县唐琳，其外孙也。

府君讳长信，字玉符，一字璧园。博闻强记，令钜野时，充乾隆癸卯山东乡试同考试官，得阎学淳等九人，多名宿，致通显。居伊犁，无书可读，日背诵幼时所读经书，无遗误。居官精敏明干，所至有声。初试高唐时，巡抚国泰贪暴凌其属，不敢加无礼于府君。阿桂文成公以视河工过钜野，亟称府君才可任，卒获重谴，不竟其用，不显于时。呜乎！府君于显鹤，叔父也，铭其叔父所能言者止此，可痛也夫！可痛也夫！铭曰：

学足以用世，而不庇其身。政足以易俗，而不谅于人。其罢而遣也，既无以理其枉。其穷老而死也，复无以救其贫。岂赋命之果厄，胡所遇之皆屯。呜乎！廉吏而可为也，吾以待其子孙。

试广东丰顺县知县唐君墓志铭

君姓唐氏，名琳，世居新化县之东城内。曾祖文爵，以财雄于乡，好施，与祖大章兄弟六人析其产，又不善治生，家遂落。父世倜，国子监生，有清誉。母邓氏，余叔父钜野君子也。

钜野君在官时，赘监生君于署。以乾隆五十年十二月除日，君生于钜野官舍。小名钜，幼聪慧，眉目秀整。四岁，姊携之归，余年甫十三，绝爱之，时就姊乞同抱。教之识字，辄明析点画音义。比长，身长玉立，风神秀朗，通诸经，熟于孔郑家言。善属文，喜为六朝小赋，尤善楷书。监生君博雅好学，长于治经，屡举不售。余戏谓之曰："甥产海岱间，殆非翁比。"姊笑曰："儿生时，余固祷岱庙也。"余因字之曰岱生。二十三岁，附宝庆府学籍为府学生。二十六岁饩四十人中为廪膳生，试皆第一。二十八岁充拔贡生。三十二岁充镶黄旗官学教习，报满引见，以知县用，又五年分发广东试用知县。监生君自幼爱之倍常儿，虽壮恒视如婴稚。自县府乡试及贡太学，必偕跬步不离，最后分发广东，年四十矣，犹揭之行。

君至粤，檄勘海道，奉监生君登舟海滨，潮湿寒暑异候，监生君病疽发背，穷海仓卒无医药，遂卒于舟次。君大痛，棺敛之具，咄嗟立办，哀毁骨立，几致不起。既归葬，服阕赴粤补官，省余于沩西学舍，形容憔悴，非复曩时风貌矣。又贫困不能治装，余资之行。至则试丰顺县。丰顺隶潮州，民俗鄙悍，习械斗，官不能治。君极力振刷，立条教，欲与民更新，格于俗，无一行者。时抚案咤叹曰："是尚可为耶?"居二年，以痢卒，时道光十二年八月日也。春秋四十有八。

君学无常师，诸经受之监生君。诗文余间一讲授，故君于诸舅中独师事余。性谨饬，循循如处子，而激于义勇，恒一发莫遏。试丰顺日，擒治械斗案多至百馀人，大吏不欲竟，以是郁郁不自得。又备累巨，自以内外亲依倚众，禄薄无由给，母老病不能迎养，而左右近习无一能谅其隐者，常咄咄自语。中年后得目疾，既病能灯下作小楷，医者曰此精气外铄，于法不治，竟不起。呜呼！邓氏之衰久矣，乃至所出者而亦摧折之唯恐不速，可痛也夫！可痛也夫！

君终丧过我，谆谆以其父墓志为请，未及为而君讣至。君卒后，其弟琛亦客死万安。吾姊穷老目盲，一门孤嫠，无儋石之储，而余又贫窭，无馀赀他及。其卒能归君丧于穷海万里外者，吾友桐城姚鸿遵、丰顺令萧山许炳力也。君娶姑女袁氏，子二人，镕、钧。女一人，适同县北渡杨氏。以年月日葬于监生君兆侧，而舅氏邓显鹤追志其墓而铭之。铭曰：

衰宗不振望所出，子于我出才且杰，谓成宅相光阀阅。岂意一官不自得，海滨万里群蛊窟，令未即真身已殁。归葬先兆僚友德，我铭其幽泪横溢，岸谷深陵保此宅。

敕授承德郎安徽太和县知县前翰林院庶吉士张君墓志铭

今天下州县，莫急于赈荒弭盗，而江南北为甚。江北县令以能著者不数人，张君掖垣其一也。凡为令十二年，历二县未迁一阶而卒。其弟星照、星炳以其丧归将葬，为状具书币介吾友黄虎痴来乞铭，余不识君，然素闻其贤，不敢辞。

按状：君讳星焕，字厚培，一字掖垣，湖南善化人。曾祖开模，祖国瑗，父忠鹄。世韫德不显，祖、父皆赠如君初官。母彭安人，温惠严明，闻于姻党。君生有异禀，十岁能文，十六即教授里中为童子师，十八隶县学生，旋试高等，饩二十人中以优行贡太学为优贡生。嘉庆二十一年中顺天乡试举人。又五年成进士，改庶吉士。道光三年，散馆改知县，除安徽繁昌县，调太和县。两充江南乡试同考官。以十四年六月六日卒官，春秋五十有三。

君早负文誉，又体孱善病，众谓宜文学侍从之任。既改县，意不欲行，顾念太夫人年高，欲及时禄养，乃勉之任。至则值岁大祲，邑滨大江，淫涝尤甚。江北故多盗，萑苻恶少，所在持白棓与饿殍争食。君恻然曰："是尚可委哉？"则昼夜讲求荒政，最先发文符请赈。念赈易冒，莫先清户口，清则赈不滥而盗亦易踪，乃躬履勘，手自注册，吏胥无敢毫发隐。赈不足，则劝富户输捐减粜，又以其间出不意，缚猾盗数人，凡活饥民无算，盗亦顿息。

君为吏无赫赫声，而义之所在，赴不逾时。繁昌在江东，其西则无为州地也。有回空粮艘匿私盐泊西岸，为游民所夺，旗丁诉之州，州黠吏绐使诉县，或劝宜无受。君曰："东西隔一水耳，敢异视乎？"亟擒治之。既得情，念无以为解运官某地，不欲竟其事。而某遽以盗奔诉行台省，大吏怒，下其事于繁昌，久之得白，始叹服。在太和平反前令重案，别缉获正身。故事，平反死罪，例得保举，幕僚以为言。君曰："此囚无死，法出之足矣，复何求。且人谁无误，而因以为利耶？"其居心仁恕，不自表襮多类此。君历二县，多善政，二县人皆能道，无足为君异，不具述。

夫作令之难，至今日而亟矣。江北郡县，几于无岁不灾，无处无警。彼冒赈讳盗，苟且千荣利以玩民瘼者无论矣。一二贤者，或先事引避不遑，其敢于任事者，又或制于上官，不得行其志。否则，用法严，为下持短长，以是败者多矣；其得美名大官以去者，百不一二焉。君始莅繁昌，今两江总督陶公方巡抚安徽，雅知君。公督两江，君所治县皆其辖地，宜无不得行之志矣，然竟不及迁一阶以卒。昔唐孙樵为《何易于传》，《唐书》据以入循吏，世谓文人之文重于史笔，而余又非其人也，其遂能使君传耶？可感也夫！

君有至性，事太夫人纯孝。自以失怙早，事两叔父如父，与人言辄流涕。友爱綦笃，早丧其妇，以两弟未婚，不继娶。年四十三，弟先后授室，始置一妾。生平耻言利禄，居官如寒素，而喜推解。族无宗祠谱牒，以所积俸创为之。其笃于内行又如此，此君治之所由美也。君一子福楚，县学生，先君三月卒。孙男二：承昌、承祺。妾生子一，上恬。女二：一字溆浦舒君梦龄子，舒君同官江北有声，今再迁至凤阳府知府者也；一字同里刘氏。君卒后不名一钱。太夫人笃老，持服孙幼，以其年月日葬君于某处，分任其凡役事者为两弟，宜其言之有馀哀也。铭曰：

勿乎张君文而儒，手抉云汉翔天衢。下视泥潦沾衣裾，蛟鳄蠢蠢哀鸿呼。君不之避扶且扶，去其害马哺弃雏。衙强绥亿孚豚鱼，其学经世道古趋。众肥身瘠不自腴，政成上考命倏殂。有母笃老童孙孤，我铭其宅心恻如。义严事核词无谀，后当有考信史书。

诰授奉直大夫例晋朝议大夫湖南郴州直隶知州军功候选知府王君墓志铭

浙士吏于楚者，余所识五人，其居官皆有本末事迹可考，然用法宽，独嵊县王君以严著，所至一力振刷。王君之言曰："义利严而后操守固，是非严而后听断审，上下严而后职守定，内外严而后探刺息。有雨露即有雷霆，而淫潦以沾腐朽非泽也；有礼乐即有威刑，而姑息以养奸顽非政也。"呜乎！由君之言以推之政，苟且偷惰之习庶少挽乎？然而劳矣。

君为吏于湖南凡二十有二年。初履辰溪，出不意擒获扫帚坪猾盗数十人，论如法，盗风顿息。缅甸贡象使过县境张甚，役民夫千馀人。君曰辰溪贫瘠，且时方东作，不给于役，将为使者简料行李，而弃其不急者。使惧，求解于辰沅道，屏息过，无敢哗。在零陵，阴籍村市男女生业及游惰暴杰子弟，主名有事，辄按籍收取。尝杖杀土豪唐祖敦之为民厉者，一邑称快。在武冈，一日吏告有数百男子持梃入城，君笑受之，盖君侦知某村有盗，所遣州民缚以来，而左右不知也。其摘奸发伏类如此。

君身躯不中人，强干精悍，目炯炯有光，力能举鼎，兼好言兵。湖南北近年数数有兵事，赵逆于江华，蓝逆于武冈，钟逆于崇阳，君皆从，皆有功，其克复新田功尤最。事平，循资升直隶知州，未越一级。崇阳之役，以知府升用，而君不起矣。君在楚久，三经保荐，五膺卓异，天子召见，勖以为好官。今太子太保湖广总督裕泰公知君尤悉，不可谓不遇，然卒不得乘一障为国家宣力疆场，回翔牧令以死，为可惜也。君卒后一年，武冈复有拒捕戕官之案，大府捕得为首者十数人，骈斩于市。或临刑呼曰："使王使君在，吾辈何至是？"呜乎！是亦可知君为政之急，用严之效，非文法吏可同日语也。

君姓王氏，讳景章，字星甫，一字睢园，浙之嵊县人。由嘉庆戊辰举人，文颖馆誊录，议叙选授湖南辰溪县知县，调零陵县知县，升武冈州知州，权知桂阳直隶州。丁内外艰，服阕权长沙府同知、永州府知府，充庚子科湖南乡试内监试官，最后补郴州直隶知州、候选知府。以道光二十有二年三月二十四日卒于长沙寓，距平崇未两月，盖以劳卒也。春秋五十有九。祖学礼，父忠亮，累世有隐德，皆赠如君官。祖妣马氏，妣张氏，皆赠宜人。配张宜人，先卒。子绍祁，候选知县；绍祥、绍祐。女二，皆适士族。孙二人。

君幼慧，善篆隶，娴骑射，喜鉴别古今名人书画。敏达明练，疾恶甚严，而爱礼贤士如不及。近官楚诸君子能致名誉为人所称者，类多浙人，如吾所举五人是也。五人者，鄞沈道宽栗仲、镇海胡钧竹安、义乌陈坡东屏、仁和张迎煦晴崖，其一即君也。然皆不得大行其志。东屏、晴崖稍稍迁秩矣，亦未显。栗仲久以病休，而竹安与君则相继死矣。悲夫！竹安之死，余屡思为文铭其幽，以不得其家系履而止。而绍祁具状请至再三不倦，栗仲尝语我，铭君无如某宜。今年至鄂，见东屏其所为诸孤谋者备至，临别亦以为言。余按《汉书·循吏传》称赵广汉、尹翁归、张敞之(伦)〔论〕，皆称其职，然皆任刑罚。今考广汉诸人，类皆廉明通敏，以习律法、善钩距，威制豪强，击断奸猾为能，其要归于安民而已。后世苟且之政，因循姑息，一切纵弛不问，令长之庭，与簿尉比，而犹望其为民除害哉！此法令滋章，而盗贼之所以多有也。如君者，顾安可少哉！安可少哉！既为之序，复系以铭。铭曰：

天下安危视守令，守令治忽观厥政，得人则利失则病。汉法权重势莫并，铦筒乃制死生命，下令如水桴鼓应，盗贼稀止闾阎静。降及后世积渐轻，豪宗悍族乡里横，一指之巨乃如胫，片言不合走而铤。恂恂鄙生奉法令，仰民鼻息甘退听。我铭王君义甚正，更千百年犹可证。

敕授文林郎湖南长沙府善化县知县兴国方君墓志铭

方君梅臣既卒之明年将葬，其孤幼弟之子海涵具状来请铭，余诺之未及为，今十年矣。海涵复偕其孤自武昌具书币、走使千里来邵州山中申前命，且曰“世父之葬终不可无铭，舍吾丈其谁宜”？呜乎，余忍一日忘哉！庐陵有言，吾于子野，非独其善可铭，又有平生之旧，朋友之恩，与其可哀者，皆宜见于吾文。微海涵使来，吾能嘿而息乎？其曷忍不铭。

案状，方氏之先，自江西浮梁来湖广，遂世为兴国州人。六世祖师诲，康熙中进士，宰定襄，有惠政。祖志洁，父敦临，皆州学生员，以君贵，赠宁乡知县。赠公之友石长甲晓占验，知教匪将起，约入陕以避，而赠公适逢陕乱，卒于兵。君时方九龄，弟桂森四龄耳，其叔父某携之归兴国。惸惸孤露，刻苦力学，卒自奋于科第。君尝语余，欲以赠公家传见属，而言之悲咽不自胜，以是中止者屡矣，岂料今日执笔以铭君哉！可哀也已。

君讳炳文，字梅臣。嘉庆己卯举于乡，道光丙戌成进士，以知县即用，分发湖南。敏练明达，习于吏事。而慈惠和易，不为矫激操切之行，至义之所在，炳如也。初权酃县，有刘氏寡媪诉其子不孝，君念治之无以全其天性，反复曲喻三昼夜至于泣下，媪感悟，卒为母子如初。府牒下，有所勾摄，役张甚，君杖之，滋不悦于主者。君叹曰：“是尚可为哉？”遂委印去。大府以为能，送部引见，仍回湖南候补，久之，补宁乡。宁乡当西面孔道，缺简而冲繁，甚于赤紧。辛壬之间，湖南北大水，继以江华瑶变，大军过境相属，羽书载途，流民满眼，君竭力供亿，悉心抚恤，民不知兵，而饥民全活以千计。又以其间察访节孝，表扬忠义，尤加意学校，择秀良者教之，资其膏饩，使有所愧厉。故在宁五年，贤者兢兢自守，不肖者亦不至罔上干法。在善化二年，治如宁乡。旋以卓荐保送引见，卒于都。实道光戊戌八月二十七日也，春秋五十有一。君北行，以其眷口归兴国，既卒，其家未及知。先来长沙，过洞庭遇风舟坏，一妾及女溺焉，馀遇救仅免，尤可哀也。

君勇于任事，矜尚名义。初履善化任，有蝻孽，大府议建庙奉蜡神以禳。或云宜请帑，君曰，此守土职也，敢耗司农钱乎？遂捐俸兴工，庙成而蝗不为灾，即今所称之刘猛将军庙是也。明季宁乡有百二十八人、殉其令邱君存仁战死事，蔡忠烈公道宪死长沙尤烈，君既用余言，捐资助刊《忠烈遗集》，复以其墨迹入石衔祠壁，今宁乡北门有邱公祠、节孝总坊岿然对峙，其议实倡自余两人也。有友同州举人李克模，贫士也，遗孤敦善，君为教养成立。同官中有罢无所归者，为资遣之。族中待以举火者不一家，而君实不名一钱也。君家固贫，荒江老屋，劣蔽风雨，贵后思一改造，未及为而君卒矣。夫以君之才，治县所至，民悦服，上官侪辈交口称道。既卓荐于朝，可大展厥施矣，而遂止于此，岂非命耶！

君与弟友爱甚笃，濒死语其仆曰：“吾健于弟而早死，吾弟其能久于人世耶？”（舍）〔含〕泪而逝。未几，而其弟相继死。君之子，长者已读书隶州学为弟子员矣，复以喀血死，哀哉！宜海涵书来言之有馀痛也。配彭氏，有淑德，后君□年卒。侧室万氏。男子三人，长华，州学生，彭出，才而早卒；次瀛，州学生，万出；次佐清。女子二人，长端，适某，与华同出；幼者随母溺死。以某年某月日葬于州之犀牛山麓。呜乎！余与君为同僚又相善也。君始至湖南即厚余，既同官于宁，以古道相规切，苦言至语，不以为忤。自君去，余亦不安于位，而宁乃稍稍多故矣。呜乎，余忍不铭君哉！铭曰：

既丰其才，又宜于时。有推而挽，无龁而龉。遵道而驰，谁竟厥施。而竟止于斯，岂非命耶？命则如斯，名则永垂。弗铭其幽，后世谁知？我言不诬，以告来兹。陵谷有变，兹石不隳。

卷第十四

诰赠朝议大夫例授奉政大夫河南濬县知县军功候升同知临桂朱府君墓志铭

州县为守土吏，仓卒有警，以全城保境为功；最至不幸，取必一死。虽朝廷恤典优加，而城残地破，生民涂炭，所失多矣。况国法，失城有诛，无能跳免。故徒死非难，定变为难；殉城匪易，全城尤匪易。若临桂朱府君守濬县，功不可没已。

方教匪林清之入大内为逆也，其党李文成、牛亮臣、冯克善、崔士俊、朱成贵、徐安国等布满直隶、山东、河南，约同时起事。滑令强克捷先侦知逆状，械系文成，事泄，文成党遽叛，克捷全家死之。滑乱，而长垣、曹县、定陶相继陷。当是时，以全城保境称者有二：一为金乡令吴阶，其一则濬县，而濬距滑不及一舍，非金乡比。其时贼全力据滑，逆焰方张，不东窥河济，即西逾太行，以图大举，惟恃濬城为之捍蔽牵制。而府君以一书生，婴城固守历三月之久。贼攻城凡十一日，百计捍御，以待援兵，贼以是不得四窜。大兵云集，于是夺道口，破司柴，克复滑城，擒首逆，论者比于江淮遮蔽之功。

事平，奉旨以同知用。府君益感激思奋，而同官有害其能者，造蜚语荧听上官，遂引疾归。归后五年，复起留河南补用，署固始三载。于后大府有贤君者，仍以君还濬县。濬人闻之，悲喜交集。居无何，复有擒获安徽越狱重犯赵麻孜事，送部引见。今上稔知君守城功，特旨命回原任，以同知尽先升用，而君遂以濬县终矣。悲夫！以道光十一年三月二十四日卒。濬民号泣，罢市三日，相与肖像立祠以祀。呜乎！若府君者，可谓蹇蹇匪躬尽瘁以陨者矣。

君姓朱氏，讳凤森，字韫山，临桂人。朱氏为粤中巨戴，曾祖某，某官；祖某，某官；父某，赠某官。府君生而伟异，有大志。五岁入塾，读《孝经》，即能解悟。九岁能诗，成童著学籍。其举于乡，成进士，甫逾冠。其官河南濬县知县，年方壮也。府君沉毅有治才，履任厘积案，清保甲，拯旱荒，政声大起。甫三载而滑乱，君闻变，即闭城搜斩奸细阎义成等一百七十七人，大集绅民议战守策，慷慨流涕，誓以身殉。濬人咸饮泣受命，愿效死力。于是得勇锐八百人，分守六门，刍茭器械，咄嗟立办。君居中调度，身负矢石以徇，相持十昼夜，登陴屡出奇计掩贼。贼衄不敢薄城，谋西渡据太行，畏城中蹑其后，遍焚掠村庄，府君先已分遣绅民义勇团练堵御，贼不得逞，复尽力扑城。贼首冯克善至，攻东门更锐，城几不支，会河北镇总兵率大师至，围解。是役也，以数百人当数万众，城垂陷而复完，众谓有神助，而不知府君忠诚蕴结，有以激发保全之也。

府君敦行孝弟，矜立名义。好读书，尤精宋五子家言，于天文、舆地、兵法、河渠、水利，旁及艺术、方技靡不穷究。诗文皆有法度，不苟作。状言君天资高迈，践履笃实，平居以古名贤自期许，临事建树，卓卓如是，非偶然也。

君生于乾隆四十一年丙申，春秋五十有八。嘉庆戊午举人，辛酉进士，河南濬县知县，军功以同知尽先升用，例授奉政大夫。以子贵，诰赠朝议大夫。配王宜人，继配姚宜人。子长琦，道光辛卯广西乡试第一名举人，乙未进士，翰林院编修，改监察御史。次辂，国子监生，某官。孙某某。府君丧，归葬临桂某原。显鹤辱交长公子侍御义甚深，某年月日侍御服阕北上补官过湘，舟次出府君《守濬日记》及归安叶鸿胪绍本所为状，乞志其墓，敬诺之十馀年矣。深惧一朝溘逝，无以表扬盛德，谨案状序而铭之。独念府君以守濬功，与金乡同受知先帝加同知衔，金乡再迁至曹州知府，而府君进一阶终其身未获真除。自来谈滑事者动称金乡而不及濬，用是益叹府君韬晦自全，不表襮于时，为不可及也。窃以为，府君未竟之绪，当于侍御一大昌之，今海内望侍御将大有建白于时，而不图其拜疏出国门如此之速也。可感也夫！可感也夫！铭曰：

滑乱濬摇，河卫狂跳，破不崇朝。有倬朱公，以尔临冲，首捍厥锋。贼至无算，公旅未半，以一当万。贼劳公逸，相距旬日，援兵始出。峨峨大伾，弃甲与齐，天低日凄。贼讧城完，折而西奔，聚而一燔。道口夺矣，司砦掇矣，滑台拔矣。论功酬庸，天许人穷，公耳若充。一笑鸾骖，归课丁男，绝口不谈。再起古汴，还公旧县，复以劳荐。帝念劳臣，赏不酬勤，特旨尽先。公拜受命，时清主圣，始终一令。公所施陈，协于鬼神，孚于人民。德丰遇屯，不于其身，必于子孙。贤哉侍御，格天一疏，令闻广誉。矧复知止，进迟退驶，不愧名子。公则何恨，一时恩怨，百世公论。桂林之寷，千山明莹，遥望生敬。我言若契，历千万禩，保此幽窻。

常宁李征君墓志铭

道光十有二年，江华瑶赵金陇蠢动，躏常宁。官军蹙之，贼全力窥洋泉。洋泉者，常宁要害地，城所恃以为存亡者也。于是，李征君岳泉，家洋泉百年矣。居宅闳固，或劝募土人保守，亟纵贼出隘口。君曰："洋泉失则无常宁，无常宁则全郡危矣！何以家为?"乃大召乡勇守隘口，而潜令其子德骞星夜赴军门献策，卒赖其力平瑶，事平而君卒矣！德骞以状乞铭，余诺之未即为。德骞子次山屡诣余于长沙旅舍，将父命敦促无倦色，意甚诚笃，不获辞，乃序而铭之。

君姓李氏，名文昊，字岳泉，世为衡之常宁人。高祖廷贤，曾祖某，皆诸生，赠某官。祖继圣，雍正甲辰举人，广丰知县。父某，世以文学著名衡湘间。广丰尤擅著作。君生而颖异，家有藏书楼，庋图籍甚富，稍长，坐卧楼上，朝夕覃攻，闻见博洽。所著有《十三经音义丛考》、《听莺堂书目》、《湖湘逸事》、《睡馀轩杂钞》等书。赵逆之入洋泉也，君弃家守险，贼据其宅以抗官兵，大军四面火攻，久乃得破。藏书尽毁，君痛甚。以道光某年月日卒，春秋七十有二。常宁县学生员，道光改元应诏举孝廉方正，不就，常人称之曰征君，亦曰岳泉先生云。

君内行肫笃，自其少事继母，即以孝闻。性介特，勇于赴义，而不近名，尝出私财建庆节朝贺所，众将上其事于朝，辞。洋泉之役，毁家纾难，例得恤赏，又辞。大吏迫欲见之，则固辞。呜乎！乡曲一节之士，砥行砺名如征君者，岂易得哉！岂易得哉！子三人，德骞，县学生，以军功加六品衔。孙十三人，仲山，县学生，以军功加九品衔。曾孙几人。某年月日葬君于某原。惟李氏世有文学藏书之富甲湖外，余尝闻人言，《听莺堂书目》多有《四库》所未及收者，故家文献尽举而委于逆瑶之一炬，哀哉！而谓征君之铭可缓哉？铭曰：

李氏之先，曰愚生翁，婿于崔氏。崔有密友，负名于时，曰艾千子。见翁髫龀，勖以勤学，翁闻而喜。腴田满陌，斥以买书，左图右史。再传广丰，其门遂大，令问日起。广丰之孙，实惟征君，世济厥美。文而又儒，至性古合，介行俗砥。昔岁在龙，蠢尔山瑶，躏我边鄙。既戕大帅，遂破山县，迫及君里。君跳而免，以宅委贼，据险角掎。爰导官军，聚而一歼，不惜家毁。毁家纾难，君则何憾，矧有令子。以华其终，来征余文，诺之一纪。久而益证，我言不诬，用告来祀。

张蓉裳墓志铭

蓉裳之丧至自新化。其友邓显鹤走长沙，同黄本骥虎痴会哭于临湘门外舟次，遂以其丧权厝南郭洪恩寺侧。逾月，虎痴以书召显鹤来，卜期会葬且征铭曰："是其生笃嗜子文，死非子言不受，且其孤幼不能具状，非子言不信。"余泫然曰："是余之责也。"

夫案湘潭张氏有二族，皆世有达官。蓉裳之先居襄阳，其著籍为湘潭人，自国初始，湘人呼为新张。新张之名著天下，尤多文学士。蓉裳少负异才，美姿仪，善谈论。年未冠，所为艳体诗已千馀首。然少孤不自持，暴得狂名，礼法方谨，士或非之，戒勿近，蓉裳弗屑也。中年后，痛悔所为，束脩砥节，一轨于道。诗亦尽汰少作，严冷幽邃，务造于微妙而后止。余交蓉裳晚，盖已非复昔日之蓉裳矣。然蓉裳不自讳，时时为人述少时嵬屑事以为戒，闻者不察，或指昔日之蓉裳以相诟病，蓉裳亦弗辩也。

张氏盛时，蓉裳方在龆龀。比长，盖少替矣。然一门群从，为守令丞佐者尚十数人。蓉裳贫甚，尝佣书自给。既举嘉庆六年湖南乡试，诸张或稍稍招致之，至则龃龉去，无居一年者。又屡困礼部试，益发愤不乐近人，所亲亦漠然秦越遇之。故蓉裳学日益邃，才日益敛，行日益卓，而穷亦日益甚。道光六年，年五十矣，谒选得知县，以余言乞改官除新化县教谕。始至时，上官类多当代宏达君子，好称许天下士，僚贰亦时髦习，蓉裳故乐而安之。凡在新化七年，其雅知蓉裳者，既先后受代去或卒官，蓉裳恒墨墨不自得。又新之人方以事牵连学官，弟子在系，吏案之急，蓉裳益惴惴不安其位。蓉裳素病肺，喀痰日斗许，遇劳则笃，至是益委顿。以道光十四年二月辛丑卒于宝庆旅寓，春秋五十有八。吾兄云渠实在郡为经理其丧，以一舟送归新化，受含荒郊丛橧，殡不成礼，寡妻弱子，累然无依，斯真人生之极哀也已！

蓉裳工琴，自言生平清谈第一，琴第二，诗第三。然鄞县沈栗仲道宽序其诗，以蓉裳与欧阳硐东绍洛及显鹤并言，不称其琴也。其诗八卷，余为校刊甫竣，而蓉裳遽卒，尤可哀也。蓉裳讳家榘，字静安，蓉裳之字特著。曾祖埴，拔贡生，赠川东道。祖九键，明通进士，隆平县知县。父世濬，廪膳生。元配胡氏，生一女，嫁桐城文学许光黼。继室谢氏，生五子：声豫、声壮、声孚、声巽、声颐，颐甫周岁。女子一，适长沙吴氏。以其年月日祔葬湘潭县上四都鹤塘陇、廪膳君及其母侯太孺人墓兆。

蓉裳先宅在湘潭者久鬻于人，无可归，虎痴复与余从子瑛代为买宅长沙，又将以其奉入之馀，权子母为孤嫠经久计。而其丧之至自新化也，子琳实左右之，盖友朋之所得为者，止此而已。呜乎！蓉裳老得一令，以余言辄弃去如涕唾不复顾，何其决也。然居恒自伤年命不永。与余书勤，未尝一日忘诸孤，盖不仅凄然身世之托矣！今乃仅以一铭塞后死之责也。悲夫！铭曰：

呜乎蓉裳！谁之不如？人皆集于菀，己独集于枯邪！呜乎蓉裳！谁非吾徒。人方歌以咢，己必避而趋邪！岂好修之为累，抑吾道之易孤。胡内嗛于天属，复外踬于里闾。亮时命之如斯，而又何忧乎众雏耶？呜呼蓉裳！畴昔之诺，我不敢渝；百世之论，我不敢谀。铭以志之，冀后之君子，有读其诗，而流连往复，感慨欷歔者，因以征余言之不诬耶！

敕授修职郎湖南桃源县教谕孙君墓志铭

善化孙氏，自麓门大令良贵年十九成进士，以古学雄一时；后百年而吾友劭吾学博之子鼎臣，少麓门二岁，褎然以经义魁其房。于是，天子开特科亲试中书，取入内阁，而劭吾亦以其时登荐剡，以太公笃老就养，不欲去教职。余用是羡劭吾上有名父，下有名子，优游学舍，为人伦之极乐不可及已。无何，太公捐馆。时余方刊所辑《沅湘耆旧集》，劭吾来讣，并奉其两世遗诗求选，余诺之。报甫去，而劭吾又奄逝矣，悲哉！鼎臣以状及君诗集来，乞余序且志其墓。余与君同为教官雅故，又重违鼎臣意，曷敢辞。

按状，君姓孙氏，名葆恬，字劭吾。与麓门别为一族。先世居广东，高祖以诚始迁湖南为善化人。曾祖讳德发，韫德不耀。祖念旃府君，讳绳武，博学工文，傥得复失，以明经教授生徒，为一时儒硕。两世皆以君考贵，赠文林郎。赠君举丈夫子三人：长讳先振，乾隆甲午举人，直隶隆平知县，是为君考；次讳先捷，诸生，封桃源县教谕，是为君本生考，皆用名誉闻于时。隆平居官廉慎，卒无子，封君以大宗之义，命君承二祧。君生而颖异，年十七隶县学籍，嘉庆己卯举于乡，以大挑二等，选授桃源县教谕。

方君之在桃源也，余承乏宁乡，时令桃源者，鄞县沈栗仲道宽也。与君及余交笃，每为余道其部诸生服君之教无异词。暨余去官来主朗江讲席，闻都人士称诵，尤悉君在桃源八年，未尝褫一诸生。初莅任，有某生黠而健讼，太守将执而置诸理，君白太守且缓其狱，俟其不改而后治之。其人悔泣求自新，卒为善士。后一年，诸生中有以事忤县令者，将起大狱，君力维其间，事得解。君性和易，其中介然，人不敢干以私。其他清厘书院，倡修学宫，凡教官所得为者皆为之，必尽其力而后止。顾君所为，人亦为之。君为之，而人服；他人为之，或否。是岂桃源之风独古哉？然后叹君之德足以服人，为不可及也。呜乎！教官至今日无可为矣。上官既以无足重轻之闲曹视之，而博士弟子，又泛泛然如途人之相值，虽有贤者无由自效，况中材乎如君者，可以风矣。

君闻余来朗州，甚喜。屡书约游花源不果，则来访余于讲舍，剧谈两日夜始去。方谓君年未艾，将大有为于世，而余以垂老多病之身，末由继见，而孰知君之待余以铭其幽也，可恸也夫！

君生于某年月日，卒于某年月日，春秋四十有八。葬某地。配桂孺人，生三子：鼎臣，道光乙未恩科举人，候补内阁中书；颐臣，县学生员；观臣。诸子皆才，鼎臣之才且远过麓门，而气量渊然以静，非可于才士求之。乌虖！此尤见君之能教其子，而孙氏之泽为甚长也，乃序而铭之。铭曰：

有焜斯缋，无辨于瞶；有呟其镛，无震于聋。匪瞶匪聋，昭若发蒙。俾盲而视，俾蔽而聪。何术之施，惟德是从。勿乎孙君，官卑道崇。千秋万世，视此幽宫。

例授修职郎岁贡生候选训导邹君墓志铭

距新化县治之南八十里曰罗洪村，是为首望山之麓，其下有君子儒焉，姓邹氏，名文苏，字望之，景山其自号也。邹氏自五代时有瓒者，仕于杨氏。徐温秉国，弃官来湖南，自以杨氏臣不愿事马氏，窜入梅山谿峒中为客户。宋熙宁间开梅山置新化县，为新化人。高祖懋极，县学生。祖养蒙。父睿。三世皆以行谊载府县志。嫡母刘氏，生母曾氏，皆贤明有识。君生而端悫诚笃，七岁丧父，哀毁若成人。事两母曲得其欢。性颖敏嗜学，甫就傅闾里塾师，率孤陋，句逗字画多舛谬，君龂龂辨诘不少休，塾师恶其烦，辄呵止之。君益发愤自厉，片言只字，必钩稽其源流同异，不谛不止。

乾隆四十九年，君年十二，出应童子试，即隶郡学籍。学使为昆明钱通政沣，天下所称南园先生者也。性严厉，试士，终日坐堂皇阅卷，以别纸记其讹俗字，计点画加扑责，盖湖以南老师宿儒无免者。君试日，以《中石饮羽》命题，备举熊渠、养由基、李广三事，卷中无一讹俗字，通政大奇之，欲将去竟所学，君以事两寡母辞。次年科试，即饩四十人中为廪膳生。越岁，通政仍留湖南学政任，其年适届举行拔贡，锐意以君充选，而猾胥索百金始注册，弗得，竟以此不与试。又屡试举人，佹得复失。嘉庆十六年循资充岁贡。乃绝意进取，以郑贾学教授乡里，自辟精舍为古经堂，其制悉依《周礼》，与弟子肄士礼十七篇于中。尝屈竹篾为浑仪，制缔帛为古弁冕，深衣礼服。又苦车制之难明也，与其子汉纪依近世江氏、戴氏两家所图古制，以寸代尺，制为假车，穷十昼夜之力成之，于是乡曲学徒，始稍知有捎薮菑蚤锜较骹股之目，然知其意者鲜矣。君考证典礼，力尊汉学；而于心性之学，则确守宋儒。尝云："里巷迂生，抱学究一经，不知郑贾为何人。近时儒硕，又厌薄程朱，务争胜于一名一物，拾其末而遗其本，语其细而昧其大，学术所关，非细故也。"呜呼！如君者，可以谓之通儒矣。

君至孝，丁嫡母忧，哀毁骨立。事生母曾太夫人，弥尽色养。课子严，不及程，辄怒，怒时闻太夫人言，即解。一日怒甚，太夫人使汉纪聚灰为《禹贡》山川图，自临上坐视，而命其妇吴侍焉，即君配吴夫人也。夫人为邑名宿兰柴诗老女，兰翁晚著《地理释》一书，夫人实佐之，故于地理为专门之学，从旁指其误。君闻太夫人在堂，屏息趋出，欣然意解，更督汉纪布置以为欢笑。又可想见君母子夫妇间一门风雅，于喁娱侍之乐为不可及也。余与君雅故，又以女妻君从兄子孔搢，往来婿乡，款洽备至。后余官宁乡，君以奉文验看如长沙，一再访余于旅舍，为余诊脉立方，且授以养生却病之诀。别后二年，而君恶耗至矣，悲夫！

君于学无不通，尤深于《三礼》。性刚而介，沉毅寡言，独于是非义利之界，争之必力。罗洪邹氏，素以饶赀闻。君叔父江，长者也，以事为市魁所侮，君奋然曰："若敢凌藉我家耶？将愬于官。"其人惧，浼勿讼，事得寝。兹事状未载，以余所闻于亲串语如此，亦可见其概矣。俗婚葬不如礼，至有歌舞殡侧，谐谑于新妇之房以为吉利者，君厉禁之，俗渐以化。综君生平学行之大，可不谓之儒而君子者与。

君善病，颇治灵素书，而邑人乃谓君精于医矣。君晚岁遭曾太夫人丧，汉纪、吴夫人相继逝，恒郁郁不自得。以道光十一年六月二日卒，春秋六十有三。岁贡生，候选训导。元配刘氏，继配吴氏。子六人：汉纪，县学附生，著书数种，有声，先君七年卒；汉潢、汉勋，郡学廪生；汉嘉，县学附生；汉章、汉池。女三人，拔贡生慈利县教谕邵阳欧阳佶卫、千总衔同县欧阳康、廪膳生同县艾文隽其婿也。孙十八人，孙女四人，曾孙女一人。君初葬古经堂，后改葬柏子山。诸子皆能读父书，汉勋尤锐于著述，与余习，尝丐余文志墓，诺之数年，而未有以报也。今年，余应聘修《宝庆府志》，汉勋兄弟实佐余，复持状泣请曰："先君之葬且易地矣，卒不可无铭。今兹有事郡志，于法当立传，微先生言，何以征信。”呜呼！君行应铭法，余于君又久故有婣，非余谁铭君者？乃叙而铭之。铭曰：

勿乎邹君，行古之道，持礼之躬。授徒讲习，以严见惮，亦善为颂。化浇俗薄，玩侮婚葬，匪斥而崇。君革其弊，居德善俗，启瞶振聋。儒者之效，匪徒言说，彰彰事功。矧有令子，以恢其绪，以兴其宗。古经之堂，柏子之山，是迁是封。我言不诬，后当有考，视此幽宫。

封修职郎湖南安福县教谕文府君墓志铭

府君姓文氏，讳自峻，字禀岳，先世居吉州，与信国公同祖，吉人所称固塘六义堂之一也。明初迁楚，遂为湖南攸县人。九传雷山君，尝出粟万石赈饿，义声大振，文氏遂显于攸。十三传至鸣邦，江西安仁县知县。皇朝曰士昂，云南布政使司布政使；布政之兄士衮，邑增广生，是为君高祖。士衮以下三世皆诸生，父承煋，国子监生，义行详《湖南通志》。有子三人，君其次也。

君幼警敏嗜学，善属文，应童子试有声，以侍母病罢读。母没，国学君继卒，免丧后，遂不复应试，以例贡生终。府君有干济，勇于为义，能以忠信果断服其乡，攸人言名德硕望者，必首推府君。攸于长沙为名县，故家巨室，通人才士相望，州试举人以其名隶礼部者，岁恒四五人，而成进士者绝少。形家言以谓攸之西有马鞍山，宜用浮屠法建石塔以镇之，而其地为某大姓所占，执不许。众请于县令赵君，势必得；大姓则集族中老幼，誓以死守，若抗大敌。君慨然曰：“将召福而以贾祸乎？吾当挺身一决耳。”刺小舟独往，所亲或忧其蹈危，尾而密护之。至则住大姓祠堂，其族长老与子弟俱集，君大声曰：“石塔之建，一邑之利，亦君族之利也。且君等以一族抗一邑，于理不顺，于势亦不便。我来为一邑，亦为君族也，汹汹何为?”其族长老故慑君名，相顾错愕，乃散遣诸桀暴子弟，受君约。君往复开陈、肫切恳至三昼夜不倦，长老起揖曰：“唯君命。”议遂定。塔成，攸之士相继成进士者，三年得夏恒、谭显相二人。

里有占东陂，溉田五千馀亩，淤废不治遂涸，国学君尝修筑未竟。君鸠工凿石二千馀步，别为斗门，以时启泄，而岁赖其利。君既以慷慨仗义为乡人所倚恃，邻里有仇怨争求判正，得君一言立释。尝一夕人定时，踉跄返家取泉数十缗与一人去，家人询之，曰：“顷过某乡，有甲乙争洲，各数十人持械往，余召其魁，谕以祸福，许隔旦平其事。今持泉，代给所募善斗者也。”又尝以术悦里人于狱而不使其家知，其人卒感悔为善类。其他事多类此。

君至性过人，当君母之病痈也，展转床褥，喜怒失常，扶持抑搔，非君在视则不受。君遂断绝人事，一意侍母病，动息必依左右，中裙厕牏，皆躬自澣濯。君固通晓阴阳五行建除家言，父母殁后，慎择兆域，数年卒得善地，吉日负土成坟，哀感行路。岁时祭扫，必展泣尽哀。事诸父、抚诸子、收恤宗族、赒济内外亲贫窭者，尽其力之所能为，皆有名迹。与人交，恂恂和熙，重然诺，保终始，凡有益于人者无不为，为之无不力。故其卒也，邑人士相向悼惜，吊者哭失声。呜乎！是可铭也已。

君卒于道光十年某月日，春秋七十有二。以子舒耀官封修职郎。夫人同邑刘氏，先君卒。子男四人：舒鼎，廪贡生，候选训导，先卒；舒耀，嘉庆十二年举人，湖南澧州安福县教谕，候选知县；舒宽，国子监生，先卒；舒宏，邑增生。女二人，均适名族。孙男九人，世永、承重、世第，邑庠生。孙女八人。曾孙三人。曾孙女一人。舒耀与显鹤友，尝与闻府君言行，又同为校官，方幸其奉府君之任，禄虽薄，可遂洁养之志，而不图府君之遽逝也。舒燿以某年月日葬府君于邑东琴陂山之原，以显鹤为能不苟于言，自持状来宁乡乞铭。显鹤尝以为古君子穷而在下修身饬行，以礼让化乡里，虽三公之贵莫之能尚，若府君者殆其人也。谨次其大节表著于一乡者俾刻诸石，而其他可略焉。呜乎！府君于法宜铭，舒燿之友又多尊官贵人，有气力能文章可以尊显府君者，顾不之求，而以属显鹤，其卒能传府君否耶？可感也夫！铭曰：

呜乎！此攸人所称躬行君子。有利于民生，有功于乡里，可配食于社，宜百世祀者也，而岂止一乡之善士也耶？琴陂之山石如砥，铭以志之无溢美，高谷深陂石不毁。

国子监生刘君墓志铭

自余官沩宁，求友于其邑人，得刘君子复。子复贫，而介然好客，喜聚古书，坐是益困。余尝笑字之曰："子复，安所得不急之需？"则曰有弟次立爱我，能出私财以时缓急。余心识之。已而子复泣语余曰："次立死矣，遗言思得有道一言，以志其墓。"余诺之未及为，子复以状敦促再三至不厌，最后以其弟之孤钜谦来泣以请。而其子隶弟子籍亮者亦曰："先生幸卒为之，（母）〔毋〕使老父日抱恫于吾叔也！"呜乎！观于刘氏父子兄弟间，令人恻然念天显之笃，而次立之贤可知矣。

按状：君名基亡，字次立，廉泉其自号也。世为长沙府宁乡县人。曾祖愈成。祖开选，府学生员。父国琳，国子监生。君少孤，赖嫡母、生母两孺人抚之成立。性聪颖，幼偕兄上学，经书略皆上口，已习举子业垂成矣，旋弃去。刘氏为宁乡大族，自其始祖焞，明洪武初由江西安福来籍于宁，即以财雄乡里，世有义举，嘉靖中有以“善人之门”旌于朝者，其四世祖道湖也。自监生君而上，号素封，类能守其家法勿替。监生君卒，子复年十二，君二岁耳。子复既落拓不治生产，故君稍长，太孺人即任以家政，充国子监生。君诚悫端愿，遇事有分晓。凡族中建祠宇，修谱系，及封识始迁祖以下各茔墓，皆身襄其事，用绌则以私财继之，诸宗老皆倚重无间言。事两母至孝。居嫡母丧，哀毁过礼，丧所生母亦如之。元配陈氏。继娶蒋氏，先君一年卒。子四人：钜谦，国子监生；钜丰，陈孺人出；钜晋、钜益，蒋孺人出。女三人，陈出者一，适同邑方川济；蒋出者二，未字。孙五人。孙女一人，未字。君卒以道光十六年三月二十八日，距生于乾隆五十年二月十九日，春秋五十有二。其葬地在宁乡县一都柑子园。于是，新化邓显鹤官宁乡十年矣，为邑人铭自君始，盖重违其兄子复之请也。子复名基定，例贡生，有诗名。铭曰：

玉之璞，吾以剖；钟之悬，吾以叩。惟子之兄兮吾以为友。恫在原，宅邱首，藏之深，昌厥后。石可泐，铭不朽。

卷第十五

诰授奉直大夫陕西汉中府留坝厅同知贺君墓志铭

蜀道栈阁之险曰褒斜，其地在今陕西汉中府留坝厅境。厅治始于乾隆间，垂八十年未有专志，善化贺君官此实创为之。君治留坝前后凡六任，以卓异候升，而竟终于留，闻者惜之。将葬，其弟仲瑊以《留志》及状来求铭，余未识君，而遍交君诸父，不敢辞。

案状：贺氏为唐秘书监知章后，世居澍。国朝康熙中，有官湖南按察司司狱名宏声者，能恤囚，有惠政，卒官贫不能归，留家湖南，遂为善化县人。司狱生某，某生国华，有诗名，诗见《沅湘耆旧集》。皆以孙贵，赠荣禄大夫。荣禄之子，赠总督公某，举丈夫子八，次三名寿龄，力学早世，以弟贵，赠编修，是为君考。君诸父多贤，其贵显者，为前云贵总督长龄、前京畿道监察御史熙龄，今广东即用知县桂龄，皆以文章德业伏一时。

君少孤，育于诸父。倜傥有志量，总督公器之，自翰林出守，积官布政，历江宁、山东、江苏，皆揭之行。中惟一归应试，得饩于学，馀率随任时多。总督倚如左右手，君得以其间增长学识，通达治体，卓然为用世才。适朝廷开酌增常例，总督公乃为报捐知县，分发陕西。大府以君名家子，谙习吏事，深见引重。时回疆用兵，檄赴甘肃，襄办粮台事竣，署华阴、城固、洵阳、沔阳知县，题补褒城，奏调长安，升留坝厅同知兼权汉中、同州两府。

君在陕垂二十年，凡历县六、厅三、府二，所至有声，于留坝尤习。留在万山中，最易藏奸，又当凤岭柴关之冲，为川陕通衢，群不逞之徒往来必经。君阴籍其名姓里居，出没踪迹，有事按名收取，无所得脱。君为政持大体，于农田、水利、戎政，讲求素裕，而缉捕尤力。尝云："今之州县，莫切于赈荒缉盗，荒政修，民不为盗，即有亦易缉。"是时，陕中方有西事，又连年大水，饥民乘之，所在滋扰。君所履多繁剧灾区。于华阴，值西师过境，储偫丰备，民不知兵。旋侦获因奸谋杀叔父、远窜襄郧之某甲伏法，人心大快，风纪肃然。于城固，侦知土匪假灾，纠党五百馀人潜伏山谷谋乱，克期解散。随以应运兴安赈米五千石，照二谷一米例分起拨运，力除碾户粗去糠秕之弊，匪党无所借口，全境以靖。于洵阳，请于府得米六百馀石，减粜煮赈，复立乡助法，捐贮各村，以时收放，而贫富相安，得以不扰。于褒城，邻境同时告灾，相率请赈。独以褒距省远，躬先履勘，出私缗买米散给，全活无算。府符下询实，乃大叹服。又以馀力改修褒谷栈道八千馀丈，樊河桥铁絙七十四丈，以便行路，他善政多类是。迨由长安奏升，声隆隆日起，至擒获甘肃奉旨严缉之巨盗刘得禄等四人，大吏以闻朝廷，将待以不次，而君遽不起矣。

君有治才，明习律令。生长名家，故书雅记，多所浏览。善书法，勤纂述，其所著《留坝志》十卷，《足征录》四卷，《汉中地图说》数万言，于山水疆域道路舆地形胜关隘，言之綦详。尤通于开方测景、鸟道准望之术，说者谓其书与前汉中守严溆浦《边防纪要》埒，是可铭也已。

君讳仲堿，字美恒，别号葛山。书法得力于北海，故又自号虎师。性至孝，事母陈太宜人，曲得欢心。母弟三人：仲璈，附贡生；邦彦，广东新会县潮运司巡检；其一殇。女弟二人，一适今广西布政使同县劳君崇光，一殇。巡检卒官，君痛之甚，所以恤其孥者无不至，其至性然也。卒以道光二十七年五月某日，春秋五十岁。廪贡生，诰授奉直大夫陕西留坝同知。娶长沙陈氏，赠宜人。继娶娄县陆氏，封宜人。侧室赵氏。子式同、式恩，式谷庶出。陈宜人有子三，皆殇。女七人，陈宜人出者三，怀宁潘贤俊、侯官陈福苌、无为高慕越其婿也。馀未字。君卒后三年，母夫人始弃养。仲璈将以年月日葬君于某山某兆，先期乞铭书屡至而不倦，乃序而铭之。铭曰：

褒斜二谷连云栈，凤岭柴关天一线。谁其尸之速邮传，叱万叠山平以铲。有美贺君国之干，衙强绥亿无遗算。政成四达地四扞，勒成一编明且辩。我读其书铭其窆，其言炳若揭霄汉。幽宫永閟光则灿，历千百年犹可案。

封儒林郎葛君墓志铭

湘水之阳有隐君子焉，是为晋关内侯葛稚川洪四十三世孙。抱朴履素，孝于亲，友于兄，孚于族党，里之人字之曰介翁，虽妇人孺子无不知有葛介翁也。余未识君而识其子玮于今太子太保湖广总督裕泰公巡抚江西幕中，蔼然仁义人也。公再抚楚南，玮从之归，与余益日亲，因得悉君梗概与所闻，于湘人者无异词，益叹玮之贤有自来。无何，府君卒。玮具状来请铭，意甚笃，不敢辞。

案葛氏世居吴西洞庭山，蕃衍遍天下。君之父儒林君始迁居湖南，占籍为湘潭人。君既籍湘潭，而吴中诸葛先后来楚者众，君得以其间倡宗老，辑家谱，置义田，行之不懈，其内行肫笃盖如此。君既以孝友行义修于家，其于人也，又用然诺气谊相感动，故大为州里所服。嘉庆初，教匪倡乱，始事楚北，君忧之，率乡人画守御策。事平，凯卒有道出湘潭者，遍市索供亿，官不敢问。君曰："是乱未已也，我当以大义晓譬之。"有数卒噪于典肆前，势汹汹，君往平之，卒怒曰："君葛介翁耶？乃与我辈事。"君笑曰："我介翁是也。"卒相顾错愕曰："果介翁耶？不敢扰公乡。"遂敛迹去。辛酉，楚大饥，长沙民喻次三聚众劫里中仓谷，他县应之，几致变。君亟率其里诸父老请于官，劝捐米平粜，而潭民得不扰。丁卯戊辰间踵行之皆效，其为远近所敬服如此。

君讳在谟，字谨三，一字介亭，国子监生，以玮捐职布政司理问，封儒林郎。配徐氏，封安人。子长璜，捐职按察司照磨；次即玮。兄弟皆善承亲志，汲汲为善如不及。璜居乡急人之急，里人目为大公平。玮佐封疆大吏于楚粤江右，所至事关民瘼，必力赞成。道光四年，湖南巡抚嵩孚公奏请停采陵工柏楠大木，十一年巡抚吴公荣光奏请加赏华容等县灾户口粮，均蒙恩允，两疏皆玮创议，实府君教也。君以道光二十年四月十六日卒，春秋七十有八。子五人，男二人皆娶同县蔡氏。女三人，皆适士族。孙六人，孙女十二人，曾孙一人。以某年月日卜葬某地，而新化邓显鹤为之铭。铭曰：

为勾漏孙，悟抱朴旨。隐不求仙，显不求仕。蔼如仁义，施于族里。以淑其身，以教其子。古之天民，今之贞士。我铭其幽，用告来祀。

例贡陈君墓志铭

君讳明耀，字学林。祖某。父虞熙，国子监生。世为新化县人。新之人有以陈十万称者，君世父某文学也。文学性强记，能暗诵自有明制科来四子书文无算，人遂戏呼为陈十万也。监生君三子，君居长。性敏达，有心计。始监生君贫甚，尝卖饼以自给，而课君兄弟读最勤。君年十六，学几有成，忽废书叹曰：“守此坐寒饿死矣。”请于监生君，愿学贾。遂走汉口，为人司盐筴。君固善擘画，又能以忠信然诺见重于人，往来贩鬻，权子母数年，卒致大饶。尽籍所有上之监生君，监生君遂以财雄于乡，艳之者则又呼监生君为陈十万云。

君既用计然术致富，私谓所亲曰：“贾，救死计也，岂初志哉!”因退冠儒巾，理故业。已既连屈有司，慨然曰：“此不足溷丈夫，要当周览名山大川，结海内豪杰，终不能老死阛阓也。”县西南有仓溪山者，《宋史》所云板仓诸峒之一也。其土宜竹木，君籍其所产杉枚之得四万有奇，喜曰：“此可当游资矣。”缚为巨筏，蔽江而下，抵江宁，抑其价售可五万，或言黄河决，巨工需大木急，少忍之十万可立致。君固好事，欲借以窥河渠宣泄机宜，遂由扬子江入淮。中流遇暴风，断筏出入汹涛中，距海口止百里，忽洑流回胶于浅渚，视之，则焦山麓也。惊悸成疾，卒于邵伯之旅寓，实嘉庆某年月日，春秋四十有九。其戚某，载君丧以归，而所谓十万之值者，已荡然无存矣。

君孝友，事监生君婉娩承顺。尤爱两弟，饮食衣履，推美受恶，人无闲言，门庭雍肃。娶同邑袁孺人，贤勤于妇职。当君业盐时，阖门百口，饮食皆取给孺人。凡君之起家贫瘠，卒致丰腴者，亦孺人助之也。子二人，长之善。女一人，适蓝某。之善有至性，能力学行，与余交最深，每言及君，则凄然色变。一旦泣请曰：“先君丧归时，某年方幼，殡殯草草，今将谋改卜。圹兆之文，非其人不敢属，终以累吾子。”余既多君之行，又嘉之善少孤，能自立，求所以传其死父者，独举而属之余，是可铭也。之善又曰：“先君充例贡生，未隶于学，然两学官尝上其优行于学使昆明钱公矣，亦可称例贡为优贡乎？”余曰：“君行应铭法，不在乎优与不优也。且子以为今之学官，岁上优行于朝者，其人亦有可铭乎哉？”之善曰：“敬闻命。”乃序而铭之。铭曰：

始而瘠，乃大丰。客而死，乃令终。伐山石，铭幽宫。利后嗣，俾无穷。

方秋纲墓志铭

人于五伦，兄弟最难得，亦最难处。里俗类然，居官尤甚。何则？一人之官，一家昆季，哗然从之，视为传舍金穴，有盗用监守钱而不顾者矣。否则，甘以一官奉妻子，饱奴仆，戚友漠然，视同体如秦越人，肥瘠不一顾，此诗人所为致叹于“虽有兄弟，不如友生”也。余于方氏兄弟重有感焉。

方余之官宁乡训导也，方君梅丞为县令，举一邑之事听命于其弟秋纲，妻子不得与，奴仆亲友不得闻。秋纲则日竭其心力所能，至治官事如家事，俾其兄得并心一志于民事。而己则敝衣恶食，杂群隶出入萧然，自忘其为贵介弟。凡一切钱漕出纳，仓庾耗羡，与夫冠盖往来，饩牵供亿，纤悉琐屑皆主之。咨禀画诺，动中程式，其兄但借手以仰其成，亦自忘其为官身。当是时，吾兄云渠实在署，诸子皆从，相与感喟嗟叹，以为不易及。而两家儿女，亦时过从相娱乐。论者谓余与仲氏有对床听雨之约，得方氏兄弟益彰，致足感已。未几，梅丞调善化去，旋与吾儿琳相继卒于都。又未几，而秋纲与余兄相继卒于家。今方氏子，所称十龄能赋之阿重，又奄逝矣。距居宁时仅十年，两家死丧相继，而余以块然待尽之身，既哭而铭吾兄，因及吾子，今又铭君兄弟，痛可胜言哉！痛可胜言哉！

君有至性。父死于兵，槁葬陕西，君既长，孑身走二千里负骸骨归。时其外舅卢翁家镇安，颇饶于赀，欲分田宅使居，或劝宜少留，可免长途扶榇之费。君泣曰："是羁孤所求而不得者，然使吾兄不能拜父之茔，吾不能守母之墓，何以人为？"卒以其父柩归葬，并启其姑夫马某殡，以一力送诸其家。从兄开广溺于鄱，时夏涨方盛，君泣求其尸不得，乘舟上下几覆，或危之，君行哭于水次曰："不得尸誓不归也。"旋获一尸，验之非是。或欲委之去，君曰："有如人得吾兄尸而弃之，吾何以为心？"买棺以葬。卒得其兄尸于百里外，既归其丧，复赡养其二子，完娶成立。君既主家政，综核名实，内外斩斩，毋敢鲜衣美食。曰："窭人子，无以益吾兄，惟俭以成其廉耳。"而族中赖以举火者且不一家，其行事多类此。

君有喀血症，又积劳忧郁，往往而剧。当君兄之丧，君来长沙有所勾当，且迎取细小，余讶其毁瘠。逾年，而君遂不起矣。哀哉！君卒以道光辛丑三月初九日，春秋四十有九。后君兄之死四年，后吾兄之死仅二阅月云。遗命必与其兄合葬，海涵遵之，以年月日葬君于犀牛山麓阮宾陇之原。娶大冶卢氏。男子二人，海涵，州学生，屡以书来求铭不厌者也。女子一人，适某。余既铭君之兄墓矣，故不复次其世系里贯焉。君讳桂森，秋纲其字也。铭曰：

有木于此，剖而中分，一为沟断，一为牺尊。尊则有文，断则有理，凡今之人，莫如兄弟。生则同怀，死则同穴，岂无他人，有如皎日。犀牛之麓，阮宾之原，巍然双冢，利尔后人。

陈府君暨配袁孺人墓志铭

府君姓陈氏，名惟略，字慎友，勤庵其自号也。世居新化下渡村盘水井，距县治二里许，盖资水绕县门西流至下渡江，其北为塔山湾，下渡村所由入城之路也。渡塔山湾有小阜隆起，迤而南，斜通一径，众山复叠，林木被道，深处有井，甘洌异常，水溉田数百亩，平畴蔓圃，别有境界，类盘谷然，盘水井所由名也。俗呼为螃蟹井，余尝正之。

陈氏居此二百年矣。其人类敦庞淳朴，躬耕作，有老死不入城市者。府君独僦居县城东门，以信义转运百物渐致饶裕，延师教其子及孙。已，其孙隶府县学者三人，其一饩府学四十人中；其一举于乡，贡太学待铨教职；馀多试童子军有声。于是盘水井陈氏赫然称于邑人，而府君已不及见矣。

府君之子今邦，与余婣姻今三世矣。一日语余曰：“先人之丧，圹未纳铭，不孝之罪滋大。今方有事家乘，愿吾子一言以光谱牒，垂示将来，敢请。”余诺之，而未及为也。已复偕其兄今魁、弟今国走使持币来告曰：“谱成矣。吾子卒无一言以释不孝兄弟之罪乎?”余跃然曰：“不敢忘!”

余与府君同居下渡村，密迩姻戚，知府君甚悉。犹忆嘉庆丁卯岁大旱，余时方奉老亲家居，皇皇忧岁。里人争传府君拒米贩子事：米贩子率里中暴杰子弟，操业与椎埋博徒，同遇荒岁，则勒值强籴于有谷之家，惟所适莫何。府君毅然曰：“余有谷当留以济族党邻里，汹汹何为？将欲蹈喻次三之辙乎！”喻次三者，嘉庆初长沙奸民，以强籴倡乱伏法者也。众大哄噪于门，府君不为动。族党奔集共拒，乃不敢逞。而是岁大饥，府君左右无沟壑死，鲜流离者。性坦率，慷慨好施，与闻人缓急，赴之不遗馀力，独不自封殖。凡诸称贷，或忘契籍，疾革语其家取阅积岁质券，多力难偿者，悉火之。二事盛传于时，其他多类此。

呜呼！晚近生理垫隘，其起家纤啬致稍裕者，旦夕操牢盆筹画，或坐卧扃镉，无点滴漏，虽同体肥瘠弗顾。彼自以为子孙计也，卒不易世，而荡然为窭人子者何限。夫财之丰啬，命也。子孙而财，虽无所遗何害，而世乃殉身命以争之，不重可悲哉！若府君者，可以风矣。

府君卒于嘉庆十四年己巳，其生为雍正九年辛亥，春秋七十有九。葬望城坡。配同里袁孺人，后府君十九年卒。家益以饶，孙曾日以繁，又及见今魁子能辉入县学，为县学生员。一门以内，雍雍秩秩，蕃厘寿考，盖亦里中所仅有也。

孺人仁孝严明，归府君时，家不中赀。逮事其姑胡太孺人，以孝称。佐府君起家，以勤俭著。府君卒后，督理家政，内外斩斩，食指数百，咨禀而行，无敢舍业嬉者。族子贫不能立，为之计画必得所。孤嫠无归者，计口授食，终其身不厌。性慈祥，居恒持斋奉佛甚谨，家人有小恙，祷佛前辄愈。余兄女归孺人第四孙能玖，孺人爱之倍常妇，因推爱及其群从姊妹。余女初归谭氏，天大雪，孺人忧其路远而险，为祷于神前。邹氏女临嫁而病，念之尤笃，祷益切，闻其愈而后已。呜呼！观孺人于余一家子女如此，其处骨肉亲串间可不具述已。自余丧先孺人后，见他人母辄哀感泣下。尝岁时登堂拜母，有戚其容，孺人觉之，恒视余如子，顾余不得事之如母也。

孺人以乾隆七年四月初八日生，以道光七年六月十九日卒，其来去皆以佛诞日，为尤异云。葬与府君同兆。子四人：今诺、今魁、今邦、今国，魁、邦同为国子监生。孙十五人：能辉，县学优附生；能玖，郡学廪膳生；能超，道光乙未副榜贡生，肄业国子监即用教职，今国子也；馀业儒。曾孙三十人，玄孙二人，盖陈氏之后方昌矣。孺人卒后又十四年，其戚邓显鹤乃因诸子之请，得追叙府君与孺人之行而系以铭，非独服府君之贤，感诸子之仁孝，亦以报孺人德也。铭曰：

盘之宫，吾以容；盘之室，吾以息。望城之坡，安且吉利。尔后嗣，昌且炽，藏幽弗及昭谱册。吾言可信字不蚀，历恒沙劫犹可识。

从祖六府君墓碣

邓氏之法，殇者与无后者不得袝葬于先茔。今太平原祖茔之南迤左，有余从祖六府君之墓焉。君未冠而卒，无子，法不得袝。族之人以其贤而夭也，共哀之曰：是不宜殇，乃袝葬如礼，实雍正□年月日。葬后阅八十□年为嘉庆二十有四年，其从孙显鹤立石碣于墓前，乃追述其略而序之曰：

君讳昌祖，行六，字不传，或曰字季文。先曾祖岩隐赠君之第六子，先祖松堂赠君之母弟，而先府君之叔父也，实为显鹤从祖。呜乎！邓氏之聚族于兹二百年矣，不殇者何限，其流离转徙、槁死沟壑、弃骨原野，盖有有子若孙而不收者已。今君以长殇无祀之鬼，岿然一抔得袝先茔之侧，历八十年之久犹令族之人履墓生哀，追悼不已，岂非其贤有大过人者哉！余闻之先府君，府君闻之松堂赠君云：君貌修伟，眉目秀整，八九岁时屹然如巨人。

十四岁通九经，下笔千言，幽险奇放。松堂赠君授经益阳，君从之学，与刘学博恩宠友善。学博有名于时，为赠君高弟子，尤推服。君性笃学，寡嗜好，不苟言笑。尝与学博读书修山之麓，有女伶数辈，杂以绳技角觝诸剧，士女聚观，君键户读不辍。学博嘲之曰："木石人自苦乃尔。"君笑谢而已。年十八，赠君促之试，君曰："学求自信而已，急于求试何哉？"竟以力学得羸疾卒。卒之夕，执卷端坐而瞑。岩隐赠君痛之甚，遗文满箧，悉取焚之，故不传。独传其好学一事，显鹤幼时，先府君尝举以劝学，故耳熟之。呜呼，不其贤哉！

仲兄云渠先生墓志铭

呜乎！吾兄之卒今八年矣。而铭幽之文未备，瑶、琭时以为言。呜乎，余忍一日忘吾兄哉！先是，余兄弟感念桐城方先生"生常远离，异日必合一丘"语，辄凄然欲涕，约他日共寻一栖魄所。吾兄固尝治《葬经》，谋之十年未获，而两兄已先后下世矣，悲哉！兄遗命权殡先茔太平丙舍之右，而家人谓其地吉，遂不欲迁。呜乎！邓氏家此三百年矣。自始迁祖以下，族葬于是，吾祖、吾父、吾母及诸父伯兄皆安焉，吾兄当无不安者。今地既未得，吾能违众议而迁吾兄乎？然则，吾兄之宅于此盖葬也，非殡也，乌可不铭？

今年四月，琭择吉修理兆域，其兄瑶自黄州以书来请铭，琭复申其意，言甚哀切。呜乎！吾之铭吾兄，岂待诸子之言哉！微诸子言，岂忍不铭吾兄哉！谨案：兄姓邓氏，讳显鹍，字子振，别字云渠，世为新化人。学者称云渠先生。于遗民圣楚府君为玄孙，于贻赠钜野知县岩隐府君为曾孙，于敕赠钜野知县文学松堂府君为第三孙，而吾父国子生赠宁乡训导台峰府君之仲子也。生而英伟好学，自其幼时，即毅然以古贤豪自命。中遭家难，益刻苦自厉。甫冠，侍外大父毛府君于靖州学署，师事茶陵谭先生声元，大肆力于古，学益进。嘉庆改元，归应试，隶县学籍为弟子员，屡试举人，傥得复失。以经义授徒里中，博修脯以养，每平旦起督课，日晡归省，以为常。吾父患气恙，秋风起即发，兄时其起居凉燠，朝夕在视得少差。吾母以家务操劳，汲汲无欢，兄每为儿嬉，以博色笑，或长跪榻前，不得欢容不起也。

当是时，余家贫甚。老屋三间，薄田数亩，日事大绌，举责以供晨夕，赖伯兄躬耕，兄课徒助之。伯兄过劳，余又多病，兄以为忧，泣祷于神，有减算延二亲，分年与兄弟之誓，盖内行肫笃，其性然也。至其外行，自族里姻党以逮平生知旧，遇急难不惜濡首焦发以救。处人骨肉，间与父言慈，与子言孝，谆谆然声泪俱下，不听不止。嫉恶严人，有不直，怒形于色，其人改即欢然。遵吾父遗意，率里中四村人，仿功令建“申明亭”，朔望父老咸集，相与讲仁让，别淑慝，虽有暴杰子弟，见之弛服。里有姑病死，姑之族坐妇以不孝罪，将兴大狱，兄力言妇实孝，姑死于病，非妇罪，事得寝。有乡老数辈，为盗诬陷于狱，为白出之。乡曲仇怨得一言以解者，非一事也，故其时吾乡称仁里。

道光辛壬间楚饥，时又有瑶变，流民载途，群不逞以谷值为辞，将借以抢掠。兄闻之，密诣有谷家，劝令平粜，而尽出家中食谷，号于众曰减值。诸恶少奔集，兄启廪以示，好语之曰：“吾谷尽于是矣，何能济？”乃人给升斗，为之晓譬祸福，告以富民无闭粜昂值事，愿籴者持钱往。如其言，众遂定。是岁县中多抢掠案，而吾境独无，兄之力也。兄尝与余言，欲于境内设一义仓以备荒，而限于力不给，时以为恨云。

兄治经最勤，读全史岁必一过。诸经皆手写，有论撰，晚成《毛诗艺语》《春秋目论》二书，义例精实，其以《卷阿》为祭公戒穆王作，尤确有依据，为自来说《诗》家所未及。他著作尤多。读书有精意，病陋儒空谈心性，致言汉学者得蹈瑕窥衅以相掊击，举其细而遗其大，搜其枝而去其本，人心学术所关匪细。故于《易》不言先天，于《书》不攻古文，于《春秋》不取穿凿附会之论，于《诗》则尊《小序》而亦不背朱传。于近人陈启源《毛诗稽古编》尤极为攻驳。所著有《四书钞》十六卷，《五经胥》二十四卷，《读诗呓语》十卷，《春秋目论》四卷，《听雨山房文集》六卷，《读易管窥》、《尚书质疑》、《三礼质疑》、《史汉目论》未成，无卷数。兄早岁负经世志，既困顿场屋不得展，乃一意穷经。所成就彰彰若是，亦可谓无愧儒硕矣。

兄体健无病，尝徒步行千里不倦。遭二亲丧，庐墓三年，哀毁甚，得气恙，免后往往而剧，迨犹子琳没都中耗至，一痛驯致不起，以道光二十一年正月初九日卒。生于乾隆三十九年七月二十三日，春秋六十有八。优行县学生员。娶吾嫂李氏，恭顺淑慎，克配君子。子二人：瑶，道光丁酉拔贡，即选教谕；璪，甲辰举人，拣选知县。女二人，同县邹永旗、廪膳生陈能玖其婿也。孙五人，郴孙、邵孙，瑶出；石孙、春孙、芝孙，璪出。孙女五人，一殇。显鹤自幼以病废学，赖两兄力得有今日。今乃以老病未死之身，执笔而铭吾兄，幸何如哉！痛何如哉！

兄隶学久，未得饩，于后学使有知兄者，必欲致而廪之，兄避不与试。学举优行，固辞。最后两上其行于朝，兄实不与知也。临终前一月，力疾建先祠，上梁之夕，兄梦至一山，石壁上大书“岳峙在望”四字，次夕复梦人赠以“惟天降神，生此完人”数语。余闻，默念全受全归，神示之矣，吾兄其终不起乎？逾月而逝。呜乎痛哉！抚我则兄，诲我则师，子由有言，莫知我哀。铭曰：

惟天降神，惟岳降灵。生此完人，福寿永贞。子子孙孙，继继绳绳。系惟兄病，方切冰兢。梦中得此，岂非异征？固知素行，通乎神明。鬼神来告，灵爽式凭。我志君墓，即用为铭。岳峙在望，松荫在庭。千秋万祼，护此佳城。

亡儿琳圹志

呜呼！吾儿之卒已十年矣。其归葬于太平丙舍之旁，亦九年矣。而志圹之文阙如。今兹追铭吾兄，乃忍痛及吾儿，呜呼！尚忍言哉。

先是，道光十六年，学使者举行拔贡，吾邑以兄子瑶与幼子琮充选。明年将赴朝考北行，吾兄怜琮之稚且多病也，议以儿同往，儿喜愿行。余为入赀使贡成均，率两弟肄业太学，得以增长其学识、成就其材质也。因乞假携之行至汉口，望其登车而去。呜呼！岂料此行即与儿永诀耶！

既抵京，朝考报罢，琮以病先归，儿同瑶留京肄业，且谋就京兆试也。儿体弱，初至北方，不习水土，又时恋家，逾年将与秋试，遂病更数医不治，以九月九日卒于宝庆会馆。瑶及同乡诸君经理其丧护之归，又逾年二月抵家，葬于太平原先茔之东麓，距吾母茔兆仅七步云。

儿幼颇聪慧，头角崭然，吾父母极爱之，不使过劳。初入塾识字，坐片刻许，即呼家人抱之归，诗书略上口而已。稍长，吾兄教之作诗文，出语便有奇气，又不竟学。既隶弟子员，督学程春海先生夸其文天骨开张，辄自喜。迨余之官，吾兄率两子从，家无次丁，儿遂以家督自任，不复伏案矣。儿性刚尚气，遇乡里不平事，辄思一鸣，余深惧其偾事，切戒之，不能改也。里有市魁为乡厉，莫敢谁何，儿一旦遇诸途，面数其恶，将有以惩之，其人俯首慚服乃止。邻甲，良家子也，豢贼自养，人知不敢发。儿阴结其家有心计人，伺其出入踪迹甚悉，以闻于官，一夜人定，出不意掩获多贼于其家，尽得其奸利状，一乡称快。余驰书责之，而老友张蓉裳、欧阳磵东夸为能子，余亦无如何也。其行事多类此。

既入都，折节读书，尽改少年所为，日买古书帖临习，因留心文字声音，将思有所撰著，未及为而已卒矣。哀哉！

儿卒时，余以事羁栖长沙，今太子太保湖广总督裕泰公方巡抚湖南，最先得耗，戒左右不使余知。省中诸友爱余者见，佯为好语相慰藉，而余但微闻其以病废秋试而已，不料其竟不起也。已，都友以书来唁，为道其死状甚悉，且称其贤，惜其早死。其丧之得归于数千里外，则宫太保道州何文安公及会稽宗舍人稷辰、同县王吏部家勋资助之力。而侍疾之谨，哭死之哀，含殓之慎，与夫归舟风涛险阻之苦，则瑶一人独任而备尝之。以是叹吾儿虽死，尚有一时名公卿师友为之悯恤叹息，同祖悌弟为之左右护视惟谨，儿死亦可以无憾。

独念儿姿质中下，非不可教之材。而不能使之尊师取友，陶镕擩染，变化其偏戾狭隘之性，是则余之不慈有以致之，不能不深自引咎者也。儿丧归，余兄痛之甚。逾年，兄亦相继卒。既丧壮子，又陨老兄，苍天苍天，何辜而惨毒至此耶！儿卒年甫逾壮，傥不即死，竟其所学，或可望其有用于时。其有用于时与否即不可知，而以之督家政、御外侮，为邓氏之能子，则有馀矣。乃捐父母妻子，一瞑不视，徒以孤嫠幼小累老父，琮又多病不更事，一门群从，各以事牵，年来婚嫁无了期。庄生云："造物劳我以生，逸我以死"，儿自居于逸而以劳贻我，安乎不安乎？而谓吾能已于言哉！忍痛书此，聊当墓志，以待汝子之成立，刻石而纳之圹中。呜呼！其尚忍言哉！

儿名琳，字孟华，廪贡生，肄业国子监未报满卒，春秋三十有五。娶同县李氏，生男子三，长新官，余兄所命名也。其生之日，余方登泰山，徘徊徂徕，新甫山下抵家，见其状甚秀伟，询其名大喜，甫三岁而殇。次兰孙，余官沩西时所生也，以其年署中生兰果得名，今名光黼，娶从姑女陈氏。三绵，绵殇。女子二人，一适同县陈氏，一□□□□氏。

翰林院检讨裘君绎圃暨配吴安人合葬墓志铭代

新建裘文达公，以文学宿望为乾隆朝名臣，子孙咸贵显，有家法，江右言门第者必首推裘氏。文达公之孙西园助教与余同举于乡，是为裘氏大宗，绎圃其弟也。生三岁而孤，十有五岁而文达公薨于位，母钟太安人教之成立，钟为文达公冢妇，以贤节旌于朝。教君兄弟严，以故，君早孤，卒能发名成业，不愧其门风。十七岁为新建县学生，二十岁为廪膳生，久之以廪贡肄业成均，得训导。乾隆甲寅恩科举江西乡试，嘉庆乙丑成进士，改庶吉士，时年已四十有七矣。戊辰散馆授职检讨，充武英殿协修官。逾年，居钟太安人丧。又逾年疾卒。

君以名家子早负文名，为诸生时，试辄高等。乾隆庚子甲辰，两应高宗纯皇帝南巡召试，钦取二等，俱蒙恩赏大缎，众谓君旦夕当得巍科。而是时，诸裘贵盛，皆以门第资荫起家致大官，布列中外。君顾执经生业，清素自守，将老始获一第。先皇帝知君为文达公孙，特简入翰林，方期向用，而君遂死矣。君有至性，终身以少孤为痛。事母至孝，事叔父伯兄尤恭谨。与人交，和易而必以礼。生长贵胄，刻苦过寒素，是可铭也已。

君讳元淦，字观澜，绎圃其号也。先世居慈谿，南宋时始迁居新建之垆坑，遂为新建人。曾祖君弼，康熙丁丑进士，刑科给事中，赠如文达公官。曾祖妣熊氏、郝氏、王氏，俱赠夫人。祖曰修，乾隆已未进士，工部尚书、太子少傅，谥文达。祖妣熊氏，封夫人。父麟，乾隆庚辰进士，内阁中书，翰林院编修。妣钟氏，例封安人。配吴安人。子二女：子适临川李某，男子燮易名荣甲。

君生于乾隆己卯正月二十四日，殁于嘉庆庚午十月二十二日，春秋五十有一。君殁后四年，而荣甲举于乡。十有二年，而吴安人继卒。吴安人汉阳人，副贡生历官直隶分巡大顺广兵备道讳某者，其祖也，太学生历官江西赣州府驿盐道讳山凤者其父也。年十九归裘氏。裘氏自文达公薨后逾二十九年，熊夫人始卒于里第。诸裘官中外各以室从，安人之姑钟实为冢妇主内政，恒奉熊夫人里居。安人贤淑而有操干，奉侍重姑，佐理家督，婉娩详至，有功于裘氏为多。教荣甲严。其卒也，以道光改元正月初十日，年六十三岁。荣甲时罢礼部试甫归，旋以事他出，未及视含，群从兄弟经理其丧，重可哀也已。先是绎圃丧，以形家言未及葬。至是将以某年月日合葬于某原，荣甲先期乞铭不获辞，乃叙而铭之。铭曰：

前哲有言，门地可畏，高明鬼瞰，盛满物忌。勿乎绎圃，文达之孙，恂恂经生，如出寒门。老始一遇，未竟厥施，教成贤母，亦有令妻。婉婉安人，来嫔于裘，重慈色怡，动纪思柔。燠寒在视，丝粟必亲，脱簪断织，闻于族姻。生则悼别，殁乃永偕，刻此贞珉，以告将来。

卢君生圹志铭代方宁乡作

余弟桂森之外舅卢君，生平慕赵邠卿为人，自筑寿藏，而寓书使预志其墓。余时方官湖南县令，吏事烦剧，未敢言文。然素习君贤，又服其达，不敢辞。

君湖北大冶人。曾祖某。祖某。父万云，世以长厚称于乡里。乾隆三十八年，太公始揭家迁居陕西之商州，时伯兄某方十有馀岁，君才五岁耳。伯氏固多干略，善治生，佐太公居积渐致充裕，君得一意读书，遂占籍镇安为县学生。君幼颖敏，受业同里石先生长甲。石先生兴国人，学有本原，与先君子交好，同客陕，后遂以陕籍登嘉庆乙丑科彭浚榜进士者也。君顾屡试举人于西安不售。会太公与伯氏相继卒，君当代主家政，遂绝意科举。

君固朴诚，于会计出入赢缩素不习，乃议与兄子析居，参分其产而取一之弱，曰："吾仅一子，无以多为，且家之饶吾兄力也，我何有焉?"佃输租不及格或杂以秕稗沙石，君曰："先人贫时值恶岁，百计称贷，得一斛麦便饱啖，今不耕而获，敢计美恶耶?"里有不给者，减直分粜，或不能偿亦不较，其宽厚如此。

余兄弟幼随先君子客陕，君因以女归余弟。时川陕教匪方炽，先君子弃诸孤于乱离中，回忆童时仓皇播越，及亲串依倚之况，辄凄然泪下。今君之子启贵归大冶视祖墓，因将君命来宁乡省其姊，并索余铭。启贵又言，君强健善饭，日裹粮策杖行三四十里，徜徉商洛熊耳间，商之父老，习而乐之。里有争讼，辄求判正，晓譬册直，盖已长为商人矣。

君名某，字某，生于乾隆三十年月日。娶室某氏，慈淑勤慎，无愧隐德。子一，即启贵。女三人，兴国方桂森、大治刘某、宿松侯某其婿也。孙三人。孙女一人。生圹在某乡某山。铭曰：

匪蛰匪信，以全其身，是谓逸人。弗坎弗泉，以养其年，是谓地仙。生于楚，家于秦，面商洛，背伊洵。朝呼黄川暮绮园，千秋万岁返吾真，后当有考视斯文。

卷第十六

刘太孺人墓志铭

孺人湘潭刘氏，通道县教谕讳元炜之女，宁乡黄氏直隶天津府知府讳立隆之子妇，邑文学增广生员湘南之妻也。十九岁归黄，二十九岁而寡，阅三十一年，守土者以状闻于朝，得旌如例。子本骐，嘉庆十三年举人，城步县训导；本骥，本骐同年副榜贡生，道光改元举人。女适南阳府知府善化唐业谦孙迈迪。孙女长适浏阳拔贡生欧阳道济，次字湘潭李氏。以道光十年二月己卯卒于长沙寓宅，寿七十有五。其年闰四月丁酉，葬长沙东郊郝坡之原，而新化邓显鹤实志其墓。

刘氏故湘潭大族，其盛时，历官中外多通显。教谕君与其兄元燮、元熙，皆以文章气节显。孺人生长名门，习闻礼训，好读书，知道理。归文学一年，遭天津府君之丧。又九年，文学君殁于浙。孺人以不及侍天津府君，而继姑章佳夫人复就其所生子湝养，语及辄泣。至是文学君客死，黄氏无田宅可家，无期功之亲可依倚。文学君旅榇在数千里外，孺人毁瘁濒死，卒以其丧归依。刘氏二十年恃纺绩自给。刘氏内外，无尊卑疏近贤否咸敬惮。课子严，亲授经，小有过失，必加呵挞。稍长，择宿德名才为师友，二子遂赫然有文誉。已既同举于乡，奉孺人居长沙，且稍稍致修饩获禄养矣。无何，训导死归，唐氏女亦卒。本骥旅食四方，孺人常独处。凡遇子妇丧，六积哀病，足不良行，居恒默默自伤。本骥归，遂不复出，竭力侍左右，以求博孺人欢，而孺人遽卒。

或疑孺人报不偿德，然观古传记所载，贤妇人恩勤鬻闵之痛，流离颠沛之苦，所遭有酷于孺人者。今训导虽亡，文采隐然。本骥内行纯至，笃学好修，为时名人。所结识四方贤人君子登堂拜母，执礼甚恭。其卒也，自方伯连帅而下，皆有赙遗，士大夫识与不识，皆曰贤母。贤母，称于古所称洁白之养仁人之粟者，于孺人复何恨焉。

先是，宋时长沙孙颀著《贤母录》，苏文定公为序，书久佚，训导以发名成业由于母教，补撰未竟而卒，本骥续成之。故海内读其书者，皆知贤孺人。孺人性沉毅而慈，勇于为义，尝节捐衣食以赴人急，内外亲以孤嫠贫窭来归者，为长养婚嫁，无德色，无倦容。本骥家屡空，食指恒数百人，以为未尝贫也。有秀水沈生者，性狷介，年老无子，流落长沙，尝私于本骥，病革泣语之曰："余必死汝家。"以白孺人，孺人曰："义也。且汝父以客死，其忍负死友之托。"急舁致之，盖阅三日而沈死。本骥主其丧，葬训导墓侧，闻者咸服孺人能成子之贤，其他事多类此。其御下严而有恩，习于刘氏黄氏者，以为终身未闻呵叱声。及丧，姻党皆哭尽哀，是可铭也已。

余往交训导于都门，自来长沙，主其家，谊尤笃，孺人以子畜余，余不得事之如母也。本骥率训导所后子迪丁其葬来请铭，余昔尝铭孺人之子妇，孺人谓其言（以下原清咸丰元年初刊本与民国二十六年重刊本均阙）

戴太夫人墓志铭

道光改元，天子俞廷臣请，为父后者为生祖母服三年，重报本也。于是临川李春湖中丞遭生祖母戴太夫人丧，遵制，服斩衰三年。

太夫人姓戴氏，苍梧人。年十七入赠太仆卿讳宜民家，生男秉仁，卒。孙宗诚，殇。太仆公命以其嫡子观察公秉礼之子宗瀚后秉仁，即中丞公也。太夫人遂为中丞生祖母。中丞早岁成进士，由翰林洊历卿二，累封至太夫人。嘉庆乙亥，中丞本生母丧去官，丙子免丧，以太夫人年笃老，奏请在籍终养。己卯奉太夫人命，诣阙祝嘏，睿皇帝垂询太夫人年齿、步履饮食甚悉。又五年癸未，以疾终桂林寓宅，实道光三年六月五日，享年九十有八。

李氏固临川大族，自太仆公以业鹾家桂林，垂九十年矣。太夫人始来时，李氏不中赀，佐嫡室主内政，丝粟必亲，渐致丰裕，阖门千指，区画咨诺皆中程。太仆公孤露食贫，再成有家，太夫人亦与有力焉。性俭朴慈惠，居恒布衣蔬食，闻人困苦，若切于身，必济之而后已。内外亲以窭告者，皆归太夫人。其殁也，箧无馀赀。教中丞公严而有恩，卒食其报，克受成福终天年。又值圣皇嗣服之初，推恩锡类，考定典礼，中丞公得奉宪令，以遂私情，虽曰国恩，亦太夫人之德有以敬承之，是可铭已。

先是中丞所后父权殡梧州，后将启葬，临川形家言其地吉，葬于梧。太夫人临终顾语中丞曰："吾自乐粤土甚，毋以吾骨归江西。且吾终不忍舍而父而北，违吾言不利。"中丞泣诺。以其年十一月壬辰卜葬临桂西郭外隐山之西原百步。子男秉仁，诰赠通奉大夫、太仆寺卿。女三人，南昌周汝唐、新建曹镆、临桂陈兰葆其婿也。孙宗瀚，乾隆癸丑进士，累官都察院左副都御史。曾孙四人：联珂，道光壬午科举人；联玑、联璁、联琇。玄孙二人，翊勋、翊华，盖已及见五世矣。太仆公有子十七人，男八人，俱致通显。女九人，俱适华族，非太夫人出者不书。是岁，新化邓显鹤在粤，中丞以状属铭，不敢辞，敬叙而铭之。铭曰：

圣皇议礼，轻重有等，隆杀有经。准今酌古，援情度理，许厚所生。惟太夫人，有贤孙瀚，为邦国桢。生则乞养，殁则制服，尽哀竭诚。百粤累累，邱陇相望，窀穸是营。顾瞻苍梧，夫人故乡，灵爽是凭。既安且固，利其后嗣，视此碑铭。

为父后者为生祖母持服，《礼》无明文。惟《丧服小记》云“为慈母后者，为庶母可也，为祖庶母可也”。所谓祖庶母者，谓祖妾有子，而子死，父命己妾之子为之后，服齐衰三年，与慈母及后庶母者同也，非指父所生庶母而言。为父所生庶母，服齐衰不杖期，始于宋“开宝礼”，而世传“朱子家礼”，亦有庶子之子为父之母服一条，即指此也。《明集礼》《明会典》皆无其文，至《大清会典》始复宋制，《大清通礼》因之。夫孙为祖庶母服，议见于杜氏《通典》者，有晋王廙、宋庾蔚之之说；见于《魏书·礼志》者，有张普惠之议；见于《宋史·礼志》者，有王洙之状；见于文集杂著者，有王廷相《答左卫夫书》、姚翼《家规通俗编》。柴绍炳庶孙不为生祖母承重说，剖析群言，殆无遗议。其大旨皆谓庶孙无重可承，断不得以鞠育私恩制为匹敌之服。故明南京车驾主事臧应奎以祖庶母丧求去，格于例犹执私丧三年，识者韪之。惟临川中丞李公，以嫡子之子为生祖母后，于嘉庆二十一年丙子，奏请在籍终养。至道光元年辛巳，礼臣议改生祖母服为斩衰三年，越二年癸未而中丞之养终遂遵制成服。朝廷若为中丞破古今成例，而特遂其乌鸟之愿者。明年甲申，礼臣觉前议过重，仍奏请改从期服，中丞三年之丧虽未终，而其报本之心则已达矣。岂非孝思纯笃，有以感人心而膺天眷哉！中丞尝任湖南学政，与本骥有师弟子之谊。今归道山已逾年，因读湘皋学博所撰《戴太夫人墓志》，为申其说如此。或谓服已奉改，学博此文可以不存。本骥谓学博之文作于未经改定之前，其时中丞讣告且及天下，铭幽之石早已深埋，存此文正足以传信于后，且以见服制升降之原，悉本我朝孝治之精意云尔。道光癸巳宁乡黄本骥敬跋。

东鄂太夫人墓志铭

龙阳大令承志以礼去官，将扶太夫人柩北归，临行持所自为状以书来告显鹤曰："承志宦无状，重负太夫人教。然幸获交吾子，今将归葬，预求所以铭诸幽者，非立言君子为之，无以信后世，愿吾子之哀而许之也。"大令勋贵世族，所与游多文章巨公，顾以显鹤之言为能不欺，可谓诚于事亲，而太夫人之所以教其子者，必有道矣，其敢辞。

按状，太夫人姓东鄂氏，满州正黄旗人，内务府大臣诚泰公之子吏部尚书铁保公、吏部侍郎玉保公之女弟。年十八，适镶白旗瓦尔喀瓜尔佳氏分巡直隶霸昌兵备道讳湛露为继配，而兵部尚书景福公之子妇也。以道光十三年八月十九日卒于其子龙阳官舍，年六十有四。

太夫人生有淑德，聪慧过人。幼同两兄读书，通晓经义，熟《通鉴》。二公相继成进士，尝与太夫人讨论无以难。既归兵备公，逮事其姑那拉太夫人，能曲得其欢心。兵备公直枢密兼内廷奏事，先后分巡江西、直隶，太夫人皆从。日览朝报，言政事缓急，先后助兵备所不及。兵备卒，承志方幼，太夫人教之严，尝泣语曰：

"汝家元勋旧裔，世笃忠贞，祖父而上，皆起家进士，为名臣，以文章气节显。汝不幸少孤，功名者有时耳。品之不立，学于何有？昔人言门地可畏，不自努力，吾惧而宗之坠矣。"承志高祖户部尚书明德公，有赐第在都城东南隅，宪庙题"乐古堂"。堂东有园，木石萧瑟，承志读书其中，夜漏三下始归。太夫人坐待之，课日所业，不中程则泣予杖，率以为常。后以族众，旧第不能容，别赁宅析居。乃出私钱二千缗，买田祖茔之侧供祀事，又新家庙，俾承志严祭祀，族人咸服其所施设识大义、有法度类如此。

承志年十九举顺天乡试，屡绌礼部试，久之，以史馆议叙得县令。既选授龙阳，奉太夫人之任，时十二年春也。龙阳滨沅，仍岁大水，又时有江华瑶丑之变，所调辰沅荆襄兵，皆取道荒邑，令昼夜驻近郊巡视，饩牵供亿，皆太夫人主之，操劳甚，渐致委顿。又丧其冢妇齐布楚特氏，妇故贤孝知书，太夫人爱之笃，携来龙阳，偏灾多故，姑妇相对汲汲无欢。妇卒，太夫人益神伤，遂以不起。盖太夫人平日所以勖其子若妇者，皆闾阎疾苦，勤求民瘼之实，一旦履灾区，隐忧蒿目，其中有大不得者，非寻常闾巷匹妇之贤可并论也。显鹤敬维国家肇造东土，风气淳朴，政教修明。一时勋戚大臣子弟，类皆修身饬行，恪守家法。世泽所渐，女子亦多通达道理，明习礼意，有当世士大夫所不及者，若太夫人言行，尤可铭也。

太夫人以兵备官封淑人。子一人，即承志，嘉庆己卯顺天乡试举人，国史馆收掌，湖南常德府龙阳县知县。承志有庶弟一人承惠；庶姊一人，嫁冠军使宝奎，太夫人视如己出，盖其均平惠爱，天性然也。谨条其德言可书者叙之，而系以铭。铭曰：

猗嗟夫人，惟懿厥声，惜不幜兮。来嫔名门，勋贵莫京，克配德兮。其德惟均，玉佩锵鸣，无少忒兮。既陨所天，在疚茕茕，伊母责兮。斯恩斯勤，有家再成，如弗克兮。令子服官，无忝所生，循厥职兮。悠悠湘滨，渺渺湘灵，母心恻兮。我言不文，刻此幽铭，永不泐兮。

黄虎痴继室陈氏墓志铭

孺人姓陈氏，名梅仙，龙阳人。父统，广东平海营参将。孺人幼聪慧，稍长，通书史，工篆书。参将殁，家遂落。母吕病风，不良于行，医药饮食，皆孺人针黹所易。陈氏既衰，母又慎择婿，年三十，始嫁宁乡黄虎痴孝廉本骥，为第三娶妇。

虎痴好蓄金石文字，孺人得肆力于古篆益工，求者益众，名大噪。虎痴少孤，与兄伯良本骐俱有才名，母刘太孺人教之严。伯良卒，无子，母痛甚。孺人至，婉娩承顺，母忧渐忘。虎痴奉母居长沙，所交游多四方知名士，或过其家，见孺人据案作书，太孺人静坐听女孙弹琴，童稚仆婢皆怡然有自得之色。虎痴亦自以得孺人，晚有终焉之志。

居三年，虎痴以贫故，如南阳。孺人专理家政，举一子，甫二月，积劳成病，以道光七年闰五月辛酉卒于家，春秋三十有三。祔葬长沙东关外郝坡原，前室翁孺人之兆。征夫在途，孀姑笃老，呱呱甫娩，期功无亲，寡嫂弱息，经理其丧，斯人生之极哀也已！孺人殁后三月，虎痴归。以诸城王大令金策所为状，属其友新化邓显鹤铭诸幽。虎痴前室子二人：迈、迪。迪后兄，病尫，至是将以孺人所生子达免丧后踵继，是皆不可以不志。爰叙而铭之。铭曰：

笄而弁，通经史。嫁虽迟，能备礼。婿虽贫，得才士。不永年，而有子。有一于此可以死，何殇何彭趍一轨。郝坡之原近湘水，往（郎）〔即〕汝宅利后嗣。无悔识字忧患始，我言不诬石不毁。

欧阳君继配黄氏墓志铭

余既为吾友黄虎痴铭其继室陈孺人及其母刘太孺人墓，有以其适欧阳氏女葆仪之病告者。余曰：“是又将以文累我也。”已而女病且死，虎痴以状暨书来乞铭。且曰：“此兄女临卒时所自请者，不忍拂也！终以累吾子。”呜呼！余文不足以庇身，而孺人乃欲托之于身后，亦大可哀也已。

按状，孺人姓黄氏，名婉璚，字葆仪，宁乡人。父本骐，城步县训导。年十九，嫁浏阳县拔贡生欧阳道济为继室。凡生女子子三。以道光十年十月乙巳年二十七卒于夫家。越三日丁未，拔贡以礼葬于前室李孺人兆域。

孺人生而明慧，性至孝。十二岁丧母，哀毁若成人。刘太孺人及训导兄弟极钟爱之。训导故无子，教两女如男子。子稍长，工吟咏，能为五七言诗与乐府诸体有风格，书法娟秀。训导益喜。既归欧阳氏，抚前室子男女各一如己出。欧阳氏之姑及前室李氏之党咸曰：为人妇当如黄氏女。孺人嫁之明年，训导死，孺人大痛。请于舅姑，归依叔父侍刘太孺人竟岁。

刘太孺人既丧子，益爱孺人，不欲少离，故孺人归宁时恒多。虎痴尝偕其友湘潭张教谕家榘学琴于湖州沈生，孺人尝隔幔窃听之，遂精其艺。以授其妹婉琳，戚里闺秀争从之学。其指法微妙未有得者，教谕亦自以为弗及。道光八年，余权长沙郡学，教谕以事来主余。值孺人归，孺人自其幼时父事教谕，又以余与训导雅故，以父执出拜。教谕且还走别，孺人固留坐为弹《塞鸿曲》，音甚哀，若预知别后之不复见者。教谕蹙额语余曰："是不祥。"噫！孰知其言之竟践耶！吾自训导之殁，尝疑之以为其人事母孝，爱弟笃，文采蔚然，宜若可显于时，不宜以卑官早死，且死而无子。或曰：语云衰门之女，征之孺人益信，而不谓其并此而夺之也。宜虎痴伤之，以书来乞铭，凡四至而不倦也。

先是，刘太孺人之丧，孺人以方娠又病，不能归视含敛，茹痛蕴愤。既免，病益笃，遂以不起，后太孺人卒仅八阅月云。余于黄氏一门，始铭陈孺人，继铭刘太孺人，兹又书孺人之事于石，宜言无不详矣。状又云：孺人继母杨孺人，尝刲臂疗姑，杨病，孺人感之亦刲臂以进。余修《楚宝》时，实主黄氏，凡近事类是者得并书，独遗孺人母女至行。其家不自言，无由闻。用是知黄氏闺门雍穆，孅行懿德，不为世所知者多矣。余忍不铭？

孺人在母腹时，其母刘孺人持斋绣佛像以祈男。孺人痛其母早卒，亦持斋绣所自书《心经》供佛，绝工致，云以资冥福。兹事状不载，余于教谕诗中见之。孺人有《茶香阁诗词》各一卷，虎痴为序行。于其葬也，以所蓄古琴为殉云。铭曰：

婉娩孺人，徽流戚里。发言在韵，动容依礼。具佛子性，无不寿理。胡弗永年，鳏尔夫子。或云才累，兼以孝死。众万之生，莫知其纪。岂无姬姜，齐眉齯齿？孰云老寿，而必媸俚。矧外母族，尤戒哀毁。孺人之明，当不坐此。呜乎命耶！孰究所以。我铭斯藏，哀此女士。

王太孺人墓志铭

往岁余客李春湖侍郎所，侍郎尝语余督学湖南试宝庆时，得新化一卷，甚博雅，颇疑其所出。召而诘之，生乃一一具述。退检群籍复按，不爽一字。则大骇，惜不记其名姓。余归而阴访其人，有知之者曰：此陈子意春也。

意春原名化，与其弟夏皆有文名，时称二陈。余久仪之。自其弟女归余兄子瑶，往来益密，遂具悉其兄弟内行纯笃，诚悫谨饬为邑中士所罕觏，弥敬爱焉。比年陈氏有事家谱，意春偕其弟过余，愀然曰："先君之葬，尝乞铭于学师长沙周雨林先生矣。独先孺人缺然未有述，今愿一言垂谱牒，然非立言君子信今传后者为之，亦不敢请也。先生其有意乎？"余唯唯。则出状，兄弟跪伏泣以请。余瞿然起避曰："世有贤母，乃有贤子。太孺人之贤，于吾子兄弟见之矣，敢不铭。"

按状，孺人姓王氏，其先湘乡人。王氏固湘乡巨族，父某翁，以贸迁来新化。孺人生长于新，习其土风，遂为新化人。幼明慧端静，精女工，识道理，贤声溢闾巷。王翁爱之，不轻以许人。是时，金声府君方再娶再丧其偶，不欲室。或传孺人贤而才，其密友袁君与王翁善，乃媒而牉合之，遂以某年月日归金声府君。府君幼孤，依祖母罗以居。孺人既为陈氏妇，尝以不逮事翁姑为恨，事祖姑必求得其欢心。府君固寒素，又坦易不善治生，孺人佐之。艰窘万状，再成有家，孺人力也。

教意春兄弟严，课不中程，则令长跪受杖。意春兄弟先后隶郡县学，府君稍色喜，孺人正色曰："做秀才正不易，吾以为忧，公遽喜耶？"府君敬惮之有加礼。意春入县学不久，金声君以疾卒。孺人既痛金声君劳苦毕生，不能享两子一日之养也，教意春兄弟愈严。意春尝以已屡试举人，俛得复失，不能博一第为生我光；又饥驱出走，不得常侍孺人左右，恒怏怏不自得。孺人怡然曰："宦学四方，男子事也。科名有分，郁郁何为？且吾愿汝等为端正秀才，不愿汝等作辱身进士也。"意春述至此，盖哽咽不能出声云。邓显鹤曰："大哉母言！此真足以教天下之为人子者矣。"晚近科第，盖有得之不足重者矣。即贵为三公，行一不合义，适足以辱其亲耳。若意春兄弟，一乡皆称善士，其荣多矣。意春尝语余，以其家谱祖尧咨、尧佐为诬，妄欲改正，格于宗老议不行。呜呼！此尤见意春学不苟随，识力有大过人者，而太孺人之所以教其子者，必有道矣。是宜铭。孺人生于某年，卒于某年，葬某地，子某，孙某。铭曰：

懿与孺人，教成两子；无忝学校，无恶乡里。是谓令名，足贻母氏；彼泥者金，有赫其字。岂不夸耀，或为世鄙；彼丹者毂，有焜斯里。岂不尊贵，或为人指；大哉母言，宁为端士。我书于册，用告来祀；各敬尔仪，视此彤史。

敕封安人陶安人墓志铭

安人宁乡陶氏，候选知县讳章泗之女，道州何氏翰林院编修名绍基之妻，而户部尚书文安公之家妇也。早孤，依其叔父章沩于山西凤台县署。性明慧端淑，凤台爱之甚，不轻以字人。年二十四始归编修，相敬如宾，未尝有戏言亵容事，文安公及姑廖夫人能得其欢心，舅姑爱之如女。

顾善病，以胃气不时举发，驯致不良于行。廖夫人居家严而有法，常率诸妇亲浣濯醯蔬之事，安人侍侧无能为役，恒自咎，夫人怜之，复自笑也。文安公先后视学山东、浙江，安人皆侍行。公薨后，编修奉母京居，姑妇相依，婉娩承欢三十年，未尝一日离也。以道光二十八年六月十二日无病而卒。其生以嘉庆改元正月十二日，春秋五十有四。盖距廖夫人八十一寿辰后五日。时编修家方有诸子之戚，而安人相继逝，廖夫人痛之甚。以其年月日归柩长沙，明年将以月日葬某地，子庆涵以编修所撰传来乞铭。

余惟陶氏为宁乡巨族，自密庵先生以文章气节显于鼎革之际，五徽、庶常二老继之，流风未沫，至稽山太史、毅斋方伯，其门益大。凤台卒，陶氏始稍衰矣。而世泽所渐，女子犹能识道理、明礼意，顾惜门风，厚自敛抑。用能敬承家法，克配君子，无世族绮靡侈佚之习，其性然，抑所习者渐也。呜呼！是可铭也已。余与文安公为同岁生，习于编修君，又与凤台识也，故不辞而为之铭。安人生男子一，即庆涵。女子二，殇。侧室生女一。孙男女各一。铭曰：

虽有姬姜，不弃蕉萃；蕉萃勿弃，姬姜益贵。懿与安人，名门中馈；被服俭素，婉娩抑畏。人亦有言，艳处阶厉；朝咏素丝，室眸绮翠。懿与安人，德丰容瘁；古蕙朝荣，芳兰夕萎。湘西诸山，佳哉葱蔚；伐石刻词，幽宫永闷。陵谷变迁，我铭不替。

蒋君元配黄氏墓志铭

黄氏于长沙为大族。孺人，翰林院编修改吏部尚书郎琰之曾孙、国子监生士修之孙、国子监生友正之子、而善化县学生惟善之女弟也。年十九，适湘阴蒋瑸。孺人聪明淑慎，寡言笑，动有礼法。归蒋氏，舅姑称孝，兄公先后称贤。内谐外肃，上下翕和。蒋君家固寒素，尝膺聘为人司记室，数更府主。孺人恒独居，操作补纫濯澣饎爨之役，皆躬任。凡五产。最后生女甫八日，以道光十三年八月初八日卒，春秋三十有七。子男女五人，殇者二。其葬在长沙南门外古塘豆芊坡之原。孺人之卒，蒋君方客巴陵，不得临其丧。于其葬也，来乞铭。余既重违其意，又与孺人之兄惟善厚，不获辞，乃序而铭之。铭曰：

有闲者轨，是绳是纪，妇之德也。有洁者匜，无非无仪，妇之职也。婉婉愉愉，荆布袆褕，惟所适也。修短有命，匪人可定，况莫测也。猗嗟孺人，生人长勤，息幽宅也。呱呱弱子，怙而兼恃，所天责也。

高氏妇权厝志

高氏妻兄子瑛四年，生一女，而病以嘉庆丙子二月日卒于母族，权厝于高氏之某地，春秋二十有二。始，高氏之卒，值夫家连遭大丧，将谋归葬而未及举也。或曰：邓氏法，无子者不祔葬先兆，高氏于法不得祔，故不归葬。其夫之叔父显鹤曰："否！高氏于吾宗为冢妇，于瑛为元配，于瑛之子为嫡母，其祔于先茔，礼也。其未归葬，将有待也。"既次其语以解众惑，遂贻瑛，俾识诸厝所以俟他日，且系以铭以安其魂。

高氏为士族。祖光，县学生。父卓聪。高氏娴礼法，进止有度，逮事先府君、先太孺人，能得其欢心。其卒也，距先府君之丧未两月，太孺人哭之尤痛。一日当食，余兄弟自垩室归省，太孺人置箸唶曰："咄！儿何来惊新妇矣。"就视之，旁置饭一盂、匕一、箸一，其下焚纸钱焉。无几何而太孺人亦弃养。呜呼，痛哉！铭曰：

尔之来也，逮事吾父吾母之俱存；尔之殁也，乃先吾母之六月、而后吾父之五旬。生为邓氏之妇兮，死葬邓氏之坟；胡独以其死累尔族兮，忍更弃尔于荒原。终俟尔夫之有子兮，誓当归骨于太平之阡。非独以为尔兮，亦以奠吾父吾母之幽魂。呜呼！犹有鬼神兮，吾不食言。

附录兄子瑶书后

高氏嫂归从兄瑛艺荃四年，生一女，以病卒于母家，即以其丧权厝高氏之殇园。叔父为作《权厝志》。其言曰："高氏之殁，值夫家连遭大丧，将谋归葬而未及举也。或曰邓氏法无子者不祔葬先兆，高氏于法不得祔，故不归葬。其夫之叔父某曰：'否！高氏于吾宗为冢妇，于瑛为元配，于瑛之子为嫡母，其祔于先茔，礼也。其未归葬，将有待也。'既次其语以解众惑，遂贻瑛，俾识诸厝。"所铭词尤沉痛，读之尝呜咽不能终诵云。尔后屡语从兄，促其归嫂之丧，以成叔父志。兄诺之，而终未举行。于是小子瑶更引经文推广言之曰：《礼》，女未庙见而死，不迁于祖，不祔于皇姑，归葬于女氏之党，示未成妇也。夫言未庙见而死，不迁不祔与归葬母党；则以知夫既庙见而死，其得迁于祖、祔于皇姑、葬于夫之族明矣。且《礼》言三月庙见，妇来三月，为时未久，但使其庙见矣，死即许葬夫党，以明既成妇礼，即与夫族相终始也。高氏嫂为妇久矣，且逮事吾祖父母及吾世父母，能得欢心，族之人又既知其贤而称之矣。于其死也，乃使其薄葬母族，弃其骨于荒墟蔓草间，与夭殇无祀之鬼邻，揆之于礼，安乎？忍乎？叔父铭辞有云："终俟尔夫之有子兮，誓当归骨于太平之原。"今兄既有丈夫子数人矣，长者且读书应郡县试矣，其忍终弃其骨于荒墟蔓草间耶？兄之子又岂忍使其前母与无祀之鬼等耶？谨案今制沿古礼，继母之子有籍于朝，得赠前母如其母。兄之子异日倘邀朝廷一命之荣，能推恩锡类追赠前妣，将焚黄于高氏之族乎？抑当归葬于邓氏之茔，敬谨成礼，而后慊于心乎？此风俗醇漓、性天厚薄、礼教得失之原，不可不辨也。曩者叔父既为文以贻从兄，瑶之为此文也，盖又将以俟兄之贤子矣！呜乎！犹有鬼神，其忍食言。

陈氏妇墓志铭

陈氏妻兄子瑶，阅八年生二女而卒。其年，瑶侍其父居宁乡学署，余闻其病，促之归，归而妇卒已三日矣。卒之夕，余梦妇更新衣，口喃喃向余若有所述，醒而语家人曰："嘻！陈氏妇其死矣。"已而讣至。吾兄痛之甚，悔不早促瑶归，使得永诀也。先是妇病，其姑将往召其夫，妇婉辞曰："无庸徒乱人意，且惧惊翁。"遂不果。盖妇平时尝勖其夫，毋以家务嵬屑废学，即病不以闻。妇卒之明年，其夫偕其从弟琮同充拔贡，赴朝考，而妇已不及见矣。悲夫！

妇同县陈氏国子生之善女，之善与余兄弟善，相约为姻，婿在娠即以女许。余语吾兄，厚意不可负。既生瑶，遂委禽焉。妇生十一岁而孤。十九岁归吾家，操井臼，事舅姑，柔色淑声，家人不见有喜怒容。翁与夫病，私祷于神，愿以身代。吾妇与吾嫂相处无闲言。妇周旋两姑间，无少厚薄。一门先后诸姑、姊妹同体一视，从不处白人臧否，其幽静敬慎，殆性生也。女子之德，以顺为正，以无非无仪为则。世有靡然自命为聪明女子者，吾未见有能宜其家者也。自妇卒，逾年合家涕洟无欢容，吾嫂至今语及则泣下不可禁。虽以继之者之贤孝，卒无以易其心，则妇之贤有非诸妇所可比者。呜呼！其可铭也已。

妇卒以道光十六年五月日，年二十有六，殡于丙舍之旁。明年，余乞假归。谭氏女为言，妇临终强起更新衣，向之絮语不可辨。女告之曰："将毋欲乞铭幽之文于吾父，如高氏嫂例乎？"则应曰："诺。"遂瞑。盖与余梦中所见同。呜呼！余文不足重于世久矣，而一家妇女乃欲得之以为名，至形之死生梦寐间，岂不重可哀哉！

妇生二女子，长许字谭氏，婿郡学生建宅子象官，男女相继殇。次许字邹氏，婿丁酉举人孔摺子岳保。继室陈氏生二子：郴孙，邵孙。于是妇既有子矣，乃以年月日启殡于太平原山麓之右，追序而为之铭，盖距妇之卒十有三年，距吾兄之卒八年矣，悲哉！铭曰：

婉娩愉愉，妇之德也。黾勉有亡，妇之职也。惟汝之来归兮，余未识也。紧众口之无异兮，咸汝惜也。生既宜其家室兮，死当奠其体魄也。惟先灵之右侧兮，俾汝即也。利后嗣之如一兮，安且吉也。慎纳词于幽宅兮，征余言之不食也。

卷第十七

诰授资政大夫工部左侍郎提督浙江学政李公行状

祖宜民，贡生，累赠都察院左副都御史、工部左侍郎。祖妣袁氏，赠夫人。生祖妣戴氏，赠太夫人。

考秉仁，赠侍讲学士，累赠都察院左副都御史、工部左侍郎。妣骆氏，赠太夫人。

本生考秉礼，刑部江苏司郎中，累封光禄大夫、工部左侍郎。妣曹氏，赠夫人。生妣刘氏，赠太夫人。

公讳宗瀚，字公博，一字春湖，江西抚州府临川县人。家世有厚德。贡生公以业鹾家粤西，故公生长于粤。刑部公有诗名，诗学唐贤韦左司，自以韦名庐，世所称韦庐先生者也。刑部有庶长兄，年二十卒，葬于梧，即赠学士公也。遗一子宗诚，殇。其配骆夫人贤而有识，一日梦宗诚至，惊呼曰："儿归矣。"其日，公生于桂林寓舍，骆夫人泣请于贡生公，愿得公为子，故公为赠学士所后子，而刑部公为本生父。公幼多病，骆夫人视之谨。稍长病愈，颖悟异常，读书有夙悟，博极群籍。年十八学大成，乾隆五十七年中式江西壬子科乡试举人，明年成进士，殿试二甲，改庶吉士。六十年散馆授编修。嘉庆二年充武英殿纂修。三年大考二等，擢詹事府左赞善，充国史馆协修。四年充实录馆纂修兼本衙门撰文，寻擢侍读，转左右庶子侍讲学士，充日讲起居注官。五年充福建正考官。六年丁骆太夫人忧。服阕逾年入都补原官，其年九月充武会试副考官，转侍读学士，十二月授湖南学政，在任晋太仆寺卿。十五年任满入都，授宗人府府丞。十七年以本生嫡母曹太夫人忧解官，十九年终丧补原官，授都察院左副都御史，九月充武会试正考官。二十年丁本生生母刘太夫人忧，服阕即在寓籍奏请终生祖母戴太夫人养。

既奉俞旨，公遂筑宅于桂林杉湖之滨，日侍戴太君暨刑部公侧，有终焉之志。二十四年一诣阙与祝睿皇帝万寿。次年秋仁庙升遐，公以远阻遐荒，攀髯莫及，哀不自胜。道光三年，遭戴太夫人丧。先是，道光改元，礼臣建议天下为父后者为生祖母终三年丧，公毁瘁之馀，窃幸奉功令，三年得久侍刑部公左右。四年部议仍改归期服。刑部有众子四人，公以出继，例不得终养，以故刑部曰趋公之官，遂以五年秋赴阙候补。既陛见，皇上垂询家世官资甚悉，公奏对移晷，具陈感念先帝恩眷及陈情终养始末，圣颜怆动。六年夏补原官，八年转授工部左侍郎。故事，侍郎官资由右转左，公由副宪径转左侍，盖上之眷待优矣。是年六月，奉命典试浙江。八月，有旨留学政任。公素患下血，按试各郡，积劳过甚，风眩遂作，继以喘嗽，然犹力疾校阅。十一年正月，刑部公以疾卒于桂林。公南望号痛，绝而复苏，病遂剧，迨扶病星奔就道，而已不可支矣。以三月初四日终于衢州府舟次。子联珂殡殓如制，以其丧归江西省治。方公初殓时，以朝服进公右臂，倔强不伸，联珂持衰麻泣曰：吾父以毁终，今兹意在礼服乎？乃议易衰麻为里具，始伸臂就殓，盖公之孝思纯笃，生死不易如此。

公清素简约，恬退谦谨。与人交坦夷诚悫，言恂恂恐伤人，而沉毅内断，所守介然，人不敢干以私。自其少时，已端重如成人。刑部公多闻好善，矜尚名义，笃嗜风雅，天下士多乐就。公自幼侍刑部侧，及见当代巨人长德，凡名公卿与夫儒硕耆彦，通人才士先后至粤者，争相刮目。公虚怀善下，质疑问难，舍短集长，识者卜为公辅器。通籍后，益自砥砺。尝谓士大夫不幸生长富贵，多财丛过，晏安溺志，故虽服官通显，刻苦逾寒素。公善韬晦，雅不欲以文名，既以文学受知先帝为讲幄侍从之臣，朝廷有著作多出其手，久之文采四映，海内识与不识争相向慕。公谨避之曰："盛名不可居也。"历官十数，绝无旁援。所至无赫赫声，必求尽乎其职。曰："吾以求此心之安而已。"退食萧然一榻，权要之门，终身绝迹。又每历一阶，辄以忧去，服阕迟回，久之始就补。最后请终生祖母养，栖迟岭外者十年。计公自释褐后，凡五遭大丧，唯贡生公丧，公以庶长孙不承重，馀皆解官奔赴。故公于中朝诸老，资望最深，而官阶差后。睿皇帝知公久以养假，居粤时粤大吏入觐，辄蒙天语询及。今皇上鉴公忠诚，柄用日隆。公感两朝知遇之恩，又刑部公命谆谆以力图报效，勿恋馀年为属，不敢遽言退。迨再以忧去，而公遂不起矣。

公内行醇笃，终身孺慕。当公之终养于粤也，刑部公尝以先业推让诸弟，公亟赞成之。曰："吾不幸有富名，亦以其应得之产同让诸父。"家居久，不取公中一丝粟。贡生公有子八人，惟刑部为嫡长，馀年皆差等于公，小者与公子齐年，公循循执犹子礼。时戴太夫人年几百龄，刑部公亦近耄，刑部待公严，公愉愉色养，入侍重闱，出随诸父，委宛将顺，人无闲言。暇则端坐临池，赋诗遣兴。或卉衣草笠，与樵夫牧竖杂坐山泽间，神致萧闲，怡然自得。时复徘徊原野，若有所思，遇者不知其为京朝贵官也。在籍十年，当途罕见其面，岁时通问，一报谒而已。而是时，公诸父两罢观察使家居。工部尚书郎名秉绶者，方继先业主鹾务。工部故豪迈，散金结客，座上常满，舆马冠盖相望，公杜门却轨，工部知公畏慎，亦不强也。

公无他嗜好，独喜聚书，癖嗜金石文字，所藏多名拓，筑湖东楼庋之，名其园曰拓园。又于其西购废圃，筑屋三间，名湖西庄，手植花木，春秋佳日，奉太公及同志徜徉觞咏其中。尤好名山水，遇佳处流连竟日。桂林山水奇秀，洞窟岩壁，间多唐宋人手迹。公登椒穷邃，摩挲嗟玩，手自摹搨殆遍。又尝得元康里氏所藏唐搨《庙堂碑》及唐搨《化度寺碑》，皆亲自钩摹上石，均极神妙。公诗初守刑部家学及高密李少鹤宪乔所论，列后稍变其格。晚年益务精进，镵刻坚厚，必极于微妙而后已。故所存不多，今所刻行《杉湖酬唱诗略》，则皆与显鹤倡和作也。书法尤推重一时，人得其片纸藏弆以为荣，论者谓本朝书家，自张文敏、王吏部澍外，得公而三百馀年来前后辉映，为他家所不及，殆不诬也。

公春秋六十有三。夫人新建朱氏，翰林院编修掌广西道监察御史讳绂之女。贤明淑慎，克配君子。子六人：长联璧，早卒；次联珂，道光壬午举人，候补内阁中书；次联玑，国子监生，后公一年卒；次联琇；馀先殇。女三人：一适南昌国子监生徐之珸，一适山西候补布库大使新淦刘锡畴，一未字。孙四：翊勋、翊华、翊轩、翊耆。

显鹤依公桂林，周旋于纪群左右间六易寒暑，实蒙忘分与年，形融神惬。迨后别于京寓，公执手呜咽曰："恐此后无复相见期矣。"余以刑部公方在堂，公年又甫艾也，窃讶其不祥。呜呼，孰知其言之遽验耶！

综公生平志行，以朴诚为主，以清净为宗，以奔竞为耻，以盛满为惧。读书取自娱为善，不近名境。丰而志约，履夷而心危，清望名德，世所共见。其居官政迹，屡秉文衡，两司风宪，厘奸剔弊，振兴士习，整饬官常，皆中人所勉能，不足为公异。至于论思密勿，嘉谟造膝，献替可否，事关军国大计，公畏慎不泄，虽其家亦不与闻，世固莫得而知也。谨次公居官本末出处，大节言行、学识梗概为状，冀他日史馆君子论撰得备采择焉。湖南长沙府宁乡县儒学以教谕衔管训导事新化邓显鹤谨状。

案公卒后十年，幼子联琇与冢孙翊勋同举道光庚子江西乡试，今春联琇复成进士改庶吉士，皆前状所宜补者，附识于此。既为公喜，复泫然以公不及见为恨。是时，公子仲鸣舍人联珂亦已下世。盖哭其祖子孙之丧三世矣。昌黎有言，人欲久不死而观居此世者何也？道光乙巳冬至前十日，显鹤手记于邵州濂溪讲舍。

晏湘门行状

君讳贻琮，字幼瑰，自号湘门，湖南新化人。曾祖某。祖某。父起澍，县学生。世以读书为业。君生而颖慧，七岁自塾归，有携昌谷诗售者，君请于大父，得百钱购之，朝夕雒诵，塾师呵禁之不止。从此解吟咏，出语辄惊其长老。年十六，为府学生，逾年，饩四十人中为廪膳生。所为诗已裒然成集。同里孙白沙先生起栋，名宿也。久戍塞外，至是始释归，以诗学自负，少所许可，独盛称君诗，目为替人。君由是益刻苦自励，雕琢肝肾，诗日益进。嘉庆十二年，中湖南丁卯科乡试举人。明年赴礼部试报罢，留京师，凡四试皆被黜。

君既负才，屡不遇，益肆志于古。授徒都门，每得资脯，辄就厂肆购古书，朝夕稽考。尤善左氏《春秋》。尝摘《史记》、《汉书》义事相比附者数百条，编为一帙，皆新异可喜。为文清矫幽折，俗流浅识莫能窥也。性孤僻，非其人不交一语。居京师八年，公卿之门未尝投一刺。视侪辈博高第以去者比比，漠如也。独与同里欧阳硐东绍洛、谭吾肩瑞及显鹤三人友善，并以疏狂为时所嫌。尝语人曰："硐东吾师事。吾肩吾父执。湘皋则父执而兼师友者也。"其矜慎如此。

君既惮进取，屡欲谋归，顾不能办装，不得已辗转依人久处辇下，非其志也。会所善长白阿扬阿官苏州织造偕与俱南，资之归。归逾月以疾绝于家，嘉庆二十年三月初七日也，春秋二十有八。君貌清癯，幼跌宕使酒尚气。为诸生时，尝以事面质邑宰某，宰怒，将絷之，闻于大府，既而事得寝，家由此中落。君遂戒饮，气亦少抑。然低昂迁就，非其所习，又不幸遭放翁之厄，中怀怫悒，汲汲无欢，卒以此陨其生。哀哉！

君兄弟六人，行一。娶李氏，无子。所著有《过且过斋诗集》四卷，《制艺》一卷，《读左》三卷未成书。谨状。

张先生墓表

先生姓张氏，名泽，字润之，世居新化下渡村。新化县治滨资江，俗谓江曰河，以江之左为河西，而呼其右曰河东，河东之著者曰下渡村，村之阳有曰河东一人者，是为太公紫芝翁。

自茂太公举丈夫子四人，先生其长也。博雅通擅，为名诸生。屡厄乡试得复失，以经学教授里中，门下多通显。先生学宗宋儒，造次必依于礼。性至孝。太公治家严，先生晨夕侍左右，能曲得其欢心，友爱诸弟尤笃。太公尝同其兄赠君某，延里师杨先生濬课先生兄弟。太公性既严，杨先生复加厉，以他事挞先生弟某，呕血致疾笃且死。遗两孤，先生抚如己子，为教养婚娶。弟颢、颢弟颖，俱成名，而颖尤有声，皆家督力也。

河东张氏自明万历朝有名大孝者，以进士起家，官至四川按察司佥事。入国朝后不显。至太公兄弟始发愤，求所以教其子如杨先生者，虽挞爱子至死不怨。于是先生与其弟颖同为县学生，从弟清彦附郡学，时称三张。而郡学之子如相复崛起成进士，河东张氏遂复显。

先是，先生与郡学君少同学，友爱如同产。郡学死，先生痛甚，抚其孤而教之，亦如所以教两从子者。不数年，即腾踔掇科第，大张氏之门，与佥事先后相辉映，群谓非先生力不致此。呜呼！科举之学，非有高远难为之事也，而父兄之所以教、与子弟所以学，皆志于此。有童而习之，稿项黄馘，莫青一衿者；里巷之子视巍科如天半神人不可梯接，而门户之兴替，塾师之轻重亦以是为差。若先生者，岂真少有荣悴于其中哉！

先生终身寒素，刻苦好学，不著书。敦本务实，言有教，动有法。闺门雍肃，化及乡里，其诸所谓不言而躬行者。先君子为显鹤兄弟慎择师，命侍先生。显鹤性放旷，好议论，及见先生简言语，终日敛容，坐无懈弛，则抑然自下。今先生下世垂三十年，每一念及，心惴惴如有所慑。尝与家兄言，某兄弟侍先生久，欲求先生一语一默，一动一息之睽于道而不可得，然后叹先生之养为不可及已。

先生以嘉庆十三年某月日终于家。某年月日葬于某原。春秋六十有五。子男二人：如鹄、如鹗。女二人。孙男八人。先生卒及葬，显鹤皆客京师，未及视含临圹。每思撰述先生言行传信来世，人事乖忤，未遑执笔。今年春如鹄以书来请，谨叙其崖略，使立石隧道，以当墓表。时县中有志乘之举，并上之志馆，敬备采择焉。

李龙门文学墓表

新化著姓曰鹧鸪塘李氏，其先有子和者，以礼法世其家，新人所称李子和深有礼者也。子和之子八人，其次名殿槐，县学生员。实始居峡山，又为峡山李氏。峡山固多李姓，自国朝来，鲜读书列黉序者。县学君居此凡四世，隶于庠者十一人，举于乡者一人，而峡山遂赫然有闻人，先生其尤著者也。

先生讳宗河，字图轩，别号龙门，图轩之称最显，里之妇孺负贩皆呼为图轩先生，实县学君曾孙。祖某。父某。先生年十六，始从其叔父江书君学，逾年遂能文。二十五岁为县学生，以经义教授里中。性旷达，善恢谐，年八十神明不衰，能灯下作楷，日行数十里。先生固寒素，晚岁积毕生束修所入，贷诸人而薄责其子以自给，然不居积，稍馀即出以济人。尝以形家言建石塔于居宅之南，凡桥梁道路有利于人者，无不力为也。享年八十有八，以嘉庆二十有四年六月日卒于家。配周孺人，先八年卒。子三人：泽玉，郡学生员；泽达，县学生员。孙某，曾孙某。

峡山距余家三里，自先大人与江书君交称莫逆，先生与余叔父钜野君同岁隶于学，交先君子最久笃。余兄弟复辱交于先生之子若侄，盖以文章道义相切劘者，四世于兹矣。先生长先君六岁，卒后先君五年。自先君弃世，余兄弟每过先生问起居，必为述两家先世之好及先君子平日言论，相与累欷太息肃然，不知涕之何从也。先生殁而里中耆旧凋丧殆尽，求一先君之友而不可得也。悲夫！

先君自初丧至卒哭，先生之子与其从子德珍，奉先生命朝夕临视，先至后去以为常。先生之丧，余远羁岭徼，不能助其凡役事，仲子亦以细故先期他出，未及视含，是则余兄弟之惭负生死，抱疚无极者也。先生同周孺人合葬某原，用阴阳家言渴葬，未及纳铭。逾岁，乃徇其子之请为文志其墓碣，且表余哀。

罗府君墓表

醴陵县北紫云山黑岭之阳，有罗府君墓焉。君卒以道光六年十月日。其年六月，长沙属县攸、茶陵、醴陵同日大水，醴陵尤甚。官署仓库及附郭居民庐墓，漂没殆尽。行台省大吏勘灾至县，无所栖止，则驻府君宅。时君已病，犹力疾手疏赈恤事宜最急数事，趣其子之壎陈大吏前，俱见采用。君卒后，醴人语及怅然若失所庇，过其墓或徘徊太息相指告。呜呼！此岂易得于人哉！

先是，嘉庆六年，长沙饥，奸民喻次三聚众剽掠，各县暴桀子弟乘之蜂起。醴民素醇静，一日以被掠诉县至百馀户，令惧不敢受，匪徒益肆。君曰："此乱阶也。"亟请于令曰："富民者，地方元气也。元气伤，岌岌乎殆矣！且此曹非尽饥民，一擒治可立散。为今计，宜先惩倡乱者，然后劝富民减粜。"如其言，事遂定。十三年旱，复请于官平粜并输粟助赈，设粥厂，全活甚众。论者谓醴陵仍岁旱潦，民鲜沟壑死，又不相寇盗，君与有力焉。

君少孤，笃于内行，勇于赴义。罗氏固饶于财，世有义名。君曾祖某，官贵州永从县令，归创建育婴、养济、义学、义冢诸善举，君踵而行之，谨守增扩，终其身无倦。以是倾其家弗恤，凡所施设，有名迹昭然在一族一乡者，不具述。余独举其有关于利害之大者，表而出之，为士大夫居乡劝，其他可略也。

呜呼！晚近生理垫隘，穷民死徙相属，不复知室家保聚邻里、出入守望友助之乐。其稍能封殖自给者，类皆纤啬计较，膜视其戚党之肥瘠不略顾。一旦有故，群起快其私忿，任恤之道绝而怨毒之志惨，非细故也。长沙古称卑湿贫国，鲜盖藏，醴陵独稍殷富，民知奉上畏法，其父老多慕善，趋为义举。故虽屡被灾歉，视他邑常觉宽然有馀，谓非善人长者之多，闾阎风俗之厚，有以维系渐渍使然与？若府君者，可以风矣。

君讳烊，字显文，一字倬庵。其先明嘉靖中由丰城徙醴陵，遂世为醴陵人。幼聪慧，好读书，以少孤弃举子业，入赀授州同知衔。其卒也，年六十有一。祖某。父某。母袁太宜人。配阳孺人。子三人：之壎、之坃、之某。孙男五人。壎有学行，能文章，尝官吾县教谕，与显鹤友善，与闻府君言行甚悉。于其葬也，来征铭未及为，诺表其墓道，今忽忽又七年矣。壎比以书来甚勤，且责其慢。呜呼！以显鹤阘汶于时，其言何足为府君重。而壎固以显鹤言为能不欺后世，可谓诚于事亲者矣。此尤显鹤所为皇然忾然，不能已于言者也。

旌表孝行易安人墓表

易安人者，翰林院编修陈君源兖之配也。编修家本茶陵而居长沙，易氏之先亦由醴陵迁长沙。安人年二十二矣，父岁贡履元爱之笃，择婿严，欲得才而贤同居长沙者妻之。或以编修名告。时编修为诸生，方依其母居委巷中，孤露食贫，阘如也。岁贡君一见喜曰，是不长贫贱者，乃以安人许之。

既归陈氏，事其姑曲尽孝敬，姑爱之，习于陈氏者皆曰贤。又能时其缓急，屏当家事烦屑，俾编修得以专力于学行而不为贫累。及编修有籍于朝，太夫人遣之入都，黾勉有无，克敬克戒，无异为诸生妇时。凡朝士之习于编修者，又莫不贤之。编修尝病剧且危，安人百计调护，衣不解带者三月。每夜露祷庭中，乞以身代。不许则割臂和药以进，翼日病少差，则共讶或稍闻其事。安人泣曰：“勿复言。恐闻之伤姑心。”盖其殷忧积瘁，茹痛蕴愤，不惜残毁肢体生所天，以求慰其姑，而不知有身如此。至是而编修之病已，安人之病方始矣。以今年正月□日卒于京寓，距割臂时六阅月，创未及复，人已云亡，宜编修述之有馀哀也。

安人之丧，侍讲曾君国藩已为之铭。编修复属余为文表其墓，且以谓余言不苟，必能信今传后，使生者无恨于死者，死者无恨于九泉也。编修之念其妇深矣！余言果能使之必传而无恨耶？

末俗偷敝久矣。一二至行时遇之妇人女子，以余所知，近安化陶文毅公、今太常卿善化唐公两家女子，皆以割股得旌，今益以安人为三人，岂资湘清淑之气独钟于闺阁耶！然二人者，皆牵于母子之爱，安人独不惜其生，代其夫以奉其姑，于义为尤正。求代而得代，安人之心无恨矣！不传何害。顾以安人之贤，不克享编修一日之奉，又使之泯然澌没无闻于后，斯亦行道之人所心恻者矣。于是，吾里京朝官与凡在籍士大夫，习于安人之贤者，相与胪其孝行闻于朝，绝不及割股事，以明安人之贤孝出于性生，非区区一节所能概矣。顾其事乌可无传，遂书而寓之，以待安人之归葬而揭于阡，以昭示来世，且塞编修之悲。

南门刘氏阡表

有刘氏女子，述其先世梗概葬地，为图授其夫卿佐，谒余求表。佐之言曰：“余妇家居城南门内，与新化诸刘别为一支，称南门刘氏，其详不可考。其居新化自咏始，咏之后六世有名泗者，明季为东城指挥。九世有名国伦者，天启丁卯武举，官贵州提督坐营都司，县志载其致仕归，卒于白鱼矶，里人立庙以祀。入国朝则有康熙癸酉副榜上进，永明教谕，能诗好琴，诗见《沅湘耆旧集》，琴今存佐许，是为十三世。十五世则有乾隆戊子举人邦光，有文誉，邦人所共知也。邦光早卒，无子，其族弟邦武子名异观，亦善琴，有隐德，即余妇翁。自咏至异观，传十六世而止。今其族死徙流亡沦丧殆尽，妇之期功旁亲无一人焉。盖刘氏之嗣斩矣。其葬地不一所。妇翁与指挥都司举人同葬下渡村川石山，岁时寒食，余妇携一子上冢痛哭失声，哀恋不忍去，居恒语余，辄呜咽流涕。山在南溪之渍，当孔道，冢旁多为居人侵占，再世而后，恐遂夷为官道，荒圃不可复识矣。闻吾子有郡志之役，士族许立表。刘氏虽绝，符表例。今谨奉上图系一册，乞有道君子一言揭于阡，俾刘氏之鬼虽馁，岿然一邱不致澌灭，其功德与兴灭继绝等。"语毕凄然。余哀而谐之，不忍却。

佐晓形家言，为余相地。因偕至刘茔，视之茔距余家数里许，溪流绕之，逶迤南去，南溪所由名也。披荆寻路上，蓬蒿满眼。冢前各一碣，劣可辨识，谛审之，所谓东城指挥坐营都司、戊子举人及其妇翁异观墓咸在焉。噫！以十六世相传之宗绪，数百年族葬之兆域，仅一弱女子为之封树题识，竭力营缮，以冀幸兹邱之不失，一抔之长存，可哀也已！呜乎！天道之难凭久矣。至不得已而求之地理，则惑滋甚焉。世言子孙兴替，当视祖父功德为量，而又必得吉壤以荫，然后长世而长子孙。今诸刘之蕃衍于新化者众矣，其保世滋大之由，吾不得而知之矣。而此一支独斩焉中绝，岂指挥都司之灵皆不能庇其子孙耶？亦兹地之不中葬法使然耶？抑盛衰倚伏之别有故，不系乎此耶？虽然，刘氏绝矣，尚有一女子哀痛迫切，感动其夫乞文以求不朽，以视夫为人子孙，漠然不知祖父为何人，文字为可贵者，相去远矣。则谓刘氏虽绝而弗绝可也。故乐从其请而为之表。

蓝田梁氏新阡表

梁氏于安化为巨族。蕃衍硕大尤称三甲。情田上舍鼎恒，三甲梁氏之杰也。述其曾祖以下至其母孺人梗概，葬于里之孙荣山者，曰梁氏新阡，谒余为表。情田，余戚也，不可辞，乃诺而表之。

先是，余以女孙归情田之子治范，送嫁至其家，其尊人六南太翁，长者也。与余谈论甚洽，因偕之寻所谓孙荣山者而登焉。山在居宅之西，四山合沓，峰峦复叠，一水潆绕东去，即墨溪也。有桥翼然，一阁镇之，名曰“回澜”。遥望东南诸峰，隐隐矗天际，洵奥区也。梁氏自宋熙宁置县以来，即族居于此。保世滋大，今八百年矣。先世葬地甚多，不具述。

兹山之开，自其曾祖母刘孺人始，曾祖维四府君以下继之。同兆异域，族葬而昭穆不紊。维四府君讳元纬，生康熙癸巳六月，殁嘉庆丁巳六月。生平嗜学不倦，手著文稿犹存。配刘孺人，生后府君一年，为康熙甲午八月；殁先府君一年，为嘉庆丙辰二月。生子二：长朝钊，次朝鹗，国子监生。孙五人：长崇角，次国子监生崇斗，次嘉庆癸酉副贡凤皇厅训导应奎，次国子监生崇井，次崇张。谭孺人配赠训导君，生乾隆乙亥六月，殁嘉庆甲子十月。生子三，其一即应奎也。左之中为凌霄府君，府君讳朝钊，生有至性，跬步不苟，古道照人，乡里称之。生乾隆庚午十月，殁嘉庆己卯三月。配谢孺人，新化名诸生谢教女也。禀承家诫，配德君子。生乾隆戊辰正月，殁嘉庆戊午六月，祔葬府君之左。生子二：崇斗、崇井，崇斗即六南翁。其右即情田之母吴孺人也。孺人性和淑，初归梁氏，不逮事姑，惟翁凌霄府君健在，孺人先意承志，克尽妇道，朝夕不倦。府君每向人言曰：新妇如此，吾无恨矣。梁氏固素饶，孺人至，经理操作，益以丰裕，而自奉甚薄，布衣蔬食，如未丰时。曰："吾以惜福，且示后人俭也。"生乾隆庚子十二月，殁道光庚戌六月，祔葬凌霄府君之右。子鼎恒，即情田。孙一人治范，余孙婿也。

山旧无名，葬后十四年而诸孙有饩于学、举于乡者，人以为荣，因呼之曰孙荣山云。梁氏族法甚严，聚处七百户之多，无一游民荡子出其间。人多谨愿淳朴，习于勤动，其秀而文者，介然杰出能文章取科第。梁氏盖日大矣。情田读书有识力，为族人所重。孙荣之兆，其有既耶！故乐为表之如此。

卷第十八

明周司农堪赓传

公姓周氏，名堪赓，字仲声，一字元应，湖南宁乡县人。曾祖策，正德间举人，广西贵县知县，有循声。以子采贵，赠兵部侍郎、云南巡抚。祖檄。父耀晃，万历间举人，山东东平州知州。多善政，州人立庙祀之。迁陕西延安府同知，引疾归。子四：长堪赍，户部司务；公其季也。

公生而颖敏，倜傥多大略。天启四年举于乡，明年成进士，授福建永春县令，时年三十有三矣。以才调福清。盗流劫沿海居民，屡挫官兵。公密遣死士入贼党，勾得其魁及出入踪迹，悉捕诛之，海氛以净。坊店主人要客于路，杀而夺其金，佯为申状，哭尽哀。公曰："若号无泪，又数瞫我，中情怯耳。"夜半抵其坊，召而诘之曰："客何罪？而汝杀之。"一讯而伏，原赃封识宛然。公谳狱明决，治行为八闽冠。行取陕西道监察御史，巡按山东，劾藩下官恣纵、及奸民投献庄田二十事，直声大振。按畿辅言厂卫树威、牟利害民状，同官皆悚惕，公意气自如。上虽不能用，亦不之罪也。时畿辅戒严，公缮阨塞，厘兵饷，简士马，劾将帅不职者，众恃以无恐。有司捕获奸细百馀人，法当枭，公复鞫七十馀人无显状，得末减。

事竣，请假省亲还，侍延安公跬步不离左右。公至孝，以胡夫人先卒，不及禄养，语及辄泣悲不自胜。假满，延安公促之入朝，挥涕就道。旋丁延安艰，哀毁骨立。服阕入掌河南道，屡迁太仆光禄寺卿、顺天府尹。有民妇匿母家，取他尸以证，本夫以诬服坐抵，公驳讯获其妇，卒得雪。霸州大盗狱已具，所亲挟重赀赂权贵，将曲宥之，公暴其恶，论如法。擢工部右侍郎，崇祯十四年也。

明年秋，流贼李自成围开封，守臣谋掘河灌之，贼侦知，预为备。九月壬午夜，贼乘水涨，使其党决河灌城。内外官民漂溺以百万计，贼营高处，漂没亦数万。自是河南奔，故道涸为平地矣。时总河侍郎张国维方奉诏赴京，奏其状。山东巡抚王永吉上言黄河决，汴城直走睢阳东南，注邵陵鹿邑，必害亳泗，侵祖陵，而邳宿运河必涸。帝命总河侍郎黄希宪急往捍御，希宪以身居济宁，不能摄汴，请特设重臣督理。帝命公以原官兼右副都御史前往堵筑，且谕以汴决河徙陵运攸关，当克期奏绩，时十五年十二月十四日也。

公即日就道，以明年正月八日抵汴。亲行相度，奏言：“河决口有二：一为朱家寨，宽二里许，居河下流，水面宽而势缓；一为马家口，宽一里馀，居河上流，水势猛厉，深不可测。上下两口相距四十里，至汴堤之外合为一流，决一大口冲汴城以去，而河之故道则涸为平地。怒涛千顷，工力难施，必广浚旧渠，分杀水势，然后畚锸可施。顾筑浚并举，需夫三万。河北荒旱，兖西兵火，竭力征调，不满万人。河南万死一生之馀，又相聚守险，推诚招徕，未必有济，势不得不借助于抚镇标兵。至于应办埽料，其类尤多，杉桩购之淮安，苘麻购之徐兖，谷草榆橛则采之怀庆，柳梢蒿茭则取之本地从所产也。”而大纲全在用得其人。因言：“淮海道副使徐标，南阳府知府李芳蕴，卫辉府知府文运衡，开封府知府李岩、同知朱光斗，彰德府同知赵允光及副使张宏道、佥事杨千古、张若獬、杨毓楫诸臣之才可分任。”又言：“臣只一调度之人耳，今一时地方官谈及河事，则人人变色推诿，上下无一勇往任事之官。臣以水性不习之部臣，一旦临诸臣之上，诸臣以部臣相视，臂指弗灵。人情如此，不但无竣工之日，并无起工之期，旬日以来，寝食俱废。臣已将分任各官列名具奏，伏望迅赐严谕，以筑塞决口责之徐标、李芳蕴、文运衡，以开浚旧河责之杨千古、李岩、赵允光，以督催丁夫物料责之张宏道、朱光斗、张若獬、杨毓楫。如有玩视，法不容宽。”末言：“工大费繁，钱粮必须应手。今帑金十万之外，部臣所议折绢料价二十万，尚欠在民，征解无期，正如画饼充饥，部臣特借以了局，不顾其事之济与否也。帑金一尽，此数万之众，将束手以待命乎？抑枵腹而于役乎？以此加罪，臣死无足惜，实无益于国事矣。”

疏上，集群议，次第兴工。时寇氛猖炽，汴梁既成巨浸，中原千里，弥望蓬蒿，罕见人迹。应募不满万，杙缏椿橛，百无一具。公乘小舟泛河干，与李芳蕴及河道方大猷日夕拮据，招徕储峙，甫一月而工料粗集。因言：“治河之法，先浚后筑，此一定之理。臣商之诸臣，朱家寨水势较缓，可以先筑，且先塞下流决口，然后开浚旧河，庶东归之水不得复折而南，于事为便。”爰自朱家寨之北，抵马家口之东，筑堤长三百七十五丈，顶广三丈，趾广八丈，岸地高一丈，洼地高一丈五尺，卷扫层累而上，总高三丈，与顶齐。于是朱家寨决口遂塞。自马家口西岸南接旧堤，长一百有九丈，西接旧堤，长八十三丈，顶趾之广，视前俱高一丈，皆岸地也，工亦竣。惟马家决口宽一百二十丈，会春汛水溢河之故道，极望二三百里间水渐弥满，东岸奔腾怒沸，中流七十馀丈深无底里，势极浩瀚，人夫埽料以数万、数十万、数百万计，再筑再溃，而时已五月矣。乃言："伏秋迅迫，与其以有用之金钱，付无穷之波浪，于事无补，不若严护新堤，倍疏故道，馀请俟之深秋。"

帝不听，严旨切责。公上言："工料已罄，钱粮不敷。臣因旧河臣张国维有请动淮库盐课之议，遂冒昧上陈，讵户臣傅淑训争执不可。近淮漕臣史可法回咨，内称淮库如洗，绝无存留，乃知旧河臣亦悬揣无著，而户臣亦空争无益也。万不得已，则新河臣黄希宪截留邳饷一项，可佐臣急需，乃工臣议留，而户臣弗应。夫户臣第知慎重钱粮，以图自便耳，遑计运道与陵园乎？殊不知运道隶户部要务，而陵寝重大，普天臣子，当同抱剥肤之恸，臣不料其秦越视之也。伏惟断自宸衷，立赐接济，若仍下部议，终属空谈，无裨实用矣。"时饷绌料穷，百物凋耗，而需夫更亟，百呼不应，措处之法已穷。公复言："河上之役，征夫于近河郡邑，此旧例也。今汴河附近，唯彰德、卫辉、怀庆、兖州、大名五郡耳。河北三郡，已役堤工，兖州人夫，亦将鳞集。臣咨行畿南抚按，征夫大名，其势实不容已。所以奏请者，以大名非臣原奉敕书所载，不敢擅便也。而部臣奉谕指驳，谓当就近救饥招流，何必远征大名？夫地方有大举动，以工代赈，臣岂不知？臣陛辞时，即以此条陈奏矣。及到汴梁而后，知前言之不可行也。河北人迹寥寥，无流可招，河南半为异类，抚臣设法招徕，无一人应募，臣岂能强之使来哉！大名古澶渊地，与河北兖西错壤，如东明、长垣，皆临河邑，谁非赤子？鲁卫之民，暴露河干，而澶渊独安枕而卧，有天良者，当亦内顾不安也。今议塞马家口，计工须数月，用夫须数万。兖、大之外，尚须借助远方，今并大名之夫不用，臣愚实无良策也。又言钱粮屡请未到，工料措办无资，明旨叠颁，议同筑舍。工臣之心血已枯，计臣之偏执不化，旷时误事，不揆所由，而但责臣以速竣，臣能张空夷与洪涛争命耶？”

章数上，公晓夜督催，日驻河干，挥汗赤日中，与兵夫相邪许。齐埽六十馀丈，一夕又溃，而公病作矣！时决口虽未塞，而河还故道，漕运已竣，陵寝无虞。公抱病按视，期以冬月报竣，而秋涨大发，自荆隆口抵陈桥一带，陆地水深丈许，一二孑遗居民，负木高徙新堤，又多蛰陷。正抢筑间，忽报闯贼全队西来，沿河惊扰。公按剑危坐，与在工文武官誓曰：“先与河争旦夕之命者，今亦当与贼争旦夕之命，敢退者斩。”饬道府各部署所统兵夫，严阵以待，贼气夺，哨骑遂南折，水亦骤退。公奏言：“臣自五六月抱病后，今渐愈。每念贼焰滔天，背裂发竖，誓不与之同生。现饬镇道简炼兵夫，选备器械，晓夜戒严，臣鼓以忠义，人人感泣。臣以河上为生死，贼无有敢从荥泽、汜水渡河者。近闻孙传庭兵已出关，贼锋挫而奏绩可计日待也。”遂以九月复施工，阅月工讫。续言“臣一病几危，乍闻贼警，畚锸之徒，几至鸟惊兽散，迨病渐瘳，哀鸿复集。又值阴雨连旬，河鱼大上，讵寇孽复来，窥瞷沿河料积如山，声言放火劫饷。臣先办一死，申明号令，严搜奸细，一夕之间，壁垒已成，贼已宵遁。臣忧劳之馀，旧病复发，骨立形销。臣自分馀生得之意外，何敢再有爱惜？现已力疾视事，亟图成功。顾相度河势，春夏所筑之基，渐逼衡溜，恐不足恃。爰别勘一区于南数百步外，择吉开工，视水浅者，卷柳为基，层累而筑，凡二百五十丈，水深四五丈，泥沙深丈馀者，卷埽如屋，叠至八层，始出水面，凡四十馀丈。水深流急，桩埽虚悬，危如累卵。至合尖之际，口愈约而涛愈怒，塞而复冲者数次。自九月十一日至十月杪，臣与道府用数千人更番供役，宵旦并作，目不交睫者十昼夜。冬月朔，臣虔诚祈祷，至初四夜半，向时漾沙壅聚之处忽渐东徙，水势骤平。臣与李芳蕴昼夜分立东西坝台，督令桩埽齐下，于十一月六日黄昏合龙矣。”于是，南流断绝，河悉东还，贾船自淮徐来者衔尾而至。盖自二月迄十一月，为时二百七十日，卒砥狂澜还故道。初估工料银五十万，减定三十万，告成日复省银五万，归报绘图以进。帝大嘉，赉拜南户部尚书。以积劳成疾，连疏乞骸骨，上允之。过留都，谒孝陵痛哭。归不两月，而京师陷矣。

初，公之在河上闻潼关失守也，呕血数升，陈六大弊疏，请急扼宣云关隘。略曰：“流贼之祸，起于饥荒。彼时歼厥渠魁，解散馀党，直一长吏事耳。养痈十五年，而爝火之细，竟致燎原，今潼关之衄，尚忍言哉！臣所日夜愤懑于胸者，大弊有六，倘此时犹不痛革，则患不在陵寝，不在藩封，而在社稷矣！臣执役畚锸，嫌越位妄言，而有不忍不言者，谨昧死沥血言之：窃维克敌之道，在将相和衷。阃内阃外，联为一体，何坚不破？自用兵以来，如洪承畴、洪乔年、卢象升辈，皆亲提桴鼓，树勋戎马之场；而秉国成者，异同报复，各存私见，虽有国士，谁不解体？臣愿内外大僚，痛改积弊，化去畛域，齐心合力，庶有转败为功之日。科道闻风言事，固也。迩者台省言兵事者，章疏日数十上，第悬算与临事殊异，如曹文诏前后血战，杀贼功第一，而反以骄倨被劾。曹变蛟猛如虎等，捐躯为国，赏不偿劳。此功名之士所为拊膺太息也。臣愚以为军旅重寄，惟当局担其利害。廷议纷纷，求全责备，在识力未定者，必因人以自馁，即忠勇素著者亦避忌而灰心。臣愿言官痛改积弊，则是非公、纲纪正，庶无毁誉混淆贤奸倒置之习。宦者典兵，自鱼朝恩始，而唐世卒以不振。如癸酉十月，诸将已扼贼于河北矣，乃监军杨朝进代为乞怜，致毛家寨之径渡，谁之咎耶？皇上以外臣不可信而委用内监，然外臣以内监为奥援，而先怀贰心；内监以外臣为口实，而巧避文法。从前侵克兵饷，临阵先逃，皆内监导之也。臣愿中官痛改积弊，则邪窦塞、士气伸，而无跋首疐尾之患。将不能用兵，国不能驭将，此大患也。今则法不能驭武弁而恣其剥削，令不足以行军士而养其凶顽，威不足以服枭雄而任其跋扈。从古戡乱之法，必大示挫衄然后从而抚之，而乱乃定；未有一意主抚者。此盖庸夫巧于调停，以自文其怯懦，惰军实而长寇仇，罪难擢发。臣愿将帅痛改积弊，申以号令，凡朘削军士，逗留匡怯者，俱案军法从事。俾将能效忠，军自乐战，毋以招抚再堕贼计。至于积弱之势，由于赏罚不明。臣访诸自贼中来者，其立法一人逃出，即杀其管队。一阵退缩，即处以极刑。获一壮丁，即予以良马美妻，故人皆尽力死斗。奈何军中漫无纪律，以致望风瓦解，遇贼披靡。自抚按以至郡守，皆大吏也，乃贿赂公行，废弛成习。振作者反訾为纷更，阘茸者咸称为安静。上下相蒙，牢不可破。甚至赐剑大臣，不能使一县令，师出无功，职此之故。更闻猥琐有司，寇来则避，寇去复旋，言之呜咽。臣愿大小臣工，痛改积弊。惟大吏励精图治，庶百僚奉法急公，而有震动恪恭之气。唐臣陆贽有言曰：'民者邦之本，财者民之心，其心伤则其本伤。'自万历间矿税遍天下，已竭泽而渔矣。崇祯四年，有按亩增赋之议新旧所增六百八十馀万有奇。十一年又增剿饷一百三十三万五千有奇。海内之财，止有此数。蒙皇上有暂累吾民一年之恩旨，闻者莫不感泣。而贪婪州县，乘机渔利，猾胥蠹吏，因缘作奸。今则丁壮死于疮痍，老弱困于箕敛。凡此蜂屯蚁附之贼，皆穷民也；凡此敲骨吸髓之民，皆贼兵也。夫以怨民斗怨，民谁与同心？以赤子攻赤子，谁肯效死？臣愿自抚按至守令，痛改积弊，一洗贪污。庶大法小廉，然后可收既去之人心，拯垂危之命脉。臣闻天人感应之机，捷于影响，人事修于下则天道应于上。诚能急祛此六大弊，则人知悔罪，天亦悔祸，将见灾祲自少，而荡平可期。尤望我皇上进忠良，远奸佞，慎喜怒，宽赋役，殷忧启圣，多难兴邦，在一念转移间耳。臣谓疆事决裂至此，皆抚之一字误之。潼关既破，百二河山资以予寇，窃恐三晋亦不能保。臣辗转思维救急之策，目今河北宜置重镇，简宿将如刘肇基、金国凤者领之。令分兵屯田，且耕且战为持久计，以壮畿辅声援。宣云两镇精兵健马所聚，三关绵亘九百八十馀里，此金汤之险也。速遣才望如史可法、张国维、张肯堂者，畀以三关重寄，练兵措饷，固根本以为后图。不此之务而欲急已溃之中原，失可阨之险隘，臣不忍言也。”书上，不报，而北都亡矣。

公闻变，缟素昼夜哭，濒于死者数。公仅一子铉，举人，献贼乱湖南，与其世父堪赍先后被执不屈死。堪赍无嗣。铉遗二子，一七岁，一六岁。公每北望涕泗交横，值两孙在旁，辄挥之去，闻者堕泪。已，遁入沩山，或竟日不语，或终夜绕榻而行，达旦不寐。福王立于南京，闻相马士英，公拍案大恸曰：其无望也乎！史阁部以书招之，因泛舟南下，先致密函于所亲兵部尚书张国维，请先诛马、阮，以正纲纪。行次吴城，得报知不可。乃返棹，复崎岖岭表，转侧山海间。迨桂王以六卿召，而公病不能支矣。归结茅庵沩西四十里之董家村，焚香礼佛，乡邻罕识其面。

国初，经略洪公承畴徇滇黔道出宁乡，与公有旧，令迎谒猝问公安在？令愕眙，仓皇出询吏，具书爵里居址。日将晡，经略命驿卒前导，以数骑向邑西驰，长吏以上皆骇诧。至董家村已昏暮，驿卒传呼经略来，遽辞之弗获，而已造榻前矣。草屋三楹，篝镫布被，卧病奄奄。经略抚臂曰：“吁！甚矣惫。”公扶杖徐起，相持而泣。坐定，促膝语地方疾苦甚悉。少顷，呼僮摘园蔬留共饭，至夜分，经略乃骑马去。公曰：“吾当与君永诀矣。”翌日，家人请致地谊，不许。曰："吾不以此辱洪公。"卒不通一刺。时大湖南北叠罹兵燹，郡县白骨青燐，荆棘千里，经略疏免荒粮百十馀万，民庆更生，人谓皆公诚悃所致云。以顺治十一年四月日晨起沐浴衲衣趺坐而逝，年六十三。公清操介如，通显二十年，妻孥菜羹麦饭如田家，坦巾不为崖岸，虽农夫樵牧皆乐与语。居恒恂恂未尝以才知先人，及临大事，决大疑，则义形于色，片语立定。治河之役，与士卒同甘苦，能得人死力。身罹国难，南北间关至万死一生，而志不少挫。其晚年逃禅，盖忧患之馀，有托而然矣。著有巡察及治河诸奏疏、《黄河纪》、《五峰文集》。

明都御史唐公凤仪传

公姓唐氏，名凤仪，字应韶，邵阳县人。父佐，字尧臣。内行纯笃，早岁以孝闻，言动不苟。举弘治八年乡试，以母老，遂不赴礼部试。母卒，哀毁骨立。免丧后绝意进取，以经学授徒乡里。与人交务全终始，生平不谈人过，有非义语涉鄙诞者，辄掩耳避去。晚官庆远推官，不三月，卒。以子贵，赠佥都御史，见《杨文襄公一清墓志》。

公生而英敏，倜傥有气识。正德二年举于乡，明年，成吕柟榜进士。累官监察御史，巡察苏松，遭庆远公丧去官，服阕以原官按浙江，迁应天府丞，再迁顺天府尹，寻改佥都御史。巡抚四川时，蜀中方用兵。公至，特疏请设法赈济，再议兵事。初，芒部土舍陇寿与庶弟陇政及兄妻支禄争袭，互相仇杀，攻劫地方，朝廷屡用兵斩获。部议以陇氏亲支已尽，无人承袭，请改为镇雄府，设知府流官，而别设怀德、归化、威信、安静四长官司，使陇氏疏属阿济等四人分统，而以通判程洸为试知府，时嘉靖五年也。既而芒部贼沙保，拥陇寿子胜攻陷镇雄城，执淈夺其印，淈奔毕节。事闻，科道等言有司失先事之防，不亟收陇氏遗裔，而令沙保得拥孺子煽惑一方。兵部复言，陇胜非真寿子，故议设流官，有司抚循失策，遂至叛乱，沙保罪不容诛，当剿。沙保畏讨，出府印乞降，顾持两端，欲立官如故。四川抚按以沙保狡悍不可驯，议速击，沙保复叛。七年，合川贵诸军会剿大败之，设流官如故。而芒部乌撒母响苗蛮陇莘等复起，攻劫毕节，势张甚，纷纷见告。兵部尚书李承勋以伍文定专主用兵为失计，而御史杨彝复言芒部改流非长策，又时值荒馑，宜镇以安静。帝亦颇厌兵。于是公上言："乌蒙、乌撒、东川诸土官，故与芒部为唇齿，自芒部改流，诸部内怀不安，以是反者数起。阿济等虽诡禽贼，其心固望陇胜，得一职以存陇氏也。且川南连岁用兵，饥馑洊臻，民劳饷馈，小民救死不赡，何能赴战？窃以普儿报复，夷情之常，不足以烦圣虑。臣请如宣德复安南故事，俯顺舆情，则不假兵，而祸原自塞。"川贵巡按戴金陈讲，皆奏如公言。金又以首恶母响、祖保等宜剿诛以绝其骄气，始下抚处之。令许生献沙保等，待阿济以不死，然后复陇胜旧职，或降为知州通判，其馀或因或革，庶操纵得宜，恩威并著。章下，部复乃革镇雄流官，而以陇胜为通判署镇雄事，时九年四月也。川南遂罢兵，蜀民大悦。金言实公所筹画。公有《芒部纪事简戴侍御》诗是也，事见《明史·土司传》。

公律己严，不妄交。抚蜀时，首辅为杨文和公廷。和蜀人也，尺牍不通，以资升左都御史，召掌南台事。中道闻母忧奔归，事闻赠恤，谕祭葬。服阕寻卒，上悼甚，赐祭葬，荫一子虞盛入监。先是，兴献王在藩邸最重公，尝亲书"康宁"二字赐公母周太夫人。世宗立，诏取入用宝给之，故于公母子之卒，特加宠异，非常例也。公至性过人，居父丧哀毁。母卒不胜丧，免丧遂不起，盖以毁卒也。

居乡敦睦族里，尝恃为缓急。其为御史，多所建白。以时方多故，奏请因事添设监司，分守各道。其后或置或罢不一，议实自公始。巡按苏松，释疑狱，革宿弊，特疏请表扬死宸濠瑞州知府靖州宋公，以方之节，以示风厉，世始知有宋义卿殉难于道士洑黄石矶事，《明史》因据以入《忠义传》。按浙江遇事疏剔，不避权贵，风纪肃然。浙俗尚侈，婚嫁费不赀，至有老其子女，以待奢僭备礼者。公限以年编为令甲，浙人便之，呼曰唐父。丞应天时，汲汲嘉惠来学，华亭顾璘、华玉，即其所荐士也。璘极服其贤，见《东桥集》。公所著有《浙抚录》、《芒部纪事诗》。殁祀乡贤。

渌江先生别传

先生姓徐氏，名一鸣，自号渌江迂人，世居醴陵河溪。父廷用，弘治癸丑进士，官户部郎中，以风节著。好吟咏，与李空同友善，有《未齐稿》，佚。

先生性伉直，抱负奇伟，操履刚正。自其幼侍户部君为京朝官，即以气节自许。多闻博识，风采隐然。正德丙子举于乡，明年成进士，授礼部主事，转吏部验封司员外郎。嘉靖初，大礼议起，何文简公孟春在云南闻之，上疏力争。先生于文简为乡人，又其父同年也，心服其言，思力赞之。暨文简官吏部，世庙已入张璁、桂萼言，尊本生称皇考伯孝宗矣，既复欲去本生二字，文简疏三上，及发十三难以辨析，璁、萼皆留中不下。先生益愤之，遂偕本部郎中余宽等随文简跪伏左顺门泣争，自辰至午，帝再谕不起，大怒，先执为首者系诏狱，众乃撼门大哭，声震阙廷，详见《明史》文简传。凡二百一十七人，吏部则余宽与先生一十二人也。时帝益怒，收系四品以下若干人，杖死十八人，馀戍边，先生以名次差后免。志意蕴愤，作《秋怀》诗八首以见意。末首云："忆昨衣冠哭帝庭，忽看白日下雷霆。"又云："牵裾折槛千年事，吟对秋山几涕零。"盖纪实也。

未几，出为江西提学，复以毁淫祠忤珰，谪松江同知。明伦大典既颁，削议礼诸臣籍，先生名在籍中，乃归渌江，构草堂于醴陵黉宫侧居焉。久之，廷臣交荐，以南刑部郎起用，不就。复筑东宅移居，辟小圃莳花种树，优游赋诗以终。邑有里正之役，尽族以从，不较也，晚节敛退谦约又如此。有《渌江集》。弟一举，亦好吟，有《南雍二十八咏》诗，附见集后。

邓显鹤曰：吾邑人吴建轩先生思树有云：明人大礼之议亦可两存，然呼孝宗为伯，心安乎不安乎？称此而言，文简之论允矣。当日撼门大哭，倡自文简，楚以南提学与华容萧一中皆从，一中虽屡起屡踬以功名终；提学一蹶遂不复起，可谓难矣。余每读《渌江集·秋怀》诗，至"最是宫庭更萧索，凄风残月对愁颜"之句，未尝不凄然欲绝也。朱锡鬯氏《明诗综》辑丁丑舒芬榜诗，自芬以下凡二十三人，类有事于大礼者，独无提学名，吾楚人亦无有能称道者。呜乎！士生斯世，欲不与草木同腐，难矣哉！

食苦和尚传

和尚姓唐氏，名访，字周之，别号汲庵，晚祝发号食苦和尚。武陵人。父绍尧，字二华，天启进士。初令高阳，以忤魏珰下狱，烈皇即位始出狱，擢兵部郎中，累官户部侍郎，卒谥文贞。

和尚初以桂林籍中广西壬午乡试第一，瞿忠宣式耜见其《五策》，诧为异人。永明时，特疏奏授翰林院庶吉士，掌制诰，备顾问。上《六代中兴法戒书》，奉敕入楚，联络勋镇。既知时不可为，乃痛哭祝发，筑食苦庵以居，自作《食苦和尚记》云：

有明万历四十五年丁巳十月朔二日，和尚生。行年三十又一岁又八十八日，为戊子春元旦，和尚筑食苦庵成，乃告母兄及妻妾，并告友人，自今以往，呼我食苦和尚名，遂以戊子元旦始。乃自记曰：和尚有发，发委地数尺，鬑鬑鬑，面白微黧。目能视数十丈以外蠛蠓、游丝、野马，如在几案。声如巨钟，善作鬼语，视李长吉、孟东野过之。善哭，偶触即哭，哭数日不止。与友人论成败事及君父忧危、臣子僇辱、亡国废墟，如身值其时。周张四顾，如深堑大壑，如鼎锯交加，如中毒，如魇，以是益哭，声吞喉咽，哭不止也。

和尚三游燕，四入雒，一过秦，再历吴越晋赵闽粤返楚。赋帝京，记华山，访侯嬴、豫让墓，吊姑苏之台，问五湖之棹，帝子亦得赋《招魂》，尉陀不敢据南面。渔舟不返，屈宋同归。和尚入名山，喜独游，夜游，雨游，雪游，雷游。石喜蠢。僧喜瘦。喜燃炬，夜坐大石上。喜卧佛阁，反锁，鬼叩门，饥鼠窜瓦，佛无语，猿啼。对古人胜迹，喜与古人遇，牵其裾，平反其狱，不受古人欺。和尚早遭荼苦，十岁遭父冤，中遭刖，已伸复蹶，今蹶已甚。和尚所遭，尚未有艾也。

和尚爱筑庵。凡遇山水佳处，诛茅葺竹，负土沉石，扶石起立，对立如人，与揖，与诙语，与默坐，然后置庵。庵成，居十馀日，即厌别，徙如前。客告和尚曰："食苦犹庵也，和尚犹和尚也。壁且颓，泥半脱，水汩汩流膝下，苔上枕，虫啮席，和尚终日立，不去不厌，不猖狂走。和尚又何以堪此？"和尚曰："吾志也，谁谓荼苦？其甘如荠。”客又安知和尚之用心也哉。

庵前高竹数本，短竹百数十本。庵侧水高二尺，来自二溪，至庵合，去复分。野草无算。白鸭一，足跛。庵后峻岭无人，有木，客有大猿，时似老翁咳。穷奇貙猫、鼬鼯、麢玃、猩猩、狒狒、元兔、白麑无算。和尚早起，白饭二盂，苦茶十二碗，酒无算。诗或一二首，或数十首，喜怒笑骂，发狂无聊。高山深谷，春雨夏云，奔雷走电，虫鸟花实，将见儿女往来，唱和无算。和尚自断三十二岁，以后有庵足居，有饭足饱，有诗酒足乐。和尚有以自老矣。元旦后六十九日，寒食前一日记。

莲冠道人传

道人姓夏氏，名汝弼，字叔直，衡阳人。早岁读书莲花峰，故以莲峰为号。生有异禀，刚介负气，工诗善琴。初隶衡阳学为县学生。衡湘乱，佯狂远蹈。鼎革后，弃巾服为道士装，更号莲冠道人。与人语，或歌或哭，有及时事者，即闭目不答。同县王船山先生夫之，其至交也。两人踪迹多在涟湄祁邵间。尝携一童子，囊琴至湘乡梓田之车驾山，僦僧寮而止焉。日就古木鸣泉间，藉危石弹琴，吟啸终日。已，登白石峰铜梁山观瀑布，辄数日不返。问其姓字，不对。有萧常赓者，见而异之，邀至家与语，自称莲冠道人，或竟日闭目兀坐，不出一语，人莫能测也。居月馀，辞去，莫知所往。或云揭家入九疑山，绝粒死。箸作尽佚，今仅存《车驾山同夕堂作》诗、《登白石峰记》二篇，夕堂即船山也。记云：

登高山而送目，各有其情焉。而余之情其何居也？岁丁亥，月在午，梅雨百倍于往岁，伏草庵而息者四旬，乃今始得与王子而农披榛径，登白石峰。积阴初启，条风时至，扪柔绿，度深碧，登降频数，不以为劳，仅至于峰巅而息。余两人者，乍为之释然，如云之困于岫而展于空，余两人者，其可以怡然乎未也！既至于峰之巅，南眺祝融，如俯而回睨；西望梅龙，如蝬而东引；北瞻荆紫，如延如拒，将迎莫必，而以其翠光相峙。其下则平甸漠漠，绿畴白水，间荒烟而列。余两人者，其愈可以怡然乎未也！夫以是峰之特立出于群山之表，而其上苍苍无穷者且如彼，是果有所谓天耶？抑无所复名之，而姑谓之天耶？天者，果有所畴与，则亦宜有所不畴者存，何居乎其必畴之荒远，而始以为大乎？则吾固未知其定有天焉者否也。斯余两人者，宜可以怡然而不能自信也。以是峰之特立，旁无有亢者，故其送目也遥，岂独如前者之所见哉！

又其北漭漭沆沆，不测其际者，洞庭之浦乎？二妃奚损于秦，而山为之赭。其西则都梁之峤，芳草生焉。微云下垂，有气遥遥欲揽而不得者，其是耶，非耶？其东则浏、渌之湄，群山东簇，以施于敷浅之原，或曰三，天子之鄣也。三者何氏，而孤保此鄣为？其南则有碧一而疑九者，吾从其疑乎？抑将无疑，而指何者为二妃之引领乎？

奚盈九州，食好生之仁，而怀之不谖者，独竹也。斯三者，而欲余两人以怡然者当之，其亦难矣！于是两人者，释然而止，选石而坐，不能去，不能留；歌无声，言无谓，相视久之，不能名其故。日已晚矣，乃遵所登之路而返。

诗云：阳春沉白日，飞雹杂惊电。洞庭生紫波，席卷失乡县。同心誓死友，岐路开生面。行行背岳莲，苍翠曲折见。遂尔集涟湄，决计无返眄。人情乖俯仰，謦欬生机变。赁佣客谁依，破壁言空衔。念此骨肉非，岂徒诗书贱。顾影亦霏微，矢心讵流转。空山禅刹孤，万竹郁葱蒨。春雨鸣中宵，崖水飘飞练。未敢言欣赏，聊焉保孤狷。斜照微映溪，毒雾方绕箐。荒荒青天高，白日觑一线。南雁无良书，矰缴弥空罥。回思心亦怵，定目光不眩。夙知投生术，审已非所羡。义命在沟壑，顶踵托烹炼。幽径自萦蚓，巢幕匪寓燕。镂心嘉遯肥，当顶震雷洊。有时游山椒，回首睆芳甸。墟烟青一缕，落英飞万片。亘碧四天合，同云平野遍。心理讫古今，宁我得独擅？琐琐相坐嘲，悠悠谁生唁。抱影终微生，道枯随邱窾。

艮崖先生传

艮崖姓邹氏，名统鲁，字大系，一字近野，自号艮崖人，称艮崖先生。世居衡阳，以酃县籍应举，故又为酃县人。崇祯乙亥拔贡，廷试第一。壬午与同郡王介之、夫之、李相国、管嗣裘、包世美、郭履跹七人同举于乡，皆一时名宿也。艮崖生有至性，举动奇伟。癸未衡州陷贼，迫诸名士受伪职，其父承芬戒之曰："百口，小计耳。袁闳土室，黄巾不入。勿为我忧。勉为秦庭之哭可耳。"乃单骑亡之粤，上书总督沈犹龙，乞师援楚。略曰：

"献贼初发难于楚，及蔓至豫，而楚不闻；闯寇初发难于晋，及蔓至秦，而晋不闻。楚之抚帅曰，吾固吾楚，以无罪也。及豫縻烂，而楚亦莫支矣。晋之抚帅曰，吾固吾晋，以无罪也。及秦縻烂，而晋亦莫支矣。此昔六国之所解从，以坐待强秦，今晋、楚更蹈其辙而取覆者也。统鲁冒死言：今之粤岌岌有类于晋、楚，而私冀其不类者，则惟恃有明公兼恃有粤在也。此统鲁之所以捐父母妻子，昼伏夜行而为南楚吁命于明公也。计南楚之绅士编民陷溺寇中者，已一月有奇矣。贤者不过如值梦魇，求苟活于俄顷；不肖者则如饮狂药，竞立功名于来日。凡粤之镇守监司郡邑，寇皆部署其人，无不怀符组、候时月于楚粤之境，岂不旦夕耽耽视粤为幕燕釜鱼哉！而粤之人懵如也。愚者自狃曰：吾粤山川足恃也。知者则过计曰：一隅一日之粤，与积地积岁之寇形，固较若邹楚也。呜乎！阳山风门、涅水、三泷之险，岂险于长江、洞庭、南岳？彼愚固不足道矣。若知者之过计，使统鲁无说以处此，则统鲁亦自哂其诞也。闻寇一队已至吉州，不旬日即罢归星沙，其措置湖南者，皆湖南市井饥寒不得志之人。以统鲁料，寇不走蜀则走黔，有傀焉不能终日之势。然湖以南十数万市井饥寒不得志之人，尽贪功名而退怵罪詈，安保蛾子之术不终祝为似我耶？以此十数万而危粤有馀矣！思及此，而车齿之亡依、辨肤之浸剥，犹不足喻，而明公犹画疆而守，不毅然专大夫出疆之利，行先发后闻之义也，得乎？惟明公西檄桂林一族出永，北檄虔一旅出郴，东檄闽一旅出桂，悉东粤之师出郴桂之间，纵不能使十数年之积寇殄于一旦，而以革楚南十数万无赖之面目，使仍返诸执经负耒焉而无不足也。楚南平而两粤已固矣。曩明公面谕援楚。适闻粤帅皆欲按兵境上，止云固粤。呜呼！不援楚而能固粤？统鲁知其断断不可也。”

书上，犹龙疑之。适艮崖之友罗定牧、包尔庚在坐曰：“此楚奇士，尚节气、负经济才，在南雍同研席，知之最悉。”乃从其请，卒导总兵宋纪出楚疆，复郴衡各郡。桂王称号，授中书舍人。后隐居祁邵山中，所在常载书簏十数以从，岩栖谷饮，人莫得而踪迹也。与邵阳宁六擎交好，有《再至邵阳寄宁六擎》诗。六擎名朝柱，亦奇士也。艮崖子定周、章周，孙世任，皆知名。

陈简之先生传

先生姓陈氏，名君宠，字简之，新化人，世居县西之横阳山。

横阳山者，其地四围皆山，中迤丽平衍廿馀里皆沃壤，一山横亘，日光亏蔽其上，故名横阳。俗呼黄杨者，误也。山上有寨，元季居民避乱居此，故又呼寨边。新人言望族者，必称寨边陈氏，先生，又陈氏之望也。祖南溪翁，名文璧，善琴，蓄古琴二，能召仙。尝以其术致吕仙于其地之沧浪亭，抚弦动操，移时乃去，后遂名其地为会仙桥，名其琴仙所抚者为弄云，翁自抚者为怀仙。国朝乾隆中，弄云归长洲褚氏筠心学士，廷璋集中有《弄云篇》是也。父大谟，有隐德。

先生性诚笃，幼师事同县谭先生昌期。昌期以理学名于时，言动皆有礼法。先生执经问难，终日侍立，不命之退不敢退。既长，以文雄于时，举万历戊午湖广乡试第一。报至前夕，其父梦学宫奎星楼上有龙卧古钟下，解者以钟形类宀，宀下龙为宠字，兆君宠，当得解，已而果然。屡应礼部试不售。崇祯时，授四川罗江县知县。时贼氛四起，先生从父兄调元以岁贡谒选，得建宁教授，欲不行，语先生曰："休矣！时势如此，以身试险，毋宁老死横阳山尔。"先生叹曰："丈夫当烈烈轰轰，以身许国，兄回轮而弟叱驭，各行其志，毋相强也。"遂行。既抵罗江，值岁荒旱，设法赈济，民赖以存活。初罗江民不知水利，旱则坐待天雨。先生至，教民为堤堰蓄水，又教以龙骨车、筒车转水诸法，民获其利，呼陈公车。

壬午聘为四川同考官，得张夬、何其辉诸人，皆蜀中名宿。以才擢知潼川州，未久即殉难死。伪镇马科者，李自成别校也。自秦间道入蜀，围潼川，先生旦夕督兵民固守。时川中郡县多陷灭援绝，城陷，贼逼降。先生忿骂，贼将杀之，潼川士民涕泣拥护，贼亦重先生节，不遽加害，欲久困以屈之。幽五显祠内，先生饮酒赋诗自若，贼知终无降意，欲绝其饮食。先生一日遗书其子世轩曰："吾以身许国，一死无他说矣。"作绝命诗二首，从容自经死，时十七年月日也。士民启户，视生气凛然，有白广文者收其尸，殡白马庙。未一月，马为贼帅所磔，而其辉载其柩归新化，其辉即先生壬午分房所得士也。方殓得诗于怀袖，云《被拘示守者》，诗曰："世局竟如此，吾身安所逃。未能诛鼠辈，死亦等鸿毛。""俯仰惭天地，君亲恩两违。吏民休我惜，已视死如归。"蜀民哀之，为作《梓川曲》云："蜀山何巍巍，陈公节不靡。蜀宇啼枯桑，思公堪断肠。"先是，先生携其祖所蓄两琴之官，一夜琴鸣甚哀，乃命长子囊归，未几而难作。筠心学士诗所云"铁山太守携入蜀，碧血潼川事颠覆。鹍弦夜半泣孤忠，如听凄凉羽音曲"者也。先生自号铁山，事之前定如此。先生事《明史·忠义传》失载，见《一统志》、《湖广通志》。国朝通谥节愍，见钦定《胜朝殉节录》。诗谣均见《沅湘耆旧集》。先生子三人，世轼、世辙，世轩其季也。

刘默庵先生传

先生姓刘氏，讳孔晖，字默庵。先世籍庐陵，祖祐客邵家焉，遂为邵阳人。父汝能，字让予，家贫力学，以理学著。年七十应贡，督学水公佳允敬之。（遥）〔选〕授训导，未仕。先生生而端谨，有至性，自其幼闻人言忠孝事，则感慨流涕。年十三，见赏于督学董元宰先生，隶县学。十九饩于庠，为廪膳生。天启元年举湖广乡试。二年赴礼部试，道闻兄孔昭病，即返侍病，兄殁，哀感行路。母彭孺人卒，水浆不入口，训导君严谕之，乃强进糜粥，坐卧柩侧三年，形毁骨立，人称古孝子。崇祯十年丁丑会试，以乙科授龙阳教谕。十二年聘为云南同考官，得左廷举、龚鼎十人，廷举、鼎后均以节显。

在龙阳三年，课士最勤，修黉宫，广学舍，尝出私财，以佐贫士之有志意者。以荐擢新郑知县。时楚豫流寇充斥，州县令多闻风解绶去，人皆视为畏途。命下，亟归省训导君，期兼程赴任。人或谓时势如此，当少俟观变。训导君促之曰："君与父一也。行矣，勿以我为念。"遂治装。会襄阳告变，先生间道趋郑，至则谒子产祠，叹息久之。时中原残破，郑城单薄且圮，兼值大旱，孑遗黎民窜徙无虚日。先生知事不可为，犹勉强抚循，集绅耆缮城浚濠，设火器、练义勇为防御计。拮据粗定，而贼势逼矣。郑人多立寨自保，或言邻令请于上官，以时巡行村寨，权宜规卸城守责，欲借此以微讽。先生正色谢曰："某与城为存亡而已，不知有他也。"有贼骑百馀来窥，亲率民兵逐之。又土寇王洪纠李际遇党掠村寨，先生督练勇赵汴一流，擒斩渠魁王二毛二十三人，获骡马无算。大吏竞称先生应变才，时十四年十月也。

已，李自成从汴经县，先生遣尉督兵追之不及。十二月初九日，自成率轻骑数百逼郑城，扬言索县印。先生厉声叱曰："逆贼敢为此言，我印官也，守则死守，战则死战，誓不与逆俱生。"明日，贼益数千骑来，时先生抵郑甫三月，所练民勇多中怯，有豪绅某缒城求活，先生适巡南城，亲执斩之。而贼已上城潜斫先生臂，坠城且死，从者舁入民舍救醒。绝食饮二日，百姓环跪，泣进少饭稍苏，贼亦去。先生曰："复至则不可支矣。"急以状飞报大吏，略曰："郑原无兵，贼所过处，势如破竹，职以孤城，无处求援，独有闭关困守。初九日，禺中贼轻骑数百逼城索印，职随以印系肘，率众抵御。次日贼复益数千万骑绕城呼降，职大声詈之，誓与俱死。卓午复有万骑沓至，职方处置缒城绅民，贼斩南关入，遂为所中伤坠城且死，死而复苏，乃知马卒张贺等舁至城根僻处，以药灌醒，十一人定时复生。职气息奄奄，百端求死，辄为贺等所持，不得即死。职受朝廷恩，闻警即誓以死报，今果得死所。死乃职之分，尤职之愿，今手足腰膂骨节碎断，顷刻必死，但不得速死为苦，伏乞急委官接印，迟则职死矣，不及知矣。”时河南巡抚为高公衡，遗札慰藉，谓：“天存门下残躯，所以存郑民残喘。”先生复札喻绅民曰：“某待罪新郑甫及三月，苦尔百姓，拮据匪宁，今天不悔祸民重遭殃，岂独我生不辰？今日之事，惟有一死。郑大夫祠欲修未竟，愊愊此衷。我死后，丐尔百姓附我骨于祠侧隙地，庶几尚友古人或不我拒。随土可厝，何必故乡？”郑人闻之，无不垂涕。又遗书报训导君曰：“男无御变之才，观世之哲，强出仕途。今凶焰所指，随地瓦解，男惟有一死塞责。人谁不死？今得死所矣。老父不得尽孝之子，得死忠之子，亦可无憾矣！”又作示儿书曰：“我忆幼年从土洞中行，今日之变，百姓夹持于土窟中一日，事果前定。但属尔辈善事祖父，读书力行，无忝刘氏门风足矣。”书毕晕绝于地，犹指挥丁壮大呼杀贼，而贼已先去。

逾年正月初十日，贼引众万馀复至城内，矢石俱尽。先生知不可复支，再遗书报训导君，命仆刘登怀之，遂投笔出御，为贼执矣。贼见印系肘，先折臂取之。执至朱仙镇见自成，先生屹然植立不动，闯欲屈之，先生大叱曰：“我朝廷命官，肯为逆贼屈膝耶!”贼犹欲屈之使书，先生见稿有由字，烈皇帝御名也，益激怒，大骂逆贼不绝，遂遇害。时崇祯壬午正月十二日也，春秋五十有三。隶马三立亦感愤骂贼死。门人龙阳杨芳钟宽，家仆刘廷、刘仪、杨持皆殉；独登怀书逃出，归报训导君。贼移攻汴，郑人相与收公尸，月馀面目如生，以礼殡敛于子产庙侧，后归葬焉。

事闻，赠尚宝卿，荫一子入监，崇祠乡贤。甲申后，楚抚复题建旌忠祠于爱莲池左，以先生曾读书讲学其地也。今移祠东山濂溪书院之右，名忠节祠。国朝通谥烈愍，见《明史·忠义·刘振之传》、《钦定胜朝殉节录》。

先生性笃孝友，训导君性严急，或他有所怼，屏息侍立不移踵，必得其怡色而后已。兄卒，抚孤侄逾己子。平居终日危坐，无失言失色。著有《霞屏楼集》，学者称高霞先生。子一应祁，字澹庵，有学行。

何节愍传

何节愍名大衢，字冲虚，武冈人。其先籍江南，有德钦者建文时由长汀知县擢知杭州，成祖登极，诣阙自陈愿弃官备藩卫，上允之，命以百户世袭。永乐中，随岷王徙封，遂占籍为武冈人。子源生、洑生、溎生。源生补充武冈守卫所世袭百户。由源生至自源凡十二世，明亡，除节愍溎生九世孙也。祖添明，父世尧。

君生有至性，豪侠尚气，尝破产急友朋之难。自以家世为明世臣，兄弟诸父多联姻王府，遭时多故，不能乘一障为国家效死力捍卫疆场，时以为恨。每读史至古忠烈事，辄抚剑长吟，声泪俱下。以崇祯庚午副榜充乙亥拔贡，廷试授四川眉州州判，迁彭山知县。首崇风，严治奸宄，邑以大治。张献忠之入蜀也，名州大县，所过陷灭，屠戮无遗。君谕令士民团练义勇，储买仓谷，修守具器械为御贼计，议甫集，而其党已至城下矣。君朝夕督兵民死守，贼益炽，众寡不敌，遂陷。君戎服怀印端坐，贼胁降。君怒骂曰："我为天子守土吏，岂为贼屈耶！速杀我。"贼怒絷之，骂不绝口，遂遇害。国朝赐谥节愍，见《钦定胜朝殉节录》。君有弟大道，事桂王为副总兵，事迹无考。

卢训导传

卢训导君，名大受，字德华，邵阳人。性慷慨，平居以国士自命。屡试举人不售，烈皇初以饩久贡大学，廷试授罗田训导。

崇祯六年，金陵梁志仁来令罗田，一见交相倾慕。志仁，保定侯铭之裔也，为贼罗汝才所惮服。贼扰湖广久，君助志仁日夕儆备。汝才谓其下曰："罗小易克，然梁君长者，吾不忍迫，当徐俟其去图之。"罗田有豪民江犹龙者，阴送款汝才，志仁捕得下狱。犹龙知必死，潜导汝才别校来攻，八年二月，猝至攻城。君急约典史单思仁、教谕吴凤来随志仁督民守御。城陷，志仁持长矛巷战，杀六贼，力屈被执，抑使跪，骂曰："我天子命官，肯屈膝鼠辈耶！"贼怒，碎其支体焚之。又欲屈君，忿骂曰："憾不斩汝万段！我朝廷教官，风化所系，不能杀贼，肯降贼耶！速杀我，得从梁府君游足矣。"与思仁、凤来俱不屈死。志仁妻唐氏，被逼大骂，夺贼刀不得，口啮贼手遇害。汝才在英山闻之，驰至罗田，斩其别校曰："奈何害长者！"以锦绣敛。志仁夫妇事闻，诏赠恤、荫子祭葬有差。君赠国子学录，祀乡贤。国朝敕祀忠义祠，见《明史·忠义·梁志仁传》、《钦定胜朝殉节录》。

张君九钺家传

君讳九钺，字度西，湖南湘潭县人。先世居襄阳，曾祖熹宦，由都司从明督师何公腾蛟于长沙，积勋至左都督同知。督师殉节，都督公收其尸槁葬湘潭，誓守不去，遂为湘潭人。祖文炳，文登县知县。父垣，河西县知县。河西无子，祷于南岳而生君。

君生有异禀，七岁能诗文，九岁通《十三经》及《史鉴》大略，十二岁补弟子员。乾隆六年，君年二十有一，以选拔贡太学，廷试第一，留监肄业，旋考补正红旗官学教习。期满乞假归。二十二年复入都，二十五年中顺天乡试副榜第一，二十七年中顺天乡试举人。明年会试，主者得卷甚喜，决为君，为忌者所摈，置明通榜，盖自是而君年亦逾强任矣。

君得名最早，年十三登采石矶赋长歌，人呼太白后身。坐监时，试辄雄其曹。当君之乞假归再入都也，值西师奏捷，朝廷行郊劳礼，方恪勤公观承总督畿辅，筑效劳台，君为赋乐歌大书其上；复为良乡居民贾户作凯旋牓帖千馀纸，一日夕立就。才名震动，知贡举者争欲得君而卒不遇。二十九年冬，乃以教习循资得知县，拣发江西。初摄南丰县，补峡江县，调南昌县，以母艰去官。服阕拣发广东，历始兴、保昌、海阳三县，复以河西君忧去。四十四年，海阳盗案起镌级，君在海阳实不满四月也。

君既为县令，议者多惜君，君愁然曰："令敢易言哉！则日夕讲求农田、水利、学校、荒政。"摄南丰时，岁歉，君请平粜，饥民待命者万馀人，部例大县存七粜三，君骤半之，上官严檄切责，幕僚以为病。君曰："积贮，民命也。吾能墨守旧例坐视民饿死耶？"令米绌，则劝邑耆绅捐助，牒买邻境米麇至，万馀人无一馁者。

南昌西北滨彭蠡洲，渚民筑墟为田。三十二年秋，潦冲决伤稼。君请赈亲履勘散给，勾稽综核，昼夜驻墟上凡六阅月，动帑金十二万四百有奇，墟长隶胥无毫发侵隐，邑人建生祠。豫章诸水循城而下，势甚急，潦则冲啮为患城内，有湖恒泛滥。唐观察使韦丹筑捍江堤，疏为斗门派湖入江，置闸启闭以泄内外水，曰十门九津。宋时开为长沟，甃以瓴，名曰豫章沟。胜国宁藩侵占民地为苑囿，沟尽塞，遂为豪猾所踞，水患益巨。君屡请疏浚，新城陈君守训愿捐私财修复。君喜曰："此百世利也。"而豪猾辈恶其不便于己，百口阻挠，当事者几摇动。君以十二利、九便议抗争于行台省，卒赖其力成巨工。

君为政持大体，不琐屑操切，而遇事刚决，人无敢干。在保昌时，有希大吏旨为民蠹者，君擒治之，同官惴惴为君危，卒亦无如君何。君屡任剧县，暇则与学官弟子讲求小学经义，成就甚多。前后俱以礼去官，所得廉俸皆以济三族贫乏。既以海阳案牵连落职，无以为家，遍游嵩、洛、偃、巩间。晚归湘潭，以教授终，年八十有三。

君生长名家，群从兄弟多致通显，君独屈于县令未竟其才，乃举其磊落抑塞之气一泄于诗。所与倡酬，多酒人逸老有志意之士，同时负重名有气力者或不能致。尤好褒扬节义，阐幽发潜，汲汲如不及。诗文宏博浩瀚，纵其力之所至而一轨于正。所著有《陶园文集》八卷，《陶园诗集》二十二卷，《诗馀》二卷，《历代诗话》四卷，《峡江志》、《偃师志》、《巩县志》、《永宁志》、《晋南随笔》若干卷，俱刊行。《山川考略》、《南窑笔记》、《得瓠轩随笔》钞本卷数无考，未见。君以先世居襄阳，尝言死后当葬我于岘山之麓，故自号紫岘。紫岘之名最著，天下士识与不识，皆称紫岘先生云。

邓显鹤曰：先生名在当世，当世诵其诗，至推为乾隆朝一大宗，盛矣哉！余未见先生而识其诸孙家栻，以所辑年谱属为传，余独详其治县之迹，不欲以文名掩其政事也。世传先生为南岳毗卢洞僧后身，征之家传，殆不诬，盖其来为有自已。呜呼！岂偶然哉。

葛君熙泰家传

吴西洞庭山在太湖中，与邓尉支硎诸山隐隐相接，水深土肥，林木蓊荟，沃壤也。生其中者，率多慧而有心计，能转运四方财物致富饶。其在吾楚，则居湘潭，潭亦楚以南一都会也。舟航所聚，万货丛集，百工填委，求赢者多趋焉。故潭之著姓，每多西洞庭山人，若葛氏其尤著也。

葛氏著籍于潭，自岱宗府君始。君讳熙泰，字岱宗，系出晋关内侯洪，世居吴西洞庭山。君之考懋德君早世，遗孤三人，君其季也。母秦孺人，苦节抚孤，勖其成立。君生而魁伟，于诸季中岸然自异。年十三在塾中，有相者见而惊曰："是儿有福泽，他日将以财雄一乡。"君闻之请于秦孺人曰："相者谓我多财，苦守山中，穷饿死耳，安所得财？儿闻楚之南有洞庭者，百货之所府也，欲往观求生计焉。"母壮而许之，典衣饰资之行。溯江西上逾洞庭，而南至湘潭止焉。潭固多吴西洞庭山人，有蒋翁者，夙负知人鉴，闻君年十三，孑身走四千里，私计曰：是非常儿。与之语，危坐竟日不倦，诧为奇男子，遂以其子妻之，即蒋安人是也。君居潭十馀年，竟致富巨万，如相者言。于是两洞庭之贾于潭者，无能及也。乃奉母居湘潭，遂占籍为湘潭人。

君性宽厚，笃孝友，而好施与。既拥厚赀，左右奉养备致诸物，内外亲依倚尤繁。凡可以得母之欢者，毋弗致也；凡可以得用财之道者，毋弗为也。尤喜隐人过。有乡人子乘府君宴客，潜入室胠箧金而去，门者狙以白君，曰："是尝寄赀于我，乃不告而取耶？"验之曰："是不止此。"更益二十金畀之。其长厚多此类也。晚课诸孙最严，独不令入仕途。曰子弟而才，不必定以仕显，苟非其人，鲜不败矣。其识虑超远又如此。

府君生于雍正三年十月六日，卒于嘉庆十三年六月二十二日。以子在谦布政司理问职衔，封儒林郎。其长于蒋安人三岁，殁后安人且十年阅世，最为老寿云。蒋安人者，亦西洞庭山中人也。自幼端慧，举动必循礼法。既归葛氏，助府君孝养，克敬克戒，凡习于葛氏者皆知之。性俭约，葛氏既饶，不妄费寸铢，如其未富时。至三族亲党有来告匮者，给之不后时。凡府君所设施，如育婴、恤贫，及修桥梁、建宗祠、赡养疏族诸善举，多方佐助，不遗馀力，盖好善慕义，其性然也。子二人：在谦、在谟。女五人，皆适名族，其次字湖州吴氏，未婚而婿死，守志终身。孙六人，曾孙十五人，世以读书为业，类皆敦庞淳朴，无城市猥薄习气，不问而知为葛氏子弟，不其懿与。

邓显鹤曰：余未及见府君，独与君之孙石如州佐玮善。石如学有本原，通达时务，独不肯挂名仕籍，盖遵府君之训然矣。余尝为石如父介翁铭幽，比复以其祖家传请，且述府君之言曰："异日作传志慎无假手时人，当求穷而在下有道能文之士为之，庶可信今传后。"呜呼！余文能传君与否未可必？其穷而在下则已久矣！又奚辞。因备书之，以俟他年作志乘、征遗逸者有所考焉。

醴陵廖均亭家传

嘉庆丁丑，余客武冈。廖栗园学博世彩持其世父均亭府君行状再拜请曰："世彩幼失怙，见养世父，凡世彩之稍克成立者，皆世父教也。世父无子，世彩已孤，不能为人后。将借吾子一言垂诸谱牒，俾世世子孙知廖氏之先有均亭府君其人者，世彩感且不朽。"余重学博之言，不敢辞。乃掇其略而传之。

君讳某，字某，均亭其号也。世为长沙府醴陵县人。祖某。

父某。廖氏固醴陵大族，家饶于赀。君性慷慨，以侠闻。有祖茔为豪右侵占，讼数年不决。君抗争于行台省，卒得直。豪右敛戢，无敢与廖氏难者，而家亦自此落矣。与弟某友爱最笃，既各居，一夕抱弟哭曰："析产非盛德事，吾宁死不愿见此也。"弟感其意复合。无何弟死，君哭之痛，抚其孤如己出，即学博也。

学博固慧，君亲教之为文，稔其能则破涕笑曰："他日可见吾弟于地下矣！"君家既中落，阖门百指皆取给于君，时或断炊。尝语学博曰："无忧，贫使尔能发名成业，即牛衣裹而葬我何憾。"学博述至此，盖哽咽不能出声云。乾隆己亥，学博举于乡，计偕北上。君送之曰："行矣，努力自爱。不成进士毋归也。"学博因留都凡六试于礼部，卒不得成进士归，而君殁已三载矣。当君之卒，遗命戒家人勿以闻，恐妨学博试。学博既怨其家从乱命不以丧讣也，乃发丧制服、齐衰哭泣如初丧时，终身痛之。

邓显鹤曰：余读《晋书》郄愔存兄子事及范史第五伦传，未尝不三复流涕，叹古人犹子之谊，何其笃也。后世闾巷细民，私其继体无论已；乃侈然自命为士大夫，视其同气所生如秦越人肥瘠，且有逐兄子以专其产者，闻均亭君牛衣裹葬一语，岂不足以雪行道之涕哉！乃学博亦非恒情也，吾闻古有期丧解官、为期服三年丧者，学博非其人与。呜乎！是皆可传矣。

高祖圣楚府君家传

府君讳文材，字圣楚，先世本姓江，府君之祖平山幼抚于邓，遂姓邓氏。父讳济。府君生明天启时，崇祯中与其从兄林材隶县学，有声，时称二材。林材字卉生，精天文步算，善占验。府君知世将乱，每戒之曰："时势亟矣。子不自晦，必及祸。"张献忠之陷长沙也，府君兄弟夜露坐庭中，卉生府君仰视绝叫曰："长沙城陷矣，将奈何！"府君急肘之曰："无多言。"夜半叩卉生府君门，语之曰："闻贼党所破地，专以官胁人，顷言若验者，子其免乎？与污伪命，不如死也。"乃孑身远遁。

入国朝后，隐于农。府君年六十，尚未得子，祖遗产业，乱后尽为族人所占，仅留薄田数亩自给。及生子，不复与较，年九十犹躬耕于野，卒时近百岁，及见曾孙。

卉生府君后遇滇变，为吴逆伪将某所胁，以奇计自脱，仅免于难。府君有弟曰南楚，有膂力，癸未之乱遇贼即与之斗，尝手杀数贼。贼仇之，一日晚归，贼邀于途为所执，大骂而死。府君生子，一名元臣，即岩隐府君，是为显鹤曾祖，以孙贵，貤赠文林郎。女一人，适李，今其后亦繁衍云。玄孙显鹤谨撰。

郡志曾艾曾彰泗合传

曾艾，字虎卿，一字同俊，别署云溪，新化人。父承姒，乾隆壬申恩科举人，试甘肃西隆知县。

艾幼而开敏有胆略，读书过目成诵，能诗工书，善骑射，喜谈古人忠孝节义事。西隆归病笃，艾割左臂血以和药。父卒，痛不欲生。服阕以例贡考授四库馆誊录，期满议叙，以州同分发江西。历署安福、龙泉、安仁知县，所至有声。以母忧回籍。服阕将诣补，会辰州苗变，嘉勇贝子福康安奉命督师，艾素以敏练受知贝子，诣军门呈请效力。贝子喜，令守麦地汛，旋调办行营文巡捕。先后从大军攻克黄瓜寨、大小红岩、臭脑营、乌宿河、押宝寨等处，奏以军营相当缺出，尽先补用。嘉庆改元，题补贵州永丰州分防州同，贝子薨，始抵任。

州隶南笼，故苗地，州同驻册亨，在万山中，尤险远难治。艾至，清讼狱，革陋规，裕仓储，苗目来谒，谕以督率各寨，各安本业，民夷悉安。乃遣人迎致眷口，甫至而南笼仲苗七柳须等遽叛。艾闻警，语驻防杨把总、柳外委曰："册亨距南笼近，势易及。今汛兵远赴大营，土城又单薄，事且奈何？惟有与君等戮力死守而已。"即传谕四乡亭目，招集良苗，缮城堞，治器械，定条约，明赏罚，令出肃然。已而贼至，艾奋勇出击，贼披靡。次日大至。艾分令两汛守西北门；仆余升、陈德等守东南门；而以其戚张盖英、仆朱辉山守衙署，接应各门火药；仆段廷富守仓场，给发兵民粮饷。分布已定，而自守东门炮台，往来策应。相持半月，战五十馀合，屡有斩获，生擒数十贼。是时，城中男妇不满五百人，妇女亦改装登陴。艾悬重赏，募敢死士缒城间道告急十馀辈，久之外援不至。已，贼数万蜂拥围城，艾督率兵民御三昼夜而围不解。有白巾贼魁执旗于众中指挥，艾一矢毙之，贼少却。忽报北门火起，贼扑入，绕至西门，杨把总死焉。艾率众趋救，遇贼于城西隅巷战，艾手刃十馀贼，中枪噀血骂贼死，时二年二月二十一日也。仆余升、陈德、毛升、杨灿、龚祥、王升、任德、刘奉朝、崔升皆力战死。妾余氏、陈氏及两婢子郭姐、仆妇李氏、潘氏皆自刎。张盖英于乱军中觅得其次子江，与段延福、朱辉山负之逃，江号泣曰："吾父母皆死，何以生为！"贼尾及之，中枪而陨。盖英、延福死之，辉山被枪落岩涧，负痛奔报大营。事闻，奉旨加倍优恤，改南笼为兴义府，永丰为贞丰州。

艾之初殉也，义民等收其尸槁葬城南隅，两广总督吉庆题其墓。事平，其兄子潢与其长子湘迹至墓所，启殡舆归。而礼部檄至，行取平生事迹付史馆立传，工部制牌位入祀昭忠祠，江与盖英入祀忠义孝弟祠，余氏、陈氏入祀节孝祠，郭姐、李氏、潘氏等建坊旌表，殉仆十六口，尽与优恤，湘荫云骑尉世职。同县邓显鹤为之作死事状，复列其事于《五君子诗》中。阅十年，而有曾彰泗死洋县之事。

曾彰泗，字孔林，一字巨川，艾族兄弟也。高祖宗意，自有传。父慎，字敬成，以四川德阳籍副榜，中式己亥恩科举人。博雅通擅，以名德重于楚蜀间，为时闻人。尤工书法，人争慕之。彰泗少倜傥有志量，书法遒秀似其父。嘉庆辛酉，充德阳县拔贡生，朝考即用知县，分发陕西，试延川知县。有善政，能得民隐。乙丑权洋县，未几死宁陕镇新兵之难。

初，川陕教匪之被剿于官兵也，以终南山为窟穴。其地袤延千数百里，深崖密箐，虬松乔柏，汉唐以来，历供樵采，名曰老林。窜入之党，皆身经百战，骁悍难制之猾贼，官兵乘之莫可谁何。朝议改五通通判为同知，添设宁陕厅镇总兵，募兵六千，分十大营镇之。而以积年立功无业可归之乡勇充伍籍，以收杰骜为善后计，天下所称新兵也。初任总兵刘之仁，草创未逾年，以劳卒。署任韩自昌，未匝月遇猾贼苟文明大股战死。于是陕大吏以杨芳得士卒心，奏升之，而朝命已授芳为宁陕镇总兵。芳固名将，与忠武公遇春同族，同以剿贼积功称二杨者也。以次剿灭苟文明诸大股及挤添零匪，南山廓清。会遇春以补行穿孝去，固原提督移芳驻固原，而以参将杨之震权宁陕镇，时嘉庆十一年二月事也。

新兵素难驭，陈先伦、陈达顺尤桀骜喜乱，骤离主帅，司储又误扣米折，遂倡众作乱。七月初六日初更兵变，戕署总兵中军及镇厅两城官弁，遂连破营城十九处，洋县与焉。彰泗拒守七昼夜，援兵阻细水河不能至，城遂陷。彰泗大骂贼而死，时八月朔日也。洋县民保眷属潜出，不及于难。初，彰泗之殉难也，子庭槐方十岁，其妻某氏欲以身殉，曰："夫死何可独生！"彰泗弟某为之解曰："程婴杵臼，一死于十五年之前，一死于十五年之后，古人许之。嫂之留身抚孤，又何恨焉。"事闻，奉旨优恤，史馆立传，予云骑尉世职。有汉南山长城固岳某者，为撰传稿，未及眷属脱难事。果勇侯杨芳既收降叛众，斩先伦、达顺二人，复于彰泗传中增入其弟语，而世始知彰泗眷口得免于难，其子庭槐遂得荫云骑尉世职。

志曰：国家以荫恤之典、昭忠之祠待疆场死事之臣，所以矜宠隆重之者至矣！士当其时，有不致命遂志、捐躯犯难以图报于万一者哉！顾考宝庆自入国朝来忠节之事，可纪者甚少，何哉？盖世乱则以节义相耀，时平则以无事为福，人抵然矣。今纪郡中得袭云骑尉世职者凡五家，而新化曾氏不十年两与斯典，与勋卫诸家同列，氏族虽曰门才之盛，亦邑里之光也。洋县事初不详，后遇果勇侯杨勤勇公始得悉其本末。今其家仍归原籍，为新化人云。

惠赠君传赞

道光十有五年冬十一月，宝庆太守惠公体廉，介其属邵阳令林联桂走使来宁乡，奉泾阳徐法绩所撰家传，乞言于新化邓显鹤。于是，太守治吾郡四年矣，政绩伟然，在人耳目。显鹤部民也，见闻亲切，追维先德，不可无言，乃拜手薰沐而为之赞曰：

朝版蒲津，关辅神皋，豳壤之遗，笃生英豪。懿矣太公，少隐于农，以仁宅心，以礼治躬。充仁之量，己瘠人腴，受者泗洟，闻者欷歔。竟礼之用，送往饰终，感及行路，化及顽凶。允孝允义，厥声煌煌，闳德幽隐，而未克彰。不于其身，必于其子，实胎伟人，惠我边鄙。边鄙蚩蚩，匪盲则僿，落牙摧角，其究大治。其治维何，不扰而驯，繄维太公，贻我使君。福可庇民，德能昌后，恩纶叠贲，金石同寿。述德诵芬，敬告同气，诗以声之，流于世世。不鄙谓余，列在州民，事惟纪实，言则不文。

由太恭人传赞

右徐君撰由太恭人家传，历叙其事姑相夫，酒浆服御，唯俞在视日用琐屑常行之事而终。引《婚典》之文曰："妇顺者顺于舅姑，和于室人，而后当于夫，故圣王重之至哉！"言乎太恭人之贤孝为不可及矣。昔王文公《仙源县君夏侯氏碣》云："予读《诗》，惟士大夫侯公之妃，修身饬行，动止以礼，能辅佐劝勉其君子，而王道赖以成，盖其法度之教非一日，而其习俗不得不然也。及至后世，自当世所谓贤者，于其家不能以独化，而夫人卓然如此，惜乎其早世也。顾其行事，虽列之于《风》以为后世观，岂愧也哉！"今观徐氏所撰太恭人传何以异是。谨盥手载拜而书其后，并系以赞。其词曰：

猗欤夫人，嫔于名门，逮事尊家。婉婉愉愉，孝顺以贞，无不柔嘉。有闲者匜，有洁者匜，无少忒差。爰自膳饮，滫瀡醴酏，剥枣烹瓜。爰自服御，栉总中裙，澣枲沤麻。外而戚姻，内而先后，姑弟童娃。下逮臧获，内外斩斩，有穆无哗。蘋蘩馨香，褕翟辉煌，称此副珈。是谓贤母，宜生贤子，蔚为国华。我言虽俚，信而不诬，质而匪夸。敬书彤管，传之奕叶，风示迩遐。

卷第十九

元太常博士曾君福仲遗事述

曾君福仲，其先庐陵人。博洽通经史，尤长于《春秋》《三礼》。元元统二年，以经明行修征至京，久不报，馆太常博士逯鲁曾家。时议立武宗皇后，主未决。伯颜以问鲁曾，鲁曾不能对。归以语君，君曰："公缄默不言耶，抑别有所疑耶？"曰："母以子贵，是以疑也。"君曰："何《公羊》之拘拘也。归赗仲子，刺隐公也。用致夫人，刺僖公也。真哥皇后在武宗时已膺宝册，今为臣而废先君之后，为子而私尊其父之妾，可乎？"鲁曾闻之喜，以告伯颜。伯颜曰："善哉！博士先无言，而今乃言之，何也？"曰："馆客曾福仲之言也。"伯颜遂召君，君对如初。乃以真哥皇后配武宗，擢鲁曾御史，而以君为太常博士。

君谙练掌故，时刘闻、许从宗同为博士，以议宁宗祭拜礼，君助闻诤之，与闻尤善。顾性刚不合于时，积忤朵儿只歹。会君上疏言事，朵儿只歹衔之，从中格其议，左迁天临路录事。时沿江盗起矣，君语妻刘氏曰："今海内鼎沸，而朝廷所为若此，三纲沦矣，国能久乎？吾将从此逝矣，子能偕隐乎？"刘欣然许诺。已而又与其达鲁花赤忤。遂弃官携妻子隐衡山下，寻迁邵陵之太平家焉，遂为邵阳人。

至正二十四年，明太祖既降陈理，湖广江西以次平。明年，胡海下宝庆，唐隆道败死。未几，元左丞周文贵复起兵中乡，杀贺兴隆，宝庆又陷。太平与中乡密迩，土豪大姓多结砦自固，君筑室山中，读书自得。既而天下大定，太祖访求人才甚亟，宝庆同知程斗南力荐之，君峻拒不起，作遁贞堂，自为文以记略云："丁亥之冬，予避地楚南，抵邵之太平，乐其山川风土与幽人习也，乃卜隐于其地之老君塘。茅簷竹柱，四壁萧然，晏如也。无何，海内分裂，兵戈四起，所破郡县，旋复旋陷。草莽累臣，窜匿荒谷，顾瞻周道，惄焉如捣。惟岁庚戌，乃徙里之屋上，辟其地居之，为堂三楹，室若干间。左为思孝祠，其右为轩，轩之外为圃，其下有沼，皆以遁贞名之。曾子憩其中，日与荛夫牧竖浩歌蒸江之滨，虽妇人稚子亦望而知为遁荒之野老也。客有过曾子者，饮之酒将阑，作而言曰：'阳德亨矣，鳞翼云从，先生之遁，亦有终极乎?'余曰：'是非某所敢闻也。士之才不才，分也，其遇不遇，命也。余少而仕，仕而不见容于世，则卷而退，诚安吾分，守吾命，无容强也。今老矣，岂复能奉西家帚哉?奕世而下，称我为圣世顽民、兴朝逸民足矣。上有尧舜，下有巢许，士各有志，吾遁矣，吾遁贞矣，奚用是哓哓为。'客退，乃书而志之于壁。"

刘氏贤明有识。初君之左迁也，愀然有去志，以时方多难，不忍遽决。刘一日着短布衣、稚髻，手苦茗进，君讶之。刘曰："君已许妾偕隐矣，奚讶为?"君叹曰："天下事竟不可为耶?吾方隐忍有待尔。"遂决计弃去。君去，嫉君者方思谋处君以恶地，而君行矣。中乡之变，君窜匿山谷中，兵戈扰攘，夫人往往先揣知其吉否，以是不及于难。子才瑛，亦以经明行修，征为衡王审理，靖难后屡征不起。

论曰：明初开礼乐馆，征求耆硕，一时遗老多韬晦自全，翛然世外。其在吾楚，首推李应奉一初先生，世所称危行翁、不二心老人者也。博士力辞征聘，沉晦自甘，与应奉同，而世鲜知者。今太平曾氏为邵阳巨族，即其裔也。康熙志成于郡人刘澮庵应祁手，澮庵固博洽君子，以文献自任者也，乃不为博士立传，岂未知其详耶？余从曾氏谱得见其族人节愍公凤韶及瑞安卓敬所为志传，述博士本末甚悉。其言立武宗后主事，与《元史·逯鲁曾传》合，知非委巷无稽之谈矣。博士好吟咏，有《遁贞集》，佚。初官太常时，与虞集、黄溍、吕思诚善。其左迁也，溍与鲁曾、刘闻送以诗，而集为之序。别记又云：其后思诚出为湖广左丞，以事过邵阳，访博士为作《池亭记》。而建文从亡诸臣亦尝往来其家，留题信宿而去，则好事者附会为之，不可执房杜而疑通也。案《元史传》有朵儿只，无朵儿只歹，朵儿只，贤辅也。是时有中书平章只儿瓦歹，见《脱脱传》。此云积忤朵儿只歹，或是只儿瓦歹之误。

明衡王审理曾君才瑛遗事述

才瑛姓曾氏，字侣琼，其先鲁人，后南徙豫章，世所称南丰曾氏者也。至才瑛之父福仲，仕元为太常博士，至正中左迁潭州，避乱于邵之太平家焉，遂为邵阳人。

元季群盗四起，海宇分裂，太祖以次削平。既破武昌，命胡海取宝庆路；而元左丞周文贵旋起兵中乡，复宝庆。太平与中乡接壤，十馀年中，战争无虚日。里中豪杰，多树寨自守，互为声援。招才瑛往，才瑛侍父居山中，漠然若不闻，亦不及于难。

洪武初，天下大定，诏访求四方人才，郡县征命踵至，不应。博士卒，才瑛益甘恬退。久之复以经明行修征，时才瑛年已六十矣。固辞不获，乃强起赴召，官太常典簿，稍迁至光禄寺署丞。与其族子凤韶及御史卓敬、叶希贤友善。建文嗣位，封弟允熞为衡王，擢才瑛为衡府审理。多所规谏，日引古义以匡王，王甚惮焉。

靖难兵起，才瑛弃官归。永乐改元，学士胡庸遗以书，将荐诸朝。才瑛复书自称逸民，略云："荆野鄙人，僻居穷谷，荷执事不弃，赐书存问。意以某厕名先朝，将使复玷朝列，窃升斗粟，且援魏文贞以相劝勉。执事之于不肖，可谓爱之至矣！然瑛实有所不可者，区区之私，不敢不尽言，唯执事察之。夫文贞唐之名臣也，其才大，其学博，假令老死牖下，将终身无所建白，故不惮委曲从事。如执事者，真其人也。瑛才不足以用世，学不足以济时，使贸贸然而归，贸贸然而去，适足以取笑当时，贻讥后世耳。曾何增损于朝廷之万一哉！"语多不录。庸书再至，不复答。但泣云："君亡不能救，又不能死，吾无以见吾凤韶于地下矣。"盖是时，凤韶已自裁云。

才瑛喜吟，宅左有柏树大十馀围，辟别墅居之。啸歌其下，因自号柏园居士。有《蒸上吟》一卷。子友铭，县学生，有声，早卒。其后正统四年，岁大旱，有出粟一千六百石应诏助赈，特旨褒奖，行人赍敕至其家，旌为义民者，其孙志暹也。万历二十二年，郡大饥，有出粟亿万石活一郡饥民，分守道金学曾为请于朝，赐冠带，特旌为"推仁尚义，好善乐施"之门者，其元孙大东也。才瑛妻佘氏，建文初封安人，正统初以百岁得旌，年九十犹能于镫下刺绣作花鸟状。其卒也，实百有四岁云。

论曰：太平曾氏之著于邵阳也，自博士君始，审理君继之。两世皆辞征聘隐居，行义不求闻达，不数传而保世滋大，赫然以其名姓闻于天子，称为义门，号曰良族，旌善之坊，敕书之楼，百馀年间后先辉映，荣矣哉！顾其事不书于史，而方志亦载之不详，何也？考曾氏谱自审理而下，举于乡、贡于太学者不乏人。志暹子景鉴，官中书，亲受诗法于茶陵，与杨佥事廷芳友。大东祀忠义祠，邵人所称岩山君者也，名尤著。其曾孙光祚，当鼎革之际，以策干何文烈公不用。入国朝弃巾服为遗民，张别山尝主其家，其群从子弟，又亲受业于衡阳王先生，迹其师友渊源，亦非仅以财雄一乡者也。祚之子遥，字郅耶，为时闻人，所交多海内贤豪，船山集中亦称之。康熙志成时，郅耶方试北雍，且遍求名公卿之文以传其先人，岂其时不以一字上志馆，而志遂遗之耶？

明兵科给事中新宁林先生遗事述

先生姓林氏，名青阳，一作青旸。新宁人。事桂王为兵部员外郎，与同官主事胡士瑞友善，同见重于阁臣吴公贞毓。

吴公阻孙可望秦王封，为其党所恶。已，可望自云南迁贵阳，欲移王自近，挟以作威。因大兵迫，劫迁王于安隆所，改为安龙府，岁以银八千、米百石供王，从官皆取给。宫室庳陋，服御粗恶，王至涂苇薄以自蔽。守护将承可望意，无复人臣礼，王不堪忧。而马吉翔、庞天寿方掌戎政，督勇卫营日夜谄事可望谋禅代，恶吴公不附己，唆其党交章攻之，且语所善冷孟铤曰："秦王宰天下，我具启以内外事尽付戎政、勇卫二司，大权归我，公等为羽翼，贞毓何能为？"吉翔遂遣门生郭璘说士瑞共拥戴秦王。士瑞大怒，厉声叱退之。他日，吉翔又遣璘求郎中古其品画《尧舜禅受图》以献可望，其品拒不从，吉翔遂谮于可望，杖杀其品，而尽以朝事委吉翔、天寿。于是，先生忿甚，与士瑞及给事中徐极、员外郎蔡缜、主事张镌连章发其奸谋。而是时，李定国方连陷楚粤诸郡，军声大振，不复禀可望约束，可望憾甚，两人遂交恶。

桂王居安隆，日在忧惧中。闻定国已定广西，欲敕令统兵入卫，而无可密图者。中官张福禄、全为国言，先生有心人，且与胡士瑞五人同疏劾吉翔、天寿，宜可与谋。王即令告先生，先生诺，密引士瑞等见吴公。公曰："主忧臣辱，正我辈报国之秋，诸君谁能充此使者?"先生请行。乃令佯乞假归葬，而使员外郎蒋乾昌撰敕，主事朱东旦书之，福禄等持入用宝。先生于岁尽间道持至定国所，定国接敕，感泣许以奉迎，时顺治九年、永历之六年也。定国以可望故，未敢轻发。至是先生久未还，桂王将择使往促，吴公以翰林孔目临川周官对，都督歙人郑允元曰："吉翔在侧，当假他事出之外，庶有济。"王乃令吉翔奉使祭先王太妃墓于梧州南宁，而遣周官诣定国。时先生亦已还，至南宁为守将常荣所留，密遣亲信刘吉告王，王喜，改先生兵科给事中，谕吴公再撰敕，铸屏翰亲臣金印，令吉还付先生。吉至廉州与先生遇，偕至高州赐定国，定国拜受命。

马吉翔之出使也，在道微知先生密敕事，遣人至定国营侦之，主事刘议新者道遇吉翔，意其必预谋也，告以两使赍敕状。吉翔惊骇，驰报可望。可望大怒，并疑吉翔预谋，遣其将郑国赴南宁逮之。士瑞、极、缜、镌亦知事泄，仓皇劾吉翔、天寿表里为奸，王见事急，即下廷臣议罪。天寿惧，与吉翔弟雄飞驰赴贵阳告可望，而郑国亦已械吉翔至安隆与诸臣面质。吴公谢不知，国怒挟公直入王所，迫胁索主谋者。王不敢正言，谓必外人假敕宝为之。国遂怒目出，与天寿至朝房械吴公，并允元、缜、极、镌、士瑞、东旦、乾昌、李元开及太仆卿赵赓禹等系私室，又入宫擒福禄、为国而出。其党冷孟钰、蒲缨、宋德亮、朱企錱等迫王速具主名，王悲愤而退。翌日，国等严刑拷掠，独吴公以大臣免，众不胜楚，呼太祖列宗大骂。时日已暮，风雷忽震烈，缜厉声曰："今日缜等直承此狱，稍见臣子报国苦衷。”由是众皆自承。国又问主上知否？缜厉声曰：“未经奏明。”乃复收系，以盗宝矫诏为罪报可望，可望请王亲裁。王不胜愤，下诸臣议。吏部侍郎张佐辰等拟旨坐以极刑。诸臣就刑，神色不变，各赋诗大骂而死，其家人合瘗于安龙北关之马场。已而先生逮至，亦大骂被杀，独官走免。时顺治十一年三月也。

居二载，定国竟奉前敕，护王入云南，乃赐祭谥赠恤有差。已，建庙于马场，勒碑大书“十八先生成仁处”以旌其忠。十八先生者：赠少师太子太师吏部尚书中极殿大学士谥文忠吴贞毓，给事中徐极，员外郎蔡缜，主事张镌、胡士瑞，御史李元开、林钟，都督郑允元，员外郎蒋乾昌，主事朱东旦，太仆少卿赵赓禹，御史周允吉、朱议㶶，员外任斗墟，主事易士佳，中官张福禄、全为国，其一则先生也。国朝赐谥贞毓为忠节先生及诸臣为烈愍。

邓显鹤曰：林先生奉永明密敕，召定国以图可望，间关艰险，致命遂志，其事具载《明史·吴贞毓传》，《御批通鉴辑览》、《钦定胜朝殉节录》大书特书。孤忠苦节，致动异代圣人之褒恤，凛凛焉日月争光可也。而宝庆康熙、乾隆两志均失载，新宁志仅一见其名于选举，他无闻焉。呜呼！贞臣谊士不惜出万死一生之计，以纾君父之难，有肝脑涂地，姓名不见史传者矣！幸而其事昭垂史册。而党庠乡校之间褒如充耳，遂使二百年来父老无遗事之传，俎豆之肹蚃之报，赫赫忠魂，致等于若敖之鬼，岂非悠悠我里，可为长太息之一大阙典哉！既撰传入郡志忠节传，复详辑其事为遗事述存私集；且拟闻之当事为先生制主，同刘默庵、陈简之、何冲虚、卢学录诸君子合祀为邵州五忠祠，庶先生忠悃录于朝而亦不遗于野，褒于国而亦得祀于乡，匪徒文献之征实，亦名教所系云。

李子和府君遗事述

余少即喜从人谈乡老先遗事。忆五六岁时甫就傅，塾师教以两手拱揖深至地，因言李子和深有礼，以其居常教子弟，旦晚必一揖，揖必深至地也。其时不知子和为何许人。十二岁，读书李氏从母家，从母则子和之曾孙妇也。遂得备悉其孝友睦恤及格虎救劫诸轶事，类皆可歌可泣。稍长学为文，思摭拾其事传之，李氏诸老亦以为言，乃为题其祠壁，有“于国为遗民，于家为孝子，于里为功臣”语。顾其事始末不详，方志但纪其格虎事，馀无传。传者又多失实难征信。

今年来邵重领濂溪讲席，有撰修郡志之役，其六世孙洽适来襄事，因尽发官书及各家私载，凡有关郡事者，条件摘出，复证以其家谱牒所纪，与当日情事适合，乃编而次之为遗事述。述曰：

李氏之先，见于谱可考者，在元有故之为乡贡士，在明有仲良洪熙时以贡官刑部主事。自仲良以下九世至藻，为君父，有还遗金事见府县志。由藻上溯至故之凡十一世，皆为府县学生云。府君名作梅，字子和，其号曰松山。今城东有松山坪，又其后族居之鹧鸪塘有松山湾，皆以君字得名也。而子和之字尤著。明季县学生，慷慨有胆略，能知人。家故饶于财，散金结客，所交多奇人魁士，故身处乱世，而能保其乡族不被劫掠。

续顺公沈永忠者，国初从龙入关有功致祥之子也。顺治七年，宝庆初内附，上命永忠率兵镇之九年，李定国从贵州至，郡复陷。永忠将退保湘潭，溃兵四散，其部将李戴者拥之顺流下至新化，泊舟赤石，遇风舟坏，乱民乘之挤永忠坠水。事闻，朝命将尽诛左右居民。先是，君于武昌旅次遇一髯，讶其状貌伟异，邀与饮。

谈次髯曰："功名者，时至自为之。今张空拳困守旅次，一饭之莫饱，其能翼而飞耶?"君即资遣之。其人识君里居姓名郑重而去。至是，朝廷以永忠故，遣官问坠水状，即君昔年相遇武昌资遣入都之髯也。至则访君叙旧图报。君力陈居民孑遗无罪，可悯，髯为感动不深求，遂免诛戮。

明季之乱，有钟氏强暴，两人获一美女子，争持不下，将见杀。君以金赎归，访还其家。牛万才掠新化甚惨，章京侯某家传称章京侯，考其时破牛贼者，线国安固章京也，当即其人。进兵破之，万才遁。章京见君风度，加礼焉，遂相结成莫逆。顾其下不戢，多掳掠妇女，君委曲陈说，晓譬大义，章京心动，又闻君有出金赎女子访还其家事，跃然曰："何可使李子和独为善人?"乃谕乡民，各认归所掠妇女。已而一夕移营由北路去，阴与君约，凡有婎者，束稻草然之，举烟为号即免掠。兵至吉庆村，鸡初号，计一路所过村墟，门前无不烟者。乃叹曰："嘻！何李子和亲串之多也。"又其时私盐禁甚严，犯者斩。有九人被获应斩，君为白于官曰："私贩在未悬示之先，获犯在方悬示之始。"九人皆得减死。尝覆舟铜柱滩，同舟多溺死，君独免。出金觅善水者出而瘗之，高岸标诸人姓名于上，驰书报其家，并得收葬。

君有至性，内行肫笃，居家严肃，造次必依礼法。事继母曲承色笑，每出必揖。其妇以母谆属，如己在家时，归则以一揖谢之。俗传君夫妇如宾，晨夕相见必揖，故有李子和深有礼之谣也。兄弟六人，食必同席，晨起相率问父母安，坐立必以序。乡里化之，至今少争竞者。

君善骑，有良马，尝乘往亲串家，纵辔假寐，瞬息三四十里不觉也。有某将军者思得之，而难于言。君曰："今一邑数万人生命寄将军手，我敢爱一马耶?"遂牵以献。一日，君诣将军，马闻声悲嘶，踯躅腾于枥圉，人以告将军，曰："马犹恋主，何况人乎！"乃谢而归之。一日母病，薄暮君骑而往城求医，中途假寐，马忽踣前足，君惊觉，则一虎蹲前，咆哮声甚厉。君呼而揖曰："吾母病，须药急，而尔当途，必欲乘人之急耶？"虎逡巡去。此事载府县志，其地则今之南台山麓也，新之妇人女子皆能言之，余故摭拾。其他事之可征信者，次之为遗事述，以遗诸李，俾垂谱牒、为家传，且以此备志馆之采择焉。

邓显鹤曰：《汉书》言，能活千人者，子孙必封侯。以余所闻，乡先生李子和氏活人多矣，其后裔繁衍昌炽，不亦宜乎？君之子孙与余家有婣，故知之特详。君子八人，皆起家孝秀。殿柼，康熙丙子举人，以明通进士官澧州学正。孙文缵，曾孙光疄，元孙宗泮，来孙浚，凡六世，相继举于乡。其隶府县学以廪膳入贡者数十人。呜呼！可不谓为善之报哉！

贵州贞丰州州同曾君死事状

乾隆六十年春，湖南辰州苗蠢动。嘉庆改元逾年，贵州南笼仲苗继叛。永丰州州同曾君死之，是为嘉庆二年丁巳二月某日。幼子及姬妾亲丁从死者九人。事闻，得赐恤，荫一子予世职。

君讳艾，字虎卿，号云溪，世为湖南宝庆府新化县人。祖某，县学生。父承姒，乾隆壬申恩科举人，试用甘肃知县，初试西隆县，未即真遽归。逾岁而甘肃冒赈案起，自大吏至守令株连伏法者四十馀人，子孙满岁皆充边，独西隆不与，人服其识。

君倜傥有胆略，举动英伟。好读史汉书，工诗，善楷法。娴骑射，尤好谈兵。少随西隆官甘肃，具知关塞险要、边防亭障，所与游皆一时豪杰。以例贡充四库馆誊录，考满分发江西州同，权安福、龙泉、安仁三县，所至有声。丁内艰回里。会辰州苗变，上命嘉勇贝子福康安公为大将军统兵征剿。君素以敏练受知贝子，念辰州界连宝庆，贼一离巢穴，乡里且震动，星夜赴贝子营陈战守策，贝子大喜，倚之如左右手。是时承平日久，匪徒芽蘖襄豫，川陕教匪，乘间窃发，所在告警。高宗纯皇帝授政，今上深以西南为念，两宫日盼捷音，方倚贝子为重，而贝子顾任君。贝子故重臣，久历戎行，所请于上无不得，有丞佐事贝子数年至监司秉节钺者。当君用事，大府以下承望颜色，因门下白事，州县或拜伏拳跽，咸谓君旦夕当得大官，贝子亦日夜思所以贵君。君顾循循自抑，不肯有用事名。贝子薨，循例补南笼府永丰州册亨州同。

南笼故苗地，册亨所驻，尤险远难治。君至未久而仲苗遽叛。册亨土城单薄，君率民兵固守，手劲弓，身先士卒，每发必毙一贼。坚守二十馀日，已而粮尽，城垂破，君左目中贼枪。乃叹曰："吾力竭矣。"命仆朱辉山负幼子间道出城，而手刃其妾四人，积尸于庭，环以衣履，纵火焚之。己乃挺戈出，大呼击贼，贼乱搠刺之遇害。辉山负公子杂难民潜逃，贼飞炮击公子洞胸死，炮着辉山背，弃尸负痛逃，归言其状，视其背有炮痕，陷入寸许云。或曰君被搠未殊，有熟苗舁归，贼侦至搜得磔之。

君幼跌荡，好狗马声色，散金结客，类豪公子所为。中年后折节读书，其所成就，卓卓如是，贤者固不可测哉。君死事后四月而南笼平，令为兴义府，永丰亦改贞丰。其从死九人，子江、妾某某、妻兄子张某某、仆某某也，例得并书。

邓显鹤曰：曾君死事时，其年余始入县学，闻邦人言君死状甚悉。后客淮阳，遇君所常与同官者言南笼之变，由当事采买抑配激成，君抗争于南笼守不听，卒以身殉，可谓烈已。又言册亨被围时，君募健卒，星夜请兵饷于主者，坚守四十日，援卒不至，疆场泄泄，可胜道哉！君初任册亨时，遣迎张宜人及两子，会长子湘以事未即行，遂免于难。非天欲存死事之后，得不同为国殇哉！湘荫云骑尉世职，能自读书，为郡学增广生。

山西赵城县知县杨君死事状

教匪之祸烈矣！自嘉庆初煽乱起楚之当阳，蔓延川陕豫，老师縻饷，历七八年之久始克戡定。十八年，逆贼林清等啸聚畿辅，震惊宫阙。其党李文成、牛亮臣、冯克善、徐安国、朱成贵、崔士俊布满山东、河南、直隶，约同时并起。滑县令强克捷首先械系文成。亮臣故县吏，事泄，谋亟出文成，不及期遽叛，据滑县，克捷全家被害。滑乱，林清起事失外援势孤，得应时扑灭。仁宗皇帝论灭贼功，以克捷为第一，赐谥建祠，推恩擢用其子逢泰备枢直，望泰官内阁，所以轸恤追念之者甚至。

阅二十年，而有山西赵城之变。韩奇者，故林清党也，与韩健俱以邪教事曹顺，蓄异谋久。时长沙杨君令赵城，侦知将擒治其党而未有以发也。魏均选亦师事顺，继悔其所为，益以情输县。顺等事急，日谋逆。城北寺僧某，素无赖，顺往来僧寺，阴以兵法部勒其众。谋既定，遂昏夜入县署为乱，并出监犯李铁嘴等助逆。君闻变，朝服坐堂皇，呼贼大骂。顺错愕不知所为，欲遁，僧力持之，顺乃挥其党戕君，遂遇害。贼纵火焚署，君母及妻子女幕客家丁婢媪同死者十八人，时道光十五年三月初四日也。事闻，奉旨照强克捷例给衔赐恤，赏给骑都尉世职，建立专祠，予谥昭杰，母妻子女及家客从死诸人分别祔祀。

君讳延亮，字菊泉，长沙人。父华甫，国子监生。母吴氏，贤而工诗。君幼慧，性端悫，弱冠举嘉庆十八年湖南乡试第一，逾五年成进士，分发山西，即用知县，凡官赵城十五年而变作。未变之先，君奉部檄以资升云南南安州矣。会吏有求于君不得，故迟其檄不下，遂及于难。君妻傅氏，湘阴人。子四人：浤万、浚万、潽万，其一未名。女二人，长名绍韩，仆郭云，幕友则浙人杨鼎成也，馀及婢媪名姓皆逸。其子师陈柱贤，身被二十馀创未殊。

贼既焚官署，将遍屠赵城，分掠霍州、洪洞。君戚陈赓间道走告急得备，贼以是不得四窜。其党至霍州，流人褚甲者从霍城上挟双刀跳而下，大呼杀贼，手刃数人，霍人噪而从，贼惊遁。陈赓乃返收各尸于灰烬中，具棺殓如礼。赓，君同县人，县学生，为余言君母及妻皆手殓，面目犹可辨云。赓又言，君长子聘黄氏女，闻变将自经，以救得免，遂墨縗赴君家守义。黄氏故善化名族女，知书晓大义，广西太平守友召，其从曾祖也，例得并书。

邓显鹤曰：余不识杨君，其治县之迹不详。姨甥杨继观与君同官于晋，为余言君居官仁惠廉静，勤于民事，顾独无赫赫声，坐是十五年于赵不迁；稍迁矣，又抑之使不得代，卒令变起仓卒，阖门十八口糜烂以殉，岂不悲哉！君故好作诗，难作先数日有句云："我本不欲生，忽然生在世。我亦不愿死，无端死将至。未生与已死，其理本无二。转憾天地间，多此一番事。"然则君固明于死生之故者，祸患之来，又岂先事所能避哉！可感也已。

湖南新田县知县王君死事述

道光十一年冬十二月丁未，湖南江华县锦田司过山瑶赵金陇倡乱。明年春，犯蓝山、宁远。二月辛卯，湖南提督海凌阿、宝庆协副将马韬中伏歿于宁远之池塘墟，游击王国华、守备吴鉴及兵卒死者二百馀人，遂陷新田。知县王君死之时，土瑶赵文凤谋起新田，赵福才谋起常宁与金陇合。

初，君以贺岁至行台省，比返县闻变，侦知文凤阴受金陇约，即冒雪驰入瑶砦，挟文凤遍抵诸峒，晓譬祸福，又赐酒食，给身符，以安其心。文凤佯诺。君乃与教谕罗廷赞、训导陈诗日率县民练乡勇为守御计。会池塘墟失利，贼尽得我军辎重器械，势大炽。丙申由宁远界头铺入新田，君曰："势亟矣！城庳且塌，坐而待毙，孰与御之？"明日，遂躬率乡勇，驻十字墟。时贼张甚，大掠宁远之禾亭墟及县南桥下洞，而桂阳州之贤江洞、大溪源、鸭婆冲、石东江、绿紫坳、青山湾各瑶同时共起，福才亦以是时纠合常宁之羊山板、角獠头、狮子源、东冈五峒瑶蚁屯马头山响应，众心惶惑。君曰："公等毋怖，我将往以大义喻之。"众泣阻，始返。

庚子，或报曰："贼至矣！"城中惊窜。君乃散遣幕客，亟谕士民逃，而朝服端坐以待。大书于几曰："贼至杀我，毋伤百姓。"是时，君侧惟旧仆郑忠、李兴二人。典史丁禧至，君指三尺练曰："城亡，吾舍此无别策矣。"已，群吏至，君曰："尔等犹可逃，何苦殉我死。"俄而居民男妇奔集堂下哭拜，君大哭，左右皆哭，外委莫亮策骑至曰："贼驻查林铺，距此尚十五里。"众稍定。

辛丑，县民及宁远、桂阳诸义勇感召诚，不期而会者万馀人，皆裹粮持械，请从君剿贼。君喜而壮之，大誓其众，泣告于神，策马行，众咸踊跃，直抵窝塘。窝塘距查林不一里，于是传檄分四路进。贼大惊，前扛大炮，后列鸟枪分队出。众有难色，或登高呼曰："此空炮也，亟夺之。"贼舍炮持枪刃并力来御，众奋击，杀贼无数，生擒十九人。北乡胡文辉与贼拒，旁一贼施枪，文辉佯仆，贼欲加刺，文辉奋起刃之，身中贼伤，其弟文荣手刃数贼，回顾文辉负而逃。是役也，众与贼相持自辰至酉，我军阵亡者百馀人，武生郑奇光与焉。

次日，君益收合城乡丁壮，益以军流钳徒共三千馀人，各路义勇赴者益众。桂阳奎山诸大姓，素以财雄于里，至是籍其乡子弟为一军，合宁远军号二万人为之策应，君统以前行。众泣谏曰："公自爱，毋以身当贼。"君曰："我爱死，谁当死者?"忿然独先，由花凉亭至牯牛冈。牯牛冈者，查林巨镇也。南距查林四里许，君传令接兵勿进。俄有贼数人在窝塘之野，见大兵佯窜，众奔之，伏起，炮声如雷，阵大乱。先是，贼密约文凤党供火药丸弹，其党未遽负公也，备而未送。先一夜，贼入峒胁取之，故枪炮复烈，而我军不知也，遂溃。众欲拥君逸。君曰："毋庸，可亟走，有我殿毋虞也。"众错愕。王白者，河南流人也，有胆力，大呼曰："不可走。"众亟护公，贼追至大肆击杀，君回顾恸曰："贼奴杀我百姓，曷杀我！"遂中炮坠马。李兴掖之，白负君走，君犹骂不绝口。贼击白，伤脑释手，遂乱搠刺君，死时二月二十五日壬寅也。贼愤君甚，并残其尸，剜两目去。君死，城随陷。贼据城三日，纵火焚庐舍，火不燃。又每夕闻兵马声达旦，惊遁乡民稍集，得君尸于牯牛冈之桐子坳，又求得其首于窝塘，舆归城隍庙焚香拜哭，而门下士王尚宾以礼殓焉。君孑身之官，未携妻子。当君之仓卒誓师而出也，以印授郑兴，泣命之曰："此行恐无还理，汝持此以报上官。且归告先灵，谕我子来收我尸。"君甥张继载在河南闻变奔赴，至则九十二日矣，启视之，面如生。

君讳鼎铭，字新之，山东峄县人。由增贡生官中书，改除新田知县。性诚朴。其治县也，听事前设帷幕，与阍者逼处，吏非召不得入。民有冤，则吁而进，立按之。有疑狱，潜访必得其情而后已。大旱求雨不得，则自械而出暴烈日中，泣祷逾时，天乃大雨。民媪有诉其子不孝者，君捶胸自责雨泣，媪泣，其子亦泣，遂为母子如初。捕拘窃匪至，君曰：“为窃不得齿平民，胡自辱?”曰：“坐穷耳。”君乃顾左右人给二缗。或报厨无米，则以衣付质库。其他事多类此。君死后，文凤乃反，应福才与金龙合于常宁之洋泉，方图大逞，谋下衡州，窥长沙。湖广总督卢公坤合三省兵讨平之，距君死时仅六十日云。

邓显鹤曰：赵金陇一黠瑶耳。倡乱之始，裹胁不过数百人，一偏裨之力足以制之。既仓卒动大兵，遂使提镇重臣伏尸丛莽，亏国体而挫兵威，尚得谓之以死勤事哉！当海提帅之师过沩上也，余与同官出迎于郊，其日天雨，军行无纪，士卒多怨言。既入坐定，语同官曰：“是役也，余不出则为逗挠，出则为轻动，逗挠而死于法，孰与轻动而死于贼。”余心讶其不祥，未几而池塘墟之变告矣。一夫发难，全楚震惊，虽应时剿灭，而贫国疮痍，骄兵叵测，楚以南之元气伤矣。君子是以致悼于新田之死，为犹得守土之正也。

陶公子慧寿哀词

道光改元之明年，余客桂林李春湖侍郎寓宅。今太子少保兵部尚书两江总督陶公方由晋臬擢安徽布政使，以书抵余，告知得公子慧寿，余与侍郎交相贺。盖公与侍郎及余交久笃，是时公年已四十有五，甫得子，故闻之尤喜也。

越四年乙酉，余北行，取道大江，谒公于安徽节署。坐未定，亟呼公子出见。瞭然而清，屹然而重，试以语，聪颖异常儿，益用夸诧。其年夏，公由皖抚调任江苏，余北归后，复道金阊，则公子已就傅，能执笔为擘窠大字。虽在髫龄，有食牛之气，弥讶其根器不凡，必世陶氏之家无疑也。

自余归长沙补官宁乡，有自吴来者询之，则云：公子令誉日起，学为诗文，充然有成人之量矣。已而公晋秩尚书，总督两江，乃遣夫人携公子南归省先茔，居益阳桃花江里第。余方思一往视，而公子以喉痺殇，年甫十龄。呜呼，惜哉！

余既哀公子夙慧早殇，不及成立；又念尚书宣力封疆，勤劳民事，孜孜汲汲于赈灾恤孤诸大政，尤不稍馀心力，必有魁奇雄杰、聪明仁孝者为之子，以世其家，而大其报，祝公子之重生可也。余辱交尚书，不可无言，故作为哀词以纾其痛，且冀公子姓名见余集中，俾他日读尚书文集者有所参考焉。其词曰：

嗟百年之一瞬兮、何彭何殇？繄万化之同尽兮、曷否曷臧。惟斯人之早慧兮、其生异常，矧名门之钟毓兮、累叶芸香。伟骐骥之堕地兮、千里昂藏，比虎豹之初生兮、蔚其文章。溯太公之积累兮、韫德不彰，暨名父之崛起兮、天路腾骧。阅滔滔之江汉兮、南国纪纲，沛四岳之霖雨兮、施及四方。起灾黎而肉骨兮、保孩赤其如伤，谓世家之必大兮、流泽孔长。胡理数之回互兮、宜庆而殃？昔宣尼之哭子兮、终老于行。洎奕叶之食报兮、俎豆肸蚃。彼童乌之夭折兮、文考溺湘，终草《玄》而注《骚》兮、不掩光芒。自古圣贤传世而行远兮、皆恃乎己之道德与文章，盖不系乎子嗣之有无也，而岂以是为低昂。所不能同于太上之忘情者，珠在掌而忽碎兮，兰方芽而萎芳。天道吾既不知兮、人事其曷可量？梅之山兮资江，望建业兮吴阊，左虎阜兮右沧浪，嗟公子兮游翔。探金环兮未央，重归来兮寿康。决商瞿之有子兮，卜硕大而蕃昌。呜呼！公子兮不能忘！呜呼！公子兮慎勿忘。

祭李石民大令文

我初遇君，于潭之市。君时问绢，为名父子。一见倾心，缔交伊始。猥以辈行，称谓过礼。我闻惶汗，惊避而起。君曰不然，《礼》在则尔。古不有云：为群拜纪。百辞不允，我受君喜。缅惟先公，善类所倚。万夫之特，百僚之式。公虽下交，我实师事。公归道山，君来作宰。见君如公，悲喜交至。

湘水之西，沩川之涘。土沃而浇，俗漓而侈。踆踆鄙夫，琐琐朊仕。我虱其间，十有三载。旷官尸职，为众所指。棘地荆天，千瘢百痏。莫测其由，莫穷其底。

我避三舍，君震百里。落角摧牙，令行禁止。万目睽睽，俯首帖耳。士服民怀，旧染一洗。岂伊异人，实操上理。谓当报最，上闻丹陛。孰云此来，忽判生死。

昔在阏逢，我客鼎澧。自湘徂沅，遇君沩鄙。握手话言，谆谆亹亹。今来郭门，一哀出涕。丛櫕荒郊，岿焉畏垒。

食子遗雏，收子悌弟。善人有后，天道伊迩。谷也丰下，必有福祉。而况桐乡，宜百世祀。独我老病，馀年有几？哀彼蚩氓，失此恺悌。为世惜君，匪我得已。

素旐翩如，殡宫将启。渺渺湖波，悠悠江水。湘渌醖醪，既清且旨。以我此心，并此芳醴。沥悃陈词，聊代哀诔。灵其有知，尚其鉴此。

祭李氏妗毛孺人文

维年月日，甥某谨以牲醴之仪，致祭于先妗毛太儒人之灵前曰：

惟妗之生，吾母同族。分侪姑侄，亲若骨肉。伊我童稚，常侍妗侧。谓我曰甥，亲我曰侄。吾嫂来归，吾母更喜。宜我家室，蕃我孙子。

胡天不吊，吾母奄逝。阖门百指，唯妗是恃。妗住吾家，遂二十年。吾嫂吾妇，欢侍妗颜。妗顾而乐，安之若素。何有何无，匪怒而恕。

岂惟不怒，实亦劳止。全家痛痒，皆妗抚视。琮儿周晬，寿女出阁，一病将陨，赖妗而活。凡此种种，令人难忘。德隆报歉，我心实伤。

妗寿将百，年与德称。孙曾林立，贫也何病。人生若梦，妗今大醒。独念吾母，悲不自胜。以我此心，佐以壶觞。妗而有灵，庶其格尝。

祭仲嫂李孺人

呜呼吾嫂，前妣之侄。生长外家，兰心蕙质。吾母爱之，倍于所出。自其始龀，即见亲昵。求婚吾仲，获此贤匹。

嘉庆初元，吾父六秩。兄隶于庠，嫂犹在室。时惟丙辰，腊月初吉，迎嫂来归，祥光暎彻。嫂性和淑，而又肫实。一立不倚，一言不亵。操持内政，勤苦罔佚。匪徒勤苦，令德足述。

事我父母，柔声悦色。滫瀡饔飧，必躬必洁。奉我祖妣，春秋令节，蘋藻粢盛，必诚必竭。家室咸宜，族党称说。以兹邑里，贤声洋溢。吾亲色喜，吾兄心折。逮及吾妇，贤声与埒。荼苦荠甘，乌慈鸠拙。肃肃雝雝，合家愉悦。

昊天不吊，变出仓猝。岁在乙丙，两亲继殁。茕茕在疚，斩焉衰绖。百端拂逆，万绪萦结。惟兄护我，手口俱拮。残喘苟延，迄于今日。繄兄之仁，抑嫂之德。亦越丙丁，一毡羁绁。道危气单，天怜人龁。兄来视我，风雨罔辍。诸子团团，与共饥渴。官满即归，幸免蹉跌。伊兄之恩，亦嫂所恤。凡兹种种，兄提嫂挈。

岂料兄亡，十逾庚蟀。今又丧嫂，余哀奚遏。人生百年，会当永诀。矧有两子，科名忝窃。有命于朝，翟服斯设。以华其终，少酬恻怛。嫂则何憾，哀荣靡缺。独怜我妇，形单影孑。为述梦境，迷离恍惚。苦哉饱谙，相对呜咽。我闻此语，岂胜悲切。

素旐翩如，漫天风雪。渺渺九华，峣峣双阙。往就殡宫，行迁吉穴。以我此心，献此肴核。孔嘉孔时，既芳既烈。灵其有知，歆此芬苾。尚飨！

卷第二十

楚宝考异

炎陵本茶陵康乐乡

按酃县汉属长沙国，东汉属长沙郡，晋后省入临蒸县，隋改为衡阳县，唐因之。至宋嘉定四年，复析茶陵之康乐、云阳、常平三乡置酃县，而炎陵始随康乐乡隶酃，非史误也。又按《路史》云："于衡山得祝融之窌，于云阳得少昊之褕，于茶水得炎帝之陵。"文义甚明，不审周氏何以谓之误？

熊湘非一山，史无在益县之文

按《史记·五帝纪》：黄帝"南至于江，登熊湘"。《集解》引《封禅书》曰："南伐至于召陵，登熊山。《地理志》曰湘（水）〔山〕在长沙益阳县。"其文甚明，无熊湘在长沙益县之文。考益阳自秦设县以来，凡一升为州，五分为县，益阳之名不易，无益县之称。熊、湘二山名，屡见于《史记·封禅书》、《汉书·郊祀志》、《地理志》及《史记·秦本纪》。今方志以益阳之修山当湘山，以安化之浮青山一名熊耳及新化之熊胆山当熊山，固属无稽。周氏乃合熊湘为一山，又云益县即今之益阳县，失之远矣。今略正其误，又录史汉及注所称引诸条以备考。

《史记·封禅书》："秦并天下，令祠官所常奉天地名山大川鬼神可得而序也。于是自殽以东名山五，大川祠二。〔曰〕太室。〔太室，嵩高也。〕恒山，泰山，会稽，湘山。水曰济，曰淮。"《汉书·郊祀志》同。《索隐》曰"《地理志》〔曰〕湘山在长沙。"《史记·秦本纪》：始皇"渡淮水，之衡山、南郡，浮江，至湘山〔祠〕。逢大风，几不得渡。上问博士曰：'湘君何神？'对曰：'闻之，尧女，舜之妻，而葬此。'于是始皇大怒，使刑徒三千人〔皆〕伐湘山〔树〕，赭其山。"《封禅书》："始皇南至湘山，遂登会稽，并海上。"又桓公曰"南伐至召陵，登熊耳以望江汉"。颜师古注曰："熊耳山在顺阳北，益阳东"，非《禹贡》所云道洛自熊耳者，其山两峰状若熊耳，因以为名也。《汉书·地理志》长沙国益阳注"湘山在北"。应劭曰"在益水之阳"。右史汉言熊湘及注所称引如此。

丹阳有四

按秭归县，故夔子国，楚人灭之。二汉为秭归县，属南郡。晋、宋属建平郡。后周置秭归郡。隋郡废，属信州。唐置归州县。东南有丹阳城，熊绎始封实居于此；后徙都枝江，亦曰丹阳。《明史·地理志》：洪武九年四月废州，入秭归县，属夷陵州。"十年二月改县名长宁。十三年五月复改县为归州。领县二，兴山、巴东。"秭归明初已废，周氏此书成于崇祯时，不得称丹阳在今归州秭归县明矣。又按丹阳有四：楚始封之丹阳在归州；汉之丹阳治宛陵；晋武帝改丹阳为宣城，而移丹阳治于建康，于是丹阳又分属建康；唐武德初以江都郡之延陵县境置润州，天宝元年改为丹阳郡，则又为今之丹阳县矣。

邔子国

按《左传·宣公四年》“初，若敖娶于邔”注：“邔，国名”；又“邔夫人使弃诸梦中”注：“梦泽名江夏，安陆县城东南有〔云〕梦（泽）城”，无“邔在江夏安陆县东南”之文。又按《后汉书·地理志》“江夏郡轪侯国”注：“杜预曰：‘古邔国，在东南，有邔城。’”“竟陵侯国”注：“《左传·桓公十一年》：郧人军〔于〕蒲骚。”“云杜”注：“杜预曰：‘县东南有郧城，故国。’”《沔志》谓“邔在竟陵”，《通考》谓“邔在江夏云杜县东南”，其说皆本杜预。周氏未及详考耳。

弦江黄道考

按《汉书·地理志》“江夏郡，轪”原书讹轶。注：“故弦子国。”“孟康曰：‘音洑。’”“师古曰：‘又音徒系反。’”弋阳，汉志属汝南郡，注：“侯国。”“应劭曰：‘弋山在西北，故黄国，今黄城是。’”《舆地广记》：“春秋为黄、弦二国，秦属九江郡，汉属汝南、江夏郡，至魏分置弋阳郡，晋宋齐因之，兼置光州。”《唐书·地理志》：“光州弋阳郡，领县五，定城、光山、仙居、殷城、固始。”《明史·地理志》：“光州洪武初以州治定城县省入，领县四：光山、固始、息、商城县。”固久无仙居之目、新息之称矣。又按汉志，汝南郡县三十七，有阳安，无阳皮。阳安注：“应劭曰：‘道国也。今道亭是。’”《舆地广记》：“确山县西南有道城，故道国。”《左传》曰：“江、黄、道、柏皆弦姻。”在汉为阳安县、西平县，故柏子国汉旧县，属汝南郡。汉志西平注：“应劭曰：‘故柏国也。今柏亭是。’”周氏所引不误，但不宜云今蔡州西平县。明之西平与上蔡、新蔡、确山俱隶汝宁府，无蔡州之称矣。

芍陂考

按原按云云，当是周氏述其先人美政，然当有“圣楷”二字。今按《水经》“肥水别北过其县西北入芍陂”注：“芍陂水上承涧水于五门南，别为断神水。又东北流径五门亭东，亭为泉水之会也。又东北径白芍亭东积而为湖，谓之芍陂。陂周一百二十许里，在寿春县南八十里，言楚相孙叔敖所造。陂有五门，吐纳川流，西北为香门陂。水北径孙叔敖祠下，谓之芍陂渎。”又按《北史·赵轨传》：“转寿春州总管长史。芍陂旧有五门堰，芜秽不通。轨劝课吏人，更开三十六门，灌田五千馀顷，人赖其利。”

迁郢于鄀考

按宜城县故鄢楚之别都也。秦为南郡之北部，汉惠帝三年改曰宜城，属南郡。建安十三年，魏武平荆州，分置襄阳郡，晋因之。宋曰华山县，后魏改为宜城郡，分华山置率道县。西魏置都州，隋为乐乡，属竟陵郡。唐武德四年以乐乡及襄阳之率道、上洪置都州，贞观初又领长寿，省上洪。八年州废。天宝七载改率道曰宜城。故为鄀国，春秋时自商密迁此，为楚附庸，楚灭之。昭王畏吴，自郢迁焉。又《水经》“沔水又径鄀县故城南”注：“古鄀子之国也。秦楚之间自商密迁此，为楚附庸，楚灭之以为邑。县南临沔津，津南有石山，上有古烽火台。县北有火城，即楚昭王为吴所迫，绝郢徙鄀之所，谓鄢鄀，卢罗之地也。秦以为县。”

郾鄂考

按《前汉书·地理志》，江夏郡县十四，鄂次六，郾次十。《后汉书·郡国志》，江夏郡县十二，郾次二，鄂次八。惟《晋书》江夏郡有郾无鄂。然鄂隶武昌郡，亦不得云无鄂也。又云汉晋江夏郡置于今之云梦县北四十里，非今之江夏县也。考前后《汉书》，江夏郡俱治西陵。《舆地广记》：按汉《地理志》，西陵县为江夏郡治，而有云梦宫，疑此地是也。《晋书·地理志》江夏郡治安陆，原书征引亦欠明晰。又云“三国吴时分江夏置武昌郡”。考武昌县故楚之东鄂，楚子熊渠封中子红为鄂王，二汉鄂县属江夏郡。吴孙权都之，黄初三年改为武昌县，孙皓亦尝都此。晋太康元年改江夏郡曰武昌郡，东晋时庾亮、谢尚俱镇此。宋、齐、梁、陈皆为武昌郡，亦不得云分江夏置也。又按《水经》“江之石岸有鄂县故城”注：“旧樊楚也。世本称熊渠封其中子之名某者为鄂王。”晋《太康地记》以为东鄂矣。《九州记》曰：“鄂，今武昌也。孙权以魏黄初元年自公安徙此，改曰武昌县，徙治于袁山东。又以其年立为江夏郡，至黄龙元年权迁都建业，以陆逊辅太子镇武昌，孙皓亦都之。”晋惠帝永平中始置江州，傅综为刺史治此城，后太尉庾亮之所镇也，今武昌郡治城南有袁山即樊山也。

方城考

按《舆地广记》，方城县本汉渚阳叶县地，属南阳郡，后汉及晋因之。后废。西魏置方城县，有方城山。《楚宝》引盛宏之《荆州记》曰：“叶东界有故城始犨县，东至瀙水，达泚阳界，南北联绵数百里，号为方城，一谓之长城。南北虽无基筑，皆连山相接，而汉水流其南，故屈完云”云。又《地理志》：“南阳叶县方城邑西有黄城山，是长沮、桀溺耦耕之所。有东流水，则子路问津处。尸子曰楚狂接舆耕于方城之南。郭仲产亦谓苦莱、于东俱有方城，盖皆傍此长山方城而名者也。”又原按：“楚方城之外又别有方城。是时楚争强中国，多筑列城于北方以逼华夏。唐勒曰：‘我是楚也，世霸南土，自越以至叶垂宏镜万里。故号万城是也。’方、万二字相似，杨（斗）〔升〕庵疑方城即为万城，非也。又袁小修谓万城在当阳县，亦非。当阳东南一百六十里有方城，乃唐郭子仪所筑，宋赵葵为荆南置制使，避父讳改曰万城，非楚先之万城也。”其说颇确。

华容不应有(湖)〔胡〕广墓

案《水经注》“夏水又径交阯太守胡宠墓北。汉太傅广身陪陵，而此墓则有广碑，其文言是蔡伯喈词”。故世谓广冢，非也。今案《后汉书》章怀太子注：“宠乃广之父。”世遂误为广冢。广未归葬华容，不得有广冢明矣。

江西即今之江北

案唐分天下为十五道，江南道东道采访使治苏州，江南道西道采访使治洪州。宋因之，以宣、歙、江、池等处为江南东路，洪、抚、吉、袁等处为江南西路。元遂置江西等处行中书省。明因之。所谓江西盖指江南之西而言，实则今之洪、吉、抚、赣皆江南，非江西也。六朝人称江西，即今之江北，淮、泗、庐、颍间皆江西境。周氏以春秋战国之豫章为江北地，与江西远不相涉，盖指今之江西言，误矣；当云与今南昌之豫章无涉。又《吕氏春秋》言九塞，冥阨其一。今信阳州南有石城山甚高峻，亦曰冥山，《史记》曰魏攻冥阨，殆谓此也。

豫章不以水名

案汉高帝六年置豫章郡，豫章以木名，非以水名。若赣州则以章、贡二水名尔。应劭《汉官仪》曰“有豫章生于庭中，故以名郡”。此木尝中枯，晋永嘉中一旦更茂，咸以为中兴之祥。其后，元帝果兴大业于江南。故郭璞《南郊赋》云：“弊樟擢秀于祖邑”，以司马宣王之祖尝为豫章太守故也。

昭山得名不由马氏

案《湖南通志》引《寰宇记》：“昭山在湘潭县东四十里，以昭王南征至此，故名。”《一统志》：“昭山即马山，截江而起，仄立万仞。”宁乡黄氏本骥以山有伏波庙为五代马氏建，马氏自以为伏波裔，封伏波为昭灵王，见李宏皋撰《溪州铜柱记》，山之名昭，盖始于此。山下有兴马洲，亦马氏所名湘潭之土，昭陵滩即昭灵之误，亦以江岸有伏波庙得名。陈都督阶平撰《奉使纪胜》主其说，以《一统志》昭山即马山证之，其说似是。今案《水经注》：“湘水又北径昭山西，山下有旋泉，深不可测，故言昭潭无底也，亦谓之湘州潭。”昭山之称，最古不始于马氏，但附会为昭王南征，则谬矣。

鸠兹

案《左传·襄公三年》：“春，楚子重伐吴，为简之师，克鸠兹，至于衡山。”杜预注：“鸠兹吴邑，今皋夷也。衡山在吴兴乌程县南。”昭公五年，“楚子以诸侯及东夷伐吴……吴人败诸鹊岸”注：“庐江舒县有鹊尾渚。”《后汉书·郡国志》“丹阳郡：芜湖，中江在西”注：“《左传》襄三年，楚子伐吴，克鸠兹。杜预曰在县之东。”“庐江郡：舒，有桐乡”注：“古桐国。《左传》昭五年，吴败楚鹊岸，杜预曰县有鹊尾渚。”“吴郡乌程”注：“《左传》襄三年，楚伐吴至于衡山，杜预曰在县南。或云丹阳县之（衡）〔横〕山，去鸠兹不远，子重所至也。”又“丹徒”注：“《春秋》曰朱方。”原书征引未悉，特为考正。

古邓城

案《汉书·地理志》，邓属南阳郡。《晋书》曰邓城，属襄阳郡。其后废，入樊城。樊即周仲山甫所封地。东汉建安中置樊城县；后周省，入安养。唐属襄州，天宝元年改安养曰昭汉，贞元二十一年移治古邓城，复改曰邓城，有樊城镇，据此则邓城即今之樊城镇。

汉阴丈人非汉中所属之汉阴

按汉阴县本汉安阳县，属汉中郡，东汉因之。晋改为安康，属魏兴郡，后改曰宁都。南齐置安康，属西城（都）〔郡〕。后魏置东梁州，萧督改直州。唐属金州，本西城郡。天宝元年改曰安康郡。至德二载，以安禄山姓始改为汉阴，无缘知为子贡南游之汉阴矣。又按《明史·地理志》，汉阴县属兴安州，嘉靖三十八年十一月改属汉中府，万历十一年还属州。是书成于崇祯朝，不应云在今汉中府矣。又廖氏《楚纪》以任棠为汉阳府人，周氏辨汉阳府始于隋大业初，非二汉凉、益州之汉阳，其说辩矣。独不知汉阴名县亦始于唐至德初乎？又误隋大业为唐大业，今并正之。

黄歇不宜称黔阳人楚未都申

按秦分天下为四十郡，黔中郡领鼎、澧、溪、辰、锦、黔、沅、奖、思。汉十三郡荆州部郡国凡八，更名黔中为武陵。唐分十五道，黔中采访使治黔州，领黔、辰、锦、施、叙、奖、夷、播、思、费、南、溪、溱，无所谓黔阳也。今之黔阳县本镡城县地，宋元丰初始升黔江城为黔阳县。

又按《史记·楚世家》：顷襄王“十九年，秦伐楚，楚军败，割上庸、汉北地予秦。二十年，秦将白起拔我西陵。二十一年，遂拔我郢，烧先王墓夷陵。襄王兵散，〔遂不复战，东北〕保于陈城。二十二年，秦复伐我巫、黔中郡。”“三十六年……顷襄王卒，太子熊元代立，是为考烈王。考烈王以左徒为令尹，封以吴，号春申君。考烈王元年，纳州于秦以平。是时楚益弱。……十二年，秦昭王卒，楚王使春申君吊祠于秦。十六年，秦庄襄王卒，秦王政立。二十二年，与诸侯共伐秦，不利而去。楚东徙寿春，命曰郢。”按楚凡五徙：丹阳、郢、都、陈、寿春。陈秦为颍川郡，汉为淮阳国，与申无涉，亦不得谓之都申郢也。

中射之士

楚人有献不死之药于荆王者，谒者操以献中射之士，问曰：“可食乎?”曰：“可。”因夺而食之。王怒，使人杀中射之士。中射之士使人说王曰：“臣问谒者，谒者曰可食，臣故食之，是臣无罪，而罪在谒者也。且客献不死之药，臣食之而王杀臣，是死药也。王杀无罪之臣而明人之欺王。”王乃不杀。按《鹤林玉露》：岳阳有酒香山，相传古有仙酒，饮者不死，汉武帝得之，东方朔窃饮焉。帝怒，欲诛之。朔曰：“陛下杀臣，臣亦不死；臣死，酒亦不验。”遂得免。方朔数语员转简明，意其窃饮以发此论，殆讽武帝之求长生也。其源盖出于此。

蓝尹亹

楚昭王出奔济，于成臼见蓝尹亹载其孥。王曰："载予。"对曰："自先王莫坠其国，当君而亡之，君之过也。"遂去王。王归，又求见王，王欲执之。子西曰："请听其词，夫其有故。"王使谓之曰："成臼之役，而弃不穀，今而敢来，何也？"曰："昔瓦唯长旧怨，以败于柏举，故君及此。今又效之，毋乃不可乎？臣避于成臼，以儆君也，庶悛而更乎？今之敢见，观君之德也。曰庶冀惧而鉴前恶乎？君若不鉴而长之，君实有国而不爱，臣何有于死，死在司败矣，唯君图之。"案蓝尹亹对昭王语，与《左传》寺人披竖头须之于晋文同一作用。二君皆翻然悔悟，卒不失为令主。楚多知谋之士，若蓝尹亹者，亦曷可少哉。

文种非鄞人

案钱晓征大昕《文种非鄞人辨》云："越大夫种，《春秋》内外传注家皆不言何许人。"今考《吕氏春秋·当染》篇注云："楚之邹人。"《尊师》篇注云："楚鄞人。"邹鄞字形相涉，刊本传讹，固难决其然否。但两注皆云楚人，而鄞为越地，邹为鲁地，与楚并不相涉，则鄞、邹均未可信。及读《太平寰宇记》叙荆州人物云，文种楚南郢人，乃恍然悟《吕览》注本是郢字。乐史生于宋初，所见吕氏书尚未讹也。又考高氏注以范蠡为楚三户人，盖本于《吴越春秋》。今世所传《吴越春秋》亦非足本，然张守节注《史记》尝引之云："大夫种姓文，字子禽。荆平王时为宛令，之三户之里，范蠡从犬窦蹲而吠之，从吏恐文种惭，令人引衣而鄣之。"是大夫种尝为宛令，因范蠡要之乃弃楚而适越，其为楚人非越人固信而有征矣。《会稽典录》载虞翻、朱育所说会稽先贤未有一言及文种。《乾道四明图经》、《宝庆四明志》初不列入人物，至王厚斋始据以为鄞人，然袁清容厚斋高弟，而延祐修志不取其说，盖已疑而未信矣。全祖望《辨大夫种非鄞产》云：“自昔《图经》《地志》，莫不扳援古人以为桑梓生色，予谓不核其实，则徒使其书之不足取信于世。吾浙河以东人物莫备于《会稽典录》，其于鄞人，自大里黄公始。南宋王尚书深宁、黄提刑东发始据高诱《吕览注》以大夫种为鄞产，因谓范蠡与种同功一体，蠡可去而种不可去者，以父母之邦也。今按两先生之言善矣，而犹未尽也。考之《越绝书·外传》，曰范蠡始居楚，内视若盲，反听若聋，大夫种入其县，知有贤者，得蠡大悦。俱见霸兆出于东南，相要而往，偕止于吴。吴任子胥，于是去吴之越。又曰范蠡要种入越，越大夫石买曰：‘客历诸侯，渡河津无由自致，殆非真贤。’然则种非鄞人矣。”《吴越春秋·内传》曰：“勾践还自吴，范蠡谓种曰：子可去矣，种不然之。其后内忧不朝，谓妻曰：吾王雪耻于吴，我悉徙宅自投死亡之地，悔不随范蠡之谋。又曰勾践赐以属镂之剑，叹曰：南阳之宰而为越王之禽。然则，由种将死之言考之，益非鄞人矣。夫《越绝书》虽非出于子赣之手，然固西京之笔；《吴越春秋》虽系皇甫摭拾之书，要亦自东京以来传之。两先生据高氏之一言而尽弃诸佐证，恐不其然。”予又考《吴越春秋》，注中亦引高注：“文种字禽，楚邹人。”然后恍然曰：邹与鄞皆从邑，或相近而讹也。钱从乐史为郢人，全从高诱为邹人。郢故楚也，邹、郰古通用，汉江夏有郰县，是邹亦楚地，则种为楚产明矣。

陈轸无本贯

案陈轸游说之士也，《史记》《国策》俱不言其本贯。其始仕秦，继而去秦之楚，其设谋亦不专为楚也。今摘其为楚谋而善者录之，使楚听其言，亦何致坐困于虎狼之国也。噫！

汗明朱英皆客春申

案汗明楚人；朱英《楚策》不言本贯，以其同为春申君之客，故增辑《知谋》。吁！"当断不断，反受其乱。"史迁以为春申君失朱英之谓。虽百汗明一日十见，亦何益也。娠姬窃国，血溅棘门，谋之不臧，自贻伊咎。哀哉！

胡腾非桂阳州人

案胡腾事见《后汉书·窦武传》。汉桂阳郡治郴县，为今郴州。地方志以腾为桂阳州人，误也。又案武传，武死，收捕宗亲宾客姻属悉诛之，徙武家属日南。当是时，凶竖得志，士大夫皆丧其气矣，腾独殡殓行丧，坐以禁锢。又武孙辅二岁，逃窜得全。事觉，捕之急，腾及令史南阳张敞共逃辅于零陵界，诈云已死，腾以为己子，而使聘娶。后举桂阳孝廉。至建安中，荆州牧刘表辟为从事，使还窦姓。噫！腾之行谊表表如此，其贤岂出党锢诸公下哉！范氏以其事附见窦武，遂不复为立传，而乡贤纪载至遗其名，兹特为增辑《名臣》以表之云。又同时有刘常者，亦桂阳人，为当世名儒。元嘉中，郎中汝南袁著上书论梁冀，冀笞杀之，以常素善于著，冀召补令史以辱之，附见《梁冀传》。

开梅山考

案《宋史·西南谿峒诸蛮传》："梅山峒蛮，旧不与中国通。其地东接潭，南接邵，其西则辰，其北则鼎、澧，而梅山居其中。开宝八年，尝寇邵之武冈，潭之长沙。太平兴国二年，左（中）

〔甲〕首领苞汉阳，右甲首领顿汉凌寇掠边界，朝廷累遣使招谕，不听，命客省使翟守素调潭州兵讨平之。（目）〔自〕是，禁不得与汉民交通，其地不得耕牧。后有苏方者居之，数侵夺舒、向二族。嘉祐末，知益阳县张颉收捕桀黠（得）〔符〕三等，遂经营开拓。安抚使吴中复以闻，其议中格。湖南转运副使范子奇复奏，蛮恃险为边患，宜臣属而郡县之。子奇寻召还，又述前议。熙宁五年，乃诏知潭州潘夙、湖南转运副使蔡煜、判官乔执中同经制章惇招纳之。惇遣执中知全州，将行，而大田三砦蛮犯境。又飞山之蛮近在全州之西，执中至全州，大田诸蛮纳款。于是遂檄谕开梅山，蛮瑶争辟道路，以待得其地。东起宁乡县司徒岭，西抵邵阳白沙砦，北界益阳四里河，南止湘乡佛子岭，籍其民得主客万四千八百九户，万九千八十九丁，田二十六万四百三十六亩。均定其岁，使岁一输。乃筑武阳、关峡二城，诏以其地置新化、安化二县，一隶潭州，一隶邵州。”

又案《宝庆府志》云：宋著作郎毛渐作《梅山颂》，中有“汝惇暨煜”语，未审何姓何官？盖与章惇同经略梅山者。考《宋史·章惇传》，转运副使蔡煜言是役不可亟成，神宗以为然，专委于煜，安石主惇，争之不已。既而煜得蛮地，安石恨煜阻惇，乃薄其赏，修志者《宋史》亦未之见耶？毛渐，江山人，初知宁乡县，以与开梅山功得著作郎知安化县，迁荆湖北路转运判官。蔡煜即蔡奕，时为转运副使，《湖南通志》引刘挚撰墓志作蔡奕。又章惇开梅山，辟所部郭祥正入峒主苏甘家，见《苏子瞻文集》。祥正当涂人，时知武冈县，《宋史·文苑》有传。

案吾邑在晋为高平县，《宋书》《齐书》犹称高平县男相梁以后没于蛮，为土酋大姓所据，《宋史》所称梅山之苏氏、扶氏是也。嘉祐、熙宁间屡议开复，张颉倡始于前，范子奇踵议于后，至煜而其谋始就。章惇因人成事，攘为己功，渐撰《梅山颂》遂云："天子神圣，顾为尔辅。惟此南方，夷俗杂处，孰予往抚。佥曰惇谐，煜奏自外，伻以图来。天子曰俞：汝惇暨煜，将令出使，怀柔友夔。"盖出于一时之谀辞。迄今七百馀年，而吾新、安之人不以开复之功予惇，诚恶之也。呜呼！人亦何乐而必为小人哉！

又案梅山四至，东起宁乡司徒岭。《湖南通志》引《十国春秋》：王仝湘乡人，马殷时为江华指挥使，曾与梅山瑶战，乘胜逐北，孤军无援，力战死。里人感其忠义，为立庙于安化东，号王司徒庙，今名司徒岭。又《通志·祠庙》：王公祠在县东八十里司徒岭，五代楚建，祀死事将王仝，宋熙宁间章惇开梅山奏封嘉应侯，修祠崇祀，有宋吴致尧《嘉应侯祠记》。又《长沙府志》：熙宁间章惇开梅山，兵抵宁乡，入沩山由径路进兵失利，退军为沩山密印禅寺，馈饷缺乏，寺僧为供应。惇遣人入峒招谕不从，乃遣长老颖、诠二人入峒说之。颖、诠携营中二官先入见峒主，给以从者，主一见遽曰："此官人也。"颖、诠曰："主眼高，认之不差，此官人之子。"乃使供茶失手，因而故掌之，二官作惶惧状，峒主乃不疑。颖、诠辈说法劝谕，遂悔悟率众出降。惇奏凯，赐寺名"报恩"，持免本寺诸科差徭。案此则开梅山沩山寺僧亦与有功，皆吾新、安二邑掌故，录之使将来修方志者有所采择云。

图书在版编目(CIP)数据

南村草堂文钞/(清)邓显鹤撰;弘征点校.—长沙:岳麓书社,2008

ISBN 978-7-80761-021-2

Ⅰ.南… Ⅱ.①邓…②弘 Ⅲ.古典文学—作品集—中国—清代 Ⅳ.I214.92

中国版本图书馆 CIP 数据核字(2008)第 042715 号

湖湘文库

湖湘文库编辑出版委员会

南村草堂文钞

著　　者　〔清〕邓显鹤
校 点 者　弘　征
责任编辑　马美著
整体设计　郭天民

出版发行　岳麓书社
地　　址　湖南省长沙市爱民路 47 号
电　　话　0731—8885616(邮购)
邮　　编　410006
网　　址　www.yueluhistory.com

印　　刷　唐山楠萍印务有限公司
装　　订　唐山楠萍印务有限公司
版　　次　2024 年 10 月第 1 版第 2 次印刷
开　　本　960×640　1/16
印　　张　25.75
字　　数　300 千字
书　　号　ISBN978-7-80761-021-2/G·642
定　　价　98.00元